Sandra Regnier
Das geheime Vermächtnis des Pan

© Sandra Jungen

Sandra Regnier ist in der Vulkaneifel geboren und aufgewachsen. Nach der Schule und einer Ausbildung zur Beamtin wollte sie lange nach Frankreich. Stattdessen heiratete sie einen Mann mit französischem Nachnamen und blieb zu Hause. Heute ist Sandra Regnier selbstständig und versteht es, den schönen Dingen des Lebens den richtigen Rahmen zu geben. Das umfasst sowohl alles, was man an die Wand hängen kann, als auch die Geschichten, die ihrer Fantasie entspringen.

Sandra Regnier

DAS GEHEIME VERMÄCHTNIS DES PAN

CARLSEN

Von Sandra Regnier außerdem bei Carlsen erschienen:
Das Flüstern der Zeit (Band 1 der Zeitlos-Trilogie)
Die Wellen der Zeit (Band 2 der Zeitlos-Trilogie)
Die dunkle Prophezeiung des Pan
Die verborgenen Insignien des Pan

Von Sandra Regnier außerdem als E-Book bei Im.press erschienen:
Die Stunde der Lilie
Die Nacht der Lilie

FSC www.fsc.org
MIX
Papier aus verantwortungsvollen Quellen
FSC® C083411

Ein *Im.press*-Titel im Carlsen Verlag
Januar 2014

Betreuendes Lektorat: Pia Trzcinska
Redaktion: Evi Draxl
Umschlagbild: shutterstock.com / © Melpomene (Mädchen)/
© Nella (London)/ © Madlen (Flügel)
Umschlaggestaltung: formlabor
Corporate Design Taschenbuch: bell étage
Druck und Bindung: CPI books GmbH, Leck
ISBN 978-3-551-31380-5
Printed in Germany

www.impress-books.de
Alle Bücher im Internet: www.carlsen.de

TEIL I

LEE

DIE PROPHEZEITE

Ich war neugierig. Ziemlich sogar. Immerhin hing von diesem Mädchen die Zukunft ab. Die Zukunft einer ganzen Nation. Und ich sollte sie beschützen. Mehr als das: Meine eigene Zukunft war mit ihrer eng verwoben. Ich sollte sie heiraten! Deswegen wollte ich sie kennenlernen und schrieb mich am Horton College of Westminster in London ein.

Diese Schulen waren doch alle gleich. Jugendliche oder junge Erwachsene, die sich noch finden mussten. Die Jungs unterhielten sich oft lautstark über Sport, Partys oder hübsche Mädchen. Die Mädchen kicherten viel, waren grundsätzlich in Gruppen unterwegs und sorgten sich vor allem um ihr Aussehen, die Klamotten der anderen und welche Jungs gerade in waren.

Als ich den Flur betrat, fühlte ich, wie sich sämtliche Blicke auf mich richteten. Das war ich gewohnt. Schon himmelten mich die ersten Mädchen an. Ich sah, wie sie an ihrer Kleidung zu zupfen begannen, sich durch die Haare fuhren und über die Lippen leckten.

Auch die Schulleiterin, Mrs Haley-Wood, reagierte ähnlich. Sie war nicht immun gegen einen gut aussehenden Mann, egal welchen Alters. Wenn sie wüsste, wie alt ich tatsächlich war ...

Sie führte mich persönlich herum und stellte mir meine künftigen Klassenkameraden vor. Ich war mir sicher, dass ihre Stimme höher und etwas schriller klang als normal. Sie plapperte ununterbrochen, wies mich auf alle möglichen banalen Dinge hin und lachte dabei wie ein Teenager.

»Hier sind ein paar Ihrer neuen Schulkameraden, Mr FitzMor.«

Aha, endlich wurde es interessant. Vor uns standen drei dieser gestylten, bildhübschen Mädchen und ein Junge in meinem Alter. Oder zumindest in meinem vorgeblichen Alter.

Die Linke, Brünette war extrem schön. Sie hatte die Augen aufregend geschminkt, trug einen dieser modernen Faltenröcke mit passendem Top und warf mir einen koketten Blick unter ihren langen, dichten Wimpern zu.

»Mr FitzMor, darf ich vorstellen«, sagte Mrs Haley-Wood und blieb vor den vieren stehen. »Das sind Cynthia, Jack, Ava und Felicity aus Ihrem Jahrgang. Meine Lieben, das ist Leander FitzMor, ein neuer Schüler. Ich hoffe, Sie nehmen sich seiner ein bisschen an.«

Mrs Haley-Wood reichte mir erneut die Hand und verabschiedete sich. Ich beachtete sie nicht weiter. Ich fühlte, wie sich in mir alles vor freudiger Erwartung zusammenzog. Hatte ich ein Glück. Direkt vor mir, die bildhübsche Brünette, war das Mädchen, das ich suchte. Das Mädchen, das über unser aller Zukunft entscheiden sollte. Meine zukünftige Frau.

Und sie sah umwerfend aus.

Das würde ja wesentlich einfacher werden, als ich gedacht hatte. Ich schenkte ihr mein verführerischstes Lächeln und sie reagierte wie erwartet: Sie schmolz dahin.

»Leander, was für ein ungewöhnlicher Name«, sagte die blonde Cynthia.

»Ach, bitte, nennt mich Lee. Meine Freunde nennen mich immer so.«

Ich sah Felicity tief in die Augen und mein Blick verfehlte die Wirkung nicht. Sie errötete zauberhaft. Wunderbar. Das machte es beinahe zu einfach. Ich hätte ja auch Pech haben und Felicity eine von diesen Trantüten dort hinten sein können. Wie die Moppelige da: strähniges Haar, ein unmögliches T-Shirt. Eben nieste sie und fiel rückwärts über ihre eigene Schultasche – auch noch ungeschickt. Und eine Zahnspange hatte außerdem aufgeblitzt!

Ich konnte mir ein abfälliges Grinsen nicht ganz verkneifen. Armes Mädchen. Das Paradebeispiel eines modernen Blaustrumpfs. Die würde bestimmt später mal eine Frauenrechtlerin werden oder Lehrerin. Oder an einer Kasse im Supermarkt enden.

Ich fühlte eine warme Hand auf meinem Arm. Felicity lächelte mich von unten mit gekonntem Augenaufschlag an. Sie wusste, wie man Männer umgarnte. Sie war hübsch, schien entschlossen und mutig. Kein Wunder – sie war die Prophezeite.

»Komm mit. Ich zeige dir unseren Klassenraum.«

Widerstandslos folgte ich ihr. Ob es für einen Kuss noch zu früh war? Immerhin wäre damit alles besiegelt. Sobald ich sie geküsst hätte, wäre sie mir verfallen. Auf immer.

»Ich gehe davon aus, dass du jetzt auch Englisch hast«, sagte sie und hakte sich bei mir unter.

Ich nickte. Das Horton College war in einem dieser altehrwürdigen Bauten aus dem Viktorianischen Zeitalter untergebracht. Viele Treppen, Gänge und Nischen. Dunkle Nischen.

»Ist der Englischraum etwa hier?«, fragte ich amüsiert, als Felicity mich in eine der besagten Nischen führte.

Sie lächelte verlockend und presste ihre Modelfigur der Länge nach an meinen Körper. Dann küsste sie mich. Es war tatsächlich einfach gewesen, sie einzuwickeln. Aber im gleichen Moment wusste ich, dass etwas nicht stimmte. Wo war der erwartete Funkenregen? Das Feuerwerk? Die Geigen und das Konfetti? Es fühlte sich nicht an wie die

Erfüllung des Schicksals, sondern wie ein ganz normaler, inniger Kuss.

Vor uns polterte es und ich riss erschrocken die Augen auf. Die pummelige Schülerin mit dem dämlichen T-Shirt war vor unserem kleinen Versteck schon wieder gestolpert und hatte uns entdeckt.

»Entschuldigung«, hörte ich sie murmeln.

Das brachte Felicity in die Gegenwart zurück. Wütend funkelte sie das Mädchen an.

»Verschwinde, City. Spionierst du mir etwa nach?«

Die Unscheinbare richtete sich auf und blitzte sie an. »Weshalb sollte ich dir wohl nachspionieren? Glaubst du vielleicht, ich will lernen, wie man sich in der Öffentlichkeit lächerlich macht?«

»Das brauchst du nicht zu lernen. Das kannst du von ganz allein«, fauchte Felicity und ich zollte ihr im Stillen Beifall. »Hau ab, City. Lee ist wohl nicht ganz deine Kragenweite.«

»Nein, aber zum Glück ja deine. Ich glaube, du hast heute deinen eigenen Rekord geknackt: zwei Minuten nach dem Kennenlernen. Gratuliere.« Sie bückte sich nach ihren auf dem Boden liegenden Heften und reichte eines davon Felicity. »Hier. Miss Ehle hat uns verwechselt.« Dann warf sie mir einen verächtlichen Blick zu.

»Keine Sorge, City. Lee wird uns nicht verwechseln«, Felicity war dem Blick der anderen gefolgt und nahm das Heft entgegen.

»Hoffentlich. Ich nehme nicht gern gebrauchte Ware«, erklärte City hochnäsig.

Mein Blick fiel auf das Heft. Im gleichen Moment fühlte ich mich, als hätte mir jemand einen Baseballschläger in den Magen gehauen.

Felicity Stratton stand darauf.

»Stratton?«, erkundigte ich mich. Ich hörte, wie belegt meine Stimme klang. »Du heißt Stratton?«

Felicity sah mich verliebt an und nickte. Ich wusste, der Kuss hatte seine Wirkung nicht verfehlt. Das tat er nie.

»Ja. Noch. Aber wer weiß, ob ich nicht irgendwann einen neuen Nachnamen bekomme? FitzMor zum Beispiel.«

Hinter ihr erklang ein abfälliges Stöhnen. City tat, als müsse sie sich übergeben. Ihre Pölsterchen an den Hüften waren unter dem hässlichen T-Shirt deutlich zu erkennen, als sie sich vorbeugte. Moment mal ... City war bestimmt nicht ihr richtiger Name.

Mir schwante Übles.

Trotzdem musste ich mir diesmal sicher sein. »Und du bist City?«

Sie sah mich so verächtlich an wie ich sie wohl vorhin.

»Ja. Aber meine Freunde nennen mich Felicity. Felicity Morgan«, erklärte sie hochnäsig.

Jetzt war mir richtig schlecht. Ich hatte einen riesengroßen Fehler begangen.

Ich hatte die Falsche geküsst und an mich gebunden.

Nicht die Auserwählte schmiegte sich verliebt an mich. Die stand mir gegenüber und war alles andere als die Traumfrau, die ich mir ausgemalt hatte.

FELICITY

DER AUFTRITT

Es war Montag, der dritte September. Der Tag begann wie viele andere auch. Ich kam zu spät zur Schule. Wer hätte gedacht, dass sich an diesem Tag alles in meinem Leben ändern sollte? Wenn ich es auch nur ansatzweise geahnt hätte, hätte ich auf jeden Fall mehr auf mein Aussehen geachtet. Oder wäre im Bett geblieben.

Die Gänge des Horton College hatten sich schon geleert, als ich an mein Schließfach hechtete und mein Geografiebuch zwischen einem mit Saft und Pudding befleckten T-Shirt und anderen Schulbüchern suchte. In meiner Hektik fielen ein Deospray, ein paar lose Blätter und ein zerfledderter Roman auf den Boden. Umständlich raffte ich alles auf, knallte den Kram zurück in den Spind und versuchte abzuschließen. Dabei brach mein Schlüssel ab. Na toll. Wenn was schiefging, dann richtig. Ausgerechnet zur Doppelstunde bei Ms Ehle musste ich zu spät kommen!

»Ah, Miss Morgan beehrt uns«, sagte sie auch prompt, als ich mich in den Klassenraum schleichen wollte. »Haben Sie eine gute Ausrede parat oder soll ich eine für Sie erfinden?«

»Schreiben Sie ins Klassenbuch ›starker Verkehr‹«, antwortete ich liebenswürdig.

»Sie wohnen direkt hinter dem College«, meinte sie trocken. Sie trat einen Schritt näher und schnupperte. »Rieche ich an Ihnen etwa Alkohol?«, fragte sie streng.

Oh, Mist. Das hatte ich vergessen. »Ja, Miss Ehle«, antwortete ich und senkte meinen Blick. Nicht weil ich verlegen war, sondern um ein Grinsen zu unterdrücken.

»Sie betrinken sich und sind noch nicht einmal einundzwanzig?«

»Ich bin achtzehn«, klärte ich sie unnötigerweise auf.

»Und trinken mitten in der Woche Alkohol? Sie wissen, dass ich das der Schulleitung melden muss, nicht wahr?«

Ich nickte.

»Setzen Sie sich auf Ihren Platz. Ich möchte endlich mit dem Unterricht beginnen.«

Schnell befolgte ich ihre Anweisung und huschte zu meinem Tisch. Während ich Federmäppchen, Block und Buch auspackte, kam von hinten ein Zettel auf meine Bank geflogen.

Mittwochsmotto: Ehle in Strapsen mit Bunnyöhrchen stand darauf. Ich drehte mich um und grinste Phyllis zu. Sie zwinkerte und Corey neben ihr wackelte mit seinen buschig roten Augenbrauen und einem anzüglichen Grinsen.

Als ich mich nach den anderen Mitschülern umsah, stellte ich fest, dass alle den wissend grinsenden Gesichtsausdruck trugen. Auch sie stellten sich also Ms Ehle in aufreizenden Dessous mit Hasenohren vor. Bei der ein Meter sechzig großen und mindestens neunzig Kilo schweren Ms Ehle mit ihren kurzen, fettigen Haaren ohne erkennbare Frisur war diese Vorstellung mehr als absurd – und machte somit die Stunde erträglich. Öl- und Gasvorkommen in Aserbaidschan. Ich versuchte mein Gähnen zu verstecken und überlegte, dass an dem mächtigen Hinterteil von Ms Ehle ein Hasenschwänzchen glatt untergehen würde. Bridget Jones war eine Sexbombe im Vergleich zu ihr.

Als der Gong schlug, sprangen wir auf, als hätte uns jemand Nadeln in den Hintern gestochen, und rannten hinaus.

»War's wieder spät gestern Abend?«, fragte Phyllis im Flur. Sie war meines Erachtens das schönste Mädchen der Schule. Ihre Haut hatte die Farbe von Milchkaffee, sie hatte eine Figur und Haare wie Naomi Campbell und ein ebenmäßiges Gesicht mit hohen Wangenknochen und schokoladenbraunen Augen. Neben ihr fühlte ich mich oft ziemlich unscheinbar und plump. Aber das Schönste an Phyllis war: Ihr war das Aussehen egal. Mein Glück, denn sonst wäre ich bestimmt nicht ihre beste Freundin.

»Ziemlich«, antwortete ich. »Wer hat sich denn das Mittwochsmotto heute ausgedacht?« Corey war mit einem zufriedenen Grinsen im Gesicht zu uns aufgerückt. »Ach, was frag ich überhaupt. Hast du dir mal überlegt, dass die Vorstellung von Lehrern in Strapsen etwas Furchterregendes hat?«

Er zuckte die Schultern. »Kommt drauf an. Bei Mr Singer stimme ich dir zu.«

»Uäh!«, riefen Phyllis und ich einstimmig.

»Was habt ihr denn für ein Problem?« Jayden hatte uns eingeholt. Dadurch keuchte er ein wenig.

»Wann speckst du endlich mal ab?«, fragte Corey ihn missbilligend. »Denk dran, Dicke leben nicht lang.«

Jayden ignorierte ihn und wandte sich an mich. »Felicity, du stinkst, als wärst du gestern Abend in ein Fass Glenfiddich gefallen. Und so k.o. siehst du auch aus. Hat deine Mutter dich schon wieder im Pub eingesetzt?«

Ich lächelte ihn dankbar an. Wenigstens meine Freunde konnten sich denken, weshalb ich oft zu spät war und manchmal nicht ganz taufrisch aussah.

Jayden mochte zwar eins achtzig groß sein, hatte aber definitiv zwanzig Kilo zu viel. Gepaart mit seinem furchtbaren Geschmack in Sachen Klamotten wirkte er auf den ersten Blick wie eine billige Chris-Tucker-Imitation. Allerdings hatte Jayden einen messerscharfen Verstand. Keiner an der Schule konnte ihm im Unterricht das Wasser reichen.

»Sorry. Ich habe den Geruch gar nicht bemerkt, als ich mich heute Morgen angezogen habe«, erklärte ich schnell. »Vielleicht sollte ich in der Mittagspause nach Hause flitzen und mir ein frisches T-Shirt anziehen.«

»Ich habe noch eins in meinem Spind«, bot mir Corey an.

»Äh, ich auch«, meinte ich zaghaft. Schließlich kannte ich Corey gut genug, um zu wissen, dass er mit seinen Sachen noch sorgloser umging als jeder andere von uns. »Meines ist mit Speiseresten bestückt. Und deines?«

»Sauber. Ich hab's als Ersatz.«

»Oh. Wenn das so ist ... Prima, danke.«

Ruby und Nicole schlossen vor Coreys Schließfach zu uns auf.

»Morgen, Felicity, geht es dir gut?«, fragte Ruby mitfühlend.

Ich sah, wie ihre Nase bebte, weil sie den verschütteten Whiskey auf meinem Shirt roch. »Schon okay. Ich geh mich nur gerade umziehen. Danke, Corey.«

Ich nahm das T-Shirt entgegen und eilte in das nächste Mädchenklo. Erst als ich frisch umgezogen in den Spiegel blickte, sah ich, was auf dem Shirt stand: Sexgott.

Aber ich sagte mir, besser das, als nach Pub zu stinken.

Trotzdem atmete ich ein paarmal tief durch, ehe ich in den Gang trat. Meine Freunde warteten noch immer vor Coreys Schließfach auf mich.

Nicole, Jayden und Phyllis brachen in lautes Gelächter aus, als sie mich sahen. Nur Ruby sah mich stirnrunzelnd an.

Die elfenhafte Ruby konnte einem Witz wie immer nichts abgewinnen. Corey allerdings amüsierte sich köstlich.

Ich lächelte gequält. »Danke, Corey. Ich weiß nicht, was schlimmer ist. Der Whiskeygeruch oder dieses Shirt. Mal abgesehen davon, dass ich hier drin versinke.«

»Ich finde, es steht dir«, grinste Corey frech und stierte auf meine Oberweite. »Du füllst es zumindest besser aus als ich.«

»Denkst du eigentlich auch mal an was anderes als Sex?«, fragte Nicole.

»Selten«, gestand Corey.

Ich musste zweimal hintereinander niesen. Der Geruch des Weichspülers kitzelte in meiner Nase. Dadurch bekam ich die Aufregung um mich herum etwas verspätet mit.

»Guter Gott, wer ist denn das?«, hörte ich Nicole atemlos fragen. Ich musste wieder niesen. Erst da sah ich ihn. Er kam an der Seite der Direktorin auf uns zu. Selbst die Direktorin Mrs Haley-Wood schaute schmachtend zu ihm auf. Er war schlank und wirkte äußerst sportlich. Seine Haare waren dunkelblond, dicht, verwuschelt, als würde er ständig darin wühlen, und an den Seiten so lang, dass sie die Hälfte seiner Ohren verdeckten. Zudem war er groß. Sehr groß. Größer als alle anderen Jungs an unserem College. Und er hatte das schönste Gesicht, das ich je bei einem Mann gesehen hatte.

Zugleich bewegte er sich mit einer Lässigkeit, die Corey sich seit Jahren anzueignen versuchte. Bislang ohne Erfolg.

»Meine Güte, Alex Pettyfer ist seit eben auf unserer Schule«, hauchte Nicole. Ihr und Phyllis stand der Mund weit offen.

»Quatsch. Der Typ dahinten ist viel größer«, korrigierte Corey. Er klang betroffen. Ruby hatte die Augenbrauen bis zum Haaransatz hochgezogen. Einzig Jayden wirkte unbeeindruckt.

Mrs Haley-Wood und der Neue kamen näher.

»Nur noch ein paar Meter«, flüsterte Nicole beschwörend. »Nur noch ein paar Meter. Komm her. Hierher. *O verdammt.*«

Letzteres rief sie ebenso empört wie laut. Wir wussten, weshalb. Felicity Stratton, die Edelzicke, und ihre Anhänger hatten sich geschickt der Direktorin in den Weg gestellt. Felicity und ich teilten uns den gleichen Vornamen, aber damit endete jegliche Ähnlichkeit. Felicity wurde immer mit ihrem vollen Namen angesprochen, sie war groß, schlank und topmodisch gekleidet. Ich hieß bei allen, mit Ausnahme von Phyllis und den Lehrern, *die Stadt* oder schlicht *City*. Den Spitznamen hatten Felicity und ihre illustren Freundinnen mir verpasst. Nicht nur, um uns zu unterscheiden, sondern mit der Begründung, ich sei so kantig und schmutzig wie die City of London.

Wir konnten hören, wie Mrs Haley-Wood Felicity vorstellte und ihr erklärte, es handele sich bei dem Unbekannten um einen neuen Mitschüler.

»Warum ausgerechnet immer sie?«, stöhnte Nicole. »Wie eine Spinne, die ihre Fühler ausstreckt.«

»Spinnen haben aber keine Fühler«, meinte Ruby irritiert.

Corey rollte mit den Augen. »Das ist eine Metapher, Ruby.«

»Oh, verstehe. Hättest du dann nicht besser gesagt, ihre Netze auslegt oder so was?« Ruby war bildhübsch, sah aber oft die Dinge etwas anders als wir anderen. Ihre Aussage bewies wieder einmal, dass sie mit Wortspielen nicht zurechtkam.

»Auf jeden Fall kann Felicity gut ihr Gift verspritzen«, sagte ich trocken. »Ich glaube, der ist eine Nummer zu groß für uns. Soll er doch mit Felicity und ihrer Clique von arroganten Schnöseln glücklich werden.« Ich beobachtete, wie Felicity dem Neuen eine Hand auf den Arm legte. Sie würde auf jeden Fall alles daransetzen ihn ihrem ausgewählten Kreis von Bankerkindern, künftigen Politikern und Schauspielern zuzuführen.

»Ob er Irish Stew mag?«, überlegte Ruby und sah dem Neuen zu, wie er lässig sein Gewicht von einem Bein auf das andere verlagerte und die Hände in die Taschen schob.

Wir sahen sie alle groß an.

»Wieso Irish Stew?«, hakte Corey nach.

»Hm, ich mag's nicht. Er könnte meine Portion heute Mittag haben.«

»Er kann auch meine haben, wenn er sich dafür neben mich setzt«, kicherte Nicole. »Wer muss schon essen bei diesem Anblick?«

Er war wirklich umwerfend und zog die Aufmerksamkeit sämtlicher auf dem Gang befindlicher Studenten auf sich.

Und auf einmal schaute er auf und mir direkt in die Augen. Erschrocken musste ich ein weiteres Mal niesen. Dabei machte ich einen kleinen Schritt zurück und fiel über meine Tasche. Rundherum lachten alle laut auf.

»Na toll. Jetzt weiß er, dass Bridget Jones auch an dieser Schule ist.« Umständlich rappelte ich mich auf.

»Und er hat einen hervorragenden Blick auf dein mächtiges Hinterteil werfen können«, meinte Corey und schlug mir jovial auf die Schulter.

Ich stöhnte und schloss einen Moment die Augen. Gab es hier ein Loch, in das ich versinken konnte? Als ich die Augen wieder aufschlug, sah ich seinen Blick mit den typischen Empfindungen, mit denen ich oft gemustert wurde: Amüsement, Herablassung und ein wenig Mitleid.

»Komm mit, Lee«, sagte Felicity und hakte sich bei ihm unter. »Ich zeige dir, wo der Englisch-Kurs ist.«

Er ließ sich willig mitziehen.

Ich konnte sein zufriedenes Grinsen bis hierher sehen. Und genau das würde ich die nächste Stunde ertragen müssen. »Ich muss gehen. Wir sehen uns in der Mittagspause.« Ich schulterte meine Tasche und ging mit energischen Schritten die Treppe hoch.

»Oh, frag ihn bitte, ob er mein Stew möchte, ja?«, rief mir Ruby hinterher.

Ich ignorierte sie. Leider konnte ich Ms Ehle, unsere Geografielehrerin, nicht ignorieren.

»Miss Morgan, Sie haben Ihr Heft verloren.« Sie reichte mir das Heft und eilte weiter.

Ich sah auf den Umschlag. Von wegen mein Heft. Sie hatte mir Felicitys Heft gegeben. Ich spielte ernsthaft mit dem Gedanken, es ins nächste Klo zu werfen. Aber leider hatte Ms Ehle ein langes Gedächtnis. Sie würde mir eher Trunkenheit nachsehen als den Verlust eines Lehrmittels aus ihrem Unterricht.

Ich warf meinen Rucksack so auf den Rücken, dass ich hoffte damit den Aufdruck verdeckt zu bekommen. Jeder, der mir entgegenkam, grinste breit, sobald er »Sexgott« las. Ich konnte es keinem verübeln. Auf halbem Weg fühlte ich, wie der Rucksack rutschte. Dummerweise hatte ich soeben eine Hand in meinen Haaren, um ein paar Strähnen zu entwirren, und in der anderen Felicitys Heft. Der Rucksack rutschte und ich stolperte. Da bemerkte ich aus den Augenwinkeln eine Bewegung. Zu dumm.

Ich wurde unfreiwilliger Zeuge, wie Felicity den Neuen mit aller Kunst küsste. Zu meiner Genugtuung schien er es nicht sonderlich zu genießen. Sobald er mich entdeckte, brach er den Kuss ab.

»Entschuldigung«, murmelte ich und konnte den sarkastischen Tonfall nicht ganz unterdrücken.

Felicity drehte sich um.

»Verschwinde, City. Spionierst du mir etwa nach?«

»Weshalb sollte ich dir wohl nachspionieren?«, fragte ich, ehrlich amüsiert. »Glaubst du vielleicht, ich will lernen, wie man sich in der Öffentlichkeit lächerlich macht?«

»Das brauchst du nicht zu lernen. Das kannst du von ganz allein«, fauchte Felicity. »Hau ab, City. Lee ist wohl nicht ganz deine Kragenweite.«

Den Speed-Knutscher konnte sie gerne behalten. »Nein, *City*, aber zum Glück ja deine. Ich glaube, du hast heute deinen eigenen Rekord geknackt: zwei Minuten nach dem Kennenlernen. Gratuliere.« Ich reichte ihr das Geografieheft. »Hier. Miss Ehle hat uns verwechselt.«

Lee hatte noch immer kein Wort gesagt, aber sein Blick sprach Bände. Allerdings schien er nicht ganz so bezaubert von Felicity zu sein, wie man es nach einem Kuss hätte erwarten sollen. Vielleicht hatte sie Mundgeruch? Hoffentlich waren es Knoblauch oder – noch schlimmer – Zwiebeln.

»Keine Sorge, City, Lee wird uns nicht verwechseln.«

Sie kam näher und nahm das Heft. Nein, kein Mundgeruch. Schade.

»Hoffentlich. Ich nehme nicht gern gebrauchte Ware.« Jedenfalls keine abgelegten Typen von Felicity Stratton. Ein bisschen mehr Stolz besaß ich schon.

Lee sah dagegen aus, als habe ihm Felicity während des Kusses eine giftige Kapsel verabreicht. Er starrte mit riesigen Augen auf das Heft, dann auf Felicity.

»Stratton?«, krächzte er. »Du heißt Stratton?«

Felicity nickte schmachtend. »Ja. Noch. Aber wer weiß, ob ich nicht irgendwann einen neuen Nachnamen bekomme? FitzMor zum Beispiel.«

Oh. Mein. Gott. Wusste sie nicht, dass man Jungs nie mit *Ich-will-ein-Kind-von-dir* überfallen darf? Lee sah im Moment aus, als wäre ihm schlecht. Tja, liebe Felicity, das ging wohl zu schnell. Geschieht dir recht. Ich wandte mich ab, um zum Klassenraum zu gehen. Das hier war ja nicht zu ertragen.

Eine Hand umfasste meinen Oberarm. Ich zuckte zusammen, ein elektrischer Schlag durchzuckte mich. Lee hielt mich fest und sah mir direkt in die Augen.

»Was?«, fragte ich pampig. Ich wollte keinesfalls eine Ohrfeige riskieren. Als ich vor acht Jahren hierhergekommen war, waren Jungs noch nicht ganz so sparsam im Verteilen von Hieben; die waren mir in guter Erinnerung geblieben. Und nicht alle Jungs legten diese pubertäre Eigenschaft ab. Der Typ funkelte im Augenblick zumindest dermaßen, dass ich das Schlimmste befürchtete. Er machte mir Angst.

In dem Moment ließ er mich los und blinzelte zweimal. »Heißt du tatsächlich City?«

Ich richtete mich auf und sagte so freundlich wie möglich im besten Oxford-Akzent: »Natürlich nicht. Meine Freunde nennen mich Felicity. Felicity Morgan.« Er sah mich so erschüttert an, als hätte ich gesagt, ich wäre die Prinzessin von Wales.

UNTERRICHT MIT DEM HEISSESTEN TYPEN DER SCHULE

Englische Literatur war einerseits fantastisch und andererseits schrecklich. Fantastisch, weil unser Lehrer Mr Sinclair tollen Unterricht machte mit viel Literatur, sowohl klassischer als auch moderner. Genau mein Fall. Schrecklich war allerdings, dass keiner von meinen Freunden den Kurs bei Mr Sinclair belegte. Ich war allein mit dem gesamten Star Club und ein paar anderen, die den Star Club anhimmelten.

Deswegen saß ich auch isoliert in Englisch. Neben der stinkenden Stadt, die angeblich Läuse aus dem Pub mitschleifte, wollte niemand sitzen. Dafür hatten Felicity und ihre noblen Freunde gesorgt.

Ich setzte mich an meinen einsamen Tisch und breitete meine Schulsachen aus. Dann versuchte ich, wie immer, rundherum alles auszublenden und mich einzig auf den Unterricht und die Bücher zu konzentrieren. Lord Byron machte es einem sehr einfach damit.

Nur diesmal nicht. Ein Schatten fiel auf Byrons »Giaur«. Als ich aufsah, stand ER vor mir.

»Ist der Platz noch frei?«, fragte der Neue und ich hörte zum ersten Mal seine Stimme, wenn sie nicht krächzte. Sie war in Wirklichkeit etwas tiefer, voller und erinnerte an Eiscreme – irgendwie schmelzend, verlockend und erfrischend.

Felicity, reiß dich zusammen, sagte ich mir, aber ich konnte nicht verhindern, dass ich ihn anstarrte.

Er setzte sich mit einer eleganten, fließenden Bewegung auf den freien Stuhl neben mir und lächelte aufmunternd, indem er alle seine weißen, blitzenden Zähne zeigte. Ob er auch für Zahnpasta modelte? Bei den Beißern bestimmt. Sein Lächeln wurde breiter.

»Wie ist hier der Englischunterricht so?«

Ich wandte mich lieber wieder Byron zu. Obwohl der seinerzeit auch als Frauenschwarm gegolten hatte, war er mir lieber. Schließlich war er tot. Der Typ neben mir war dagegen äußerst lebendig – und gefährlich. Wer sich von Felicity Stratton innerhalb von zehn Minuten küssen ließ, konnte überhaupt nicht harmlos sein. Suchte er vielleicht eine Möglichkeit, um mich weiter lächerlich zu machen? Der Star Club wäre begeistert.

»Hör mal, Felicity, es tut mir leid, wir hatten vielleicht keinen guten Start …«

Er war ganz schön hartnäckig.

»Wir haben gar nichts«, stellte ich richtig. »Du hast …« Ich stockte. Was hatte er? Mit Felicity Stratton geknutscht. Na und? Das ging mich nichts an. Und ich konnte ihm schlecht seine arrogante Miene vorwerfen. Die gehörte bestimmt zu seiner Grundausstattung.

»Oh, du bist eifersüchtig?« Er klang amüsiert.

Ich atmete tief ein und sah ihn direkt an. »Ja, genau. Eigentlich wollte ich dich schon in der Halle überfallen, aber ich habe leider zu viele Hemmungen. Dein unglaubliches Aussehen hat mich doch glattweg eingeschüchtert, sonst bin ich nämlich nicht so zurückhaltend und küsse direkt jeden, der daherkommt.« Ich lächelte ihn genauso breit an wie er mich vorhin. Wohl wissend, dass meine Zahnspange die gegenteilige Wirkung von seinem Lächeln hatte.

Eigentlich hatte ich erwartet, dass er erschrocken zurückzucken würde. Tat er aber nicht. Er hatte tatsächlich den Anstand, zerknirscht auszusehen. Aber nur einen kurzen Moment, dann zuckten seine Mundwinkel und ein amüsiertes Grinsen brach durch.

»Okay, ich hab's verstanden. Entschuldige meinen unmöglichen Auftritt. Lass uns noch mal ganz von vorn anfangen, ja? Ich bin Lee FitzMor.«

Er hielt mir die Hand hin. Ich zögerte. Aber wenn ich nicht einschlug, würde er mich für die Art unmögliche Zicke halten, die in Hollywood-Filmen das typische Mauerblümchen verkörpert.

»Felicity Morgan«, sagte ich und ergriff seine Hand. Im selben Moment zuckte ich erschrocken zurück. Seine Berührung löste einen elektrischen Impuls aus, einen Stromschlag, als hätte ich einen der Viehzäune in Cornwall angefasst.

Ich sah auf und erkannte, dass er genauso erschrocken war wie ich.

Ehe einer von uns reagieren konnte, wurden wir gestört.

»Hör mal, Lee«, Felicity setzte sich aufreizend auf meine Hälfte des Tisches, auf Byron drauf. »Magst du dich nicht lieber zu uns setzen?« Sie deutete mit dem Kopf zur anderen Ecke des Klassenzimmers, wo Jack Roberts, Cynthia Newmarket, Ava Gartner saßen, kurz der gesamte Star Club. »Wir rutschen ein bisschen zusammen, dann wirst du weniger abgelenkt.«

Ha, mit diesem Wimpernaufschlag? Der ließ sogar Jack Roberts regelmäßig durchdrehen, und das, obwohl der seit Jahren dran gewöhnt sein müsste. Ich erwartete, dass Lee jetzt aufstehen und ohne ein Wort mit Felicity gehen würde und dies unser letztes Gespräch gewesen wäre, aber ...

»Nein, danke. Ich sitze gut.«

Ich weiß nicht, wer verblüffter aussah, Felicity oder ich.

Doch so leicht gab sie nicht auf. Sie beugte sich vertraulich zu ihm und sagte, so laut, dass jeder im Umkreis von fünf Metern es hören konnte: »Du musst nicht neben der Stadt sitzen. Neben der will niemand sitzen. Sieh dir nur ihre Haare an.«

Meine Haare? Unwillkürlich fuhr ich mit der rechten Hand in meine Mähne. Zugegeben, sie waren dicht und lockig, nicht so lockig, dass sich niedliche Korkenzieher gebildet hätten, aber als eine Föhnwelle gingen sie allemal durch. Meine Hand blieb sofort in ein paar Knoten hängen. Ach, du lieber Heiland. Ich sah bestimmt aus wie ein gerupftes Huhn. Weshalb hatte Phyllis nichts gesagt? Ich gab das Entwirren auf.

»Schon okay, Lee, Liebling«, sagte ich und klimperte mit meinen Wimpern. »Geh ruhig mit Felicity spielen. Ich bin nicht eifersüchtig.«

Ich hoffte inständig, er würde gehen. Ich schämte mich nämlich gerade zu Tode. Kam ich tatsächlich immer so ungepflegt zur Schule? Wie peinlich.

»Nein, danke, Schatz«, sagte Lee zu meinem Erstaunen. »Wer achtet schon auf die Haare bei einem so umwerfenden Lächeln?«

Ich wusste genau, dass sowohl Felicity als auch ich wieder ähnlich dämlich dreinsahen.

Zumindest ging sie an ihren Platz zurück und gab meinen Byron frei.

Sobald sie verschwunden war, flüsterte ich meinem neuen

Banknachbarn zu: »Äh, Lee, ich habe echt kein Problem damit, wenn du dich zu denen setzt.«

Lee lehnte sich entspannt zurück. »Nein, ehrlich. Ich möchte hier sitzen bleiben. Hier hat man eine gute Sicht auf die Tafel.«

Ehe ich etwas erwidern konnte, betrat Mr Sinclair den Klassenraum und begann mit dem Unterricht. Allerdings konnte ich mich heute nicht so darauf konzentrieren wie sonst.

Sobald es klingelte, sprang ich auf und eilte nach draußen. Ich musste unbedingt ins nächste Klo und meine äußere Erscheinung in Ordnung bringen. Mit einem sauberen T-Shirt allein war es doch nicht getan.

Ich kämmte meine Haare, versprühte großzügig Deo und bereute, dass meine alte Wimperntusche leer war und ich sie noch nicht ersetzt hatte.

Als ich den Biologieraum betrat, warteten meine Freunde schon alle auf mich.

»Und?«, fragten Phyllis und Nicole unisono.

»Wie sehe ich aus?«, ignorierte ich ihre Frage.

Die beiden sahen mich erstaunt an. »Okay. Wieso?«

»Hast du was mit deinen Haaren gemacht?«, fragte Phyllis und betrachtete neugierig meinen Kopf.

Ui, war es so offensichtlich?

»Äh, nur gekämmt. Ich bekomme die Welle einfach nicht gebändigt.«

»Weshalb?«, wollte Nicole wissen. Aber im gleichen Moment war ihr die Antwort egal, denn sie starrte auf jemanden hinter mir.

»Wegen mir hättest du dich nicht hübsch machen müssen«, sagte Lee und ließ sich wie selbstverständlich auf dem Stuhl neben mir nieder.

Dann erst schaute er zu Phyllis und Nicole, die ihn groß anstarrten. »Verzeihung. Sitzt hier einer von euch?«

»Nein, nein, kein Problem«, versicherte Phyllis schnell. Sie sah zwischen Lee und mir hin und her. Ihre Augen blitzten.

»Ich glaube, wir kennen uns noch nicht«, sagte Lee, als er Phyllis' Blick auffing. Das verzieh ich jedem – Phyllis zog immer alle Blicke auf sich mit ihrer Café-au-lait-farbenen Haut, den langen, seidig schwarzen Haaren und ihren grazilen Gesichtszügen.

»Phyllis Lasseter«, stellte ich vor. »Und das ist Nicole Laverick.«

Nicole und Phyllis schüttelten Lee die Hand, aber keine von beiden schien einen elektrischen Schlag zu spüren, wie ich ihn gespürt hatte. Sie waren einfach nur hingerissen, wie Felicity Stratton.

»Hallo«, hauchte Nicole verzückt. Sie konnte ihre Augen gar nicht abwenden. Damit konnte sie den kräftigen Schlag auf ihren Rücken nicht voraussehen.

»Hey, altes Haus, kann ich mal deinen Genstrang sehen?« Corey linste über ihre Schulter.

»Du meinst wohl meinen DNA-Strang«, korrigierte Nicole ungehalten.

»Und wennschon«, Corey zuckte gleichgültig mit den Schultern und hielt Lee die Hand hin. »Hallo, ich weiß, wer du bist. Ich kenne dich aus Beastly. Warum, zum Henker, drückst du noch mal die Schulbank? Gab's keine Filmangebote mehr?«

Phyllis und ich tauschten einen Blick und grinsten breit. Typisch Corey. Obwohl ich mir nie sicher war, ob er sich absichtlich so dumm stellte oder ihm derartige Sprüche nur herausrutschten.

Lee nahm es jedenfalls locker.

»Ich heiße Lee FitzMor. Die Filmangebote waren in letzter Zeit tatsächlich recht spärlich.«

Coreys Augen weiteten sich. »Corey McKenna. Lee? Entschuldigung. Ich dachte ... ähnlich ... äh ... Lee ist ein ungewöhnlicher Name.«

Bevor Corey einen Witz darüber reißen konnte, betrat Ms Greenacre den Klassenraum und jeder suchte seinen Platz.

Nach der Biologiestunde schnappte Felicity Lees Arm und zerrte ihn hinter sich in Richtung Cafeteria. Ohne uns eines weiteren Blickes zu würdigen, folgte er ihr.

STAR CLUB VS. LOSER

»Das war's dann wohl«, sagte Nicole und sah zum Star Club am anderen Ende der Cafeteria. Es klang wie eine Feststellung, nicht enttäuscht. Lee saß lachend und plaudernd zwischen Jack, Ava und Cynthia.

»Bitte haut mich, wenn ich mich je so verhalten sollte wie Felicity«, sagte ich und beobachtete, wie sie, einen Arm unter seinen geschlungen, schmachtend an seinen Lippen hing.

»Keine Sorge«, sagte Jayden, »du würdest dich nicht mal so verhalten, wenn Prinz Harry persönlich dir seine ewige Treue schwören würde.«

Ich sah ihn überrascht an. »War das ein Kompliment oder eine Kritik? Glaubst du, ich könnte mich nicht verlieben?«

Jayden aß ungerührt weiter. »Nein, ich glaube, du bist zu nüchtern für so ein Teeniegehabe. Genau wie ich.«

Ich wusste immer noch nicht, ob ich geschmeichelt oder beleidigt sein sollte. Hielten mich meine Freunde für so unromantisch? Anscheinend, denn keiner reagierte auf Jaydens Aussage.

»Hey, nur weil ich Prince Charming noch nicht begegnet bin, heißt das nicht, ich könnte mich nicht verlieben«, entgegnete ich energisch.

Als hätte ich soeben verkündet, ich wolle Schulsprecher des

Horton College of Westminster werden, hielten alle in ihren Bewegungen inne und starrten mich an. Phyllis fasste sich als Erste.

»Das hat niemand behauptet. Natürlich kannst du dich verlieben«, sagte sie und tätschelte mir beschwichtigend die Hand.

»Wer käme denn einem Prince Charming nahe?«, fragte Nicole neugierig.

Corey und Jayden beugten sich vor, als hätten sie Angst, etwas zu verpassen. Jetzt wusste ich, wie sich ein in die Ecke gedrängtes Kaninchen fühlte.

»Ich sag's dir, wenn ich ihm begegne«, erklärte ich und aß schnell weiter. Leider hatte ich vergessen, was es gab. Ich verzog angewidert das Gesicht. Eintopf war noch nie mein Fall gewesen.

Zwischen den letzten beiden Stunden suchte ich den Hausmeister und bat ihn das defekte Schloss an meinem Spind zu reparieren. Er war einer der wenigen an der Schule, die mich nicht verachteten. Er versprach freundlich, sich sofort darum zu kümmern, und händigte mir einen neuen Schlüssel aus. Ich eilte wieder zum Unterricht und bedauerte, dass der Hausmeister mich nicht bei dem Austausch brauchte.

Die letzte Stunde verlief wie jeden Mittwoch: Geschichte war eine endlose Aneinanderreihung von Daten, vorgetragen im monotonen Singsang von Mrs Crobb. Wenn ich nicht gelesen hätte, dass die spanische Armada 1588 niedergemacht worden war, dem endlosen Monolog unserer Lehrerin hätte ich es nicht entnehmen können.

Wie üblich saß ich allein – Felicity wich Lee nicht wieder von der Seite.

Aber ich war nicht enttäuscht. Ehrlich nicht. Es war von vorneherein klar gewesen, dass ein Junge wie Lee nicht mit den Losern herumhängen würde. Als endlich der Gong zum Schulschluss läutete, verlor ich ihn auch aus den Augen.

»In der nächsten Stunde bei Mrs Crobb brauchen wir unbedingt ein Motto«, stöhnte Nicole auf dem Weg aus dem Klassenzimmer.

»Bei der lässt mich jede Fantasie im Stich«, sagte Corey. »Wie sieht's aus mit euch? DVD-Abend bei mir? Ihr Mädels dürft aussuchen. Nur bitte: keine Vampire-Filme.«

Das klang gut. Wir sagten alle zu und verabschiedeten uns.

»Wohin, City?«, fragte Jayden, als ich in Richtung Flur strebte statt zum Ausgang.

»Zum Spind«, erklärte ich und winkte den anderen zu. »Ich muss unbedingt die alten T-Shirts zum Waschen mit nach Hause nehmen. Bis später!«

Es dauerte eine Weile, bis ich an den mir entgegenströmenden Schülern vorbeikam. Vielleicht hätte ich einfach heimgehen sollen, denn die Bemerkungen zu dem »Sexgott« auf Coreys T-Shirt waren wirklich lästig.

Doch allmählich wurden die Gänge immer leerer und schließlich war ich fast allein im Gebäude. Aber nur fast. Neben meinem Spind stand ein Pärchen in inniger Umarmung und küsste sich leidenschaftlich. Felicity presste ihren Körper der Länge nach an den von Lee. Sie drängte ihn gegen die Schränke und es sah aus, als wolle sie ihn aufsaugen. Ich war mir sicher kein Geräusch gemacht zu haben, trotzdem sah er auf einmal auf und mir direkt in die Augen.

Ich fühlte mich ertappt und wollte umkehren.

Doch Lee wandte sich von Felicity ab. »Wolltest du was?«,

fragte er und seine Stimme klang ein wenig heiser, wenngleich auch äußerst freundlich.

Felicity drehte sich um und entdeckte mich. »Was stehst du da rum, City?«, fauchte sie.

»Ich muss an mein Schließfach«, erklärte ich. Wahrscheinlich würde sie mich jetzt extra nicht dranlassen. Nicht nur, weil sie unterbrochen worden war, sondern auch, um mir eins auszuwischen.

Aber Lee tat etwas, das mich überraschte. Er schob Felicity entschieden beiseite und machte mir Platz. »Tut uns leid. Wir gehen.«

Felicity sah das garantiert nicht so. Sie kochte vor Wut. Ich sah sie ihre Hand gegen mich erheben. Auf eine Schlägerei hatte ich wirklich keine Lust. Ich drehte mich um und wollte gehen, ehe sie zuschlagen konnte.

»Hey, warte doch.« Lee hielt mich am Handgelenk fest und genau wie bei unserem Händeschütteln durchfuhr mich ein leichter elektrischer Schlag. Überrascht blieb ich stehen und drehte mich um. Er schien genauso verblüfft. »Entschuldige. Wir wollten eh gerade gehen.«

Ich sah zu Felicity, die mich nach wie vor wütend anfunkelte.

Lee ließ das unbeeindruckt. »Na los, Felicity. Es beißt dich niemand.« Er trat zur Seite und ich sah, dass er eine weitere Berührung vermeiden wollte.

»Sie heißt nicht Felicity«, fauchte Felicity. »Ich bin Felicity. Sie ist nur City, die Stadt. Genauso grau, schmutzig, morgens chaotisch und abends einsam und verlassen. Wie der Pub ihrer Mutter.«

Wie gerne hätte ich jetzt eine schlagfertige Antwort gegeben, bissig, witzig und zugleich ironisch, etwas, das sie erröten lassen und ihr ein für alle Mal ihr bösartiges Maul stopfen würde. Leider fiel mir nichts ein. Mir blieb nur ein letzter Rest Würde. Ich richtete mich auf und sagte so ruhig wie möglich: »Du hast deinen Standpunkt ziemlich deutlich gemacht. Ich weiß, wo ich stehe. Nicht nötig auch noch darauf herumzutrampeln.«

Jetzt wäre der ideale Zeitpunkt für die beiden gewesen zu verschwinden, denn meine Hände zitterten so stark, dass ich einige Zeit brauchen würde, bis ich den Schlüssel ins Schloss meines Spinds gesteckt bekäme. Lee sah mir ein letztes Mal in die Augen, dann fasste er entschlossen Felicitys Arm und zog sie zum Ausgang. Anscheinend fühlte sie keinen Stromschlag, denn sie folgte ihm, ohne zu zucken.

Ich schnappte mir meine T-Shirts, sobald ich dazu in der Lage war, räumte noch schnell den Schrank etwas auf und machte mich auf den Weg nach Hause.

Mum lag im Bett, als ich unsere Wohnung betrat. Wir wohnten hinter dem College in einer Mietwohnung direkt unter dem Dach. Das hatte Vor- und Nachteile. Ein großer Vorteil war, man hörte kaum etwas von dem Großstadtlärm, Nachteile waren die vielen Treppen zu unserer Wohnung (der Fahrstuhl war dauerdefekt), die gestaute Hitze im Sommer und Mrs Collins im mittleren Stockwerk, an deren Tür wir jedes Mal vorbeimussten. Ich fragte mich oft, ob sie auch etwas anderes tat, als uns im Flur abzupassen. Bis vor zwei Jahren war ich davon überzeugt gewesen, sie habe in alle meine Klamotten GPS-Chips eingebaut, weil sie immer genau wusste, wann ich die Treppe hochkam. Auch diesmal wieder.

»Na, Felicity, Schätzchen, Schule endlich aus?« Mrs Collins stand in ihrem üblichen rosa geblümten Kittel in der Tür. »Meinst du nicht, du verschwendest deine Zeit? Die A-Levels schaffst du ja doch nicht. Die sind so schwer! Und deine Mum könnte deine Hilfe im Pub gut brauchen.«

Jeden Tag die gleiche Leier. Wie gerne hätte ich ihr gesagt, sie solle sich um ihren eigenen Mist kümmern und mich in Ruhe lassen. Aber ich traute mich nicht. Zum einen mochte meine Mutter sie und war oft auf ihre Hilfe angewiesen gewesen; zum anderen war Mrs Collins' Sohn Tom die Sorte Mensch, die man sich nicht zum Feind machen wollte.

Also schluckte ich alles runter, nuschelte was von Hausaufgaben und beeilte mich eine Treppe höher zu kommen.

»Felicity, bist du's?«

Wer sonst?, dachte ich genervt, verbiss mir aber auch hier die pampige Antwort. Tränen konnte ich jetzt gar nicht brauchen.

»Ja, Mum.«

»Du bist spät, Liebling. Wie war die Schule?«

»Wie immer. Hast du Hunger?« Ich stellte die Tasche in meinem Zimmer ab und ging in die Küche auf der Suche nach dem Kopfsalat, den ich gestern gekauft hatte.

Ich wickelte ein paar Kartoffeln mit Olivenöl und Salz in Folie, schob sie in den Backofen und begann den Salat auseinanderzupflücken. Dazu hörte ich Radio. Kurz bevor die Kartoffeln gar waren, kam Mum in die Küche. Sie war schon fertig angezogen, um in zwanzig Minuten zum Pub zu gehen. Sie sah müde aus, wie immer. Aber in letzter Zeit wirkte sie noch dünner, noch faltiger im Gesicht.

»Stimmt was nicht, Mum?«, fragte ich vorsichtig, als sie zu

dem Kräuterquark auch noch Marmelade und Honig auf den Tisch stellte.

»Wieso?« Sie sah alarmiert auf, folgte meinem kritischen Blick und wurde rot. Schnell stellte sie die Marmelade und den Honig ins Regal zurück.

»Nichts Besonderes, Felicity, nur … Könntest du mir heute Abend wieder helfen?«

Ich hatte gerade das Besteck aus der Schublade geholt und drehte mich betroffen zu ihr um. »Mum, wir wollten bei Corey einen DVD-Abend machen.«

»Nur ein oder zwei Stunden«, flehte meine Mutter. »Es reicht, wenn du erst um sieben kommst. Aber ich muss unbedingt diese Auflistung fürs Finanzamt fertig machen. Du müsstest nur die Theke übernehmen. Mehr ist heute Abend bestimmt nicht los.«

Mehr war nie los.

»Bitte, ich muss nur noch zwei Aufrechnungen machen und die Belege dazu raussuchen.«

Ich sah Mums müdes, eingefallenes Gesicht und überlegte, dass ich mir doch nicht ruhigen Gewissens einen Film mit meinen Freunden anschauen konnte, wenn meine Mutter so viele Sorgen hatte. Mums leuchtende Augen, als ich nickte, waren es wert. Während des Essens stellte sie noch ein paar Fragen über die Schule und erzählte von dem Anruf meiner Schwester Anna und dass mein kleiner Neffe Jacob zum ersten Mal Granny gesagt hatte.

Dann stand sie auf, hauchte mir einen Kuss auf die Stirn und verabschiedete sich. »Bis um sieben!«

Ich nickte und aß weiter. Ihr Teller war nahezu unberührt. Ich aß auch ihre Kartoffel und den ganzen Salat. Dann spülte ich ab, stellte die Waschmaschine an und setzte mich schließlich an die Hausaufgaben.

Phyllis rief an und teilte mir mit, Jayden, Corey, Nicole, Ruby und sie hätten umdisponiert und würden sich den neuen Richard-Cosgrove-Film im Kino ansehen. Schweren Herzens sagte ich ab. Ich mochte Richard Cosgrove und seine Filme. Er sah nicht nur unglaublich gut aus, er war auch immer der vollendete Gentleman – und trotzdem waren seine Filme nicht übermäßig kitschig. Davon abgesehen hätte ich mir den Eintritt ins Kino momentan eh nicht leisten können.

Phyllis sagte zwar, wie leid es ihr täte, dass ich nicht mitkönne. Aber ich hörte an ihrem extrem sanften Tonfall, dass sie meine Absage im Grunde genommen nicht guthieß. Im Gegensatz zu allen anderen meiner Freunde behielt sie ihre Meinung für sich. Nicole und Jayden wären nicht so zurückhaltend. Corey auch nicht und Ruby würde andauernd versuchen mich doch zu überreden. Keiner von ihnen verstand die missliche finanzielle Lage, in der wir uns befanden. Nur Phyllis. Auch ohne große Worte akzeptierte sie meine Befangenheit. Deswegen mochte ich sie so gern. Ihr musste man nicht lange etwas erklären.

Sie versprach mir ein Kinoheft mitzubringen und wir verabschiedeten uns. Ich kehrte zu meinen Schularbeiten zurück.

Als ich um ein Uhr ins Bett kam, dachte ich, es könnte Schlimmeres geben, als im Pub zu arbeiten. Wie immer hatten die üblichen Gäste an der Theke gesessen: Stanley, Mike und Ed. Die einzige Einnahmequelle seit Jahren, drei Alkoholiker, die alle meine Mutter anschmachteten. Hin und wieder befürchtete ich, Mum könnte sich mit einem von ihnen einlassen. Immerhin war sie, seit ich denken konnte, allein. Aber dann sagte ich mir, Mum hat einen besseren Geschmack, als einen grobschlächtigen Einzelhandelsverkäufer wie zum Beispiel Mike auszuwählen. Die anderen beiden sahen durch den jahrelangen Alkoholkonsum genauso mitgenommen aus.

Und da alle Mum und mich seit Jahren kannten, fühlten sie sich ein wenig verpflichtet die Vaterrolle bei mir einzunehmen. Sie quetschten mich wesentlich mehr über die Schule aus, als Mum es je getan hatte, erzählten Parallelen zu ihrem eigenen Leben und philosophierten über die aktuellen Nachrichten. Dabei waren sie – trotz des Alkoholpegels – nie ausfallend, sondern eher witzig und unterhaltsam.

Keiner von ihnen hatte Familie. Mike nicht mehr. Seine Frau war seine Trunkenheit irgendwann leid gewesen und hatte ihn vor fünf Jahren verlassen. Er hatte auch keinen Kontakt zu seinen beiden Söhnen. Stattdessen lebte er seine Vatergefühle an mir aus. Stanley und Ed hatten nie geheiratet. Stanley hatte hin und wieder eine Freundin, aber die waren stets schnell wieder verschwunden. Ed hatte niemanden außer Stanley, Mike und meiner Mutter. Er war der Ruhigste von den dreien, und seine fünfzig Kilo Übergewicht, die langen, fettigen Haare und die Akne machten aus ihm auch keinen Adonis. Aber er schien zufrieden.

Mit uns sprach er. Nicht viel, aber immerhin. Doch sobald sich Fremde in den Pub verirrten, zog er sich in sein Schneckenhaus zurück und seine Augen wurden viel schneller glasig als sonst.

Heute Abend hatten die drei über den Einsatz unserer Soldaten in Libyen diskutiert. Während Stanley das Engagement gut fand, hatte Mike behauptet, sie sollten besser Bettpfannen in den Krankenhäusern und Altenheimen leeren.

Erst im Bett, kurz bevor ich die Augen zumachte, fiel mir wieder ein, dass es einen Neuen an unserer Schule gab, dem ich morgen wieder begegnen würde. Immerhin war er in manchen meiner Kurse. Allerdings bekäme ich bestimmt nicht viel von ihm zu sehen – Felicity hatte ihn schon sicher in ihren Fängen.

Wie sehr ich mich irrte.

KEIN TRAUM

Der Wecker klingelte und ich brauchte erst mal einen Moment, um das Geräusch überhaupt einzuordnen. Ich hatte ziemlich wirres Zeug geträumt. Von jagenden Hunden, Männern mit Geweihen auf dem Kopf, einer Hetzjagd durch einen dunklen Wald. Und andauernd erschien mir das Gesicht eines kleinen blonden Jungen mit blassblauen Augen. Benommen blinzelte ich zum Wecker und versuchte die großen, blauen Augen aus meinem Kopf zu verbannen. Ein Blick auf die Uhrzeit verdrängte sie schlagartig. Ich war schon wieder zu spät! Eine Art Déjà-vu übermannte mich, als ich aus dem Bett sprang, mich hastig anzog und schon aus dem Haus stürmen wollte. Ein letzter Rest Erinnerung an den Vortag ließ mich schließlich noch die Haare kämmen und einen Kaugummi in den Mund schieben, ehe ich loshetzte.

Genau wie gestern kam ich zu spät. Die Korridore waren schon verwaist. Ich hechtete die Treppen hoch und erreichte außer Atem den Englischraum. Mr Sinclair hielt mitten in seiner Erklärung inne und begutachtete mich mit zusammengezogenen Brauen.

»Entschuldigung, Sir, ich habe verschlafen«, erklärte ich kurzatmig.

»Setzen Sie sich, Miss Morgan, wir sprechen nach der Stunde darüber.«

Klar, ein einfaches »Kann schon mal vorkommen« war bei mir nicht drin. Dafür passierte mir das zu oft. Ich ging an den höhnisch grinsenden Gesichtern des Star Clubs vorbei zu meinem Tisch. Allerdings hielt ich kurz davor inne. Mein Tisch war nicht wie üblich leer. Lee hatte ich vorübergehend vergessen. Er sah mir mit einem mitleidigen, herablassenden Gesichtsausdruck entgegen. Am liebsten wäre ich umgekehrt und aus der Klasse gerannt. Super. Genau, was ich in einer solchen Situation brauchen konnte: einen aufgeblasenen Schönling, der mich bemitleidet.

Ich sah ihm in die Augen, atmete kurz durch und setzte mich so ruhig wie möglich auf meinen Platz neben ihn. Aus den Augenwinkeln sah ich seine Nasenflügel beben. Muffelte ich schon wieder so extrem nach Whiskey? Wenn ja, würde ich diesmal die zweite Stunde schwänzen und mich zu Hause duschen und umziehen.

Neben mir gab Lee ein seltsames Glucksen von sich. Seine Mundwinkel zuckten. Lachte er etwa? Mr Sinclair begann einen Text aus Wildes Dorian Gray vorzulesen. Ich konzentrierte mich. Das Glucksen hörte ich noch zweimal.

»O Gott, City, schon wieder?« Jayden sah mich kopfschüttelnd an.

»Tut mir leid«, sagte ich zerknirscht. »Ich geh gleich heim, mich umziehen.«

»Nein, ich rieche nichts«, erklärte er ungeduldig. »Unter deinen Augen liegen dunkle Ringe, so groß wie ein schwarzes Loch im Universum. Wie willst du deine A-Levels schaffen, wenn deine Mutter dich jede Nacht so lange im Pub stehen lässt?«

Gute Frage. Ich hatte keine Antwort. »Das geht schon irgendwie«, murmelte ich ausweichend. »Ich rieche nicht nach Alkohol?«

Jayden schüttelte den Kopf. »Aber geh und leih dir einen Concealer oder so was. Du siehst echt aus wie ein Vampir.«

Ich sah ihn konsterniert an. Woher wusste er, was ein Concealer war? Zu meinem Glück kam soeben Ruby auf uns zu.

»Ruby, kannst du mir ein wenig Make-up leihen?«, fragte ich, ehe Jayden mich bloßstellte und für mich fragte.

Rubys verträumter Blick wurde kritisch. Sie musterte mich kurz, dann zog sie mich entschlossen in die nächste Mädchentoilette. Als ich ein paar Minuten später in den Spiegel blickte, sah ich ziemlich erholt aus, auch wenn ich kurz vorm Einschlafen war. Die Ruhe im Klo und das geduldige Sitzen und Warten mit geschlossenen Augen, bis Ruby ihre Arbeit an mir beendet hatte, ließen meine ganze Erschöpfung hochkommen.

Ich stolperte zur nächsten Stunde und ließ mich müde auf meinen Sitz fallen. Das Licht ging aus, ein Overheadprojektor wurde angeschaltet und im gleichen Moment landete ein Zettel vor mir auf der Tischplatte:

Mrs Crobb zum Lachen bringen.

Das war ein Scherz, dachte ich noch. Das muss ein Scherz sein, denn wer hätte jemals in der Geschichte des College Mrs Crobb auch nur lächeln sehen? Ich sah zu dem strengen Gesicht von Mrs Crobb. Sie war ganz konzentriert darauf, der Klasse ihre Folie zu erläutern. Dann verschwamm alles.

»... Felicity ... ohnmächtig«, drang eine fremde Stimme durch den Nebel. Ich blinzelte. Aber eigentlich war ich zu müde zum Blinzeln. Ich wollte schlafen. Nur schlafen.

»Ich bringe sie an die frische Luft«, sagte wieder die unbekannte Stimme. Kurz darauf packte mich jemand. Ich fühlte, wie ich hochgehoben wurde. Jetzt zwang ich mich dazu, meine Augen aufzureißen.

»Bleib ja ruhig liegen«, murmelte Lee und presste mich noch fester an seine Brust.

Erschrocken hielt ich ganz still und schloss die Augen wieder. Er roch gut. Ein seltsamer Duft, auf jeden Fall nach frischer Luft, aber auch noch nach etwas anderem … Wald? Wiesen? Moos! Jetzt hatte ich es: Moos. Um Himmels willen, bloß nicht ins Schwärmen geraten, sagte ich mir und öffnete die Augen. Wir hatten die Treppe erreicht.

»Okay, jetzt kannst du mich runterlassen«, sagte ich und strampelte mich frei.

Lee setzte mich ab. »Bist du sicher?«

»Ja. Dir wird es bestimmt schon zu schwer. Ich bin schließlich keine Elfe.«

Er grinste breit, als hätte ich einen Witz gemacht. »Nein, du bist keine Elfe. Aber ich schaffe das.«

Das glaubte ich ihm. Mich hatte niemand mehr getragen, seit ich drei Jahre alt war. »Trainierst du mit Dreihundert-Kilo-Gewichten?«

»Hin und wieder«, sagte er ausweichend. »Komm, ich spendiere dir einen Kaffee.«

Kaffee! Allein das Wort klang schon verführerisch. Mir ging auf, dass ich seit bestimmt zwei Wochen keinen Kaffee mehr getrunken hatte, weil ich jeden Abend im Pub ausgeholfen hatte und dadurch morgens immer zu knapp dran war.

»Äh, musst du nicht in den Unterricht zurück?« Den Kaffee

hätte ich lieber alleine getrunken. Ohne einen blendend aussehenden Musterknaben, der alle Blicke auf sich zog und meine unzureichende Erscheinung damit unterstrich. Aber zu meinem Leidwesen grinste Lee nur und zuckte gleichgültig die Achseln.

»Die eine Stunde wird mich schon nicht umbringen.« Er nahm mich am Ellbogen und zog mich die Treppe hinunter.

Wir gingen zu Starbucks zwei Straßen weiter. Lee bestand darauf, den Kaffee zu bezahlen, und brachte mir ein Sandwich mit.

Ich hatte es zu schnell verschlungen, als dass ich es hätte ablehnen können. Ohne zu fragen, stand Lee wieder auf und kam mit einem weiteren zurück. Welches ich ebenso verschlang. Danach war ich auf jeden Fall nicht mehr so müde und konnte den ausgezeichneten Kaffee genießen.

»Danke«, sagte ich, lehnte mich in dem bequemen Sessel zurück. Ich war beschämt. Was mochte er von mir denken, wenn ich hier fraß wie ein ausgehungerter Wolf?

»Keine Ursache«, sagte er.

Ich starrte auf seine langen Beine, die sich vor uns austreckten und an den Knöcheln überschlugen. Ich wagte einen Blick auf seine gesamte Erscheinung – und bereute ihn sofort. Er bot das Bild vollkommen lässiger Eleganz. Hatte ich meine Haare heute Morgen überhaupt gekämmt?

»Kommt es öfter vor, dass du verschläfst?«, fragte Lee.

Wie konnte ich mich da rausreden, ohne direkt als Schlampe dazustehen? »Ich bin immer ein wenig knapp dran morgens. Ich muss mir endlich angewöhnen den Wecker früher zu stellen.«

»Was sagt denn deine Mom, wenn du immer zu spät bist? Weckt sie dich nicht?«

Ich zuckte die Achseln. Mir fiel etwas anderes auf. »Bist du Amerikaner?«

Damit hatte ich ihn überrascht.

»Nein. Wie kommst du darauf?«

»Du hast so einen Akzent.«

»Oh.« Er lachte verlegen. »Ich war bis vor kurzem in Kalifornien. Vielleicht haben die fünf Jahre doch ein wenig abgefärbt.«

Neugierig sah ich auf. »Kalifornien? Echt? Wo genau?« Er hätte auch Bukarest sagen können, ich wäre wahrscheinlich genauso angesprungen. Einmal die Welt sehen zu können. Aus London rauskommen. Ich wäre schon glücklich Cornwall noch einmal wiederzusehen.

»So toll ist es auch wieder nicht«, versuchte Lee mich zu beruhigen.

»Aber da scheint ständig die Sonne«, sagte ich und deutete mit dem Kinn zum Fenster, gegen das der Regen klatschte.

Er wiegte seinen Kopf hin und her. »Na ja, dafür hängt über L. A. ziemlicher Smog. Alles ist trocken und braun. London ist grün. Und wenn die Sonne scheint, ist der Hyde Park unübertrefflich.«

Ich bezweifelte das. Immerhin war der Hyde Park ständig überfüllt mit Menschen. Sonntags bei schönem Wetter kam man kaum durch. Ich konnte mich nicht einmal mehr an einen richtigen Wald erinnern oder wann ich das letzte Mal durch einen gegangen war. Wahrscheinlich mit meinem Großvater. Vor vielen Jahren, als er noch gehen konnte. Ehe er einen Rollator vor sich hergeschoben hatte und wenige Monate danach gestorben war.

Mir fiel auf, dass Lee mich beobachtete.

»Wirklich, Kalifornien ist nicht der Rede wert. Die essen nur Fast Food und das älteste Bauwerk ist fünfzig Jahre alt. Wer würde einen McDonalds schon dem Tower vorziehen?«

Ich zog zweifelnd eine Augenbraue hoch. »Dafür machen sie gute Filme. Ist nicht jeder in L. A. irgendwie in der Filmbranche? Warst du auch mal bei einem Dreh dabei?«

Er hob nur einen Mundwinkel und ließ meine Frage unbeantwortet. »Also, was ist mit dir los? Du kommst oft zu spät zum Unterricht, schreibst aber ziemlich gute Noten. Büffelst du abends so lange?«

Diesmal verweigerte ich die Antwort.

»Okay, dann rate ich mal. Deine Eltern führen einen Pub, der wahnsinnig gut läuft, und du kellnerst dort, um dir dein Studium zu finanzieren.«

»Hast du Erkundigungen über mich eingezogen?«, fragte ich misstrauisch.

Er zuckte unschuldig die Schultern. »Ein wenig.«

»Auf jeden Fall waren es die falschen«, sagte ich trocken. Von wahnsinnig gut laufen konnte bei Mums Pub wohl kaum die Rede sein.

»Ich muss mal kurz wohin.«

»Magst du noch einen Kaffee?«

Ich lechzte danach. Wann hatte ich schon mal Gelegenheit, so guten Kaffee zu bekommen? Zumal ich in den vergangenen zwei Wochen gar keinen getrunken hatte.

Er grinste und stand ebenfalls auf.

Als ich von der Toilette zurückkam, dampfte eine weitere Tasse auf dem Tisch zwischen uns. Lee blätterte gelangweilt in einer dieser Klatschillustrierten.

Ich öffnete den Deckel meines Pappbechers und wollte trinken, als mir auf der Deckelunterseite etwas auffiel.

Eine Telefonnummer und darunter der Name Sally.

Ich blickte zur Theke. Dahinter wurde gerade eine hübsche Blondine ganz rot.

»Hier. Der Kaffee ist meiner, aber der Deckel gehört definitiv dir.«

Ich hielt Lee den Plastikdeckel hin. Er sah irritiert darauf, folgte dann meinem Deuten zur Theke und grinste.

»Soll ich gehen?«, fragte ich und meinte es ernst.

Er sah mich groß an. »Warum?«

»Damit du deine Beute ins Visier nehmen kannst.«

Er stutzte, dann lachte er laut. »Du würdest tatsächlich das Feld räumen, nicht wahr?«, fragte er, als er sich wieder beruhigt hatte.

Ich antwortete nicht. Natürlich würde ich gehen. Ich wusste sehr wohl, dass wegen mir niemand eine so hübsche Bedienung sausenlassen würde.

»Ich bin mit dir hier«, sagte er, nahm aber den Deckel und steckte ihn ein.

»Ich bin beeindruckt. Ein Mann mit Prinzipien.«

Er lehnte sich wieder zurück und betrachtete mich mit verschränkten Armen. »Ich stelle fest, deine Zunge ist recht spitz, wenn du ausgeschlafen bist.«

Ich fühlte, wie ich rot wurde. Er mochte ja ein Schönling sein, der alles bekam, was er wollte, aber er war auch nett gewesen und hatte mir Kaffee und Sandwiches spendiert. »Tut mir leid. Ich sollte mich wohl eher bedanken.«

Er sah mich noch immer an. Ich hatte das Gefühl, er überprüfte, ob ich das sarkastisch meinte oder ernst. Konnte er Gedanken lesen oder so was in der Art? In seinem Blick flackerte etwas und er lächelte leicht.

»Keine Ursache. Gern geschehen. Glaubst du, wir können zurück in den Unterricht?« Er erhob sich mit dieser unnachahmlichen Eleganz.

Ich hievte mich schwerfällig aus dem Sessel und sah auf die Uhr.

»Hm. Jetzt hätten wir Mathe. Chemie haben wir verpasst«, stellte Lee fest. »Bist du sicher, dass du Mr Selfridge gegenübertreten kannst, ohne einzuschlafen?«

»Ich muss. Ich bin nicht die Hellste in Mathe und kann es mir nicht leisten, Stunden zu verpassen.«

Er musterte mich erneut, als würde er versuchen meine Gedanken zu lesen.

Schnell erklärte ich: »Danke. Ehrlich. Du hast mich gerettet.«

Er nickte und wir gingen zurück zur Schule.

»Eine Frage habe ich noch«, sagte er unvermittelt, kurz bevor wir die Schule erreichten. »Was sollte dieser Zettel?«

Ich sah ihn fragend an, dann fiel er mir wieder ein. Ich kicherte. »Das ist so eine Art Spiel, das sich Corey ausgedacht hat. Einer von uns denkt sich eine Aufgabe aus, die während des Unterrichts gelost werden muss. Aber nur bei den besonders langweiligen Lehrern und in den Stunden, wo wir alle zusammen sind. Es ist albern, ich weiß, aber es ist tatsächlich erheiternd.«

Lee grinste. »Dann gehe ich davon aus, dass Mrs Crobb schwer zum Lachen zu bringen ist.«

»Das war ein unmögliches Unterfangen«, stimmte ich zu.

»Hm. Und was passiert, wenn die Aufgabe nicht erfüllt wird?«

Ich kaute auf meiner Unterlippe. »Na, dann ist es halt so.«

»Das ist langweilig«, sagte Lee bestimmt. »Ihr braucht einen Anreiz, sonst bemüht sich keiner richtig.«

Ich sah ihn skeptisch an. »Was meinst du?«

»Na ja, eine Art Pfand, das hinterlegt wird und eingelöst werden muss. Und derjenige, der gar nichts versucht hat, sollte bestraft werden.«

»Bestraft werden? So wie am nächsten Tag in Unterhosen aus dem Sportunterricht kommen?«

Lee sah amüsiert auf mich herunter. Meine Güte, er war wirklich groß.

»Ich dachte eher an eine Runde Eis.«

»Oh.« Gott, für wie masochistisch musste er mich jetzt halten? Zum Glück rettete mich die Glocke zur Mittagspause. Wir mischten uns unbehelligt unter die zur Cafeteria strömenden Schüler.

Felicity stand ungeduldig wippend an der Tür. Offensichtlich hatte sie auf uns gewartet. Vielmehr auf Lee.

»Da bist du ja endlich!«, rief sie und hakte sich an seinem Arm unter. Ihr Blick war regelrecht schmachtend.

»Unglaublich, du bist erst den zweiten Tag hier und machst schon blau«, säuselte sie.

»Als Blaumachen würde ich das nicht gerade bezeichnen«, wehrte er verlegen ab. »Felicity fühlte sich nicht wohl ...«

»Hat dir noch niemand gesagt, dass die Stadt oft in Geschichte einschläft?«, erklärte sie ihm, ohne mich eines Blickes zu würdigen.

»Das musst du ihm nachsehen«, unterbrach ich höflich. »Er ist ja erst den zweiten Tag hier. Aber jetzt hast du eine Stunde Zeit, ihn von allen meinen Unarten in Kenntnis zu setzen.«

Ich zwinkerte Lee noch einmal zu und mischte mich unter die Menge.

»Geht's wieder?«, fragte Phyllis mitfühlend, als ich mich zu ihr und den anderen an den Tisch setzte.

»Ich habe drei Kaffee getrunken und was gegessen. Ich fühle mich so fit wie seit Tagen nicht.«

Ich sah Jaydens skeptischen Blick.

»Wirklich«, betonte ich trotzig.

»Warum ist dir dann nicht aufgefallen, dass du dein T-Shirt links herum anhast?«

Entsetzt sah ich an mir herunter. Vor Scham wäre ich am liebsten im Erdboden versunken.

Ich trug es nicht nur auf der linken Seite. Ich trug es auch noch falsch herum. Das Schildchen hing an meinem Hals.

DER NEUE

Mum war zum Glück schon im Pub und Mrs Collins hatte mich über die Lieferung Bierfässer informiert. Als ob ich nicht wüsste, dass jeden Dienstag Bier geliefert würde.

Ich kochte mir Nudeln mit Soße, bügelte ein paar Klamotten und machte mich dann fertig für den Französischkurs, der zweimal die Woche abends stattfand.

Zwei pubfreie Abende die Woche. Obwohl Mum und Mrs Collins das anders sahen. Ich wusste, dass es Mum am liebsten wäre, wenn ich den Pub übernehmen und ihr schon jetzt ständig dort helfen würde. Meine Vorstellung von der Zukunft sah allerdings anders aus. Ich wollte Lehrerin werden. Ich wollte mit Kindern zusammenarbeiten. Ich wollte keinesfalls Abend für Abend hinter einer Theke hocken, mich mit Betrunkenen unterhalten und mir das Geld für eine anständige Mahlzeit zusammenkratzen müssen.

Ich packte meine Tasche um und ging wieder zurück zum College. Mein Gang nach Canossa, denn in meinem Französisch-Kurs sah es genauso aus wie in Englisch: Ich war allein mit ein paar Mitgliedern des Star Clubs.

Als ich den Klassenraum betrat, sah ich, dass auch hier meine Isolation ein Ende hatte, genauso wie in Englisch: Lee saß bereits an meinem Tisch. Allerdings saß Cynthia neben ihm, Ava auf dem Tisch und Felicity auf seinem Schoß.

In meiner Hosentasche vibrierte es. Da ich noch fünf Minuten bis Unterrichtsbeginn hatte, zog ich mein Handy heraus und nahm den Anruf an.

»Hi Feli, hast du nach Französisch Zeit? Jayden möchte heute den DVD-Abend nachholen.«

»Klingt gut, obwohl sich momentan auch hier ein interessanter Film abspielt.«

Phyllis war ganz Ohr.

»Lee ist hier. Umlagert von den Sirenen des Star Clubs. Felicity sitzt auf seinem Schoß und ich frage mich, ob sie für Monsieur Darbot aufstehen wird.«

Ich hörte Phyllis kichern. »Kannst du nicht ein Foto mit dem Handy machen? Dann haben wir nachher alle was zu lachen.«

Würde ich gerne, aber mein Handy war ein Dinosaurier: große Tasten ohne jegliche Zusatzfunktion. Phyllis ahnte mein Dilemma. Sie ermahnte mich, nachher zu Jayden zu kommen, sie würden mit dem Film auf mich warten.

Wir legten auf und ich stand vor einem ganz anderen Problem: Wohin sollte ich mich setzen? Mein sonst leerer Tisch rechts außen war belagert von schmachtenden Barbiepuppen und einem Ken. Ich setzte mich kurzerhand an den Platz von Felicity Stratton und Co.

Das war eigentlich genial. Selbstverständlich hatte sich Felicity den besten Platz ausgesucht, weil sie bislang in den Französisch-Dozenten verschossen gewesen war. Monsieur Darbot war ein untypischer Franzose: Er war groß, schlank, hatte dunkles Haar und dunkle Augen, aber überhaupt keine Ambitionen, den Verführungskünsten einer achtzehnjährigen, liebestollen Schülerin nachzugeben.

Wegen mir konnte Lee ab sofort immer kommen. Ich packte mein Mäppchen, Block und Französischbuch aus.

»Mädels, ich fürchte, wir haben Felicity vertrieben«, hörte ich Lee in diesem Moment sagen.

»Aber ich bin doch hier«, schnurrte Felicity. Ihre Hand wanderte zu seinem Nacken in sein dichtes Haar. Lee hielt ihre Hand fest.

»Ich meinte Felicity Morgan. Üblicherweise sitzt sie doch hier, oder nicht?«

»Wen interessiert's, wo die Stadt sitzt?«, fragte Cynthia und klimperte mit ihren Wimpern.

»Na, na, meine Schöne, du wirst doch nicht so garstig sein«, schalt Lee mit einem bezaubernden Lächeln. Er hob Felicity sanft, aber bestimmt von seinem Schoß. »So, jetzt seid schön brav und geht auf eure Plätze.«

Die drei erhoben sich. »Ach Gott, das ist ja so süß. Ein Mann mit Mitleid.«

Ava schmolz förmlich dahin! Ich dachte das Gleiche, aber mit Widerwillen.

»Los, City, geh zu deinem Förderer«, sagte Ava, als sie meinen Tisch erreichte. Der schmelzende Ton hatte sich in ein Zischen verwandelt.

Mist. Ich wäre lieber hier sitzen geblieben. Warum hatte er mich überhaupt zur Kenntnis genommen? Reichten drei schöne Mädchen nicht zur Ablenkung? Er lächelte mir wohlwollend entgegen. Sollte ich ihm jetzt auch noch dankbar sein, wie der Hund, dem eine Scheibe Wurst vom Tisch zugeworfen wird?

»Hallo«, sagte ich und knallte meine Utensilien auf den Tisch neben ihm. Ich fühlte seinen Blick, als ich alles ordnete, das

Mäppchen oben links, das Buch daneben, aufgeschlagen, den Block mit neuem Blatt direkt vor mir.

Lee hatte vor sich eine in Leder gebundene Kladde. Ein exklusiver Füller lag auf den weißen Seiten. Beides hatte ein Vermögen gekostet, da war ich mir sicher.

»Ich habe noch kein Buch«, sagte Lee.

Es klang, als wolle er unbedingt ein Gespräch beginnen. Ohne Worte schob ich meines in die Mitte.

Der eintreffende Monsieur Darbot bewahrte uns vor erzwungener Konversation. Allerdings atmete ich nur kurz auf, denn kaum hatte er das Pult erreicht, rief er mit seinem französischen Akzent: »Bitte räumen Sie die Tische, legen Sie Ihre Büscher weg. 'eute schreiben wir die Arbeit.«

Verflixt. Das hatte ich vergessen. Spontan sah ich zu Lee: »Das ist deine erste Stunde. Glaubst du, du schaffst das?«

Lee schaute ganz entspannt aus. »Ich denke schon. Ich hatte in Kalifornien ein paar Kurse und einen guten Lehrer.«

»Na ja, falls es danebengeht, bewertet Monsieur Darbot deine Arbeit vielleicht nicht.«

Lee zog erstaunt die Augenbrauen hoch. »Machst du dir etwa Sorgen um mich?«

Ich antwortete nicht, denn Monsieur Darbot stand vor mir.

»Mademoiselle Morgan, bitte entfernen Sie augenblicklisch Ihr Buch, ansonsten werde isch Sie des Betrugs bezischtigen müssen.«

Schnell ließ ich das Buch in meiner Tasche verschwinden.

Monsieur Darbot legte ein Blatt vor mich hin und eines vor Lee, wo er stehen blieb. »Monsieur äh …«

»FitzMor«, sagte Lee geduldig.

»Est-ce que vous êtes sûr de vouloir faire cette interrogation?«

«Oui, absolument. Nous avons déjà travaillé sur ce sujet dans mon école précédente«, antwortete Lee in perfektem Französisch.

Aus den Augenwinkeln sah ich, dass sämtliche Teilnehmer erstaunt zu ihm blickten. Felicitys Augen leuchteten.

Die Arbeit war schwieriger als erwartet. Vielleicht lag es auch daran, dass ich nicht hatte lernen können. Ich steckte noch immer beim Lückentext fest, als Lee mir leicht gegen den Fuß trat. Ich sah nicht direkt auf, sondern setzte mich nur aufrecht hin.

»Beim zweiten Satz muss ›ce qui‹ eingesetzt werden«, hörte ich ihn leise sagen.

Erschrocken sah ich nach vorn. Aber Monsieur Darbots Aufmerksamkeit galt den drei Grazien des Star Clubs. Ich besserte nach seiner Anweisung aus.

»Du hast bei der Uhrzeit das s für die Mehrzahl der Stunden vergessen.«

Monsieur Darbot konzentrierte sich nun auf Oliver und Mary. Schnell ergänzte ich überall das s bei ›heures‹.

»Unten im Lückentext kommt ein ›va chercher‹ hin, nicht ›a chercher‹.« Diesmal war seine Stimme zu laut. Ich blinzelte erschrocken zum Pult und da sagte Monsieur Darbot: »Es reischt! Legen Sie augenblicklisch den Stift 'in, Mademoiselle Smith.«

Dawn, drei Bänke neben uns, legte mit bleichem Gesicht ihren Stift nieder und überreichte dem forschen Franzosen ihr Arbeitsblatt.

In diesem Moment wurde mir klar, dass er nicht mich gemeint hatte. Er hatte Lee nicht gehört. Niemand hatte Lee gehört. Nur ich. Ich hörte Lees Stimme in meinem Kopf. Meine Hand begann zu zittern und ich sah entsetzt zu meinem Banknachbarn.

Er blickte stur auf sein Blatt. Aber ich konnte erkennen, dass er meinen Blick absichtlich mied.

Den Rest der Arbeit erledigte ich, ohne seine Stimme noch einmal zu hören. Aber auch, ohne mich noch wirklich konzentrieren zu können.

Nach Ende der Stunde umringten die Grazien Lee wieder und ich hatte keine Möglichkeit, ihn zur Rede zu stellen.

Als ich nach Hause ging, wusste ich nicht, was mir mehr Sorgen bereitete: die versiebte Arbeit oder dass ich Lees Stimme in meinem Kopf hörte.

»O gut, du bist da!«

Jayden öffnete mir die Tür. Er trug ein knallgrünes T-Shirt mit einem gelben Smiley darauf. Im Hintergrund hörte ich die Stimmen der anderen. Sie lachten und redeten laut durcheinander.

»Wir spielen gerade Twister. Corey pfuscht, wo er kann.«

Das wunderte mich nicht. Wahrscheinlich versuchte er meine Freundinnen an verbotenen Stellen anzufassen.

Der Anblick war allerdings erheiternd. Corey lag zuunterst und alle meine Freundinnen hatten sich auf ihn draufgesetzt.

»Konnte er die Finger wieder nicht bei sich behalten?«, fragte ich in die Runde. Heiter schrien alle durcheinander. Ruby, die auf Coreys Beinen gesessen hatte, rappelte sich auf, während Phyllis seine Handgelenke freigab. Nur Nicole zögerte, ehe sie von seinem Bauch aufstand.

Wenige Minuten später machten wir es uns in Jaydens Wohnzimmer bequem. Seine Mutter servierte eine Platte Sandwiches und warmes Mikrowellenpopcorn. Ich hatte Jayden schon oft um seine Eltern beneidet. Sie waren immer fürsorglich, boten uns jedes Mal etwas an, fragten nach der Schule, der Familie und waren einfach herrlich normal. Jayden stöhnte oft, weil ihn Mrs Brooks noch immer bemutterte, aber ich sagte nur, er solle es genießen. Daraufhin war er meistens still.

»Wie war Französisch?«, unterbrach Phyllis meine Gedanken.

»Oh, nicht so lustig. Wir haben eine Arbeit geschrieben und ich hatte es total vergessen.«

»Lee schreibt in seiner ersten Französischstunde eine Arbeit?«, fragte Nicole mit großen Augen. Sie würde sich bestimmt auch auf meinen Platz setzen, wenn ich zu spät käme, genau wie die Grazien.

»Er war sogar vor allen anderen fertig«, musste ich neidvoll anerkennen. Den Rest verschwieg ich lieber.

Wir sahen uns *Herr der Ringe I* und *II* an. Meine Güte, was für ein Quatsch: Elfen, Zwerge, sprechende und gehende Bäume, Zauberer ...

»So ein Käse«, sagte Phyllis neben mir, als hätte sie meine Gedanken gehört. »Alle befinden sich im Krieg wegen einem Ring.«

»Hm. Und der gehört jetzt Nicolas Sarkozy«, sagte Corey. Wir lachten alle und versauten dadurch die Szene, in der Sean Bean einen Pfeil abbekommt und dramatisch zu Boden geht.

Später im Bett dachte ich noch einmal über den Abend nach. Phyllis hatte ausgesprochen, was ich gedacht hatte. Das war nicht unüblich bei uns beiden. Wir dachten häufig das Gleiche und es war schon vorgekommen, dass wir beide gleichzeitig das Gleiche sagten.

Aber Lee ...

Ich hatte seine Stimme in Französisch gehört. Wie konnte das sein? Oder lag er, wie Phyllis, auch auf meiner Wellenlänge? Nur im Gegensatz zu Phyllis hatte ich ihn klar und deutlich vernommen, als würde er mit mir sprechen. Obwohl … Ich war mir gar nicht mehr sicher, ob ich es mir nicht nur eingebildet hatte. Aber hätte ich mir Lees Blick nach dem Vorfall auch ausdenken können?

Und dann seine Fürsprache. Weshalb legte er so viel Wert auf meine Gesellschaft? Ob ihm die Aufmerksamkeit der Grazien auf den Wecker ging? Das war es. Er hatte bestimmt eine Freundin, wollte sich aber nicht alle Chancen versauen und schob mich als Grund vor, damit Felicity und Co. nicht noch aufdringlicher wurden.

Mit diesem Gedanken schlief ich beruhigt ein.

Ich hatte wieder ziemlich wirr geträumt. Wieder von dem Jungen mit den blauen Augen und von Lee.

Als ich – wie immer etwas später – den Klassenraum betrat, blieb ich überrascht stehen. Lee war *kein* Traum gewesen. Er war echt. Und er saß an meinem Tisch. Von hinten rempelte jemand gegen mich.

Mr Sexy Selfridge, unser Mathelehrer. Er war erst Ende zwanzig, sah aus wie ein Leistungssportler mit blauen Augen und niedlichen Lachfältchen drum herum. Er war der Schwarm der meisten Mädchen an der Schule und – es gab einen Gott! – Single.

»Entschuldige, Felicity«, sagte Mr Selfridge freundlich und schob mich sanft vor sich in den Klassenraum.

Genau wie alle anderen Mädchen der Schule hatte auch ich eine Schwäche für ihn. Leider hatte ich auch eine Schwäche in Mathematik und daher keine guten Voraussetzungen, seine Aufmerksamkeit in positiver Weise auf mich zu lenken.

Allerdings wich meine Benommenheit, sobald ich mich meinem Platz näherte. Lee sah mir lächelnd entgegen.

Wie er so lässig auf dem Stuhl saß, in Jeans und einem T-Shirt, das seine gut gebaute Brust umspannte, wirkte er wie ein Fotomodel oder ein Filmstar und ich überlegte, was er tatsächlich hier am College zu suchen hatte.

»Guten Morgen, Felicity«, sagte er mit dieser schmeichelnden, weichen Stimme.

Ich setzte mich. »Morgen.«

Mr Selfridge begann mit dem Unterricht und ich holte schnell meine Unterlagen aus der Tasche. Die nächste Stunde musste ich mich arg konzentrieren (Gleichungen) und vergaß zeitweise meinen neuen Banknachbarn. Zumindest bis wir eigenständig Aufgaben lösen sollten. Ich war schon recht zufrieden mit meinen Ergebnissen, als Lee sich zu mir beugte.

»Darf ich dir einen Tipp geben?«, fragte er und sah auf meine Rechnung.

Ich versteifte mich, nickte aber.

»Wenn du hier zuerst addierst und dann daraus die Quadratwurzel nimmst, kommst du schneller auf das Ergebnis und hier hast du dich vertan.« Er zeigte auf ein Ergebnis ziemlich am Anfang.

Ich biss mir auf die Innenseite meiner Wange. Dann atmete ich tief durch und begann von neuem. Aber ich kam nicht weit, da klingelte die Stundenglocke. Den Rest als Hausaufgabe. Ja, klar. Das würde mein kompletter Nachmittag werden. Und es war erst eine Stunde vorbei.

Warum ich?

Die Frage drängte sich mir während der restlichen Schulwoche ziemlich oft auf, denn Lee besuchte tatsächlich alle Unterrichtsfächer, die ich auch hatte. Die Einzige, die ich ebenso oft ertragen musste, war Felicity Stratton. Wie hatte er es geschafft, genau die gleichen Kurse zu besuchen – bei der Anzahl von Schülern am Horton College? Lee saß überall neben mir. Das gefiel mir nur bedingt, denn einerseits zog er nicht nur die Aufmerksamkeit der drei Grazien und des Star Clubs auf sich, sondern auch die aller Lehrer.

Ich musste doppelt so oft antworten wie sonst. Lee war außerdem sehr gut in der Schule. Bis jetzt hatte er überall ohne Probleme mithalten können. Egal ob in Musik transponiert werden sollte, in Religion die Grundlagen des Hinduismus erläutert wurden oder wir in Biologie die DNA-Stränge in Einzelteile zerlegten. Wenn ich nicht weiterkam, sagte er mir nicht sofort das Ergebnis vor, sondern wies mich mit kleinen Hilfen darauf hin. Er erklärte mir die Zusammensetzung der Gene wesentlich besser, als es Ms Greenacre konnte. Das fand ich wiederum gut.

In den meisten Pausen wurde er von Felicity, Cynthia und Ava umgarnt, aber zweimal waren wir auch allein.

»Möchtest du auch Lehrer werden?«, fragte ich ihn nach Biologie.

»Ich bin noch unentschlossen«, meinte er.

»Zwischen welchen Alternativen schwankst du denn?«

Wir hatten bei meinem Schließfach haltgemacht und ich wollte alle Schulsachen, die ich für morgen nicht brauchte, darin verstauen. Als ich mich zu ihm wandte, lehnte er in einer lässigen Pose an dem Spind links neben meinem.

»Wie alle Jungs träume auch ich davon, Polizist zu werden«, sagte er und lächelte.

»Ah ja. Und ich möchte die Ehefrau von Prinz Harry werden«, antwortete ich und lächelte süß zurück.

Er lachte laut auf. »Aber im Gegensatz zu dir ist es mir ernst damit. Vielleicht ist Polizist der falsche Ausdruck. Ermittler oder Kommissar würde mir gefallen.«

»Oh, verstehe«, sagte ich gedehnt und fischte nach meinem Schlüssel. »James Bond.«

»Ich sehe schon, ich werde viel Spaß hier mit dir haben«, sagte er lachend

»Bestimmt. Man nennt mich auch das Bond-Girl von Westminster«, sagte ich trocken und deutete auf meine Kleidergröße L mit Tendenz zu XL. Er lachte wieder. Ich wollte eben mein Fach öffnen, da klemmte mein Schlüssel.

»Oh. Mist.« Betroffen fummelte ich daran herum, hatte aber Angst, den Schlüssel schon wieder abzubrechen. Ich bezweifelte, dass Mr Williams noch einmal so nachsichtig wäre.

»Lass mich mal.« Er nahm mir den Schlüssel ab und da, wo er mich berührte, begann meine Haut zu prickeln. Das Kribbeln wanderte den Arm hinauf. Lee betrachtete den Schlüssel, dann sah er mich an.

»Du hast nicht zufällig eine Haarnadel, oder?«, fragte er.

Ich deutete auf meine strähnigen, mittellangen Haare. »Heute nicht. Aber ich habe was anderes.« Ich kramte in meiner Tasche und zog eine Büroklammer heraus.

Er schüttelte den Kopf. »Zu klein und instabil.«

Aber dann fiel mir etwas anderes ein. »Oh, warte mal.« Ich wühlte in meinem Mäppchen.

»Ein Zirkel geht auch nicht«, sagte Lee und sah dann überrascht auf den stiftähnlichen Gegenstand, den ich ihm hinhielt. »Was ist das?«

Ich betätigte den Mechanismus und am vorderen Ende fuhr eine zehn Zentimeter lange Spitze heraus.

Lee sah mich groß an.

»Ein Stilett. Mein Großvater hat es mir geschenkt, ehe er starb. Er meinte, es dient zur Verteidigung.«

Ein Lächeln huschte über Lees Gesicht. »Du steckst voller Überraschungen.« Er griff nach dem Stilett und in zwei Sekunden hatte er meine Spindtür geöffnet.

»Cool«, sagte ich beeindruckt. »Du wirst bestimmt ein guter Ermittler. Man sollte ja immer so denken und arbeiten können wie die Verbrecher, die man jagt.«

Lee lachte. Auf einmal ertönte *Viva la Vida* von Coldplay. Lee griff in die linke Brusttasche seines Hemdes und zog sein Handy heraus. »Entschuldige«, murmelte er und nahm ab.

»Handys sind übrigens verboten«, sagte ich laut, obwohl er gar nicht mehr zuhörte.

Er unterbrach noch einmal kurz. »Das wird länger. Wir sehen uns Montagmorgen.«

Er ging davon und ich atmete erleichtert auf. Erst jetzt merkte ich, dass ich, solange er in meiner Nähe war, unter totaler Anspannung stand. Ich fasste immer noch nicht, warum ein Typ, der aussah wie ein Model für Parfümwerbung, sich die ganze Zeit über mit mir abgab. Nicht einmal meine Geschwister hatten je so viel Zeit freiwillig in meiner Nähe verbracht!

Mit einem seltsamen Gefühl ging ich nach Hause.

WANDELBAR

Als ich am Montagmorgen wieder in letzter Minute ins Klassenzimmer hetzte, bot sich mir das gleiche Bild wie an allen Tagen der vergangenen Woche: Die Grazien saßen zu dritt an meinem Tisch, ziemlich dicht an dem Neuen dran. Ich hatte übers Wochenende vergessen, wie gut er aussah. Heute trug Lee ein blaues Hemd, dessen obere Knöpfe geöffnet waren und den Ansatz einer trainierten Brust zeigten. Seine Frisur war wieder so dicht und wuschelig, dass sie seine Ohren halb verdeckte. Er plauderte gut gelaunt mit Felicity.

Mr Selfridge würde jeden Moment hereinkommen, also ging ich schnurstracks zu Felicitys Tisch und setzte mich dorthin.

»O Gott, hier stinkt's«, rief hinter mir Jack Roberts.

Verdammt. Musste ich mir jetzt die nächsten zwei Mathestunden seine dämlichen Sprüche anhören? Nein, offensichtlich nicht, denn er packte kurzerhand seine Sachen und verdrängte Nicole von ihrem Platz neben Ruby, deren Tisch vor Lee und meinem alten Platz stand.

Mr Selfridge betrat den Klassenraum und ignorierte uns Schüler wie üblich. Er legte seine Tasche am Pult ab und wandte sich sofort zur Tafel, um binomische Formeln aufzuzeichnen.

Ich beeilte mich, Heft und Mäppchen auszupacken, um mit

dem flotten Tempo mitzuhalten. In diesem Moment wurde der freie Stuhl neben mir besetzt.

Erstaunt sah ich Lee.

»Hey, wir sitzen doch zusammen, oder nicht?«, erklärte er mit einem charmanten Lächeln.

An ihm vorbei sah ich die verblüfften Gesichter der restlichen Mitschüler.

»Ignorier sie. Das tue ich auch«, flüsterte Lee und begann von der Tafel abzuschreiben.

Ich starrte ihn genauso groß an wie die anderen, dann fiel mir wieder meine Theorie von wegen Freundin und lästige Aufdringlichkeit ein und ich lächelte freundlich zurück. Er zwinkerte mir zu und ich hatte das Gefühl, wir waren Verbündete – zumindest für zwei weitere Stunden.

Es war wirklich sehr angenehm mit Lee. Er war witzig, freundlich und hilfsbereit. So war es eine spontane Geste, dass ich ihn fragte, ob er sich in der Mensa zu uns an den Tisch setzen wollte.

Im selben Moment tauchte Felicity auf und mir wurde die Ungeheuerlichkeit meines Angebots bewusst. Weshalb sollte er bei den Losern sitzen, wenn ihm doch der Star Club aus der Hand fraß?

»Lee, Darling, kommst du?«

Ich erwartete gar keine Antwort mehr, sondern dachte, er würde einfach mit ihr mitgehen. Deshalb dauerte es einen Augenblick, ehe ich kapierte, was er sagte.

»Nein, danke. Felicity Morgan hat mich gefragt, ob ich mich heute zu ihnen setze. Wir sehen uns in Englisch um Viertel vor zwei.« Damit stand er auf, nahm meinen Arm und führte mich aus dem Bio-Saal.

Ich fühlte wieder den leichten Stromschlag und stolperte sprachlos neben ihm her. Erst kurz vor der Mensa brachte mich der Essensgeruch wieder zur Besinnung.

»Äh, hast du tatsächlich gerade Felicity einen Korb gegeben, um mit uns Losern zusammenzusitzen?«

Der Blick, mit dem er mich jetzt ansah, war zum ersten Mal nicht freundlich und nachsichtig, sondern missbilligend.

»Wenn du dich selber als Loser bezeichnest, kannst du nicht erwarten, dass dich die anderen akzeptieren.«

Ich schluckte und fühlte mich ziemlich gerügt. »Nicht ich bezeichne mich so, sondern die anderen.«

»Und du übernimmst das einfach so? Ohne dich zur Wehr zu setzen?«

Darauf wusste ich nichts zu erwidern.

»Empfindest du dich als Loser?«, fragte er weiter.

»Nein, natürlich nicht. Ich habe mich auch nicht selber so genannt. Ich konnte mir das nicht aussuchen.«

»Das stimmt nicht«, sagte Lee fest. »Man hat immer eine Wahl.«

Ich zog spöttisch eine Augenbraue hoch. Er hatte gut reden. Mit dem Aussehen eines Supermodels war es für ihn leicht, so zu tun, als gäbe es immer einen Weg. Ich verkniff mir die Antwort und stellte mich mit einem Tablett an der Schlange vor der Essensausgabe an. Heute gab es schon wieder Irish Stew – wie beinahe jeden Montag. Ich hasste Irish Stew.

Ich warf Lee hinter mir einen kläglichen Blick zu. »Also, ich könnte es wirklich verstehen, wenn du lieber mit dem Star Club außerhalb der Cafeteria essen willst.«

Da Widerspruch in unserer Kantine bekanntlich nichts

nutzte, wollte ich den mir gereichten Teller gerade entgegennehmen, als Lee mein Handgelenk festhielt. Wieder durchzuckte mich ein leichter Stromschlag. Lee ließ mich sofort los. Ich wusste, er hatte es auch gefühlt. Aber er sah nicht mich, sondern die Küchenfrau an.

»Woraus besteht das zweite Menü?«, fragte er und seine Stimme war sehr einschmeichelnd.

»Das zweite Menü? Es gibt kein zweites Menü!« Matilda, ein Koloss mit fettiger Haut und dem Häubchen, das sie aussehen ließ wie eine OP-Schwester, sah ihn verständnislos an.

Lee lächelte ein unwiderstehliches, verführerisches Lächeln. »Sie haben doch bestimmt ein Ausweichmenü für Vegetarier oder Allergiker?«

Matilda war überwältigt. Ich sah sie erröten und schließlich lächeln. Das war mit Sicherheit das erste Lächeln in ihrer Laufbahn als Schulkantinen-Küchenfrau – sprich in zwanzig Jahren.

»Da wäre Rührei mit Bratkartoffeln und ich könnte noch ein wenig Salat dazutun.«

»Das hört sich fantastisch an«, sagte Lee freundlich. »Zweimal bitte, ja?«

Matilda klimperte mit ihren kurzen Wimpern und verschwand.

Ich starrte Lee groß an. Er zwinkerte mir zu.

Als wir ein paar Minuten später zum Tisch gingen, wo meine Freunde uns entgegensahen, hatten wir neben dem Rührei noch einen übervollen Teller mit grünem Salat, Tomaten und Gurken auf unseren Tabletts.

»Siehst du? Man hat immer eine Wahl«, sagte er, als ich mich setzen wollte.

Kopfschüttelnd sagte ich zu ihm aufschauend: »Du bist echt beängstigend, weißt du das?«

Er sah mich ernst an. »Ich hoffe nicht, dass du Angst vor mir hast.«

»Na, ich weiß nicht. Du hast gerade den Bullterrier der Schule um den kleinen Finger gewickelt. Noch nicht einmal echte Vegetarier trauen sich ihr zu sagen, dass sie kein Fleisch mögen. Und du schlägst noch eine Extraportion raus. Das ist irgendwie Furcht einflößend.«

Lee warf mir ein ebenso schmeichelndes Lächeln zu wie vorhin Matilda. »Felicity, du bist der letzte Mensch auf Erden, der vor mir Angst haben muss. Glaub mir.«

Im Gegensatz zu Matilda schmolz ich nicht dahin. Die Wirkung dieses Lächelns verunsicherte mich enorm. Es war mir nicht geheuer. Er zog mir einen Stuhl heran und setzte sich auf den freien Platz neben Ruby.

»Was habt ihr da?«, fragte Ruby und sah erstaunt auf Lees Teller.

»Das vegetarische Menü.« Ich schob alle Gedanken beiseite und begann zu essen. Wow. So gut hatte ich hier noch nie gespeist.

»Unsere Kantine hat ein vegetarisches Menü?«, fragte Phyllis verblüfft.

»Ich glaube nicht. Aber Lee hat mit Matilda geflirtet und heute gibt es eins.«

Corey schaute entsetzt, Phyllis und Nicole stand der Mund offen. Ich konnte sie verstehen. Ich selber hätte genauso ausgesehen – hatte so ausgesehen, als Matilda uns die Teller reichte.

Ich nahm noch eine Gabel Salat. Lecker.

Jayden fasste sich als Erster. »Wie kommt es, dass du heute Mittag bei uns sitzt?«

Lee hatte gerade den Mund voll, also antwortete ich: »Karl Lagerfeld hat das Fotoshooting abgesagt und Steven Spielberg hat das Casting auf nächste Woche verschoben.«

Rubys Augen wurden noch ein wenig größer. »Echt? Du arbeitest für Karl Lagerfeld?«

Wir prusteten alle gleichzeitig los, inklusive Lee. Keiner fragte mehr, warum er nicht beim Star Club saß. Lee schien sich bei uns Losern genauso wohlzufühlen wie bei den Reichen und Schönen.

»Er scheint sich bei uns Losern genauso wohlzufühlen wie beim Star Club«, sagte Corey in der kurzen Nachmittagspause. Lee stand wieder umzingelt von Felicity, Ava, Cynthia und Jack am anderen Ende des Pausenhofs. Es hatten sich sogar ein paar aus den oberen Klassen zu ihm gesellt. Unter anderem Hugh Fitz Patrick, der bereits jetzt durch seine ausgezeichneten sportlichen Leistungen *und* sein extrem gutes Aussehen auffiel. Bislang hatte Felicity immer für ihn geschwärmt.

»Lee hat Recht«, sagte ich spontan. »Wir sollten uns nicht auch noch selber als Loser bezeichnen.«

Alle sahen mich groß an. »Wenn wir uns selber herabsetzen, wird uns auch kein anderer akzeptieren«, wiederholte ich seine Worte von heute Mittag. »Und wir sind keine Loser. Wir sind vielleicht nicht so reich oder schön – okay, mit Ausnahme von Phyllis und Ruby –, aber unsere Noten sind wesentlich besser als die vom Star Club.«

Nicole fand als Erste die Sprache wieder. »Du hast Recht. Wir sind genauso viel wert wie die. Eigentlich noch mehr. Wir haben bewiesen, dass wir mehr können und uns nicht auf unsere reichen Eltern verlassen.«

»Und wie sollen wir uns nennen?«, fragte Ruby, die alles mit großen Augen verfolgte.

»Brauchen wir einen Namen?«, wandte Jayden ein. »Wir sind doch keine Gang wie die Hells Angels.«

»Das nicht, aber er gibt ein Zugehörigkeitsgefühl«, widersprach Phyllis.

»Hey, ich weiß, wie wir uns nennen«, rief Corey. »Die Toughen. Da traut sich keiner mehr was Blödes zu sagen.«

Jayden verzog das Gesicht, Ruby kaute nachdenklich an ihrem Daumennagel, Nicole sah – wie immer bei Coreys Vorschlägen – interessiert aus, Phyllis und ich sahen uns an.

»Ich finde einen Namen äußerst albern«, sagte ich fest. »Stimmt schon, aus dem Fünf-Freunde-Alter sind wir raus und ich weigere mich einen bescheuerten Namen zu tragen, hinter dem man einen Film mit Samuel L. Jackson vermutet.«

Jayden grinste und Corey sah ziemlich belämmert aus.

»Davon mal abgesehen haben wir uns nicht selber Loser genannt«, fügte ich ruhiger hinzu. »Warten wir doch ab, wie wir von den anderen künftig genannt werden. Wir müssen lediglich darauf hinweisen, dass wir keine Loser sind.«

Alle nickten zustimmend. Als der Gong zum Pausenende ertönte, schoss mir durch den Kopf, dass ein gewisser Neuankömmling für seine erste Woche schon ziemlich viel durcheinandergewirbelt hatte. Was wäre, wenn er ebenso schnell verschwand? Würde dann schon bald wieder alles beim Alten sein? Ich war mir nicht sicher, ob ich alle Veränderungen guthieß. Vielleicht wäre es einfacher gewesen, so weiterzumachen wie bisher. Immerhin wäre dann der Rückschritt nicht so schlimm.

Als ich nach Hause kam, verdrängten sich allerdings sämtliche Gedanken an Cliquennamen, gutes Kantinenessen und Mitschüler. Meine Mum bat wieder mal um Hilfe im Pub. Sie war völlig aufgelöst und schon halbwegs aus der Tür. Für heute Abend hatte sich der Westminsterverein der Deutschen Riesenkaninchenzüchter zur Jahreshauptversammlung angekündigt. Sie brauchte meine Hilfe.

Natürlich würde ich ihr helfen. Sie war mehr als drei Gäste auf einmal nicht gewöhnt. Ein ganzer Verein mit wahrscheinlich zwanzig Mitgliedern überforderte sie total. Ich beruhigte sie und würde, sobald ich die Hausarbeit erledigt hatte, in den Pub kommen.

KAFFEEPAUSE

Ein Albtraum. Nur so konnte ich mir erklären, dass ich in der Lage war, den dreißig Schülern gegenüberzutreten, die bei meinem Anblick kicherten. Nicht zu vergessen das missmutige Gesicht unseres Mathelehrers Mr Selfridge. Es musste einer dieser Albträume sein, wo man plötzlich nackt vor der Klasse auftaucht. Sonst würden nicht alle so offensichtlich lachen.

Ich vergewisserte mich, dass ich nicht nackt war. Nein, ich trug die Jeans von gestern, ein weißes T-Shirt ohne Flecken (zumindest soweit ich sehen konnte) und die billigen nachgemachten Converse aus dem Supermarkt. Der Hosenstall war zu und meine Jacke frisch von der Wäscheleine.

»Miss Morgan, Sie sind zu spät«, sagte Mr Selfridge streng.

»Tut mir leid. Ich habe verschlafen«, entschuldigte ich mich und ging zu meinem Platz. Wie gesagt, ein Albtraum. Denn ich saß nicht mehr allein. An meinem Tisch saß der hübscheste Junge der ganzen Schule, von dem sich sogar Mr Sexy Selfridge noch etwas abgucken konnte, und sah mir mitleidig entgegen.

Ich glaube, Lees Blick war es, der mir bewies, dass es kein Traum war, sondern bittere Realität.

Ich versuchte mich so unauffällig wie möglich neben ihn zu setzen, mit viel Abstand zwischen uns. Aber kaum dass ich saß, fühlte ich, wie die Müdigkeit mich überschwemmte. Ich hatte bis vier Uhr im Pub gearbeitet und war erst um fünf ins Bett gekommen. Nie wieder, schwor ich mir und wollte Mr Selfridges Gerede einfach vor sich hin rieseln lassen. Aber im nächsten Moment durchfuhr mich ein Schlag, als hätte ich in eine Steckdose gefasst.

Ich brauchte einen Moment, ehe ich kapierte, dass Lee meine Hand berührte. Außerdem umfasste er meinen Oberarm und zog mich auf die Beine.

»Mr Selfridge, ich bringe Felicity nach Hause. Sie ist krank.«

»Nein, ich kann nicht ...«, stotterte ich überrumpelt. »Ich muss ...«

Aber er nahm unsere Taschen, umschlang meine Mitte und zerrte mich, ohne meine lahmen Proteste zu beachten, hinaus. Mr Selfridge nickte nur zustimmend und rief uns hinterher, ich sollte mich richtig auskurieren.

Als wir die Treppe erreicht hatten, schlug ich Lees Hand weg. »Was soll das? Ich kann es mir nicht leisten, dauernd den Unterricht zu verpassen«, fauchte ich ihn an.

»Du verpasst ihn eh, ob du hier neben mir schläfst oder in deinem Bett.«

»Ach, hast du Angst, einen Ruf zu verlieren? Du bist es bestimmt nicht gewohnt, dass Mädchen in deiner Gegenwart einschlafen.«

»Das auch«, sagte er leichthin und lächelte amüsiert. »Vor allem mache ich mir Gedanken um dich. Du kannst nicht ständig den Unterricht verschlafen. Bist du so sehr auf das Geld angewiesen, das du im Pub verdienst?«

»Was heißt hier Geld verdienen? Ich helfe meiner Mutter.« Es war schneller draußen, als ich denken konnte. *Das ging niemanden etwas an.* Nicht einmal meine Freunde. Na ja, sie hatten zwar nie danach gefragt, aber sie wussten bestimmt, dass ich kein Geld bei meiner Mum verdiente.

Lees Blick war noch mitleidiger als vorhin. »Armes Mädchen«, sagte er nur.

Das brachte das Fass zum Überlaufen. Ich fühlte meine Augen brennen, aber nicht mehr vor Müdigkeit. Ich bemühte mich noch, die Tränen zurückzuhalten, als sie schon flossen.

Jungs mochten keine heulenden Mädchen. Gut so, vielleicht würde er jetzt verschwinden und ich könnte zurück zum Unterricht. Nein, das war Unsinn. Ich würde nicht mit diesen verheulten Augen in den Unterricht gehen. Ich würde nach Hause gehen und nach der Mittagspause wiederkommen. Vielleicht war ich dann aufnahmefähig.

Aber Lee zog mich an seine Brust und hielt mich fest. Ich duldete es nur eine Minute, dann schob ich ihn von mir. Egal was gestern Mittag vorgefallen war, er gehörte zum Star Club. Er war in die Fänge von Felicity Stratton geraten und es war nur eine Frage der Zeit, bis er genauso abfällig über uns sprechen würde wie sie und ihre Mitstreiter.

Er versuchte nicht mehr mich zu umarmen, sondern sagte: »Komm, ich bring dich heim.«

Als er mir eine Hand auf den Rücken legte, durchfuhr mich sogleich wieder dieser elektrische Impuls.

»Was ist das?«, fragte ich ihn. »Jedes Mal wenn du mich anfasst, bekomme ich einen Stromschlag.«

Er schwieg und mied meinen Blick.

»Können wir nicht wieder einen Kaffee trinken und dann bei

Physik weitermachen?«, fragte ich, als wir draußen auf der Straße standen.

Lee seufzte. »Warum bist du so erpicht darauf, in die Schule zu gehen? Die meisten Schüler drücken sich, so gut es geht, davor.«

Ich blieb stehen und sah ihm fest in die Augen. »Ich möchte diesen kleinen Pub nicht übernehmen. Ich möchte nicht Nacht für Nacht hinterm Tresen stehen und mir das schwachsinnige Gelaber von Alkoholikern anhören. Ich möchte nicht bis in die Puppen im Bett liegen und das Leben meiner Kinder verpassen. *Deshalb* bin ich so erpicht darauf, in die Schule zu gehen.«

Lees Augen schweiften über die viel befahrene Straße, entlang all den kleinen Boutiquen und Geschäften. Ich wusste, er war kurz davor nachzugeben. Obwohl ich eigentlich seine Nähe meiden sollte, wegen Felicity und Co., hoffte ich auf einen weiteren guten Kaffee.

»Ich verspreche dir, ich werde auch nicht mehr neben dir einschlafen«, plapperte ich weiter. Ich roch bereits den Kaffee. »Wenn du dein Image wahren willst, könnte ich sogar schmachtend zu dir aufschauen.«

Lees Mundwinkel zuckten. »Das bezweifle ich.«

»Ich könnte es zumindest mal probieren. Und wenn du heute Mittag bei Matilda ein weiteres vegetarisches Menü raushaust, wird es mir sogar leichtfallen.«

Seine Augen verengten sich und er hob beide Brauen, wobei die Linke höher reckte als die Rechte.

»Ach komm schon, Lee.« Ich strahlte ihn an, wohl wissend, dass meine Zahnspange jegliche Anmache ins Gegenteil verkehrte.

Er lachte. »Okay, komm mit.«

»Großartig!« Ich machte vor Freude fast einen kleinen Hüpfer. Aber meine Begeisterung verflog, als er mich am Starbucks vorbeiführte. »Wolltest du nicht hier …«, deutete ich kurz an.

»Nein. Ich weiß was Besseres.« Er war sich seiner Behauptung sicher. Nun ja, ein Mann, der Jeans von Paige trug und gestylt war wie ein Model, kannte sich bestimmt auch in der Kaffeebranche aus.

Aber dann fiel mir etwas anderes ein.

»Äh, ich hoffe, du führst mich nicht in so einen Schickimicki-Schuppen. Wenn ich die Gesichter in Mathe richtig gedeutet habe, bin ich nicht wirklich vorzeigbar.«

»Deine Haare sehen aus, als hätte ein Vogel darin genistet, aber sonst ist alles okay.«

Erschrocken blieb ich stehen und betrachtete mein Spiegelbild in einer Schaufensterscheibe. Er hatte Recht: Meine Haare standen wirr in sämtliche Richtungen. Aber was bei Einstein intellektuell wirkte, sah bei mir einfach nur aus, als sei ich …

»O Gott, ich sehe aus wie Mrs Rochester«, rief ich entsetzt.

Lee blinzelte verwirrt hinter mir im Spiegelbild. »Wie wer?«

»Na, Mrs Rochester, die erste Frau von Mr Rochester aus *Jane Eyre*.«

Lee kapierte immer noch nicht.

»Sie war verrückt und wurde im obersten Turm des Hauses festgehalten. Später zündete sie in ihrem Wahn das Haus an und sprang aus dem Fenster.«

Lee lachte laut.

»Das war äußerst dramatisch«, empörte ich mich. »Deswegen konnte Jane Eyre ihren geliebten Mr Rochester nicht heiraten.«

Lee lachte weiter. »Dafür, dass du so müde bist, hast du ganz schön verquere Gedankengänge. Komm mit. Bei Felipe wird kein Mensch auf deine Haare achten.«

Felipe war eine exklusive Bar in einem Keller. Wahrscheinlich hatte hier in dem Haus früher ein armer Schuster seine acht Kinder großgezogen und in dem kleinen Kellerloch Schuhe geflickt. Jetzt hatte der Raum den Charme eines echt kolumbianischen Cafés. Ohne die Hitze und Mücken, dafür mit braunen Ledersesseln, einer hübschen Bar und strohgeflochtenen Paravents. An der Decke drehten sich träge ein paar Ventilatoren und aus unsichtbaren Lautsprechern ertönten Klänge von Buena Vista Social Club. Er hatte Recht. Hier war es perfekt. Außer uns war nur noch ein Tisch besetzt, viel weiter hinten. Zwei Männer in seriösen Anzügen, die aussahen wie Vertreter des MI6.

Lee bestellte bei einem Latino in langer schwarzer Schürze über schwarzem Hemd zwei *Espressi con Panna* – was immer das auch war.

»Hat deine Mum so viel zu tun?«, fragte Lee, als wir saßen. Der Kellner brachte schon zwei dampfende Tassen Kaffee und einen Teller mit kleinen Maisfladen.

»Arepas«, sagte Lee und hielt mir den Teller hin. »Eine Spezialität der kolumbianischen Küche. Felipe macht die besten von London.«

Und wenn es ein Big Mac gewesen wäre, ich hatte Hunger und griff zu. Sie schmeckten fantastisch. Ich hatte nie zuvor etwas Vergleichbares probiert.

Lee wartete, bis ich zwei Arepas verputzt hatte, dann begann die Inquisition.

»Also, was ist los? Warum kommst du andauernd so spät und

dann auch noch so müde zum Unterricht? Hat deine Mutter so viel zu tun?«

»Wieso willst du das wissen?«, fragte ich und mied seinen Blick.

»Du schuldest mir was«, entgegnete er gnadenlos. »Hat deine Mutter so viel zu tun?«

»Nein. Normalerweise nicht. Nur war gestern Abend ein Verein da und mit mehr als drei Personen im Pub ist meine Mutter immer etwas überfordert.«

»Wie viel zahlt sie dir?«, fragte Lee.

»Es ist meine Mutter!«, entgegnete ich.

Das beeindruckte ihn wenig. »Heißt das, du bekommst nichts? Gar nichts?«

»Natürlich nicht. Von seiner Familie lässt man sich doch nicht bezahlen.«

Er betrachtete mich aus zusammengekniffenen Augen, als würde er abschätzen, ob ich naiv oder dumm war. Wahrscheinlich war ich beides in seinen Augen.

»Hast du Geschwister, die auch ab und an einspringen?«

Jetzt kniff ich die Augen zusammen. »Was wird das hier? Ein Verhör?«

Er lächelte leicht. »Nein. Ich bin nur neugierig. Aber falls du noch Geschwister hast, wäre es doch nur fair, ihr würdet euch die Arbeit teilen.«

Ich zuckte die Achseln. »Meine Geschwister wohnen nicht mehr zu Hause. Meine Schwester Anna hat einen kleinen Sohn und mein Bruder Philip arbeitet Schichtdienst am Biggin Hill Airport. Die können nicht mehr aushelfen. Außerdem wohnen beide in anderen Stadtteilen.«

»Also bleibt es an der Jüngsten hängen?« Lee klang, als fände er das unverschämt.

»Hey, das ist meine Familie«, sagte ich entrüstet. Spendierter Kaffee hin oder her, aber er hatte nicht das Recht, meine Familie schlechtzumachen. »Erzähl doch mal ein bisschen von dir selbst!«, wechselte ich abrupt das Thema. »Hast du Geschwister? Arbeitest du nebenher? Bei welcher Modelagentur? Und warum gibt sich so ein Kerl wie du mit jemandem wie mir ab?«

Da war es wieder: das schiefe Lächeln, das einen umhaute.

»Sollte ich nicht? Hast du einen Freund, der etwas dagegen haben könnte?«, fragte er und es hörte sich amüsiert an.

Ich versteifte mich. »Und wenn es so wäre? Würdest du mich dann in Ruhe lassen?«

Er legte den Kopf ein wenig schief, als müsse er nachdenken. »Das kann ich gar nicht. Wir sitzen zusammen, schon vergessen?«

Frustriert trank ich einen zu großen Schluck Kaffee und verbrannte mir prompt die Zunge. Scharf zog ich kühle Luft durch die Zähne. Lee grinste.

Der Kaffee hatte mich wieder zum Leben erweckt, so dass ich wenigstens Physik und Chemie überstand. Lee wich nicht von meiner Seite. Er raunte mir die richtige Formel für Ammoniumchlorid zu und betörte in der Mensa erneut Matilda, so dass wir beide uns über einen gebratenen Fisch mit frischem Salat und Pommes freuen konnten. (Der Fisch schmeckte super: außen knusprig und gut gewürzt, innen saftiges, weißes Fleisch.)

Ruby warf frustriert ihre Gabel auf den Tisch, als sie unsere Tabletts sah. »Wieso habt ihr Fisch? Ich hasse Kartoffelbrei und Nieren. Ich will auch Fisch!«

Wir alle starrten sie überrascht an. Wir hatten noch nie erlebt, dass Ruby tatsächlich laut werden konnte.

Lee neben mir fasste sich als Erster. »Sollen wir tauschen? Ich esse Nieren ganz gern.«

Ich wollte gerade erwidern, dass er Matilda vorhin etwas ganz anderes gesagt hatte, als mich unter dem Tisch ein leichter Tritt gegen das Schienbein traf. Ah, ein Gentleman! Klaglos aß er Rubys Portion fettiger Nieren.

Phyllis und Nicole quetschten ihn über Amerika aus. Mir fiel auf, dass seine Antworten allein die Schule betrafen. Als Jayden nach seinen Eltern fragte, gab er nur zur Auskunft, sein Vater sei Geschäftsmann und viel unterwegs. Seine Mutter oder Geschwister erwähnte er nicht.

Ich stellte mir vor, seine Brüder wären noch viel attraktiver und erfolgreicher und er war neidisch auf sie. Als er in diesem Moment Phyllis anlächelte, wusste ich, wie dämlich diese Vorstellung war. Lee war mit Sicherheit nicht neidisch. Ich konnte mir nicht vorstellen, dass jemand, der sich freiwillig an unseren Tisch setzte und sich hier wohlfühlte, Neid empfand. Diese Charaktereigenschaft war dem Star Club vorbehalten.

Der Star Club saß zwei Tische weiter. Felicity hatte bei unserem Eintreten Lee kokett zugewinkt, damit er an ihren Tisch käme. Lee hatte ihr ein charmantes Lächeln geschenkt, sich dann aber zu uns gesetzt. Seither wurden wir vom Star Club beobachtet. Kein Wunder.

Lee war sicherlich der hübscheste Junge, den diese Schule je gesehen hatte. Seine Gesichtszüge waren scharf konturiert und ebenmäßig, seine Haare ein dichtes Knäuel aus leichten Locken, die zu diesen niedlichen Koteletten ausliefen und seine Ohren verdeckten. Er hatte schöne weiße, ebenmäßige Zähne und ein umwerfendes Lächeln. Seine Augen standen nicht zu eng und nicht zu weit auseinander und sie waren von einem Eisblau, wobei die Iris innen und außen von einem dunkelblauen Rand eingefasst wurde. Seine Wimpern waren lang und dunkel und seine Augenbrauen perfekt geformt. Da Vinci hätte seine Studie zum vitruvianischen Menschen an ihm demonstrieren können. Jeder drehte sich nach diesem Gesicht um. Vor allem nach diesen Augen.

Und plötzlich wusste ich, dass ich ihn schon einmal gesehen hatte. Nur wo?

Schnell schaute ich weg und musterte meine Freunde. Sie waren – mit Ausnahme von Phyllis und Ruby – der krasse Gegensatz zu Lees Schönheit. Aber niemand von ihnen fühlte sich deswegen weniger wert. Sie akzeptierten die Menschen um sich herum, so wie sie waren. Einschließlich meiner Wenigkeit. Ich hatte ihnen viel zu verdanken. Vor allem ihrer Toleranz. Keiner von ihnen hatte sich je über meine seltsame Familie lustig gemacht. Im Gegenteil. Wenn ich – zu Schuluniformzeiten – mit einer schmutzigen Uniform erschien, machten sie mich darauf aufmerksam und halfen mir, wieder vorzeigbar auszusehen.

Jaydens Mutter hatte mir beigebracht, wie man Wäsche wäscht, Phyllis und deren Mutter Kochen. Nicole wusste, wo man am billigsten einkaufte – ihre Eltern waren in einer ähnlichen Situation wie meine Mum. Phyllis und Ruby waren die Einzigen, die aus einem wohlhabenden Elternhaus stammten. Corey war mit seinen roten Haaren und den tausend Sommersprossen im Gesicht nun mal kein Brad Pitt und Ruby war die Inkarnation eines zerstreuten Professors.

Der Star Club bestand dagegen aus aufgestylten Püppchen wie Felicity Stratton, Ava Gartner und Cynthia Newmarket sowie dem Double von Prinz William, Jack Roberts.

Allesamt stammten sie aus hoch angesehenen Familien und hätten ohne weiteres eine Privatschule besuchen können – was sie nicht ausließen bei jeder Gelegenheit zu betonen. Es wunderte uns seit jeher, warum sie nicht endlich dorthin verschwanden.

Lee, der aussah wie ein umschwärmter Schauspieler, hätte auf alle Fälle besser an ihren Tisch gepasst als an den Loser-Tisch … äh, zu uns. Er beantwortete gerade bereitwillig Fragen zu seiner alten amerikanischen Schule. Auf einmal sah er auf und mir direkt in die Augen. Er zwinkerte mir kurz zu, als hätten er und ich ein gemeinsames Geheimnis.

Das hatten wir auch. Sobald mir einfallen würde, woher er mir so bekannt vorkam.

SPIELCHEN

Ich war pünktlich.

Als ich am Mittwochmorgen den Chemiesaal betrat, drückte mir Corey einen Zettel in die Hand. »Heutiges Motto«, raunte er mir zu, ehe er sich auf seinen Platz setzte. Ich wartete, bis wir saßen, und faltete den Zettel auf: *Ms Black dazu bringen, das Wort Oralverkehr zu sagen.*

Mir klappte die Kinnlade runter.

»Und? Wieder dieses Spiel?«, fragte Lee neugierig.

Ich reichte ihm den Zettel. Mir fiel auf, dass er genauso darauf achtete, mich nicht zu berühren, wie ich ihn. Er las den Zettel und ein feines Lächeln kräuselte seine Lippen.

Ms Black betrat den Saal und begann mit dem Unterricht.

Lee beugte sich zu mir. »Was erhält der Sieger?«

Ich sah ihn konsterniert an. »Was?«

»Was bekomme ich, wenn ich es schaffe?«

»Das schaffst du nicht«, flüsterte ich, den Blick weiter nach vorn gerichtet, um keine Aufmerksamkeit auf uns zu ziehen. »Das schafft niemand. Sieh sie dir an.« Ich nickte in Richtung Tafel, wo Ms Black gerade ›Bariumsulfatfällung‹ anschrieb.

Ihr karierter Faltenrock, Modell schottisches Hochland, endete am Knie, die Beine steckten in grauen Stützstrümpfen. Das ganze Ensemble krönte eine Strickweste und eine weiße Bluse mit Brosche am Hals. Sie war das personifizierte Bild einer Matrone. Niemand an dieser Schule hatte je auch nur im Entferntesten von etwas wie einem ›Lebensgefährten‹ von Ms Black gehört. Falls zu ihrer Zeit das Thema Sexualkunde unterrichtet worden war, hatte sie bestimmt geschwänzt. Wahrscheinlich allerdings das erste und einzige Mal in ihrem Leben.

»Die ist keine Biologie-Lehrerin, damit sie genau solche Themen nicht unterrichten muss«, erklärte ich Lee.

Er grinste weiterhin selbstbewusst. »Was bekomme ich von dir, wenn ich es schaffe?«, beharrte er.

»Ich gebe dir ein Eis aus«, wiederholte ich seinen Vorschlag von neulich.

»Das reicht nicht. Wie du schon sagtest, ist es nicht einfach, Miss Black dazu zu bekommen. Da brauche ich ein wenig mehr Anreiz.«

Ich vergaß die Tafel und starrte ihn an. Wollte er jetzt etwa, dass ich ohne T-Shirt aus dem Sportunterricht …

Aber er unterbrach meine Gedanken. »Du nimmst mich mit in den Pub deiner Mutter.«

»WAS?« Ich war so überrascht, ich konnte nicht leiser sprechen. Rundherum starrten alle zu uns. Einschließlich Ms Black.

»Miss Morgan, verstehen Sie etwas nicht?«

Ich sah von Lee zu Miss Black und wieder zu Lee. Er lehnte sich lächelnd und siegessicher zurück.

»Einverstanden«, raunte ich durch die Zähne, und laut zu Miss Black: »Mr FitzMor hier hat eben gesagt, er fände diese These unlogisch.«

Lee kniff ein wenig die Augen zusammen – ich hatte ihn in eine unmögliche Situation gebracht.

»Wollen Sie damit behaupten, Sie wüssten besser über Radium Bescheid als Marie Curie, Mr FitzMor?«, fragte Ms Black spitz. Ihre braune, kleine Hornbrille bebte vor Empörung.

Lee setzte sich nicht einmal aufrecht hin. Er lehnte noch immer ganz entspannt neben mir. »Seien wir ehrlich, Marie Curie lebte vor über hundert Jahren. Seit ihrem Wirken hat die Menschheit sich wesentlich weiterentwickelt«, sagte er ruhig. »Die damaligen Automobile hatten höchstens drei PS, heute gibt es Motoren mit über sechshundert. Es starben damals Millionen von Menschen an der Spanischen Grippe, die man heute mit ein bisschen Antibiotikum bekämpfen kann. Wir haben seither Suppe in der Tüte entwickelt, die chemische Reinigung, Kondome mit Geschmack.« Bei der letzten Äußerung ging ein Kichern durch den Saal. Lee ignorierte es. »Würden Sie nicht zustimmen, dass Marie Curie zu ihrer Zeit wohl Großes geleistet hat, aber wir uns wesentlich weiter entwickelt haben?«

Ms Black hatte ihre Arme vor der Brust gekreuzt und tippte ungeduldig mit ihrem Fuß. »Sie müssen aber auch bedenken, dass man das Rad nicht neu erfinden kann und manche Dinge einfach in ihrer Beständigkeit bleiben.«

»Da stimme ich Ihnen zu«, sagte Lee und setzte sich auf. »Aber wenn ich Ihre Formel zum Sondieren der einzelnen Bestandteile von Barium nehme, gibt es zwischenzeitlich bestimmt andere, die ein besseres und saubereres Ergebnis für reines Radium liefern. Bleiben wir doch bei dem Beispiel mit den Kondomen: Im Grunde bleibt ein Kondom ein Kondom. Ich meine, wenn auch die ersten nur nach Gummi schmeckten, hat man mittlerweile auch die mit Banane, Schokolade und Blaubeere entwickelt.«

»Mr FitzMor, können Sie Ihre Oralsex-Fantasien bitte woanders ausbreiten und nicht in meinem Chemieunterricht?«, rief Ms Black empört.

Die Klasse johlte und klatschte Beifall. Ms Black blickte entnervt und angeschlagen in die Klasse. Ich starrte Lee an. Er grinste zufrieden.

»Wir haben ein Date«, sagte er zu mir.

In der Mittagspause hatte Felicity ihn wieder fest in ihren Krallen. Der Star Club saß am besten Tisch der Cafeteria und Lee mittendrin. Er schien sich prächtig zu amüsieren. Nach dem Vorfall heute Morgen war er der Held der Schule. Es hatte sich innerhalb einer Stunde herumgesprochen bzw. getwittert, dass er die altjüngferliche Ms Black dazu gebracht hatte, das Wort Sex in den Mund zu nehmen.

SMS und E-Mails wurden andauernd ausgetauscht. Auch an unserem Loser-Tisch herrschte ausgelassene Stimmung. Corey konnte die Szene nicht oft genug nachspielen, auch wenn Nicole, Phyllis und Jayden über seine jämmerlichen Versuche lachten, Lees lässige Haltung und Stimme zu imitieren. Sogar Ruby grinste die ganze Zeit während des Essens.

Nur ich fühlte mich, als hätte ich einen Magenhieb erhalten. Ich hatte niemandem von dem Wetteinsatz erzählt. Und ich fühlte mich irgendwie – verraten. Warum, wusste ich selbst nicht. Immerhin wollte der heißeste Typ der Schule mit mir ausgehen. In den Pub meiner Mutter. O Gott, spätestens danach würde er nicht mehr mit mir reden. Oder sollte das Ganze etwa eine Finte sein? So wie in dem Buch *Beastly*, wo der Schulliebling das hässlichste Mädchen zum Ball einlädt und dann mit einer anderen auftaucht?

Aber etwas sagte mir, dass Lee nicht so intrigant war. Eher würde er gar nicht auftauchen.

Die nächsten Tage verbrachte Lee in der Gesellschaft des Star Clubs. Er saß zwar in jeder Unterrichtsstunde neben mir, aber sobald es klingelte, wurde er von Felicity in Beschlag genommen.

Manchmal hatte ich den Eindruck, er fühlte sich von ihr beinahe belästigt. Und dann hatte ich wieder das Gefühl, er konnte nicht schnell genug von mir wegkommen.

Zumindest war ich nicht böse über Felicitys Vereinnahmung. Dadurch, dass Lee neben mir saß – ein Typ mit der Ausstrahlung von Brad Pitt –, rückte ich auch ins Licht der Aufmerksamkeit. Ein Umstand, der mir verhasst war. Ich war so ziemlich das komplette Gegenteil von einer Angelina Jolie. Nicht nur kleidergrößenmäßig. Die Zahnspange war extrem auffällig und meine Haare waren nie glatt und glänzend.

»Du brauchst ein Glätteisen«, erklärte Phyllis, als wir beide in der Mädchentoilette standen und ich verzweifelt versuchte meine Naturwelle glatt zu bürsten.

Ich hielt mitten in meinen Bemühungen inne und sah sie fragend an.

»Mit einem Glätteisen bekommst du sogar deine Welle in den Griff. Das würde Lee bestimmt gefallen«, fügte sie hinzu.

Ich knallte die Bürste auf das Waschbecken. »Es ist mir so was von egal, ob ich Lee gefalle oder nicht. Ich will nur nicht wie ein zerzauster Pudel neben ihm wirken. Ich fühle mich so langsam wie Susan Boyle neben Prinz William.«

»Die Haare hast du auf jeden Fall.« Cynthia betrat in dem Moment das Mädchenklo und hatte meinen letzten Satz gehört.

»Halt die Klappe, Cynthia«, sagte Phyllis und zog mich in den Flur.

»Komm nach der Schule mit zu mir«, schlug sie vor. »Wir probieren es aus. Vielleicht finden wir auch noch einen hübschen Lidschatten.«

Das war unnötig. Ich konnte ihn mir eh nicht leisten, aber das Angebot mit dem Glätteisen nahm ich gerne an.

In der Mittagspause war allerdings irgendetwas anders als sonst. Am Essen konnte es nicht liegen. Matilda kochte mir tatsächlich weiterhin ein vegetarisches Menü und zwinkerte fröhlich. Ich lächelte nett zurück und überlegte, dass Lee damit ein kleines Wunder vollbracht hatte.

An unserem Tisch ging der Star Club vorbei und grinste höhnisch in meine Richtung. Lee, der erst später – wie immer an der Seite von Felicity – die Mensa betrat, nickte uns freundlich zu.

Wenig später wurde am Star-Club-Tisch herzhaft gelacht. Alle Mitschüler sahen neugierig hinüber. Ich auch, aber mir schwante nichts Gutes. Sie lachten und sahen zu mir.

Meinen Freunden fiel es auch auf.

»Du, City, warum lachen die so hämisch in deine Richtung?«, fragte Corey vorsichtig.

Ich zuckte die Achseln. Sicher wusste ich es nicht, aber ich konnte es mir denken. Warum musste von zweitausend Mitschülern ausgerechnet Cynthia Newmarket ins Mädchenklo kommen? Matildas leckeres Essen schmeckte plötzlich überhaupt nicht mehr.

»Hey, City, soll ich dir einen guten Schönheitschirurgen empfehlen?«, rief Jack jetzt quer durch den vollen Speisesaal. Um mich herum hörte ich andere Mitschüler lachen. Jetzt kam Jack in Fahrt. »Für wen willst du dich überhaupt schön machen? Hast du etwa einen Alkoholiker-Kollegen im Pub kennengelernt?«

Ich ignorierte hartnäckig seine hässlichen Rufe und aß mechanisch weiter.

»Glätteisen nutzen bei dem Drahtschwamm von Haaren auch nichts«, rief jetzt Ava. »Du brauchst eine Metallpresse! Oder noch besser: Rasier sie ab.«

Immer mehr Gelächter um mich herum. Ich aß den letzten Bissen, ohne wirklich etwas zu schmecken.

»Komm, wir gehen«, sagte Phyllis entschieden und Ruby sprang sofort auf. Auch Jayden und Nicole, obwohl ihre Teller noch nicht leer waren. Corey zögerte einen Moment und sah mich an.

Ich schaute zurück und las das Mitleid in seinem Blick. Ich schluckte, nahm mein Tablett und stand auf. Geschlossen gingen wir am Tisch des Star Clubs vorbei.

»Ob sie jetzt alle einen plastischen Chirurgen aufsuchen?«, rief Ava. »Nötig hätten sie es. Jeder von denen.«

Jetzt reichte es. Ich drehte mich spontan um. Lächerlicher konnte ich mich eh nicht machen. Dafür hatten sie bereits gesorgt.

»Oh, Ava, hast du eigentlich schon mitbekommen, dass sich Felicity auf deine Rolle in dem Shampoo-Werbespot beworben hat? Sie meinte, deine Tönung sei absolut ungeeignet, um im Fernsehen gezeigt zu werden.«

»Ach, spar dir doch deine kleinlichen Racheversuche«, entgegnete Ava lässig und winkte grazil mit der Hand.

»So? Wie heißt die Casting-Agentin noch mal? Louisa Hamilton? Oder Harrington?«

Ava erstarrte. Ihr Blick glitt zeitlupenmäßig zu Felicity, die ziemlich blass geworden war und mich mit wütenden Blicken traktierte.

»Woher willst du das wissen?«, fauchte sie und schmiegte sich enger an Lee. Doch der rückte ein wenig ab. Ich sah, dass er mit verschränkten Armen, die Augen halb geschlossen, alles beobachtete.

»Beim Treffen der Anonymen Alkoholiker wurde davon gesprochen«, entgegnete ich. »Übrigens, Jack, du solltest auch mal kommen. Wir haben noch zwei andere in der Gruppe, die ständig Wodka-Lemon in einer Schweppes-Flasche durch die Schule tragen.« Ich zeigte noch einmal allen ganz breit meine Zahnspange und ging davon.

Hinter uns hörten wir Ava schnauzen: »Sag, dass das nicht wahr ist!« Ob sie damit Jack oder Felicity meinte, war uns allen egal. Meine Freunde grinsten breit, als wir in der Halle standen.

»Woher wusstest du das?«, fragte Jayden und strahlte mich bewundernd an.

»Louisa Hamilton war letzten Sonntag bei diesem Treffen der Riesenkaninchenzüchter dabei. Sie hat davon gesprochen, als ich die Getränke serviert habe.«

»Und das mit Jack?«, wollte Ruby wissen.

Alle stöhnten auf. Typisch Ruby. Sie schwebte so oft in einer anderen Hemisphäre, dass sie die Welt um sich herum nicht immer mitbekam. Es war ein offenes Geheimnis, dass Jack seine Ocean-Spray-Flasche aufpeppte. Er gab damit fast jede Pause an. Nur war ich die Erste, die ihn offen konfrontiert hatte.

Aber mein Gefühl der Befriedigung wich schnell einem anderen. »Danke«, sagte ich in die Runde.

Alle sahen mich erstaunt an. »Äh, wofür?«, fragte Nicole. »Du hast die Situation gerettet, während von uns niemand den Mund aufgemacht hat.«

Ich lächelte sie herzlich an. »Nein, das stimmt nicht. Ihr haltet zu mir. Nur deswegen konnte ich kontern. Ich schulde euch ein Essen.«

Corey legte mir jovial einen Arm um die Schultern. »Vergiss es, City. Das Steak war ziemlich zäh und die Pommes matschig. Du hast *uns* gerettet. Sonst hätte ich es womöglich noch aufgegessen.«

Ich stupste ihn in die Seite. »Probier deinen Charme auch mal an Matilda aus. Das öffnet dir neue Welten. Ehrlich.«

Corey verzog angeekelt sein Gesicht.

Als ich das Englisch-Klassenzimmer betrat, saß Lee bereits an unserem Tisch und lächelte mir mit einem Lächeln entgegen, das in der Genfer Konvention bestimmt als verbotene Art der Kriegsführung eingetragen war. Ich drehte mich um, weil ich Felicity hinter mir vermutete, aber da war niemand. Als ich wieder nach vorn schaute, wirkte Lees Miene amüsiert.

»Du hast überhaupt kein Selbstbewusstsein, weißt du das?«, sagte er, als ich mich auf meinen Platz neben ihn setzte.

»Habe ich wohl.«

»Und warum kannst du dann nicht glauben, dass ein Mann dich anlächelt?«

Jetzt lächelte ich. Wenngleich säuerlich. »Weißt du, Lee, ich war vor dieser denkwürdigen Mittagspause im Mädchenklo und habe mein Spiegelbild gesehen. Und zudem habe ich ein paar Jahre Erfahrung. Vielleicht lässt mich das denken, Jungs lächeln mich nicht an.«

»Corey und Jayden lächeln dich ständig an. Bei ihnen hättest du dich nicht umgedreht.«

Ich schnaufte. »Corey und Jayden sind etwas Besonderes. Sie sind meine Freunde und sie reden auch normal mit mir.«

»Und lächeln dich an.« Er ließ nicht locker.

Ich seufzte. »Lee, sie sind so etwas wie Brüder für mich, verstehst du? Hast du Geschwister? Lächelst du denen nicht zu, wenn sie auf dich zukommen?«

»Ich habe keine Geschwister«, erklärte er.

Ich zuckte desinteressiert die Achseln. »Das ist manchmal gar nicht so schlimm. Dann kann dich keine Zicke herumkommandieren und du musst dir keine Gedanken wegen Drogen- und Spielsuchtproblemen machen.« Im selben Moment hätte ich mir am liebsten auf die Zunge gebissen. Warum musste die manchmal schneller sein als mein Verstand?

Zu meiner großen Erleichterung überging Lee diesen Kommentar. »Ich habe zwei Cousins, die mir recht nahestehen und so etwas wie Brüder für mich sind. Eamon ist mittlerweile ins Geschäft seines Vaters eingestiegen, Ciaran ist ein Gigolo. Kein Rock ist vor ihm sicher. Sein gutes Aussehen macht es ihm auch viel zu einfach und ich musste ihm oft genug aus der Patsche helfen. Ich weiß also, wie es ist.«

Im ersten Moment wusste ich nicht, was ich dazu sagen sollte, aber ich verstand, dass er mir mit dieser Eröffnung ein Angebot machte. Also lächelte ich zaghaft zurück. »Gigolo, hm? Was bist dann du?«

»Sagen wir so: Wenn Ciaran James Bond ist, bin ich Austin Powers.«

»Soll ich jetzt protestieren?«, sagte ich. Die Vorstellung von Lee mit Brusthaartoupet drängte sich mir auf.

Im selben Moment grunzte Lee, drehte sich um und hustete. »Vielleicht«, sagte er ein wenig schief grinsend, als er sich wieder beruhigt hatte.

Mr Singer, der den Klassenraum betrat, rettete die Situation und begann mit dem Unterricht.

BEI COREY

Als ich am Nachmittag aus der U-Bahn stieg, war ich erst einmal geblendet. Die Sonne hatte wieder diese kräftige, intensive Farbe, die alle Hauswände heller scheinen ließ und sämtliche Bäume, Blätter und Blumen bunter. Typisches Herbstlicht. Eine Inspiration für Impressionisten! Bei diesem Licht kann man sich Renoir gut vorstellen, wie er in einem Park sitzt und die einzelnen Sonnenpunkte unter den Bäumen einfängt.

Aber ich würde leider gleich wieder in einem düsteren Zimmer sitzen, über Schulbüchern. Coreys kleine Schwester Cheryl brauchte jede Hilfe in Englisch, die sie bekommen konnte, und ich brauchte das Geld, das ich mit der Nachhilfe verdiente.

Ich mochte die kleinen Parks in London. Grüne Oasen inmitten der lauten, steinernen Wüste. Corey wohnte in einer Nebenstraße, und obwohl es ein Umweg war von der U-Bahn-Station zu ihm, ging ich immer durch den Park. Vor allem wenn die Sonne schien. Drei Rentner sonnten sich auf einer Bank, fünf Kinder spielten an den Spielgeräten und vier Mütter plauderten, während sie ihre Kinderwagen hin und her schoben und den Älteren beim Spielen zusahen. Ein Stück weiter vor mir auf dem Weg hüpften zwei Raben auf der Suche nach etwas Essbarem umher.

In einem Moment sah ich dieses idyllische Bild, im nächsten nur eine Wiese. Keine Menschen, keine Häuser, kein Lärm.

Totenstille. Die Leute, die Autos – alles war verschwunden. Nur Wiese und in ein paar Hundert Metern Entfernung ein paar Bäume auf einem Hügel.

Ich stockte und holte erschrocken Luft. Im selben Moment stand ich wieder im Park. Der Lärm war urplötzlich zurück. Ich taumelte und musste mir die Ohren zuhalten. Was war geschehen? War das eine Vision? Oder fing ich jetzt an zu spinnen? Mein Herz pochte unregelmäßig, meine Knie wurden weich. Unsicher schleppte ich mich vorwärts. Bloß raus hier.

Der Park hatte jeglichen Reiz verloren. Nicht nur das. Ich hatte Angst. Was hatte das ausgelöst? Ich atmete ein paarmal tief ein und aus, bis ich wieder in der Lage war, normal weiterzugehen. Als ich an den Raben vorbeikam, hatte ich das Gefühl, sie beobachteten mich mit ihren schief geneigten Köpfen.

Corey öffnete mir. »Cheryl ist noch unter der Dusche. Sie braucht noch eine halbe Stunde«, erklärte er.

Das war wieder typisch. Dann konnten wir nur eine halbe Stunde üben, denn ich musste nachher in den Pub. Ich folgte Corey in sein Zimmer, um dort zu warten.

»Oh, hey, Jayden«, rief ich überrascht. Jayden saß neben Corey an dessen PC. Aber er wirkte verlegen, als er mich sah.

»Hallo, City«, sagte er. Seine Stimme klang ein wenig belegt. Wenn er nicht eh eine dunkle Hautfarbe gehabt hätte, hätte ich geschworen, er wäre knallrot.

Mein Blick schweifte zum Fenster, direkt neben dem PC. Soeben huschte im gegenüberliegenden Fenster eine Frau vorbei. Ich verstand.

»Oh. Mein. Gott.« Ich sah wieder zum Fenster. Ganz eindeutig, die Frau war bis auf einen BH und ihren String nackt. Jetzt wusste ich, warum Jayden verlegen war. Ein Blick auf den PC bestätigte meine Vermutung, denn der Bildschirm war aus. »Ihr elenden Spanner«, zischte ich.

Corey grinste ungeniert. »Hab dich nicht so, City. Ich werde mich nie wieder über meine Aussicht beschweren.«

Die Frau ging telefonierend hin und her und gewährte eine gute Aussicht auf ihre 110–60–90.

Vor allem auf die 90, denn sie wandte andauernd den Rücken zum Fenster.

»Gönn uns doch mal was, City«, sagte Corey und sah mich gar nicht an. »Immerhin habt ihr Mädels seit neuestem jeden Tag ein Lustobjekt vor der Nase. Jetzt haben Jayden und ich wenigstens auch etwas.«

Ich sah ihn konsterniert an. »Wenn du mit Lustobjekt meinen Sitznachbarn meinst ...«

»Natürlich, wen denn sonst?«

»Lee ist wohl schwerlich ein ...«, wollte ich schon protestieren, aber ich bremste mich mit dem Gedanken an Felicity, Cynthia und Ava. »Zumindest ist er nicht nackt«, wiegelte ich ab.

»Nein, zum Glück nicht«, sagte Corey ehrlich, »sonst bekäme ich endgültig Komplexe. Seit er an der Schule ist, schaut mich keine einzige Frau mehr an.«

»Dich hat auch vorher keine angesehen. Nur hast du das nie registriert«, sagte Jayden trocken und glotzte dabei weiterhin aus dem Fenster. Miss Nackedei bückte sich gerade nach irgendwas.

»Es reicht!«, rief ich und stellte mich vor das Fenster. »Benehmt euch wenigstens, solange ich hier bin. Außerdem denk mal an deine Schwester. Sie ist dreizehn. Was glaubst du, was passiert, wenn sie das hier mitkriegt?«

»Keine Ahnung«, gestand Corey ungerührt. »Sie wird wohl deswegen nicht gleich ihre Sheepworld-Sachen gegen Sextoys eintauschen.«

»Vielleicht tauscht sie ihre Unterhosen gegen Strings und stolziert demnächst auch so vor dem Fenster hin und her. Ich könnte mir gut vorstellen, dem bärtigen Glupschauge von gegenüber würde das gefallen.«

Zufrieden sah ich, wie Corey entsetzt das Fenster über Miss Nackedei fixierte. Dort saß ein Mann von ziemlich fragwürdigem Aussehen mit dunklem Vollbart. Er starrte zu uns herunter. Ich winkte ihm freundlich zu. Sofort verschwand er.

Cheryl steckte den handtuchumwickelten Kopf durch die Tür. »Wir können.«

Na, wie nett. Ich wusste, ihr war der Nachhilfeunterricht peinlich. Nicht nur, weil sie so schlecht war, sondern auch, weil die uncoole Freundin ihres uncoolen Bruders ihr half … Halt! Sofort korrigierte ich mich. Lee hatte irgendwie Recht: Solange ich mich als Loser fühlte, würden alle mich so behandeln. Ich musste damit aufhören.

Ich folgte ihr dennoch und dachte an die sieben Pfund, die ich gleich kassieren würde. Als ich die Tür schloss, hörte ich Jayden zu Corey sagen: »Unsere City ist schon klasse. Sie fällt jedenfalls nicht auf das gemeißelte Gesicht dieses Sunnyboys rein.«

Erst auf dem Heimweg fiel mir wieder mein Erlebnis im Park ein. Oder war es eine Halluzination gewesen? Zwei Raben erinnerten mich daran. Sie saßen auf einem Absperrgitter für Straßenarbeiten und ich hatte wieder das Gefühl, als beobachteten sie mich. Ich wusste, das war vollkommener Unsinn, aber Raben hatten schon immer diese Wirkung auf mich. Ich schaute weg und ging schneller. Mein Blick fiel auf eine kleine italienische Eisdiele auf der anderen Straßenseite. In der intensiven Herbstsonne saßen Ava und Lee. Ava himmelte ihn an und balancierte ihren gefüllten Löffel vor seinem Mund. Lee ließ sich von ihr füttern und beide lachten.

Ich fühlte mich, als hätte mir jemand eine Ohrfeige verpasst – inklusive der Demütigung und Betroffenheit. Doch sofort fragte ich mich: Warum fühle ich so? Es war ja nicht so, dass Lee mein Freund wäre. Sämtliche Mädchen der Schule himmelten ihn offen an. Sogar Phyllis und Nicole. Er war mein Sitznachbar. Sonst nichts. Er war nett und freundlich zu mir. Das sollte ich schätzen. Und ich schätzte es auch.

Trotzdem hatte ich im Stillen gehofft, dass er anders wäre. Dass er nicht auf das affektierte Gehabe der drei Grazien reinfallen würde. Diese Oberflächlichkeit durchschauen würde und ... ja, was und? Sich in mich verlieben? Wollte ich das?

Ich horchte in mich hinein und kam zu einem klaren Nein. Er war nicht mein Typ. Wirklich nicht. Er sah blendend aus und war interessant, klug und höflich, aber irgendetwas störte mich an ihm. Vielleicht, weil er zu gut aussah, zu perfekt war. Vielleicht auch nur, weil ich zum ersten Mal von jemand anderem als meinen Freunden beachtet wurde. Vielleicht, weil er mir suspekt war.

Außerdem war er blond. Blond und blauäugig. Richard Cosgrove, mein Lieblingsschauspieler, hatte dunkle Haare und graue Augen.

Ich kam zu dem Schluss, dass ich keinen Grund hatte, beleidigt oder eifersüchtig zu sein, wenn Lee mit anderen Mädchen flirtete. Es war wohl eher Enttäuschung. Mit mir wollte er in den Pub meiner Mutter gehen, mit Felicity hatte er bereits am ersten Schultag geknutscht und mit Ava ging er Eis essen. Ein Casanova. Genau so, wie ich ihn von Anfang an eingeschätzt hatte.

Trotzdem stach es ein klein wenig. Die Raben sahen mir noch immer nach. Ich hatte das Gefühl, sie lachten mich aus.

JOGGING-UNTERRICHT

Da Lee jetzt einen festen Sitzplatz neben mir hatte, wollte ich keineswegs als linkische, plumpe Versagerin neben Mr Universe gelten. Ich hatte seit Tagen mit mir gerungen, aber endlich fasste ich mir ein Herz.

»Corey, kannst du mir einen Gefallen tun?« Ich fing ihn vor dem Jungenklo ab.

»Hast du geduscht?«

Ich verzog das Gesicht. War das so offensichtlich?

»Ich meine nur, weil du in der Regel mittwochs immer nach Whiskey …« Er sah wohl mein finsteres Gesicht und wechselte abrupt das Thema: »Klar, City, welchen?«

»Kannst du mir zeigen, wie man richtig läuft?«

Er sah mich an, als hätte ich ihn gebeten mich zu entjungfern.

Ich verknotete meine Hände und starrte beschämt zu Boden. Aber jetzt hatte ich angefangen, also brachte ich es auch zu Ende. »Du weißt doch, dass ich immer Seitenstechen bekomme und absolut keinen Antrieb habe.«

»City, das ist echt untertrieben. Du schnaufst wie der Teekessel meiner Oma und schwitzt auch so nach ein paar Metern.«

»Schönen Dank«, murmelte ich sarkastisch.

»Nicht böse gemeint. Sind nur die Fakten. Aber glaubst du, ich bin der Richtige dafür?« Er kratzte sich am Hinterkopf und sah ziemlich skeptisch aus.

»Wer sonst? Du bist doch Fußballer und warst immer der Beste in Leichtathletik.«

»Na, Lee vielleicht. Er ist jetzt in meinem Fußballteam. Mit dem kann ich nicht mithalten.«

»Nein!«, rief ich. Corey sah mich überrascht an. Ich fuhr mir durch die Haare. »Nein, neben ihm käme ich mir schrecklich vor. Ich hatte auf dich gehofft. Wir kennen uns auch länger und du weißt, wie schlecht ich immer in Sport war. Mit dir wäre die Situation nicht ganz so blamabel für mich.«

Corey schien nicht überzeugt. »Ich weiß nicht, City ...«

»Ach komm schon, Corey. Ich schreib auch den Bio-Aufsatz über DNA für dich.«

Er kaute auf seiner Unterlippe. Jetzt wusste ich, ich hatte ihn so weit.

»Ich verspreche, ich werde nicht mosern, egal wie hart du mich rannimmst.«

Corey zog anzüglich eine Augenbraue hoch.

»Ich spreche noch immer vom Laufen«, zischte ich.

»Okay, okay. Aber den Aufsatz übernimmst du.«

Ich strahlte ihn an. »Klar. Versprochen. Wann geht's los?«

»Samstag um zehn, Apsley House. Sei ja pünktlich.«

»Bin ich. Danke. Du bist ein Schatz und ich würde dich glatt küssen, wenn es nicht zu peinlich wäre.«

Corey grinste. »Weißt du was, ich versuche Jayden auch dazu zu bewegen. Zu dritt wäre es noch lustiger.«

Warum nicht? Neben Jayden machte ich bestimmt eine gute

Figur. Aber ich bezweifelte, dass er sich zu irgendwas *bewegen* ließ, außer dem Weg zur Mensa oder seinem Schreibtisch.

»Und hey! Der Pfirsichduft gefällt mir.«

Pünktlich vor der Biologiestunde hatte ich Corey gestern den Aufsatz überreicht. Ich hatte zwei Nächte daran gesessen. Na ja, nicht nur an seinem, auch an meinem. Aber es war ganz schön viel Arbeit, denn für den zweiten Aufsatz war mir nichts mehr eingefallen. Jetzt wusste ich, wie sich ein Autor mit Schreibblockade vor dem Abgabetermin fühlen muss.

Jayden und ich standen wie abgemacht um zehn am Apsley House an der Rotten Row im Hyde Park. Wer fehlte, war Corey.

»Typisch«, murrte Jayden.

Er trug einen lächerlichen blau-silbernen Hochglanz-Sportanzug und hatte seine langen Haare mit einem Haarband, wie es Fußballer tragen, an der Stirn befestigt. Ich kam mir auch ziemlich blöd vor, auch wenn ich nicht ganz so auffällig gekleidet war. Schwarze Jogginghose mit roter Sweatjacke. Dafür war ich gestern extra auf den Markt nach Camden gefahren und hatte die sieben Pfund von der Nachhilfe geopfert. Ich war voller Tatendrang, und keine Spur von Corey!

»Ich warte höchstens zehn Minuten, dann bin ich weg«, sagte Jayden düster.

»Quatsch«, sagte ich. »Dann probieren wir es ohne Corey. Zumindest haben wir dann keinen Zeugen, der beim nächsten Treffen die Meute mit lustigen Geschichten über uns unterhält.«

Jayden brummte etwas Unverständliches. Auf einmal erhellte sich sein Gesicht. »Hey, da kommt Lee. Wetten, Corey hat ihn geschickt?«

Schockiert folgte ich seiner Geste. Tatsächlich. In einem perfekten Sportdress, als sei er Mitglied bei Arsenal, kam er die Rotten Row entlang auf uns zugejoggt. Nicht nur, dass er aussah wie ein Model für Nike, er schnaufte nicht einmal.

»Hey, Lee«, grüßte Jayden und klang hocherfreut. »Joggst du hier regelmäßig?«

Lee trank einen Schluck aus der Flasche, die in einem Gürtel an seiner Taille steckte, ehe er antwortete: »Nein, eigentlich fahre ich lieber ein paar Kilometer, um im Wald zu laufen. Corey hat mich vor einer Stunde angerufen und entschuldigt sich bei euch. Ihm ist was dazwischengekommen.«

»Was?«, fragte ich bissig. »Ein paar Bier gestern Abend im Pub?«

Lee lachte leise.

Jayden zog eine Grimasse. »Das würde zu ihm passen«, meinte er finster.

»Er hat mich gebeten die Lehrstunde zu übernehmen. Seid ihr bereit?«

Nein.

»Ja!«, rief Jayden begeistert.

Verräter. Aber ich konnte wohl schlecht meinem Unmut freien Lauf lassen. Immerhin war es meine Idee gewesen.

»Alles klar, Felicity?«, fragte mich Lee und seine Augen blitzten spitzbübisch, als wüsste er, wie sehr ich mich wand.

Ich nickte steif.

»Gut. Dann fangen wir mit ein paar Lockerungsübungen an.«

Ich kam mir ein wenig dämlich vor, als ich seine Verrenkungen nachmachte. Er sah dabei aus wie ein Tänzer, ich wohl eher wie ein hopsender Bär. Zum Glück bot Jayden in seinem Hochglanzanzug einen noch lächerlicheren Anblick. Ich wartete darauf, dass Lee jeden Moment losprustete und das Training deswegen abblasen musste.

Aber er sah eher so aus, als wären wir Mitglieder seiner Fußballmannschaft beim gemeinschaftlichen Training.

»Prima, das dürfte zum Warmmachen reichen. Jetzt laufen wir bis an die erste Kreuzung zum South Carriage und dann gehen wir eine Minute.«

Wir trabten los, hinter Lee her. Na toll, jetzt waren wir in der nächsten Stunde auch noch gezwungen auf seine perfekte Hinterseite zu sehen. Aus dem Augenwinkel sah ich ein paar schmunzelnde Gesichter an uns vorübergehen – wir mussten ein auffälliges Trio abgeben. Zumal Lee allein durch seine Größe auffiel und ihm viele hinterherstarrten. Jayden schien das alles nichts auszumachen. Er schnappte schon nach zehn Metern nach Luft und musste sich vollends aufs Atmen konzentrieren. Ehrlich gesagt ging es mir nicht viel besser, nur dass ich mich unter gar keinen Umständen vor Lee und seiner vollkommenen Erscheinung blamieren wollte.

An der Abzweigung angekommen sah ich schwarze Flecken vor meinen Augen tanzen. Lee drehte sich erwartungsvoll zu uns um. In diesem Moment hätte ich ihm in sein lächelndes Gesicht schlagen können – wenn ich mich nicht so matt gefühlt hätte.

Als er mich anschaute, wurde sein Blick wachsam.

»Alles in Ordnung, Felicity?«

»Hey, krass, City«, keuchte Jayden. »Du bist weiß wie 'ne Wand.«

Im nächsten Augenblick spürte ich, wie mich ein paar Arme

umfassten, der Boden sich drehte … und dann bekam ich wieder Luft.

»Tief durchatmen, Felicity. Ist die Jacke zu eng?« Er begann am Reißverschluss zu fummeln, worauf ich ihm recht fest auf die Finger klopfte.

»Das ist eine Sportjacke«, entrüstete ich mich. Was wirksamer gewesen wäre, wenn ich nicht so schwach geklungen hätte.

»Hast du überhaupt geatmet auf dem Weg hierüber?«

Zumindest atmete ich jetzt und er roch einfach umwerfend. Keine Spur von Schweiß oder versagendem Deo wie bei Jayden. Er roch nach Sommer, nach einem blumigen Duft, den ich nicht zu benennen wusste, und nach Moos. *Nein, ich habe nur auf deinen Hintern geschielt,* war ich versucht zu sagen. Seine Mundwinkel zuckten verdächtig, als habe er verstanden, was ich soeben gedacht hatte. Sofort wurde mir heiß und die Situation noch peinlicher, als sie ohnehin schon war. Ich atmete ein paarmal tief durch und trotz seines unglaublich guten Geruchs ging es mir nach ein paar Atemzügen besser.

»Es geht wieder«, sagte ich und rappelte mich umständlich auf. Lee wollte mir unter die Arme greifen, aber ich schüttelte ihn ab. Ich hatte schon genug Würde eingebüßt. Ich klopfte mir den Po ab, fuhr einmal durch meine Haare und sah dann beide so munter wie möglich an. »Können wir weiter?«

Lee und Jayden betrachteten mich skeptisch.

»Findest du das klug, Felicity?«, fragte Lee.

»Dafür sind wir ja wohl hier, oder? Ich habe das Ganze angeleiert und ich möchte es jetzt gerne durchziehen. Einen Marathon werde ich wohl heute nicht schaffen, aber bis Kensington und zurück muss es gehen.«

Jaydens Augen wurden so groß, als hätte ich soeben vorgeschlagen den Ärmelkanal zu durchschwimmen. Lee runzelte noch immer die Stirn.

»Felicity, das ist nicht klug. Du solltest vielleicht für heute Schluss machen. Wenn du möchtest, können wir morgen Vormittag noch mal los, aber du bist gerade ohnmächtig geworden.«

»Ich war nicht bewusstlos«, widersprach ich. »Ich hatte nur einen kleinen Schwächeanfall. Der ist vorbei.«

»Tja, ich glaube, dann darf ich einfach nicht mehr vor dir laufen.« Lee grinste und in diesem Moment war ich mir sicher, er hatte meine Gedanken erraten. »Gut, versuchen wir es. Bis Kensington.«

Jayden stöhnte, widersprach aber nicht.

Also zockelten wir wieder los. Lee an meiner Seite. Diesmal klappte es wesentlich besser. Ich konzentrierte mich auf meine Atmung und nur hin und wieder schwappte ein wenig von diesem seltsam verführerischen Duft zu mir rüber. Aber der verwirrte mich weniger, sondern spornte mich eher an.

Als wir wieder beim Apsley House ankamen, strahlte Jayden, obwohl er gleichzeitig aussah, als wäre er soeben aus der Sauna gekommen. Sein Hochglanz-Polyester-Sportanzug klebte an ihm und mir taten die Menschen, die gleich neben ihm in der U-Bahn oder im Bus stehen mussten, jetzt schon leid.

»Das war spitze, Lee. Danke. Corey hätte niemals so viel Geduld mit uns aufgebracht.«

»Gern geschehen, Jayden. Montag wieder?«

»Klar! Ich muss los. Ich habe um eins noch einen Chat-Termin mit einem Informatik-Studenten aus Tokio.« Er winkte ein letztes Mal und verschwand in der U-Bahn.

»Soll ich dich heimfahren?«, fragte Lee, sobald Jayden außer Sicht war.

Ich sah ihn groß an.

»Na ja, ich konnte Jayden schlecht einladen. Ich habe einen Zweisitzer«, meinte er entschuldigend.

»Du hast ein Auto?«, fragte ich verblüfft.

Er zuckte die Achseln. »Klar. Ich bin immerhin achtzehn. Wie sieht's aus? Soll ich dich fahren?«

Die Versuchung war zu groß. In meinem verschwitzten Zustand noch einmal quer durch den Park zu müssen war alles andere als verlockend. Außerdem hatte ich absolut keine Energie mehr. Und ich hatte Mum versprochen heute Nachmittag im Pub zu helfen.

Also nickte ich und folgte ihm den Grosvenor Place hinunter. Er hatte hier tatsächlich einen Parkplatz gefunden. Ich wollte gerade meine Bewunderung dafür kundtun, als neben uns ein feuerroter Sportwagen aufblinkte. Ich drehte mich um in der Erwartung, hinter mir einen dieser Schlipsträger zu sehen, doch nur eine vierköpfige Familie, bewaffnet mit Fotoapparat und Regenschirm, war zu sehen. Mein Blick schweifte zur anderen Straßenseite, aber dort stand eine kräftige Frau mit zwei Plastiktüten an der Bushaltestelle.

»Kommst du?« Lee hatte mir die Beifahrertür geöffnet.

Mein Mund klappte auf. »Das ist deiner?«, fragte ich fassungslos.

Er lächelte entschuldigend. »Zu protzig?«

»Ja.« Ich setzte mich und bestaunte das Armaturenbrett. Als er neben mir saß, sagte ich ehrfürchtig: »Ich wäre besser zu Fuß gegangen. Ich versau deine Sitze.«

Er lachte. »Quatsch. Ich bin genauso gejoggt wie du.«

»Aber irgendwie schwitzt du nicht«, wandte ich ein. Obwohl es nur so dahingesagt war, ging mir auf, dass es stimmte. Er schwitzte nicht.

Lee biss sich auf die Lippen und startete den Wagen. Er fuhr ziemlich schnell, aber sicher durch den dichten Londoner Verkehr und innerhalb kurzer Zeit standen wir vor meinem Haus.

»Danke fürs Fahren und fürs – äh ... Laufen«, sagte ich und hievte mich aus dem tiefen Gefährt. Ohne ein weiteres Wort schloss ich die Tür und verschwand im Haus. Ich wusste, es sah aus wie eine Flucht, aber ich konnte nicht anders.

Im Flur lehnte ich mich gegen die Wand. Er war unglaublich. Sofort schoss mir wieder durch den Kopf, was er wohl bezweckte. Egal was, ich musste unter die Dusche. Doch als ich mich von der Wand löste, fühlte ich plötzlich Schwindel. Vielleicht hatte ich mich doch überanstrengt? Aber dann flimmerte der Flur vor meinen Augen und wandelte sich. Ich sah Fels. Nein, nicht nur – direkt vor mir befand sich auf Kniehöhe ein mit kleinen Steinen umrahmter Grottenausgang. Und unter meinen Füßen lagen eindeutig Knochen ... menschliche Knochen. Ich stand in einem verschlossenen Grab? Panisch blinzelte ich und blickte wieder auf den grauen Rauputz unseres Flurs.

Beim Hochgehen krallte ich mich ans Geländer.

SELTSAME ZUSAMMENKÜNFTE

»Okay, ich erwarte von euch beiden bis zum sechsundzwanzigsten ein Referat über den letzten katholischen König, Jakob II., und warum der Katholizismus damit endgültig unterging. Die British Library hat einiges zu diesem Thema zu bieten.«

Mr Abbot blickte wie ein Großvater über die Gläser seiner Brille. Allerdings durfte man sich von seinem freundlich-großväterlichen Aussehen nicht täuschen lassen. Der Mann war knallhart. Und er duldete keinerlei Widerspruch. Uns allen war noch Thomas Hall im Gedächtnis, der sich letztes Jahr geweigert hatte mit Marder-Max zusammenzusitzen (für jeden, der Marder-Max je gerochen hat, ein durchaus verständlicher Wunsch). Thomas hatte nur knapp den Abschluss in Religion geschafft, obwohl er sonst immer der Beste in diesem Fach gewesen war.

Ich warf einen Blick auf meinen Nachbarn. Lee grinste träge. Er sah aus wie eine Katze, die eine Maus erwischt hatte. Es war beinahe unheimlich. Wenn ich es nicht besser wüsste, hätte ich geschworen, er hat Mr Abbot bestochen.

Ruby hinter mir seufzte. Ich drehte mich zu ihr um und sah, dass sie Lee sehnsüchtig anstarrte, wie ein kleiner Junge eine Spielzeugeisenbahn im Schaufenster. Seine Beliebtheit bei sämtlichen Mädchen hatte sich noch gesteigert. Alle himmelten ihn an. Alle außer mir. Ich fühlte mich wie die Maus.

Und ausgerechnet ich genoss seine Aufmerksamkeit. Er saß nach wie vor in allen Fächern, die ich belegte, neben mir. Während der Mittagspausen gesellte er sich immer öfter zu uns statt zum Star Club. Auch außerhalb der Schule begegneten wir uns öfter. Er war weitere vier Mal mit Jayden und mir joggen gegangen. Trotz meiner Bedenken musste ich ihm zugestehen: Er war ein besserer Lehrer, als Corey es jemals hätte sein können. Er hatte eine Engelsgeduld – vor allem mit Jayden, der noch genauso keuchte und schwitzte wie bei der ersten Runde.

Genau das machte mich stutzig. Wieso gab er sich mit uns ab, wenn er mit Mädchen wie Ava und Felicity zusammen sein konnte? Damit ich mich nicht ganz so linkisch neben ihm fühlte, hatte ich mir angewöhnt, morgens eingehend in den Spiegel zu schauen und mein Äußeres zu überprüfen. Allerdings kam ich mir jedes Mal lächerlich dabei vor.

Ich, Felicity Morgan, die Stadt, wurde eitel. Dafür verachtete ich mich selbst. Einerseits. Andererseits nahm ich es Lee übel. Vor seinem Auftauchen war alles in bester Ordnung gewesen. Seither stand mein Weltbild kopf.

»Morgen um fünf?«, fragte Lee, als wir unsere Bücher zusammenpackten.

»Geht nicht. Ich muss meiner Mutter helfen.« Das war nicht gelogen. Sie hatte mich gebeten den Pub zu putzen.

»Wie wäre es dann heute um fünf?«

»Ich habe einen Termin beim Friseur«, log ich schnell. »Wie wäre es, wenn du schon mal anfängst. Ich recherchiere auch und dann können wir uns morgen in der Mittagspause austauschen.«

Er schüttelte den Kopf. »So funktioniert das nicht. Wir haben zwei Wochen Zeit. Wir finden schon einen Termin, an dem es dir passt.«

Ich starrte ihn wütend an. »Heute um fünf.«

»Bei mir oder bei dir?« Er sah aus, als wollte er das schon immer mal gefragt haben.

»Bei dir.« Vielleicht sagte er dann ab?

»Okay«, antwortete er zu meinem Leidwesen und nannte mir seine Adresse.

Kurz vor fünf stieg ich aus der U-Bahn Bond Street. Der Berkeley Square lag nur wenige Straßen weiter südlich und ich war überrascht, wie grün diese Gegend war. Lee wohnte mit Blick auf einen hübschen kleinen Park mit vielen verschiedenen Pflanzen und gepflegten Wegen. Kinder liefen unter der Aufsicht ihrer Mütter darin herum. Schlagartig hatte ich das Bild von Frauen in gediegenen langen Kleidern und Schürzen vor Augen. Schnell blinzelte ich ein paarmal. Nein, keine Vision, wirklich nur eine Vorstellung. Eine, die irgendwie zu Lee passte.

Ich stieg die fünf Stufen zu dem Reihenhaus empor und klingelte. Es gab nur eine Klingel. Anscheinend lebte seine Familie allein in einem ganzen Haus. Wow.

Lee öffnete lächelnd.

»Komm rein. Gerade ist der Tee fertig geworden.«

Er führte mich in eine Küche, die dem neunzehnten Jahrhundert hätte entsprungen sein können, wenn nicht ein funkelnagelneuer Edelstahlherd da gestanden hätte. Der Wasserkessel pfiff auf der Gasplatte. Lee schaltete die Flamme ab und goss das dampfende Wasser in eine bereitstehende Kanne.

»Zucker oder Milch?«

»Äh, nur Zucker bitte«, sagte ich überrumpelt. »Hast du etwa auch noch Scones gebacken oder geben wir uns mit Kuchen von Marks and Spencer zufrieden?«

Er lachte. »Ein paar Walkers tun es hoffentlich auch. Ich finde, mit einer Tasse Tee lernt es sich leichter.«

Er war immer so aufmerksam. Ich kniff die Augen zusammen. »Wenn ich jetzt sagen würde, ich mag keinen Tee, was würdest du dann tun?«

»Dir Kaffee anbieten oder dich fesseln, bis du die Kanne leer hättest.«

»Ha, ha.« Ich legte meine Tasche vorsichtig auf den uralt aussehenden Küchentisch. Er war aus dunklem Holz und wirkte wie ein Relikt aus der Zeit Heinrichs VIII.

»Ach, ich dachte, wir gehen hoch, in mein Zimmer«, sagte er und nahm das Tablett mit Teekanne und Tassen.

»Wo arbeiten deine Eltern?«, fragte ich und folgte ihm in den Flur.

»Mein Vater ist Beamter und meine Mutter ist tot«, sagte er.

Ich schluckte. »Tut mir leid«, sagte ich leise.

»Sie ist seit vielen Jahren tot«, fügte er hinzu, aber ich glaubte dennoch zu hören, dass er sie gut gekannt hatte und vermisste.

»Dein Vater scheint gut zu verdienen, wenn ihr euch ein ganzes Haus leisten könnt«, wechselte ich das Thema und starrte auf ein gewaltiges Gemälde rechts von mir. Darauf waren tanzende Elfen abgebildet. Allein der Rahmen sah schrecklich teuer aus.

Ich folgte Lee zwei Treppen nach oben. Er öffnete eine Tür und wir standen in einem Studio. Es war modern, offen und hell, mit diesen wunderbaren bodenlangen Fenstern und winzig kleinen Balkonen, und nahm die komplette obere Etage ein. Ein Futonbett in einer Ecke, ein bequemes Sofa in der anderen und eine Giebelwand komplett mit Büchern bedeckt. Staunend sah ich mich um.

»Gefällt es dir?« Lee schaute mich erwartungsvoll an.

»Das ist umwerfend.« Ich trat an das Bücherregal und las die Titel. Meine Lieblingsbücher standen alle beisammen auf einem Regalbrett. Daneben gab es Romane, Krimis, Thriller, Biografien, hauptsächlich über Personen aus dem siebzehnten Jahrhundert, aber auch über Napoleon, Wellington, englische Könige, Sachbücher über Pflanzen, Mythen, Märchen. Einfach alles. »Du hast mehr Bücher als meine alte Schule«, stellte ich bewundernd fest.

Er trat neben mich und reichte mir eine Tasse Tee. Ich probierte. Perfekt. Der Tee hatte genau die richtige Menge Zucker.

»Ich mag vor allem das hier.«

Er zog ein Buch hervor und ich erkannte es schon am Einband. Ein Kinderbuch. Es handelte von einem Jungen, der durch einen Wolf in eine andere Welt gerät. Dort erlebt er mit zwei weiteren Kindern aufregende Abenteuer und befreit das Land von einem Diktator.

»Das ist auch mein Lieblingsbuch«, sagte ich leise. Dann sah ich auf und blickte direkt in Lees Augen. Er stand ganz dicht vor mir und ich roch wieder diesen Duft nach Heu und Blumen. Urplötzlich begann mein Herz schneller zu schlagen.

»Äh, sollen wir mal?«, fragte ich und stellte die Tasse schnell auf dem Schreibtisch ab. Ich hatte Angst, meine zitternden Finger würden den Tee zum Überschwappen bringen. Unverzeihlich auf den weißen Dielen.

Wir setzten uns auf das Sofa und Lee legte einen Stapel ausgesuchter Bücher auf den Tisch vor uns.

»Über Jakob II. gibt es nicht wirklich viel zu berichten«, stöhnte ich wenig später, nachdem ich in drei Lexika nur kleinere Berichte gefunden hatte. »Hat Wikipedia mehr zu bieten?«

Lee warf sein Notebook an. »Er war eigentlich ein netter Kerl. Er hat nur den Fehler gemacht, seine religiösen Überzeugungen zu öffentlich auszuleben. Falls das ein Fehler ist.«

Ich zuckte die Achseln. Er war seit dreihundert Jahren tot, und auch wenn ich anglikanisch getauft war, hatte ich keinen wirklichen Bezug zur Kirche. Mum war nie zur Messe gegangen, weil sie sonntagmorgens zu müde war nach den langen Nächten im Pub; und mich hatte sie auch nie dazu gedrängt.

Wir arbeiteten eineinhalb Stunden, abwechselnd die Bücher aus der Bibliothek oder den Laptop nutzend.

»Netter Kerl?«, fragte ich auf einmal. Ich war in einem Buch auf etwas gestoßen. Eine Seite im Internet führte es ebenso auf. »Er hat ein paar Bischöfe hinrichten lassen, weil sie Bittschriften gesammelt haben. Das ist doch ziemlich krass, oder?« Ich las weiter. »Oh, Moment. Sie haben ihn erpresst. Mit irgendeinem Stein. Einem Bernstein. Wie kann man damit jemanden erpressen? Aber egal. Das gibt dem langweiligen Referat wenigstens etwas Würze.«

Zum ersten Mal erlebte ich, dass Lee die Fassung verlor.

»Zeig her.« Er riss mir das Buch aus den Händen. Sein Gesicht war leichenblass. Hektisch flogen seine Augen über die aufgeschlagene Seite, dann beugte er sich über mich und studierte den Bildschirm. »Das stimmt nicht«, sagte er – Stunden später, wie es mir vorkam. »Das ist falsch.«

Ich starrte ihn an. »Es steht in diesem Buch, in dem da und auf dieser Homepage. Und nicht nur auf Wikipedia. Wie falsch kann es da schon sein?«

»Da muss jemand die Urkunden falsch gelesen haben.« Lee schien sich seiner Sache sehr sicher. Aber er war noch immer weiß wie eine Wand.

»Ach, Felicity, ich muss noch weg. Macht es dir was aus, jetzt zu gehen?«

Was sollte das denn? Was war so spektakulär an ein paar vor dreihundert Jahren ermordeten Bischöfen? Okay, sie waren ermordet worden, aber das war schon dreihundert Jahre her! »Nein, kein Problem. Bis morgen«, antwortete ich, ohne mir meine Konsterniertheit anmerken zu lassen. Er brachte mich zur Tür und schien in Gedanken schon ganz woanders.

Als ich in die U-Bahn stieg, fuhr ich allerdings nicht zurück nach Bayswater. Ich machte mich auf den Weg nach St. Pancras und besuchte die British Library.

Am nächsten Tag erschien Lee nicht in der Schule. Jeder fragte mich, wo er war, Schüler wie Lehrer. Als ob ich das wüsste. Als ob es mich etwas anginge. *Als ob es mich interessierte!* Nein, das war nicht richtig. Es interessierte mich sehr wohl. Ich wollte wissen, weshalb ein über dreihundert Jahre zurückliegendes Ereignis ihn so mitnahm, dass er mich deswegen aus dem Haus warf und den Rest der Woche nicht in der Schule auftauchte.

Ein weiterer seltsamer Wesenszug an Lee FitzMor.

IM PUB

»Na, mein Mädchen, was gibt's Neues?«, fragte Mike wie immer, wenn ich abends im Pub war.

Mum saß wegen der Steuerangelegenheit im Hinterzimmer über den Rechnungsbüchern. Ich würde also den ganzen Abend allein mit den drei Stammgästen Mike, Stanley und Ed verbringen. In Gedanken nannte ich sie immer die drei Stooges. Trotz des typischen Herbstdauerregens verirrte sich außer ihnen keiner in unsern Pub.

»Bist du immer noch so ein Überflieger?«, hakte Mike nach. Stanley und Ed schmunzelten.

»Davon kann keine Rede sein«, sagte ich ehrlich.

Stanley und Mike begannen lautstark zu widersprechen, Ed schüttelte nur den Kopf. Obwohl die drei schon ein paar Bier intus hatten, tat mir ihre Fürsprache gut. Mike und Stanley begannen ihre Schulnoten zu erörtern und dass einige in die Hose gegangen waren, als hübsche Mädchen allmählich interessanter wurden. Ich achtete nicht weiter auf sie und begann die Regale hinter der Theke abzustauben.

»Sag mal, Felicity, lenkt dich irgendein Kerl ab?« Ich sah im Spiegel der Regalwand, wie Mike Stanley mit dem Ellbogen in die weiche Mitte stieß und Ed zuzwinkerte. Der zwinkerte mir zu und nahm einen Schluck Bier.

»Im Gegenteil«, antwortete ich und musterte ein verklebtes Glas. »Er hilft mir sogar, wenn ich mal nicht weiterweiß.«

»Wer ist es? Dieser McKenna? Ein Schotte kann unserer Felicity doch nichts vormachen!«, rief Mike laut.

Ich sparte mir die Erklärung, Coreys Vorfahren seien bereits seit Jahrhunderten in England. »Wir haben einen Neuen an der Schule«, sagte ich stattdessen. »Er ist sehr gut.«

»Und der lenkt dich ab?« Wieder dieses Ellbogenstoßen und Zwinkern.

Ich lächelte. Die drei waren im Grunde wie kleine Jungs, die von ihrer Mutter wissen wollten, was das Christkind bringt.

»Lass das Mädel doch in Ruhe«, sagte Mike mit gespielt ernsthafter Stimme. »Wenn sie sich endlich verliebt, muss sie das uns doch nicht auf die Nase binden.«

»Ich weiß ja nicht mal, ob sie verliebt ist!«, hielt Stanley dagegen.

»Natürlich ist sie das. Sie hat noch nie von einem Kerl gesprochen, der in der Schule besser ist als sie.«

Aha, Mike zog Schlussfolgerungen aus ungesagten Sätzen. Aus Erfahrung wusste ich, dass bei diesem Alkoholpegel jeder Einwand nur zu lautstarken Diskussionen führen würde, die ich nie und nimmer gewinnen konnte. Also ließ ich sie reden. Die Diskussionen um meinen angeblichen Verehrer und Angebeteten arteten aus. Auf einmal war Lee ein IRA-Agent, der sich eine Tarnung suchte, um ganz London zu vernichten. Er würde sich an mich ranschmeißen, um meinen schlauen Kopf für seine Zwecke zu nutzen. Schmunzelnd hörte ich zu. Ed beobachtete mich im Spiegel und verdrehte die Augen.

Als Mike gerade rief: »… sieht bestimmt aus wie Brad Pitt. So ein Lustobjekt, der die Frauen reihenweise flachlegt. Wie in dem Film mit Indiana Jones und dem irischen Schläfer«, ging die Tür auf. Im ersten Moment dachte ich, ich träumte. Besagtes Lustobjekt kam mit diesem unnachahmlich eleganten Gang auf die Theke zu. Lee wirkte in dem düsteren Pub so fehl am Platz wie ein Schwan unter Hühnern.

»Hallo, Felicity«, sagte er und setzte sich auf den freien Barhocker neben Mike. »Ich dachte mir, dass du hier bist.«

»Was tust du hier?«, fragte ich schroff. Er sollte nicht hier sein. Nicht in diesem ... Loch.

Lee hob eine Augenbraue und lächelte sein charmantestes Lächeln. Felicity Stratton hätte sich jetzt wahrscheinlich alle Kleider vom Leib gerissen. Ich dagegen fühlte mich schrecklich. Ich schämte mich für diesen Pub. Wenn der Star Club jemals hierherkäme, hätte ich in der Schule nie mehr Ruhe. Sie würden mich hänseln, bis ich irgendwann aufgab und abging. Und Lee gehörte zum Star Club. Zumindest teilweise.

»Seit wann bist du zurück?«, fragte ich verblüfft.

»Hast du mich vermisst?«, fragte Lee augenzwinkernd.

Ich stöhnte und zapfte Ed ein neues Bier.

»Ich nehme auch eines«, sagte Lee und deutete auf das Bier.

»Du bist minderjährig«, sagte ich und zapfte Mike nach.

»Das bin ich nicht und das weißt du.« Lee suchte meinen Blick, als ich vor ihm stand. Er hatte die Augen ein wenig verengt, als versuchte er meine Gedanken zu lesen. »Ich habe eine Wette gewonnen«, erinnerte er mich.

Oh. Mist. Das hatte ich vergessen. Kurzerhand griff ich hinter mir ein frisches Glas, zapfte und stellte es vor ihm ab.

»Okay, hier, das geht aufs Haus. Damit habe ich meine Wettschuld eingelöst. Du verschwindest und lässt mich meine Arbeit machen. Wir sehen uns morgen in der Schule.«

Den letzten Satz hätte ich nicht sagen sollen, denn Mike und Stanley wurden hellhörig. Sogar Ed hob neugierig den Kopf und musterte Lee.

»Ist das etwa der Kerl?«, fragte Mike. Mit einem Mal klang er feindselig.

Stanley sprang auf. »Der IRA-Agent?«

Verdammt, es war wohl schon ein Bier zu viel gewesen. Lee sah verwirrt von den beiden zu mir. Ich wollte gerade um den Tresen eilen, als Ed eine Hand ausstreckte und sie Stanley auf die Schulter fallen ließ.

»Was ist?«, fragte Stanley brummig. »Er ist ein Schläfer. Hast du doch gehört. Schönlingen wie dem darf man nicht trauen.«

»Ist er nicht. Lass es«, sagte Ed. Mike, Stanley und ich erstarrten. Ed hatte noch nie in Gegenwart von Fremden gesprochen. Wenn Ed einen Jackie-Chan-Salto gemacht hätte, hätten wir nicht verblüffter sein können.

»Woher willst du das wissen?«, fragte Mike.

Aber Ed schwieg wieder und trank einen weiteren Schluck Bier.

Lee hatte die Szene interessiert beobachtet. »Stell mich doch bitte vor, Felicity.«

Ich zögerte. Der Gedanke, ihn als Iren vorzustellen, schoss mir durch den Kopf. »Stanley, Mike, Ed, das ist Lee FitzMor. Er ist neu an unserem College und sitzt in sämtlichen Fächern neben mir. Ob er ein IRA-Schläfer ist, habe ich noch nicht herausgefunden, aber immerhin ist er gut in Mathe, Französisch und Englisch.«

Stanley und Mike wirkten noch nicht vollends überzeugt, aber sie nickten Lee zu. Ed hatte sich wieder in sein Schneckenhaus zurückgezogen.

»Wo kommst du her?«, eröffnete Stanley die Inquisition.

»Ich bin in London geboren«, erklärte Lee ruhig.

Mike und Stanley tauschten einen unsicheren Blick. Ihre These vom IRA-Agenten war damit hinfällig, es sei denn ...

»Sind deine Eltern aus London?«, fragte Mike vorsichtig.

»Meine Mutter ja. Mein Vater ist aus Somerset.«

»Was willst du hier?«

»Ein Bier trinken.«

Die drei Stooges sahen sich ratlos an. Lee schien das Ganze großen Spaß zu machen. Mir wurde es allmählich peinlich.

»Okay, das reicht«, erklärte ich ernsthaft, trocknete meine Hände ab und trat hinter der Theke vor. »Lee und ich sind verabredet. Wir wollten ins Kino. Ich sag Mum Bescheid und bin dann weg.« Doch ich musste gar nicht erst ins Hinterzimmer, Mum kam soeben heraus.

»Hallo, Felicity. Danke für deine Hilfe. Diese Steuer macht mich fertig.«

Ihr Blick fiel auf Lee und ihre Augen weiteten sich. Kein Wunder, er sah wieder mal umwerfend aus. Ob er auch normal aussehen konnte? Ich musste wirklich etwas an meinem Äußeren tun. Wenn das so weiterging, würde ich als Vogelscheuche neben Mr Universe in die Geschichte des Horton College of Westminster eingehen.

»Hey, Patty, komm mal her. Kennst du schon Felicitys neuen Freund?« Mittlerweile strahlte Stanley, als stünde Prinz Harry neben ihm.

»Sehr erfreut, Mrs Morgan«, sagte Lee artig.

»Und Sie führen mein kleines Mädchen aus, Mister ...?«

Irritiert beobachtete ich an meiner Mutter die gleiche Reaktion wie bei Mrs Haley-Wood und Matilda. Sie strich sich über die Haare und klimperte mit den Wimpern, ehe sie Lee die Hand reichte.

»FitzMor, Ma'am. Bitte sagen Sie Lee zu mir. Wir wollten uns einen Film ansehen. Felicity wird pünktlich um elf Uhr zu Hause sein.«

Mum sah aus, als wäre es völlig gleichgültig, wann ich zu Hause wäre, Hauptsache, Lee käme mit. Wortlos drehte ich mich um und ging zur Tür.

Lee holte mich auf dem Gehweg ein. »Ich wusste gar nicht, dass wir ein Date hatten.«

»Haben wir auch nicht. Ich gehe jetzt nach Hause und du machst das Gleiche.« Ich war sauer. Vermutlich, weil ich mich schämte. Für den schäbigen Pub und die drei Stooges, die sich überall einmischten. Außerdem fühlte ich mich von Mum verraten. Warum reagierte sie genauso wie alle anderen Frauen in Lees Gegenwart? Merkte denn niemand, dass mit ihm etwas nicht stimmte?

»Sei nicht so zickig«, sagte Lee und ging weiter gelassen neben mir her. »Welchen Film möchtest du gerne sehen?«

Entnervt blieb ich stehen. »Keinen! Ich will heim. Ist das so schwer zu kapieren?«

Lee sah mich nachdenklich an. Er wirkte schon wieder, als würde er ergründen wollen, was ich empfand. Dabei war das ja wohl unmissverständlich.

Aber er ließ nicht locker: »Ich verstehe, dass du einen harten

Tag hattest. Lass dich doch einfach mal verwöhnen. Ich lade dich ein.«

»Du hast mich schon zu oft eingeladen. Ich kann mich nicht revanchieren.«

»Du musst dich nicht revanchieren. Ich mache das gern. Welchen Film möchtest du sehen?«

Diesmal sah ich ihm fest in die Augen. »Ein Nein kennst du nicht, oder?«

Er zuckte die Achseln und lächelte, wobei er einen Mundwinkel höher zog als den anderen. Das war bei anderen Mädchen bestimmt eine unschlagbare Waffe. »Nö. Sieh mich an. Wer kann dem schon widerstehen?«

Zumindest hatte er Humor. Ich heute Abend dagegen nicht. »Ich. Frag stattdessen deine Felicity. Sie ist sicher überglücklich über die Einladung. Außerdem passt ihr beide besser zusammen.« Ich setzte meinen Weg fort.

»Warum?« Lee holte mit zwei Schritten auf. »Warum passt Felicity Stratton besser zu mir als Felicity Morgan?«

Das war keine Antwort wert. Das war offensichtlich.

»Weil sie so stylisch ist?«, hakte Lee nach. »Weil ihre Eltern reich sind? Weil ihre Freunde aus reichen Elternhäusern stammen?«

Damit hatte er den Nagel auf den Kopf getroffen. Musste ich es noch bestätigen?

»Du bist wirklich kleinlich, Felicity.« Lees Stimme klang auf einmal frostig.

Ich ging stur weiter.

»Du hältst mich also für so oberflächlich, dass ich auf das aufgemotzte Aussehen eines verwöhnten Teenagers hereinfalle.«

»Nichts für ungut, Lee«, sagte ich und fühlte den Anflug eines schlechten Gewissens. »Aber die meisten sind von ihr und den anderen vom Star Club hingerissen. Du bist ein aufgewecktes Kerlchen, das wird dir also auch schon aufgefallen sein.«

Daraufhin schwieg er erst mal eine Zeit lang. Doch kurz bevor wir in meine Straße einbogen, blieb er stehen und hielt mich fest. Sofort durchzuckte mich wieder dieser leichte Stromschlag. Aber diesmal ließ er mich nicht los. Es kribbelte an der Stelle, wo seine Hand meine Haut berührte.

»Du hast Recht. Die meisten Schüler am College sind so gestrickt. Aber ich nicht.« Er sah mir eindringlich in die Augen. »Hast du je ein paar Minuten in der Gesellschaft dieses sogenannten Star Clubs verbracht? Bestimmt nicht, sonst wüsstest du, wie langweilig und hohlköpfig die sind. Sie interessieren sich für Kosmetik, Frisuren und lästern über ihre Mitschüler. Sie lästern sogar über jeden aus ihrem Club, der gerade nicht anwesend ist. Cynthias neuen Rock, Jacks ungezupfte Augenbrauen, Avas angestrebte Filmkarriere. Weißt du, was ich von einem solchen Verhalten denke? Es widert mich an. Phyllis würde nie über dich herziehen, sobald du auf Toilette bist, Nicole nervt zwar manchmal Coreys Gehabe, aber trotzdem hält sie den Mund, Jayden findet die Nachrichten interessanter als die Klamotten seiner Mitschüler, Ruby weiß mehr über Literatur und Politik als manch ein Lehrer und du …« Er sah mir tief in die Augen und holte tief Luft. »Du … du bist schrecklich loyal. So loyal, dass du dich lieber kaputtmachst, als einmal Nein zu sagen.«

Seine Hand lag noch immer auf meinem Arm. Das Kribbeln war stärker, intensiver. Es ging unter die Haut, direkt in mein

Blut und weitete sich aus. Mir wurde warm und schummerig zugleich.

»Kannst du nicht verstehen, dass ich eine solche Gesellschaft dem Star Club vorziehe?«

»Warum sitzt du trotzdem bei ihnen, wenn sie so oberflächlich und arrogant sind?« Ich war froh. Meine Stimme hatte nicht versagt und mein Verstand schaltete sich noch nicht komplett aus.

Auf einmal wirkte Lee verlegen. Er sah kurz zu Boden, als müsse er überlegen, was er jetzt sagen sollte. Erst nach einer langen Sekunde sah er mich wieder an. »Ich kann es dir nicht sagen.«

Ich lächelte nachsichtig. »Weil du doch in eine von ihnen verliebt bist und es jetzt nicht zugeben magst? Mach dir keine Gedanken, ich verstehe das.« Ich verstand wirklich. Die drei Grazien Ava, Cynthia und Felicity waren umwerfend schön und zu einem so gut aussehenden Kerl wie Lee charmant und bezaubernd. Zumal er die Aufmerksamkeit von Frauen auch zu genießen schien.

Lee zog einen Mundwinkel hoch. Es wirkte gequält. »Gar nichts verstehst du, Felicity.«

Ich starrte ihn groß an. Ich hatte ihn gehört, seine Stimme, den Tonfall, aber seine Lippen hatten sich nicht bewegt. Ähnlich wie im Französischtest. Mich schauderte. Ich löste meinen Arm aus seinem Griff. Zu meiner Genugtuung sah ich, dass er genauso aufgelöst aussah.

Ich floh ins Haus.

Am nächsten Tag kam Lee wieder nicht zur Schule. Und den Tag darauf auch nicht. Eine ganze weitere Woche lang erschien er nicht. Ich sah Felicitys langes Gesicht. Natürlich würde sie mich nicht fragen, wo er war. Das wäre unter ihrer Würde. Dafür löcherten mich meine Freunde. Aber was konnte ich ihnen sagen? Nichts. Schließlich war ich genauso ratlos wie sie. Na ja, beinahe. Ich hatte ihnen auch nichts von seinem Besuch im Pub erzählt. Im Grunde bezweifelte ich, dass er noch einmal auftauchte. Oder hoffte ich genau das?

Trotzdem ertappte ich mich dabei, wie ich in der Cafeteria andauernd zur Tür sah. An unserem Tisch herrschte eine bedrückte Stimmung. Ein Blick zum Tisch des Star Clubs besagte, dort war es das Gleiche. Lee hatte sich in unser Leben gedrängt. Zu sehr für meinen Geschmack.

»Was unternehmen wir Samstagabend?«, fragte ich munter. Egal was, ich würde ein wenig von meinem College-Geld abzwacken. Glücklicherweise sprangen alle drauf an.

»Im Koko in Camden ist eine Vamp-Fete«, sagte Nicole.

O Gott, bloß das nicht.

»Wie wäre es mal wieder mit einer Karaoke-Party?«, fragte Phyllis.

Jetzt verzog Jayden das Gesicht

»Gibt es weitere Vorschläge? Ruby? Ruby!« Corey wedelte mit der Hand vor ihrem Gesicht, bis sie ihn ansah. Sie war gedanklich wieder einmal weit weg gewesen. »Hast du Samstagabend Zeit? Wir wollen gemeinsam etwas unternehmen.«

Rubys Augen begannen zu leuchten. »O ja! Glaubst du, Lee möchte auch mit?«

Alle starrten wir sie betroffen an.

»Äh, Lee kommt schon seit Tagen nicht mehr zur Schule«, sagte Phyllis vorsichtig.

Ruby machte eine abwehrende Geste. »Ach, er hat nur was zu erledigen. Übermorgen ist er wieder da.«

Phyllis und ich wechselten einen erstaunten Blick.

»Woher willst du das wissen?«, fragte Nicole barsch.

»Er hat mir gesimst«, antwortete sie, als wäre es das Normalste von der Welt.

»Wann?«, fragte Nicole betroffen. »Und wieso dir?«

»Weil ich ihm zuerst gesimst habe.« Sie sah uns an, als wären wir schwer von Begriff. »Würdest du nicht Corey anrufen oder ansimsen, wenn er einfach so fehlt?«, fragte sie Nicole.

Nicole wurde rot und jedem von uns klar, sie hatte sich nicht getraut Lee zu kontaktieren. Schlagartig besserte sich die Stimmung und Corey und Nicole schmiedeten bereits Pläne für den kommenden Mittwoch.

Ich stocherte in meinem Essen. Er würde wiederkommen. Wie sollte ich ihm dann gegenübertreten? »Autsch!«, rief ich unvermittelt.

Alle starrten mich erschrocken an.

»Was ist?«, fragte Corey.

Ich hielt meine Wange. »Mein Zahn. Ich glaube, da ist was rausgebrochen.« Beim Biss auf eine Pommes pochte urplötzlich mein rechter Backenzahn, als würde mir jemand eine glühende Nadel ins Zahnfleisch rammen.

»Lass mal sehen.« Corey beugte sich eifrig zu mir rüber.

»Nein!«, entgegnete ich bestimmt. »Auf keinen Fall hier.«

»Geh zum Zahnarzt«, sagte Phyllis. »Dr. Narayan ist hervorragend. Bei ihm merkt man nicht mal den Einstich der Spritze.«

Das Glühen im Zahnfleisch sank zu einem Glimmen, aber es verschwand nicht. Ich schob den Teller von mir weg. »Ja, aber erst muss ich den Test in Erdkunde hinter mich bringen«, sagte ich. Ich bemerkte Phyllis' missbilligenden Blick, aber ich ignorierte sie. Ich konnte nicht zum Zahnarzt. Oder besser gesagt: Ich wollte nicht zum Zahnarzt. In vier Wochen hatte ich einen Termin wegen der Zahnspange. Bei Extraterminen musste zugezahlt werden und dafür fehlte Mum das Geld. Wenigstens hatte ich noch Schmerztabletten zu Hause. Die mussten reichen.

KINO

Aber sie reichten nicht. Das Glimmen war wieder da, sobald die Wirkung der Tablette nachließ. Ungefähr alle zwei Stunden. Und es kam mir vor, als würde es jedes Mal stärker.

Um kurz vor sieben wollte ich eine weitere nehmen. Aber da flimmerte das Bad vor meinen Augen und wandelte sich. Wiesen! Um mich herum waren matschige, schlammige Wiesen. Im Hintergrund ein Hügel. Es regnete in Strömen, meine Füße waren klatschnass. Kein Wunder, ich stand mitten in einem Bach. Mir gegenüber ein Ochse. Ich nahm zumindest an, dass es sich um einen Ochsen handelte. Er war riesig und schnaubte. Entsetzt machte ich einen Schritt zurück, stolperte über die Uferkante des Baches und landete mit meinem Hintern auf der matschigen Wiese. Es war kalt. Eiskalt. War das etwa Schnee, dünn über die Grashalme gepudert? Das Vieh vor mir schnaubte erneut und senkte bedrohlich den Kopf. Ich schrie.

Und stand wieder in unserem Bad.

Ich hätte gerne gesagt, ich hatte geträumt oder war ohnmächtig geworden, aber meine Füße waren nass und mein Hintern schlammverschmiert. Ich schwankte, setzte mich auf den Rand der Badewanne und griff nach der Schachtel auf dem Waschbecken.

Mist. Die Tabletten waren leer.

Nachdem ich mich einigermaßen gefangen hatte, durchwühlte ich das ganze Badezimmer. Danach wagte ich mich sogar an Mums Kleiderschrank. Nichts. Nur Ordner waren darin zu finden. Ordner mit Rechnungen. Und Mahnungen.

Das Telefon riss mich aus meinen Gedanken. Phyllis war dran und teilte mir mit, wir würden uns in einer Stunde auf dem Leicester Square vor dem Burger King treffen.

Ich zögerte. Am liebsten wäre ich zu Hause geblieben. Im Bett mit einem Kühlakku und der Hoffnung, schnell einzuschlafen, um die Schmerzen nicht mehr zu spüren. Aber wenn ich nicht hinginge, würden alle hier auftauchen. Phyllis würde mich zum Notarzt schleifen. Das hieße Honorar plus Feierabendzuschlag. Außerdem wollte ich keineswegs Lee in unserer winzigen Wohnung haben. Ich wollte überhaupt niemanden in dieses triste Apartment bitten, der allein in einem ganzen Haus in Mayfair wohnte! Also sagte ich, ich würde pünktlich dort sein.

Als ich auflegte, fiel mein Blick auf meine Jeans, die ich zum Trocknen über die Badewanne gehängt hatte.

Also machte ich mich mit pochendem Kiefer auf zum Leicester Square. Als ich ankam, dachte ich, ich wäre besser doch zu Hause geblieben. Meine Zahnschmerzen hatten immense Ausmaße angenommen und es kostete mich alle Kraft, nicht zusammenzubrechen.

»Wie sieht's aus, City?«

»Häh?«, fragte ich irritiert. Alle sahen mich erwartungsvoll an. Wie immer samstagabends waren am Leicester Square Tausende von Menschen unterwegs. Der Geräuschpegel war enorm, vor allem weil wieder eine Premiere am Vue Filmtheater stattfand und die Menge gerade einem Prominenten zujubelte. Dummerweise direkt hinter uns. Mein Zahn lenkte mich von allem ab.

»Was hältst du von Kino?«

»Welcher Film?«, fragte ich und legte so unauffällig wie möglich eine Hand an meine schmerzende Wange.

»Ein Horrorfilm. *Brutal Enemys.*«

Ach, du liebes bisschen! »Was läuft sonst noch?«, fragte ich vorsichtig.

»So eine Teenager-Romanze mit Vampiren an einer Highschool«, erklärte Jayden abfällig. »Haben wir von der Sorte nicht allmählich genug gesehen?«

Das klang in meinen Ohren wesentlich besser. »Was meinst du, Ruby?«, fragte ich, obwohl ich die Antwort kannte.

»Ich würde mir lieber die Romanze ansehen. Richard Cosgrove spielt darin mit.«

Damit war die Sache für mich geklärt.

»Nicole, was würdest du lieber sehen?«, wollte Corey wissen.

Ich sah Nicoles Unsicherheit. Sie hätte viel lieber den Vampirfilm gesehen, aber andererseits würde sie wahnsinnig gerne neben Corey im Dunkeln sitzen, um nach seiner Hand greifen zu können.

»Ich glaube, ich mag lieber Horrorfilme.«

»Seit wann?«, fragte Jayden verblüfft. »Das letzte Mal, als ich dich mitgeschleift habe, hast du gesagt, du hättest eine Woche nicht schlafen können.«

Nicole warf ihm einen wütenden Blick zu. »Vielleicht mag ich den Nervenkitzel?«

»Wie wäre es, wenn jeder in den Film geht, den er mag?«, schlug Phyllis diplomatisch vor. »Im Moment steht es drei zu vier.«

Ich fand die Idee gut. Ob ich allerdings viel von dem Kinoabend hätte, stand auf einem anderen Blatt. Mein Kiefer schmerzte von Minute zu Minute mehr. Und dann sah ich sie.

Der Star Club stand ebenfalls vor dem Kino. Noch herausgeputzter als morgens in der Schule. Das hatte noch gefehlt. Ich hätte geschworen, die wären jetzt auf der Vamp-Fete im Koko! Ich fühlte Phyllis' Blick auf mir. Corey, Jayden, Nicole und Ruby dagegen sahen an mir vorbei.

»Lee!«

Ich drehte mich um. Tatsächlich. Da war er. Mit seiner Größe und Ausstrahlung zog er die Blicke aller auf sich. Sogar die der Premierenbesucher.

Der einzige Grund, warum Nicole ihm nicht um den Hals fiel, war Felicity, die bereits dort hing. Ihre Lippen schwebten verdächtig dicht vor seinem Mund. Zu unser aller Erstaunen küsste er sie nicht, sondern umarmte sie schwesterlich und stellte sie dann auf den Boden. Allerdings ließ er sich von ihr zum Star Club mitziehen.

Einen Moment lang war mir heiß geworden und mein Herz hatte zu hämmern begonnen. Doch jetzt machte sich eine lähmende Kälte in mir breit. Wie sollte ich ihm gegenübertreten nach dem, was vorgefallen war? Aber vielleicht musste ich das gar nicht. Vielleicht würde er mit dem Star Club losziehen?

So viel Glück hatte ich jedoch nicht.

Wenig später kam er zu uns und wurde von meinen Freunden begeistert empfangen. Lee begrüßte alle ebenso erfreut. Sein Blick blieb an mir hängen und ich sah schnell weg.

»Schön, dass du wieder da bist«, sagte Phyllis und lächelte Lee warm an.

Er drückte ihr beide Hände. »Schön euch alle wiederzusehen.« Er umarmte auch Nicole (ihre Augen funkelten und die Wangen waren fiebrig gerötet) und Ruby. »Nett, dass du mir die SMS geschickt hast. Hat mich sehr gefreut.«

»Wir waren gerade am überlegen, in welchen Film wir gehen«, erklärte Phyllis. »Wir können uns nur nicht einigen.«

Corey hob seine Stimme. »Sollen wir uns trennen? Die Filme haben in etwa die gleiche Spiellänge. Wir treffen uns dann später wieder hier.«

»Stimmt etwas nicht?«, fragte Lee auf einmal. Alle sahen ihn überrascht an. Er sah mich an. Also wanderten alle Blicke zu mir.

»Alles okay«, log ich.

Seine Augen verengten sich misstrauisch.

»Ich gehe mit. Ehrlich.« Ich hatte wirklich Lust, ins Kino zu gehen, und freute mich auf den Film. Vampire waren zwar absolut unrealistisch, aber der Gedanke, dass jemand aus Liebe gegen sein Naturell kämpft, war so romantisch. Und auch wenn der Film kitschig war, konnte ich wenigstens Richard Cosgrove anhimmeln.

Corey sagte: »Stimmen wir ab: Wer geht in den Horrorstreifen?«

Corey und Jayden hoben die Hand. Als Einzige.

»Lee? Du auch in der Schmonzette?«, fragte Jayden überrascht.

Lee lächelte leicht. »Ich halte den Mädchen die Hand. Wer weiß, was die Vampire sonst alles anstellen.«

Corey sah Nicole groß an. »Und du?«

»Äh, nein. Mir ist doch nicht danach.« Nicole wurde rot.

Mir war klar, warum ihr nicht danach war: Lee hatte sich für den Vampirfilm entschieden, also ging sie mit. Und wenn es Bugs Bunny wäre. Jetzt war mir die Lust auf den Film vollends vergangen. Wer wollte schon im Kino einen romantischen Film sehen, wenn die bessere Coverversion von Alex Pettyfer neben einem saß?

Blöde Frage: Nicole, Ruby und sogar die sonst so nüchterne Phyllis. Die sahen nämlich ganz entzückt aus.

Lee reihte sich neben mir an der Kinokasse ein.

»Was ist los, Felicity?«

Ich atmete tief ein. Das Denken fiel mir vor Schmerzen extrem schwer. Vielleicht platzte ich deshalb direkt raus. »Sag du es mir, Lee. Wieso kann ich deine Gedanken lesen?«

Er runzelte die Stirn. »Du kannst Gedanken lesen?«

»Spiel jetzt nicht den Unwissenden, FitzMor. Du bist ziemlich seltsam und das weißt du auch.«

Lees Miene verdüsterte sich. »Ich bin seltsam? Und du? Was bist du? *Du* behauptest doch, du könntest Gedanken lesen.«

Ich kniff die Augen zusammen. »Du bringst irgendwie alles aus dem Ruder. Wo warst du? Warum bist du die letzten Tage einfach verschwunden? Plötzlich tauchst du bei meiner Mum im Pub auf und dann bist du wieder wie vom Erdboden verschluckt.«

»Bin ich dir jetzt Rechenschaft schuldig?« Er klang sauer.

»Du bist wieder abgehauen, nachdem das mit uns auf der Straße passiert ist. Da kann ich doch wohl eine Antwort verlangen.«

Er wandte sich wortlos ab und ich versuchte ihn zurückzuhalten. Meine Hand berührte seine und wieder durchfuhr mich ein

Schlag. Ziemlich heftig sogar. Auch Lee war zusammengezuckt. Er sah mich mit einem seltsamen Gesichtsausdruck an. Dann öffnete er den Mund, schloss ihn aber wieder.

Nicole tippte Lee auf die Schulter und ich hatte das Gefühl, er war erleichtert sich ihr zuwenden zu können. Ich rieb meinen Unterarm. Der elektrische Schlag hatte sich den Arm hoch bis in meinen Kiefer gezogen. Die Zahnschmerzen setzten mit voller Wucht ein. Mir wurde übel. Jetzt wusste ich, ich würde es nicht durchhalten.

Kurz vorm Ticketschalter tippte ich Ruby auf die Schulter. »Ich muss heim«, erklärte ich ihr leise, damit die anderen nichts hörten. »Ich habe schreckliche Zahnschmerzen und halte den Film nicht durch. Entschuldige mich bei den anderen, ja?«

Ohne ihre Antwort abzuwarten, drängelte ich mich durch die Menschen Richtung Ausgang, als mich jemand festhielt. Ich spürte ein Kribbeln durch meine gefütterte Jacke und wusste sofort, wer es war.

»Ich habe dir schon die ganze Zeit angesehen, dass was nicht stimmt«, sagte Lee. »Warum sagst du nicht, dass du Schmerzen hast?«

»Was hätte das geholfen? Ich brauche ein paar Tabletten, dann wird es wieder.«

»Wird es nicht«, widersprach er. »Ruby sagte, du hättest schon seit heute Morgen Schmerzen und wärst so reizbar wie ein Stier in der Arena. Du brauchst einen Zahnarzt.«

»Nein, ich brauche Ruhe, zwei Tabletten und Schlaf«, sagte ich, so fest ich konnte.

»Hast du Angst vorm Zahnarzt oder vor seiner Rechnung?«, wollte er unumwunden wissen.

»Ich muss nicht zum Zahnarzt«, log ich. »Ich gehe heim. Ich habe nur die Tabletten zu Hause vergessen. Mein Fehler. Wenn ich sie dabeihätte …«

»Vielleicht kann ich dir helfen …«

»NEIN!« Ich riss mich los und machte einen Schritt zurück, nur um einen breitschultrigen, kahlköpfigen Mann anzurempeln. Er sah finster auf mich herunter und ich entschuldigte mich tausendfach.

Lee warf dem Typen nur einen Blick zu. Ein dumpfes Grollen ertönte. Sofort wandte der Riese sich kleinlaut ab und stellte sich wieder in der Reihe an. Am liebsten hätte ich mich auch verkrümelt. Lee *war* unheimlich.

Er zog mich am Arm zurück auf den Leicester Square. »Zeig mir den Zahn. Ich kann dir bestimmt helfen.«

Ich tippte an meine Stirn. »Ich werde bestimmt nicht hier auf dem Platz meinen Mund aufreißen. Mach dir keine Sorgen. Ich fahre jetzt heim, nehme eine Tablette und morgen ist wieder alles im Lot …«

Weiter kam ich nicht. Denn während ich sprach, pustete mir Lee ganz sanft in den Mund. Ich schmeckte Nelken, Salbei, Minze und Salmiak. Es kitzelte, mein Mund war einen Augenblick lang betäubt, ich konnte nicht einmal meine Zunge bewegen. Aber das dauerte höchstens eine Viertelsekunde, dann wich die Taubheit. Alles prickelte. Wie ein Arm, der eingeschlafen ist und bei dem die Blutzirkulation wieder einsetzt. Dann fühlte sich mein Mund frisch und sauber an. Als hätte ich die Zähne geputzt und mit Mundwasser gespült. Aber seit ich die Zahnspange hatte, hatte es sich nicht mehr so sauber angefühlt.

Und meine Zahnschmerzen waren weg.

Weggeblasen?

Was zum Teufel hatte er gemacht?

Er pustete mir in den Mund und meine Schmerzen verschwanden?

Ich wich einen Schritt zurück. Lee sah auf einmal recht unbehaglich aus.

»Hör mal, Felicity, es ist nicht ...«

»Was? Nicht das, was ich denke?«, unterbrach ich ihn. Mein Herz trommelte ängstlich. Kalter Schweiß begann meinen Rücken hinunterzulaufen. »Soll ich dir sagen, was ich denke? Ich hatte Zahnschmerzen und du hast sie *weggepustet.* Und jetzt erzähl mir nicht, ich hätte mir das eingebildet. Ich habe mir auch nicht eingebildet, dass du andere Leute manipulieren kannst. Oder dass du mit mir sprichst, ohne deinen Mund zu bewegen. Was bist du? Ein Hypnotiseur?«

Lee starrte mich an. Ich konnte erkennen, dass er nach einer Ausrede oder Lüge suchte.

»Weißt du was? Lass es!«, fauchte ich. »Und bitte: Halt dich fern von mir.«

Ich drehte mich um und ging. Ich hatte tatsächlich Angst vor ihm.

UNHEIMLICH

Beinahe die ganze Nacht hatte ich wach gelegen und überlegt, was da vorgefallen war. Meine Zahnschmerzen waren weg. Lee war wieder da. Erst gegen vier war ich in einen unruhigen Schlaf gefallen. Ich hatte einen seltsamen Traum gehabt. Von einem Mann mit nacktem Oberkörper. Er stand mit dem Rücken zu mir und entlang seiner Schulterblätter verliefen jeweils zehn Zentimeter dunkle, unförmige Warzen, die aussahen wie die sogenannten Kastanien bei Pferden oben an der Beininnenseite. Als er den Kopf wandte, kam Rauch aus seinen Nasenlöchern. Ich erwachte müder, als ich eingeschlafen war.

Tagsüber half ich Mum im Pub und konnte zum Glück schon um acht Uhr nach Hause. Todmüde fiel ich ins Bett. Diese Nacht schlief ich gut. Keine Träume, keine Visionen. Dadurch war ich früh auf, hatte geduscht und befand mich pünktlich in der Schule.

Lee stand an seinem offenen Spind direkt neben meinem.

»Du siehst gut aus«, sagte er, obwohl ich hätte schwören können, dass er mich nicht angesehen hatte.

»Danke«, antwortete ich und meinte damit nicht nur das Kompliment.

»Hör mal, können wir …«, begann er, doch in diesem Moment umringten mich meine Freunde und fragten nach meinem Zahn.

Ich erklärte, die Schmerzen seien dank Pillen weggegangen. Als ich aufsah, war Lee nicht mehr da.

Er saß bereits an unserem Tisch, als ich den Klassenraum betrat. Ich setzte mich stumm daneben und glücklicherweise kam auch schon Mr Selfridge. Erst als wir nach sechs Stunden Unterricht zur Cafeteria gingen, begann Lee zu sprechen.

»Felicity, sei mir nicht böse. Ich wollte dir wirklich nur helfen.«

Tja, was sollte ich da sagen? »Ich bin nicht böse.«

Er schnaubte ungläubig.

»Ehrlich. Ich bin nur ... eingeschüchtert.«

»Das tut mir leid. Das wollte ich nicht. Können wir nicht einfach Freunde sein?«

Ich sah zu ihm auf. Er überragte mich um beinahe zwei Kopflängen und blickte bittend auf mich herunter. Ich konnte nirgendwo Anzeichen für Spott oder Mitleid erkennen.

»Natürlich können wir«, lenkte ich ein. »Ich würde dir gerne die Hand darauf geben, aber ich habe Angst, deine Elektrizität verpasst mir irgendwann einen Schlag, der mich in die Ecke donnert.«

Jetzt war Lees Grinsen genauso breit wie eh und je. »Keine Bange. Das legt sich irgendwann.«

Wir setzten uns zu den anderen an den Tisch. Lee wurde sofort von Corey in ein Fußballgespräch verwickelt. Ich sah Phyllis' prüfenden Blick von Lee zu mir wandern.

Dann kam Felicity vom Star Club zu uns herüber.

»Lee, Darling, ich fühle mich ein wenig vernachlässigt«, sagte sie und hörte sich tatsächlich betroffen an.

»Setz dich, Felicity«, sagte Lee jovial und zog vom Nachbartisch einen leeren Stuhl heran. »Corey erzählt gerade von dem Fußballtraining, das ich verpasst habe.«

Ich sah Felicity Corey einen Blick zuwerfen, der eindeutig sagte, was er sie könnte. Corey grinste unsicher.

»Lee, ich würde lieber mit dir alleine sprechen. Kommst du?« Sie hielt ihm auffordernd eine Hand hin.

Lee ergriff die Hand – mir fiel auf, dass weder Felicity noch er zusammenzuckten – und zog sie auf seinen Schoß. »Ich finde es äußerst lästig, zwischen zwei Felicitys unterscheiden zu müssen«, sagte Lee und sah mich an.

»Musst du nicht. Ich bin Felicity. Sie ist die Stadt«, gurrte Felicity und rutschte auf seinem Schoß noch näher an ihn heran.

»City gefällt mir nicht«, erklärte Lee bestimmt und sah mich an. »Ich werde dich lieber Fay nennen.«

Ich war froh, dass mein Mund leer war. Andernfalls hätte ich bestimmt gesabbert.

»Fay wie Elfe?« Felicitys Stimme hatte jegliches Gurren verloren. »Das ist nicht dein Ernst! Sie ist wohl mehr ein Nilpferd als eine Elfe.«

Diesmal traf mich ihr finsterster Blick. Ich setzte mich aufrechter hin und starrte kalt zurück. Ich mochte keine Elfe sein, dafür war sie eine Hexe. Im Märchen würde sie sich jetzt in eine krummnasige, warzengesichtige Frau verwandeln, die mit ihrer Schönheit nur blendete. Leider waren wir nicht im Märchen und Felicity war noch genauso schön wie zuvor. Lee schien das auch zu finden. Er beugte sich zu ihrem Ohr. »Was wolltest du mir sagen?«

Wir alle sahen, wie sie sofort dahinschmolz.

»Cynthia gibt Freitagabend eine Anti-Halloween-Party bei

sich zu Hause. Das bedeutet eine richtige Party, ohne dämliche Verkleidung. Du bist als meine Begleitung natürlich eingeladen.«

Das war eindeutig: In ihrer Begleitung standen ihm sämtliche Türen in London offen. Wir anderen wussten, wie richtig sie damit lag. Felicitys Vater war ein Mitglied des Parlaments. Auf seine Fürsprache hin konnte man in London weit kommen. Er hatte Zugang zu sämtlichen Großkonzernen und öffentlichen Einrichtungen. Außerdem war er Mitglied in einem der renommiertesten Herrenklubs. Wir saßen alle mucksmäuschenstill und warteten auf Lees Antwort, obwohl uns klar war, wie sie ausfallen würde. Trotzdem würde es ihre Beziehung offiziell machen. Damit wäre er endgültig als ihr Freund abgestempelt.

»Felicity«, sagte Lee gedehnt und lehnte sich ein wenig zurück, um sie besser ansehen zu können. »Hat dir noch nie jemand gesagt, dass es äußerst unhöflich ist, nur eine der anwesenden Personen einzuladen?«

Wir hielten gespannt den Atem an. Noch nie, *nie*, niemals hatte irgendjemand an dieser Schule Felicity Stratton gerügt. Oder es auch nur ansatzweise versucht. Nicht einmal ein Lehrer.

Wahrscheinlich verstand Felicity deshalb nicht, was Lee hatte sagen wollen, denn sie säuselte: »Was meinst du, warum ich dich alleine sprechen wollte?«

Keiner von uns hatte mit Lees Reaktion gerechnet.

»Danke für die Einladung. Ich sage jetzt mal im Namen von uns allen zu.«

Ich wusste, in diesem Moment sahen wir alle aus wie Deppen. Corey, Nicole, Phyllis und mir hing vor Staunen der Mund weit offen, Jayden sabberte tatsächlich. Nur Ruby rutschte die Gabel aus der Hand. Aber das konnte Zufall sein, weil sie die ganze Zeit über in die Ferne gestarrt hatte. Das Scheppern ließ mich wenigstens wieder zur Besinnung kommen. Schnell klappte ich meinen Mund zu und registrierte Felicitys Blick auf uns sechs sprachlose Gestalten. Ich wusste, was sie dachte. In diesem Moment hätte wohl jeder das Gleiche gedacht. Wir mussten wirken wie eine Kolonie entlaufener Tiere aus dem Zoo.

Darauf konnte Felicity kaum etwas erwidern, ohne Lee vor den Kopf zu stoßen – was sie ganz sicher nicht wollte. Also erhob sie sich wie in Trance und ging zu ihrem Platz zurück. Und wir erholten uns aus unserer Erstarrung.

Corey grinste Lee breit an. »Wow. Eine Einladung bei den Newmarkets. Das wird vermutlich die erste und letzte sein, die wir je erhalten.«

»Was zieht man auf so einer Anti-Halloween-Party an?«, fragte Nicole Phyllis. Die zuckte mit den Achseln und sah Ruby an.

»Wir können uns heute Nachmittag treffen und unsere Schränke nach was Passendem durchwühlen«, bot sie erstaunlich geistesgegenwärtig an.

»Fangen wir bei dir an, Felicity?«, fragte Phyllis.

Ich schüttelte den Kopf. »Ich kann nicht. Ich habe Mum versprochen am Freitag im Pub zu helfen.«

»Du kannst doch nicht dauernd für deine Mutter schuften«, sagte Jayden missbilligend. »Du verdienst nicht mal Geld. Du bist erst achtzehn und rackerst, als wärst du Mitte dreißig und müsstest eine Familie ernähren. Du könntest dir auch mal ein wenig Spaß gönnen.«

»Jayden hat Recht«, sagte Phyllis. »Ich rede mit deiner Mutter. Du kommst mit.«

Mist. Wenn Phyllis meine Mutter fragte, durfte ich gehen. Ich wollte nicht zu Cynthia Newmarket. Mal davon abgesehen, dass sie zum Star Club gehörte und uns bisher von oben herab behandelt hatte, war sie auch noch rumpeldumm und verließ sich ganz auf ihr Aussehen und den Einfluss ihrer Eltern.

Ein kurzer Blick zum Tisch des Star Clubs zeigte uns allen, wie aufgebracht Cynthia über Felicitys Neuigkeiten war. Sie rang die Hände und starrte wutentbrannt zu uns rüber.

»Ui, ein Grund mehr zu gehen«, meinte Corey gut gelaunt und lehnte sich zufrieden auf seinem Stuhl zurück.

»Die stinkende Stadt kommt mir nicht ins Haus! Meine Eltern sollen nicht denken, ich hänge mit Alkoholikern rum«, tönte Cynthias Gekreische bis zu uns.

Ich fühlte, wie mir das Blut aus dem Magen in den Kopf stieg. Auf einmal bekam mir Matildas heutiges Gericht gar nicht mehr gut – ich fühlte es wieder hochkommen. »Entschuldigt mich«, murmelte ich und sprang auf. Ich musste so schnell wie möglich zur Toilette, sonst würde ich mich hier vor aller Augen übergeben.

Aber ehe ich die Cafeteria fluchtartig verlassen konnte, fühlte ich einen festen Arm um meine Taille. Der elektrische Impuls sowie ein Duft nach Heu und Moos verrieten ihn.

»Du musst jetzt tief durchatmen und langsamer gehen«, sagte Lee, sein Kopf dicht neben meinem. »Halte dich gerade und zeige ihnen, dass sie dich nicht treffen können.«

Ich wollte ihm antworten, dass ich mich gleich in die Mitte der Cafeteria übergeben würde, wenn ich nicht schneller ging, als ich bemerkte, dass das nicht stimmte. Mein Magen rebellierte nicht mehr. Ich fühlte mich besser. Trotz Lees Arm um meine Hüfte und seinem Kopf so dicht an meinem, als wollte er mich küssen. Oder vielleicht deshalb?

Wir erreichten den Schulhof und es ging mir wesentlich besser. Vorsichtig schälte ich mich aus seinem Arm.

»Äh, danke«, sagte ich. »Du hast mich schon wieder gerettet.«

Er lächelte nicht. »Gern geschehen«, sagte er nur und betrachtete mich. Er lehnte sich gegen eine der Säulen im Innenhof und steckte die Hände in die Hosentaschen.

Diese Geste kam mir seltsam vertraut vor.

Und plötzlich durchzuckte es mich wieder.

Ich kannte ihn.

Die Frage war nur, woher?

»Weshalb lässt du dir das gefallen?«, fragte Lee und riss mich aus meinen Überlegungen.

Ich zuckte die Schultern. »Was sollte ich denn tun?«

»Kontern. Schlag zurück.«

Ich schnaubte. »Eine falsche Bemerkung, und ich fliege von der Schule. Cynthia und ihre Spießgesellen würden aussagen, ich hätte den Streit angefangen, und rate mal, wem die Lehrer mehr Glauben schenken? Einer Gruppe angesehener Schüler aus Diplomatenkreisen und Managerfamilien oder einer kleinen Alkoholikerin, deren Mutter noch nie bei einem Elternabend anwesend war?«

»Du trinkst nicht«, widersprach er hart.

»Du und meine Freunde, ihr wisst das. Aber die Lehrer riechen oft genug meine verrauchten Klamotten. Auch wenn Rauchen im Lokal verboten ist, aus dem Pub meiner Mutter bekommst du den Qualm nicht mehr raus.« Ich starrte ihn wütend an. Wütend, weil er Dinge aufrollte, die ich sorgsam verbarg. Wütend, weil er mich daran erinnerte, wie unzulänglich meine Herkunft war. Wütend, weil ... ach, weil es ihn nichts anging, nur mich. Wer war er schon? Ein Schönling, der sich in mein Leben einmischte. Ein Fremder! Ein unheimlicher Fremder, der Schmerzen wegpustete.

Sein Blick flackerte kurz. Im selben Moment ertönten hinter uns Stimmen.

»Du blöde Kuh!«, giftete Cynthia. »Nur weil du in David Beckham verschossen bist, habe ich jetzt die Loser bei uns zu Hause. Mum wird ausflippen. Man weiß ja, woher die stammen.«

Cynthia hatte uns sofort entdeckt. Während sie den letzten Satz geäußert hatte, hatte sie mir direkt in die Augen geschaut.

Ich schluckte, aber ehe ich etwas sagen konnte, machte Lee eine Bewegung auf Cynthia zu. Reflexartig hielt ich seinen Arm fest, obwohl es wieder schmerzte. Er wirkte wie eine Raubkatze, die zum Sprung ansetzt. Sein Kiefer war nach vorn geschoben und ein leichtes Zittern durchfuhr seinen Körper. Alles an ihm strahlte Gefahr und Bedrohung aus. Ich war mir durchaus bewusst, dass ich ihn nicht zurückhalten könnte, wenn er sich losreißen sollte.

Cynthia, Felicity, Jack und Ava blickten wie erstarrt auf Lee. Ich konnte ihre Angst bis hierher riechen – ich hatte selber Angst. Ich verstärkte den Druck meiner Hand. Seine Haut wurde an der Stelle, wo ich ihn festhielt, heiß. Ein paar Grad mehr, und meine Hand würde mit seinem Arm verschmelzen. Trotzdem ließ ich nicht los.

»Komm«, sagte ich leise und ergriff seine Hand. »Wir müssen noch unsere Biosachen aus dem Spind holen.«

Es dauerte zehn Sekunden, bis er endlich reagierte. Er hielt meine Hand noch immer fest, als ich ihn mit mir zog. Ich warf einen Blick zurück und sah, dass der Star Club uns mit weit aufgerissenen Augen nachschaute.

»Tut mir leid.«

Ich hatte Lee in den Putzmittelraum gezerrt, den erstbesten Ort, der mir eingefallen war. Jetzt saß er auf ein paar gestapelten Kisten und sah mich zerknirscht an.

»Ich wollte nicht, dass du mich so siehst.«

»Herrgott, du bist echt beängstigend«, sagte ich. Mein Herz klopfte wie wild. Nicht weil ich mich mit einem attraktiven Typen in einer einsamen, schwach beleuchteten Besenkammer befand, sondern wirklich vor Angst. Er war tatsächlich gefährlich. Er war kurz davor gewesen, Cynthia zu zerfetzen. »Was bringt man euch in Amerika auf den Schulen bei?«, fragte ich atemlos. So langsam setzte der Schock ein. Meine Beine wurden zittrig. Ich glitt an der Tür hinunter und ließ mich auf dem Boden nieder.

Sofort wurde Lee wachsam. »O Fay, bitte. Du brauchst keine Angst vor mir zu haben. Ehrlich. Ich war nur so furchtbar wütend.«

»Das hat man gemerkt.«

Er lächelte leicht. »Normalerweise raste ich nicht so schnell aus«, fuhr er fort. »Eigentlich bin ich recht friedliebend und vermeide Streitereien. Aber so ein abscheuliches Verhalten ist für mich seit jeher ein rotes Tuch. Und dann ausgerechnet …« Er brach ab und musterte mich eindringlich.

Ich unterdrückte ein Schaudern. Was hatte er sagen wollen? Ausgerechnet bei mir? Wenn er das hatte sagen wollen, war es besser, es blieb unausgesprochen. Weshalb sollte er meinetwegen so fühlen?

Mit einer geschmeidigen Bewegung stand er auf und machte einen Schritt auf mich zu. Ich zuckte zurück und presste mich an die Tür.

Lee starrte mich schockiert an. »Felicity …«, murmelte er und seine Stimme klang rau.

Ich hatte mich wieder im Griff. Er sich auch, wie es aussah. Also rappelte ich mich umständlich auf. »Gehen wir. Miss Greenacre wird schon warten.«

Als wir zu unseren Schließfächern gingen, sagte Lee leise zu mir: »Ich werde dir beweisen, dass du dich nicht vor mir fürchten musst. Nie.«

Darauf antwortete ich nicht. Was hätte ich schon sagen sollen? Zumal wir nur noch eineinhalb Jahre auf dem College hatten und sich dann unsere Wege trennen würden.

Zumindest war es das, was ich in diesem Moment glaubte.

SPRÜNGE

Irgendwie saß Lee ab sofort wie selbstverständlich mittags immer an unserem Tisch, stand in den Pausen bei uns und schloss sich uns auch bei den außerschulischen Treffen an. Er saß auch weiterhin neben mir. Manchmal hatte ich das Gefühl, alleine zu sitzen, denn es gab Stunden, da redeten wir nicht ein Wort miteinander. Ich konzentrierte mich auf den Unterricht und versuchte meinen Nachbarn aus meinem Bewusstsein zu drängen. Tatsache war, er war mir unheimlich geworden. Felicity schmachtete ihn nach wie vor an. Cynthia, Jack und Ava machten einen Bogen um ihn. Und mich ließen sie in Ruhe. Das war eine ganz neue Erfahrung für mich.

Drei Tage nach dem Vorfall mit Cynthia lud Jayden zu einem Spieleabend ein. Ich freute mich. Wir hatten immer viel Spaß mit seiner Playstation. Aus dem Karaoke-Singen waren Phyllis und ich stets als Sieger hervorgegangen.

»Von wegen Playstation«, sagte Jayden, als Phyllis sich entsprechend äußerte. »Ich habe gestern eine neue Wii bekommen. Wir machen die Olympischen Spiele! Lee, du bist herzlich eingeladen. Mal sehen, ob du wirklich so sportlich bist, wie du aussiehst.«

Lee grinste. »Danke. Aber ich warne dich, ich kann ziemlich gut springen.«

Schlagartig verflog meine Vorfreude. Ich würde mich sowieso

restlos blamieren. Und dann auch noch vor ihm! Vor allem in Sport. Mit 140 Pfund bei 5,6 Fuß (ein Meter siebzig!) war man nun mal keine Elfe. Da hatte Felicity schon Recht.

»Corey!«, schrie plötzlich hinter unserem Grüppchen eine hohe Stimme. Seine kleine Stiefschwester Cheryl warf sich tränenüberströmt in Coreys Arme. Der sah ziemlich entsetzt aus. Ob über den aufgelösten Zustand seiner Schwester oder weil sich ein weibliches Wesen an seine Brust presste, konnte ich nicht mit Sicherheit sagen.

»Was ist passiert, Cheryl?«, fragte er und tätschelte ihr ein wenig unbeholfen den Rücken. »Wie kommst du überhaupt hierher?«

»Er hat mit mir Schluss gemacht!«, heulte sie laut.

Um uns herum waren schon alle aufmerksam geworden. Jetzt lachten sie. Das konnte ich verstehen: Cheryl war gerade mal dreizehn.

Corey rollte über Cheryls Kopf hinweg mit den Augen, hielt sie aber weiter fest. »Wer hat mit dir Schluss gemacht?«, fragte er seufzend.

»Kevin! Er sagt, ich sei ihm zu prüde. Er will lieber eine Frau, die Bescheid weiß.«

Ich wechselte mit Phyllis einen ungläubigen Blick.

»Wie alt ist dieser Kevin?«, fragte Nicole.

Cheryl löste sich von der Brust ihres Stiefbruders und sah sie mit rot verquollenen Augen an. »Fünfzehn.«

Nicole schnaubte verächtlich. »Lass ihn gehen. Als ob eine *richtige* Frau etwas von so einem Grünschnabel wissen will.«

Cheryl zog geräuschvoll ihre Nase hoch. »Meinst du? Aber er wirkt schon so erwachsen!«

Wenn man dreizehn ist, wirken Fünfzehnjährige wohl tatsächlich erwachsen, überlegte ich.

»Ist er aber nicht«, erklärte Jayden fest. »Glaub mir, Fünfzehnjährige tun gern so, sind aber eher wie Zwölfjährige.«

Cheryl schniefte wieder und sah Jayden hoffnungsvoll an. »Aber er steht schon auf Muse und U2.«

Lee reichte ihr ein Taschentuch. »Das heißt nichts. Deren Musik ist zeitlos.«

Cheryl nahm das Taschentuch – ein Stofftaschentuch! – und sah erst dann auf. Als sie Lee sah, weiteten sich ihre Augen und ihr Mund formte ein erstauntes O. Damit hatte sie exakt den gleichen Gesichtsausdruck wie Nicole und Phyllis, als die Lee zum ersten Mal erblickt hatten. Genau wie jeder andere, der Lee zum ersten Mal sah.

»Wer bist denn du?«, fragte sie ziemlich plump, nachdem sie trompetend in das Taschentuch geschnäuzt hatte.

»Das ist Lee, Cheryl«, erklärte Corey, offensichtlich froh über den Themenwechsel. »Äh, Lee, meine kleine Schwester Cheryl.«

»Stiefschwester«, fügte sie schnell hinzu. »Wenn Corey mein richtiger Bruder wäre, würden wir uns bestimmt nur zanken.«

Tatsächlich verstanden sie und Corey sich recht gut – dafür, dass sie Stiefgeschwister waren. Seine Mutter und Cheryls Vater hatten vor zwei Monaten geheiratet, nachdem sie zwei Jahre zusammengelebt hatten. Phyllis war davon überzeugt, dass Cheryl nicht nur die *Stief*schwester war, sondern Corey auch von dem neuen Mann abstammte. Dass seine Mutter also damals ein Verhältnis gehabt hatte, aus dem Corey hervorgegangen war. Diese kühne Vermutung hatte sie allerdings nur mir und Nicole gegenüber geäußert. Ich bezweifelte das. Corey sah definitiv aus wie Reverend McKenna, sein Vater.

Lee nickte ihr freundlich zu und wies das nasse Taschentuch, das sie ihm hinhielt, ab. »Behalt es. Ich hab noch eins.«

»Wie kommst du überhaupt hierher?«, wiederholte Corey seine Frage.

»Mit dem Bus. Hör mal, kann ich ein Foto von dir mit meinem Handy machen?«, fragte Cheryl Lee.

»Weshalb?«, wollte Corey alarmiert wissen.

»Na, um Kevin eifersüchtig zu machen. Ich behaupte einfach, Lee ist ganz verrückt nach mir. Das wird Kevin zur Weißglut treiben.«

»Cheryl, das wird nicht funktionieren«, sagte Jayden trocken.

»Und wieso nicht?«, fauchte sie ihn an.

»Herrgott, du bist erst dreizehn!«, rief Corey. »Du trägst noch eine Schuluniform!«

Sie war zwar erst dreizehn, aber mit ihrer gut entwickelten Brust, den gestylten Haaren und dem ganzen Make-up im Gesicht sah sie wesentlich älter aus. Wenn ihre Augen nicht so kindlich rund gewesen wären, hätte sie durchaus als erwachsen durchgehen können. Zumal sie mit ihren roten Locken – die Coreys nicht unähnlich waren – eine auffällige Erscheinung war, und eine sehr hübsche dazu. Die Schuluniform ließ sie wie eine Lolita wirken. Ich betrachtete Cheryl genauer: Ihr Liebeskummer war schlagartig gewichen und sie himmelte Lee an. Der ignorierte sie jedoch und unterhielt sich mit Jayden über Computerspiele.

»Cheryl, geh wieder zurück zu deiner Schule«, drängte Corey. Der Schulgong war eben ertönt und hatte das Ende der Pause verkündet. »Du bekommst Ärger. Mehr als wir hier am College. Das weißt du genau.«

Sie sah konzentriert auf das Display ihres Handys, mit dem sie Lee mehrere Male fotografiert hatte. »Mist. Das blöde Ding gibt den Geist auf«, murmelte sie ungehalten. »Ich war mir sicher, er hat direkt in die Kamera gesehen.«

»Zeig mal her«, sagte Nicole neben mir und nahm ihr das Telefon aus der Hand. Ich sah neugierig auf das moderne Gerät und auf die tollen Farben, die das Display darstellte, ehe mir aufging, was und wen es zeigte.

»Das ist ja krass«, murmelte Nicole verwundert und sah mich an. »Er sieht immer in eine bestimmte Richtung auf den Fotos.«

Sie richtete das Gerät auf Lee, betätigte den Auslöser und wir beide warteten auf das Ergebnis. Nicole und ich sahen uns groß an. Lee hatte mit Jayden gesprochen. Aber auf dem Foto sah er schon wieder in die andere Richtung.

»Er sieht immer da hin, wo du stehst«, sagte Nicole leise.

Genau das war mir auch aufgefallen. In meinem Magen breitete sich ein seltsames Gefühl aus; beileibe kein angenehmes.

Ich hatte bei Jaydens Olympia-Party kneifen wollen – wie er es nannte. Aber Phyllis sagte nur ein Wort: Pub. Sie hatte Recht. Entweder ich ging zu Jayden oder Mum würde mich im Pub verpflichten, wie so oft donnerstags. Und immer öfter in letzter Zeit. Einen kurzen Moment lang war ich versucht den Pub vorzuziehen, aber dann schalt ich mich eine feige Kuh. Was sollte schon passieren? Ich konnte mich wohl kaum schlimmer blamieren als am Tag von Lees Ankunft oder vor Cynthia und dem Star Club. Ich zögerte allerdings bis halb sechs. Dann fasste ich mir ein Herz und machte mich auf den Weg.

Es war wieder ein wunderbarer Herbsttag. Die Sonne stand schon sehr tief und tauchte alles in ein goldenes, blendendes Licht. In dem einen oder anderen kleinen Park, an dem ich vorbeikam, leuchteten die Blätter rot und gelb und bedeckten die Wege. Ich beobachtete ein paar Tauben, die zwischen den Blättern pickten. Ich mochte Tauben. Sie waren so anmutig und ihr Gegurre empfand ich als beruhigend. Es erinnerte mich an Cornwall, an meinen Großvater, der Tauben gezüchtet hatte, und wie er vor ihrem Verschlag saß, auf jeder Schulter eine, auf den Knien ein paar und eine in der Hand, die er streichelte oder verarztete oder fütterte.

Plötzlich wandelte sich die Szene. Im einen Moment waren der übliche Autolärm zu hören und die Abgase zu riechen, im nächsten stank es nach Fäkalien und Abwasser. Ich stand inmitten von Schlamm, meine Füße versanken im Morast und direkt vor mir befand sich eine baufällige Hütte. Die war allerdings bewohnt, denn aus dem Schornstein stieg Rauch empor und davor stand eine Frau in Lumpen gekleidet. Sie starrte mich groß an, als sei ich eine Erscheinung.

Doch sofort verschwamm alles und ich stand wieder in dem kleinen Park. Mitten in einer tiefen matschigen Pfütze. Der Autolärm erschien mir auf einmal unerträglich laut und doch hochwillkommen. Was war geschehen? War ich am Durchdrehen?

»Hallo, Fay!«, sagte hinter mir eine vertraute Stimme.

Es gab nur einen einzigen Menschen auf der Welt, der mich Fay nannte. Und ihn wollte ich in dieser Misere am liebsten

NICHT sehen. Nicht, wo ich mich soeben schon wieder blamiert hatte.

Er sah wie immer gottgleich aus. Eine supercoole Lederjacke über einem eng sitzenden T-Shirt, das seinen gut gebauten Oberkörper zur Geltung brachte. Darunter enge Jeans und Chucks.

»Hallo«, antwortete ich beschämt. Meine Füße waren komplett durchnässt.

»Gut, dass ich dich treffe«, sagte Lee. »Jayden hat mir zwar eine Wegbeschreibung gegeben, aber ich habe sie nicht wirklich verstanden.«

»Tja, Jayden ist manchmal ein wenig zu kompliziert. Frag ihn nie nach dem Aufbau eines Computersystems.«

Lee grinste und wir setzten uns in Bewegung. Meine Schuhe quietschten vor Nässe.

Ich sah seinen Blick zu meinen Füßen schweifen. »Ich glaube, ich muss heim«, sagte ich. »Ich war mal wieder tollpatschig.«

Lee runzelte seine Stirn. »Passiert dir das öfter?«

»Ständig. Wenn in ganz London eine Bananenschale liegt, kannst du drauf wetten, dass ich auf ihr ausrutsche und in einem Hundehaufen lande«, gestand ich. Dann fügte ich düster hinzu: »So was passiert Felicity nie.«

Er lächelte matt. »Ist es nicht schrecklich langweilig, immer perfekt zu sein?«

Ich grinste zurück. Meine Füße wurden eiskalt und ein unangenehmer Duft entwich den Schuhen, als sei in dem Matsch noch etwas anderes außer Schlamm gewesen. Ich blieb stehen. »Ich muss heim und mich umziehen. Geh ruhig vor. Vorne biegst du links ab. Das dritte Haus auf der rechten Seite. Du kannst es nicht verfehlen.«

Lee sah mich an. »Ich komme mit dir.«

»*Was?*« Ich sah ihn erschrocken an. »Nein! Unsinn! Die fangen gleich an. Du kannst ihnen erklären, warum ich später komme.«

»Quatsch. Wir können auch mein Auto nehmen. Ich wohne nicht weit von hier.«

Ich wehrte ab. »Ich kann mit diesen Tretern unmöglich in dein Auto steigen. Ich brauche nur zwanzig Minuten bis nach Hause.«

»Ich komme mit.«

Das war kein Angebot mehr, sondern Fakt. Er drehte sich auf dem Absatz und ging neben mir her. Mum war um die Uhrzeit wie immer im Pub. Zum Glück – wenn sie Lee in unserer Wohnung sähe, würde sie nie glauben, dass wir nur Schulfreunde wären. Mum konnte auch nicht glauben, dass Corey und Jayden wirklich nur Freunde von mir waren.

Ich sah Lees neugieriges Gesicht, als er unsere Wohnung betrat. Zum Glück hatte ich heute Nachmittag noch aufgeräumt und geputzt. Er wartete in meinem Zimmer, während ich mich im Bad wusch und meine Kleidung wechselte. Als ich nach zehn Minuten mit frischer Hose, Strümpfen und Schuhen wieder vor ihm stand, hatte er es sich auf meinem Bett bequem gemacht und hielt das Foto meiner Großeltern in der Hand.

»Ich bin so weit«, sagte ich.

Er schien mit den Gedanken ziemlich weit weg zu sein. »Deine Großeltern?«, fragte er und betrachtete das Foto weiterhin eingehend.

»Ja. Wir sind erst vor acht Jahren nach London gezogen. Bis dahin lebten wir bei ihnen in Cornwall.«

Lee sah überrascht auf. »Cornwall?«

»Ja, in Trethevy. Meine Großeltern hatten da eine Art Lebensmittelladen mit Pub. Äh, ich bin fertig. Wir können.«

Lee warf einen letzten Blick auf das Foto, dann stellte er es auf den Nachttisch zurück und erhob sich. »Bist du noch immer unglücklich in London?«, fragte er, als wir das Treppenhaus hinuntergingen.

Ehe ich antworten konnte, ging eine Haustür auf. Unsere Nachbarin Mrs Collins steckte den Kopf heraus.

»Hallo, Felicity«, grüßte sie, aber ihr Blick hing neugierig an Lee. »Sieh da, ein neuer Freund? Deine Mutter ist schon im Pub, nicht wahr? Hilfst du ihr heute nicht?«

»Nein. Morgen wieder«, antwortete ich geduldig.

»Ihre Mutter arbeitet hart und kümmert sich sehr gut um Felicity«, sagte Mrs Collins an Lee gewandt. »Und Felicity hilft ihr oft.«

Ehe sie weiter ausholte und die Überleitung zu ihrer Lebensgeschichte fand, musste ich uns hier rausbringen. »Wir müssen los, Mrs Collins«, sagte ich. »Wir haben eine Verabredung.«

Sie sah auf Lee und zog ihre Augenbrauen hoch.

»Nicht wir beide allein«, beeilte ich mich zu sagen. »Unsere Freunde warten auf uns.«

»Na dann, viel Spaß«, sagte Mrs Collins und betrachtete Lee weiterhin.

Dem schien das nichts auszumachen. Er nickte ihr nur kurz zu und folgte mir dann die Treppe weiter hinunter. »Du magst sie nicht«, stellte er auf der Straße fest.

Ich zuckte die Achseln. Das wollte und konnte ich nicht mit ihm diskutieren. Mum war früher oft auf ihre Hilfe angewiesen gewesen. Anna, Philip und ich hatten viele Nachmittage und

Abende bei Mrs Collins verbracht, wenn Mum im Pub arbeitete. Mum mochte sie und zählte sie zu ihren Freundinnen. Nur das war wichtig.

Als wir endlich bei Jayden ankamen, waren alle schon verschwitzt, lachten und hatten viel Spaß. Coreys kleine Schwester Cheryl war auch da und nahm Lee direkt in Beschlag. Kevin war anscheinend schon vergessen.

»Warum kommt ihr jetzt erst?«, fragte Phyllis, die gerade eine Pause machte.

Ich erzählte ihr kurz von meinem Missgeschick.

»Typisch City«, sagte Corey. »Du solltest wirklich mal einen Kurs für eine Kampfsportart mitmachen. Die bringen einem auch eine gute Körperhaltung und Balance bei.«

»Damit ich dann aufrecht und mit innerem Gleichgewicht in Hundehaufen trete?«, fragte ich spitz.

»Hier. Teste dein Gleichgewicht beim Surfen«, sagte Jayden, drückte mir den Spielstab in die Hand und schob mich zu dem Board am Boden.

Mein fiktives Ich auf dem Bildschirm platschte ins Wasser. Alle lachten. Ich auch. Ruby reichte Lee den zweiten Spielstab. Sein fiktives Ich fuhr sofort mit geblähten Segeln los. Dabei machte er gar keine großartigen Verrenkungen, sondern dirigierte sein Surfbrett elegant über alle Wellen.

Wir hatten wahnsinnig viel Spaß. Nicole kommentierte unsere Wettkämpfe im Ton eines Olympia-Moderators und interviewte jeden Einzelnen, sobald er die Fernbedienung abgab. Lee hatte nicht übertrieben. Er konnte springen! Sein fiktives Ich flog beinahe. Es war von Vorteil, dass Jayden in einer dieser Altbauwohnungen mit extrem hohen Decken lebte, denn die heutige Standardhöhe von zwei Metern fünfzig schaffte Lee aus dem Stand.

»Mann!«, rief Corey irgendwann. »Wo lernt man so zu springen?«

Irgendwie schien das Lee zur Besinnung zu bringen. Er wirkte auf einmal verlegen und sagte nur: »Du weißt doch: Kalifornien, Land der Fitnessfreaks und Sportler.«

»Und Schönheitsoperationen und Silikonbusen«, fügte ich trocken hinzu.

Wir lachten. Lee auch, aber danach spielte er nicht mehr so wie bisher. Ich war mir sicher, seine Stürze waren Absicht und er bemühte sich, nicht besser als Corey zu sein.

Jaydens Mutter brachte uns irgendwann Pizza und Cola. Als wir auf die Uhr sahen, war es Zeit aufzuhören. Wir aßen gemeinsam die Pizza und ich sah, dass Lee sich ebenfalls wohlzufühlen schien. Nun ja, begrenzt, denn Cheryl klebte an ihm wie Marmelade am Toast. Man konnte sehen, dass er sie ignorierte, so gut es ging, aber Cheryl war hartnäckig. Nicole machte ein finsteres Gesicht, sobald sie in ihre Richtung sah.

Zu Hause im Bett vor dem Einschlafen dachte ich an diesen schönen Nachmittag. Und erst kurz bevor mir die Augen schwer wurden, fiel mir mein seltsames Erlebnis im Park wieder ein.

DIE STAR-CLUB-ANTI-HALLOWEEN-PARTY

Die nächsten Tage waren keineswegs so vergnüglich. In der Schule legten die Lehrer ein strammes Tempo vor. Vor den Weihnachtsferien wollten sie noch sämtliche Noten eintreiben, Arbeiten und Test folgten dicht auf dicht. Alle stöhnten und vergruben in jeder freien Minute die Nase in ein Buch oder Heft.

Nur Felicity hielt das nicht vom Flirten ab. Warum auch? Ihre Zukunft war gesichert. Ihr Vater war Mitglied des Unterhauses, sie würde nach dem Abschluss an der Elite-Universität Cambridge studieren, um letztendlich Politiker- oder Bankmanagergattin zu werden, ein bis zwei Kinder zu bekommen und exklusive Partys für die Geschäftspartner ihres Mannes zu geben. Und bei Lee war sie schon an der richtigen Adresse: Sein Vater war Diplomat und oft unterwegs; damit stammte Lee aus den – für Felicitys Ambitionen – richtigen Kreisen.

Normalerweise amüsierten Phyllis und ich uns immer über Felicitys Bemühungen, wenn sie einen hübschen Jungen einwickelte. Aber diesmal musste ich ihr Gesäusel aus nächster Nähe ertragen, denn Lee saß nach wie vor neben mir. Er neben mir, Felicity auf unserem Tisch vor mir. Na bravo. Ich fühlte mich ziemlich belanglos in der Nähe dieser beiden Schönheiten.

»Heute Abend?«, fragte Felicity Lee und klimperte mit ihren langen, dichten, beneidenswerten Wimpern.

Wie jeder Junge schien auch Lee davon beeindruckt. Er lächelte sie an. »Ja, klar. Um acht?«

»Fein. Bis dann.« Sie warf einen letzten Blick auf mich, ehe sie zu ihrem Platz stolzierte.

»Also bist du ihrem Charme doch verfallen«, sagte ich und ärgerte mich sofort über meinen schnippischen Ton.

»Du kommst doch mit.«

Ich starrte ihn an, ehe ich mich besann und energisch den Kopf schüttelte. »Da wäre Felicity bestimmt nicht erfreut, wenn du eine weitere Frau mit zum Date bringst.«

»Das ist kein Date«, sagte er und lächelte amüsiert. »Heute ist Cynthias Anti-Halloween-Party. Und bei dem ganzen Aufstand deswegen wäre es fatal, dort nicht zu erscheinen.«

Ich konnte mir eine Grimasse nicht verkneifen. »Du willst wirklich noch dahingehen? Auf diese dämliche Party, wo jeder jeden begutachtet? Auch nachdem Cynthia sich so ekelhaft verhalten hat?«

Jetzt lächelte Lee mich an, wesentlich freundlicher und wärmer, als er vorhin Felicity angelächelt hatte. »Wir wollen denen doch nicht die Genugtuung geben zu sagen: Ich habe es gleich gewusst. Oder?«

Warum eigentlich nicht? Mir war es egal, was Felicity, Jack, Cynthia oder Ava dachten.

»Zeig ihnen endlich die Zähne«, fuhr Lee fort. »Zeig ihnen, wer du wirklich bist.«

Moment mal ... »Woher willst du wissen, wer ich wirklich bin?«, fragte ich spöttisch. »Du kennst mich gerade mal zwei Monate.«

Er zuckte die Schultern. »Mir kommt es schon viel länger vor.

Außerdem habe ich eine gute Menschenkenntnis. Gib dir einen Ruck. Lass uns zur Party gehen. Wenn ihr alle dabei seid, wird es bestimmt lustig.«

Ich sah zu Felicity und Cynthia. Die beiden tuschelten und kicherten und dann warfen sie mir einen verächtlichen Blick zu. Das war die Entscheidung.

»Okay, ich komme. Aber sag nicht, ich hätte dich nicht gewarnt. Ich bin nie so schick oder so frisiert wie die.« Ich deutete in Richtung der beiden.

Lee lächelte zufrieden. »Keine Sorge. Du bist genau richtig, wie du bist.«

Entweder war er blind oder er stand unter Drogen. Mir sollte es recht sein, solange er mir heute Abend keinen Korb gab.

Phyllis' Hilfe war es letztendlich zu verdanken, dass ich nicht aussah wie jeden Morgen in der Schule. Seit der Hochzeit meiner Schwester Anna hatte ich nichts Neues mehr zum Anziehen bekommen. Und ein langes Kleid aus rosa Taft erschien mir zu formell (Annas Geschmack. Bestimmt nicht meiner). Wenigstens zeigte das Joggen erste Erfolge. Meine Klamotten saßen nicht mehr so eng.

Phyllis hatte meine Misere sofort erkannt und bot an mir zu helfen. Natürlich nicht mit ihrer Garderobe, denn von Konfektionsgröße vierunddreißig war ich weit entfernt. Ihre Schwester würde mir etwas leihen. Vera war in anderen Umständen und sah so schön aus wie eine Madonna. Sie hatte einen makellosen, durchschimmernden Teint und schmale Hüften. Wäre da nicht der runde Bauch einer Schwangeren im Endstadium, sie hätte als Model bei jeder Fashion-Show mitlaufen können.

»Ach, Vera, du siehst toll aus«, sagte ich, als sie mir freudig die Tür öffnete. »Wenn ich je schwanger werden sollte, sehe ich wahrscheinlich aus wie das Nilpferd Nigna im Zoo.«

Vera lachte. »Der Vorteil dieser langen Umstandskleider ist: Sie verdecken hervorragend geschwollene Knöchel und du darfst dich immer und überall hinsetzen.«

Ich lachte, obwohl ich bezweifelte, dass Vera bei diesen Gazellenbeinen Probleme mit Wassereinlagerungen hatte. Warum konnte meine Schwester nicht so cool sein? Sie hatte die ganze Schwangerschaft hindurch gejammert und ich musste dreimal die Woche zu ihr fahren, um ihr in ihrem Sechzig-Quadratmeter-Haushalt zu helfen.

Phyllis und Vera hatten viel Spaß dabei, mit mir zu experimentieren. Mein Outfit war schnell zusammengestellt, so dass genug Zeit blieb, um mir eine Frisur zu zaubern. Zum Schluss schminkten mich die beiden. Meine Augen wirkten größer und zum ersten Mal sahen sie blau aus, nicht nur rauchig grau. Über eng anliegende, schwarze Jeans trug ich eine weite weiße Bluse und darauf eine schwarze, trendige Jacke. Ich war sehr zufrieden mit meinem Spiegelbild.

Zumindest so lange, bis ich Phyllis sah. Sie sah umwerfend aus. Ein Glitzertop über hautengen dunklen Jeans und Schaftstiefel. Sie war einfach atemberaubend. Wenn ihre Mutter nicht vor einigen Jahren durch die Presse gegangen wäre als Geliebte des Finanzministers, hätte der Star Club ohne Zweifel auch Phyllis aufgenommen.

»O Phyllis, bist du sicher, dass du neben mir da aufkreuzen willst?«

Phyllis zog mich neben sich vor den Spiegel und betrachtete

uns beide. Ich sah zumindest nicht ganz so schlimm aus, wie ich befürchtet hatte, aber dennoch wie Kelly Osbourne neben Naomi Campbell.

»Leg endlich deine Komplexe ab«, sagte Phyllis fröhlich. »Denk einfach, wir mögen dich so, wie du bist.«

Das beruhigte mich nicht wirklich.

»Donnerwetter, so wie ihr ausseht, müssen wir uns heute Abend nicht verstecken«, rief Corey mit seiner üblichen brachial-charmanten Art. Wir hatten uns an der Straßenecke vor Cynthias Haus verabredet, um uns nicht einzeln der Menge stellen zu müssen.

»Phyllis, du siehst toll aus«, sagte Ruby ehrlich. Nicole nickte nur. Leider war sie hin und wieder etwas neidisch und konnte das nicht verbergen. Sie hatte uns schon des Öfteren gesagt, wie sehr sie sich selbst deswegen verabscheute, aber sie könnte in diesen Momenten nicht dagegen an.

»Was hast du mit deinen Haaren gemacht, City? Die glänzen so schön und die Frisur steht dir wirklich gut.« Jayden studierte meine aufgesteckten Strähnen.

»Vera und Phyllis hatten mich in der Mangel«, erklärte ich.

In diesem Moment kam er um die Ecke. Wir starrten ihm alle entgegen, wahrscheinlich genauso wie an seinem ersten Tag am College.

»Wow«, murmelte Ruby.

Lee hatte seine Haare ebenfalls mit Gel gestylt und sein dichter Schopf umrahmte sein perfekt modelliertes Gesicht. Er hatte sich nicht glatt rasiert und sah dadurch älter und … heiß aus. Richtig heiß. Er lächelte uns allen zu, dann blieb sein Blick an mir hängen. Seine Augenbrauen hoben sich und sein Mund öffnete sich.

Einen Moment lang herrschte peinliche Stille.

»Du siehst toll aus«, sagte Phyllis schließlich zu Lee. »Du wirkst eher, als müsstest du zu einem Fotoshooting statt zu einer Party.«

Lee blinzelte ihr amüsiert zu. »Ihr seht alle großartig aus. Du könntest glatt als Halle Berrys kleine Schwester durchgehen.«

Phyllis errötete geschmeichelt.

»Wollen wir?«, fragte er in die Runde, aber sein Blick blieb auf mich gerichtet.

Wollte ich? Nein, ganz bestimmt nicht. Ich wäre lieber in Mums Pub arbeiten gegangen, als gleich diesen arroganten, aufgeplusterten High-Society-Schnepfen gegenüberzutreten. Aber ich fügte mich und trottete hinter den anderen her.

Es stimmte, wir hatten uns heute alle herausgeputzt. Na ja, bis auf Corey, der eines seiner unvermeidlichen T-Shirts zu ausgefransten Jeans trug. Sein Markenzeichen, wie er immer betonte. Heute stand auf seinem T-Shirt: *Ich wäre lieber reich statt sexy, aber was soll man machen?* Aber auch er hatte seine Haare gegelt und ein paar Bartstoppeln wachsen lassen. Wollte er etwa Lee kopieren? Jayden trug sogar ein Sakko über seinem T-Shirt. Leider war die Farbkombination (Grün und Orange) äußerst unglücklich.

Das Haus der Newmarkets lag am berühmten Eaton Place und war anscheinend gut isoliert. Von außen war von einer Party weder was zu sehen noch zu hören.

Ich schob Lee und Phyllis kurzerhand vor und drückte auf die Klingel. Die beiden waren auf alle Fälle vorzeigbar. Ich würde als Letzte eintreten. Vielleicht ergab sich auch eine Gelegenheit, mich wegzuschleichen, weil meine Freunde von der Partystimmung im Innern so gefesselt waren …

Cynthia öffnete. Sie musterte Lee und Phyllis von Kopf bis Fuß, sagte nur »Ach, ihr seid's« und verschwand im Haus. Allerdings stand die Tür weiterhin offen. Jetzt war meine Gelegenheit. Doch in diesem Moment drehte sich Lee um und sein Blick suchte mich. Amüsiert blinzelte er mir zu.

»Komm schon, Fay. Du wirst doch wohl nicht kneifen?«

Konnte der Typ etwa Gedanken lesen? Nicole fasste mich am Oberarm und zog mich unbarmherzig mit.

Die Wände waren tatsächlich gut isoliert. Kaum waren wir im Haus und ein paar Meter weiter im Flur, hörten wir den Bass dröhnen. Wir schlossen uns Lee an, der zielsicher der rapide zunehmenden Lautstärke folgte. Er öffnete eine Tür und auf einmal erschien es, als wären wir in einem Nachtklub gelandet. Das Licht war dunkel, eine Discokugel warf schillernd bunte Reflexe.

»… die Losergang«, hörten wir Cynthia zu jemandem schreien. Eine normale Unterhaltung war nicht möglich, dafür war die Musik viel zu laut.

Wo sonst wohl das Wohnzimmer oder ein Salon war, drängten sich Jungs und Mädchen und viele wiegten sich im Takt der Musik. Oder rieben sich im Takt der Musik. Entsetzt sah ich, wie ein Mädchen ihren Po an die Körpervorderseite eines Jungen schmiegte. Eindeutig sexuelle Bewegungen nachahmend.

Ich wusste gar nicht, wohin ich schauen sollte, als mein Blick auf Felicity fiel, die sich ebenfalls an einem Typen rieb, der ein Jahr über uns in der Sportklasse war. Jeder am College kannte seinen Namen: Hugh FitzPatrick. Doch sobald Felicity uns sah, ließ sie Mr Charming links liegen und eilte – wohin sonst? – auf Lee zu.

»Hey, ich dachte schon, du hast es dir anders überlegt.« Wir anderen wurden ignoriert. Einzig Phyllis war einen knappen Blick wert.

Felicity sah umwerfend aus. Das musste ich ihr zugestehen. Mir wären diese engen, schwarzen Overknee-Stiefel wahrscheinlich zu nuttig gewesen, aber an ihrer grazilen, schlanken Figur unter dem atemberaubenden kurzen Kleid aus blauem – war das Lack …? Sie sah aus, als sei sie geradewegs von einem Catwalk gestiegen.

»Magst du was trinken?«, fragte sie und klimperte mit ihren Smokey-Eyes zu Lee hinauf. Ohne seine Antwort abzuwarten, nahm sie seine Hand und zog ihn mit sich.

Hugh, der Sportler, hatte Phyllis entdeckt und kam auf uns zu. »Hallo«, sagte er und lächelte Phyllis aufmunternd zu. »Ihr seid zum ersten Mal hier, oder? Bist du nicht in Felicitys Jahrgang?«

Phyllis nickte, überwältigt von seiner Aufmerksamkeit.

Hughs Blick glitt kurz über uns andere, ehe er wieder an Phyllis hängenblieb. »Möchtest du was trinken?«

Phyllis drehte sich unsicher zu uns um. Nicole schob sie vorwärts, direkt zu Hugh.

»Geh. Wir mischen uns unters Volk.«

Zögernd folgte sie ihm und verschwand in der Menge.

»Jetzt waren's nur noch fünf«, sagte Jayden neben mir.

»Was tun wir hier eigentlich?«, fragte ich.

»Wir sollen Spaß haben«, meinte Corey. »Hey Ruby, kommst du mit tanzen?«

Zu unser aller Überraschung ergriff sie Coreys Hand und beide gesellten sich auf die Tanzfläche, allerdings ohne sich aneinanderzureiben.

»Denk nicht mal dran«, fauchte Jayden zu Nicole.

Sie zuckte die Achseln. »Kommt. Wir holen uns auch was zu trinken.«

Ich folgte den beiden durch das Gedränge hindurch in die Richtung, in der Felicity und Lee verschwunden waren. Dabei begegneten mir ein paar bekannte Gesichter von der Schule, viele kannte ich aber nicht. Cynthia hatte wirklich einen großen Freundeskreis, stellte ich ein wenig neidisch fest. Wenn ich eine Party geben würde, käme wohl niemand außer der sogenannten Loser-Truppe.

»Hey, City«, tönte mir jemand ins Ohr. Ich roch Alkohol und einen dadurch bedingten fiesen Mundgeruch.

»Hey, Jack«, antwortete ich und machte einen Schritt zurück. Er kniff die Augen zusammen.

»Du bist tatsächlich gekommen! Scheiße, jetzt habe ich wegen dir zwanzig Pfund verloren.« Erst jetzt betrachtete er mich von oben bis unten. »Was hast du gemacht? Du siehst ja mal einigermaßen ansehnlich aus.«

Ich wollte mich abwenden und wieder Jayden und Nicole anschließen. Aber die beiden waren in der Menge verschwunden. Außerdem packte Jack mein Handgelenk und hielt mich fest.

»Bleib stehen. Ich tu dir nichts. Hier, trink das. Dann wirst du bisschen lockerer.« Er hielt mir eine Flasche unter die Nase.

Ich roch sofort den Alkohol und winkte ab.

»Sei nicht zickig. Du müsstest ein paar Prozente doch gewöhnt sein.«

Ich drehte mich einfach weg und wollte Jayden und Nicole suchen.

Aber Jack hielt mich fest.

»Ach komm schon, City. Du riechst morgens so oft wie eine Schnapsleiche, du kannst mir nicht erzählen, dass du nie einen Schluck im Pub deiner Mutter nimmst.«

Ich hätte ihn erwürgen können. Obwohl mir klar war, dass es genauso rüberkommen musste. Sogar die meisten Lehrer glaubten das. Ich riss mich los und zwängte mich zwischen den Tanzenden hindurch. O Gott, diese Tanzart war ekelhaft. Ich sah, wie sich ein Mädchen mit einem Top, das einem Bikinioberteil näher kam als einem Shirt, am Schritt des Jungen hinter sich rieb. Dahinter hatte ein anderer Junge seine Tanzpartnerin um die Hüften gefasst und machte mit ihr stoßartige Bewegungen, dass ich Angst bekam, beide würden jeden Moment die Hosen runterlassen.

»Du bist tatsächlich prüde«, sagte neben mir eine Stimme. Ich drehte mich um und sah Ava.

Sie lächelte höhnisch. »Ich wusste schon immer, dass ihr Loser auch Spießer seid.«

Mir fiel keine passende Antwort ein. Alles, was ich sagen würde, würde lächerlich klingen.

»Ich wette, Corey mit all seinem Macho-Gehabe ist noch Jungfrau«, fuhr sie fort und nickte in eine bestimmte Richtung.

Ich folgte ihrer Bewegung. Corey stand an der Wand mit einem knallroten Kopf, eine Flasche vor seinen Unterleib gepresst. Ich musste ihr Recht geben. Mit großen Augen verfolgte er die Bewegungen auf der Tanzfläche.

»Du hättest besser vorher einen Schluck trinken sollen, dann würdest du das alles lockerer sehen und mitmachen«, sagte sie verächtlich. »Wenn du ein bisschen zurechtgemacht bist, bist du gar nicht mal so hässlich.«

Ein Junge trat hinter sie und umschlang ihre Taille. Seine Hand wanderte bis unter ihre Brust und Ava schmiegte sich an ihn, wie alle anderen um uns herum auch. Ich wandte mich ab. Ich würde jetzt gehen und es war mir egal, was meine Freunde sagten.

Doch als ich mich zum Ausgang durchquetschte, sah ich, wie Felicity versuchte Lee zur Tanzfläche zu locken. Mit Genugtuung stellte ich fest, dass er sich weigerte. Ich sah, wie Felicity auf ihn einredete, doch er schüttelte energisch den Kopf. Felicity warf den Kopf in den Nacken und sagte etwas zu ihm. Ich konnte es bis hierher nicht hören, aber als sie ihn kurz darauf wütend stehenließ, fühlte ich, wie sich meine Anspannung ein wenig löste.

Das gab mir wieder zu denken und augenblicklich setzte ich meinen Weg fort. Ich erreichte den Flur und atmete erleichtert auf. Allein der Bass machte mich ganz krank. Ich wollte so schnell wie möglich nach Hause.

»Feli?«

Erstaunt sah ich mich um. Ich war anscheinend nicht die Einzige, die sich hier unwohl fühlte. Ruby stand hinter einer Marmorsäule. Sie wirkte wie eine Maus, die sich vor einer Katze versteckt. Ich trat zu ihr.

»Ist das nicht schrecklich?«, flüsterte sie. Ihre Augen waren genauso weit aufgerissen wie die von Corey, der Ausdruck in ihnen war allerdings ein ganz anderer.

»Ich wollte gerade gehen«, sagte ich. »Kommst du mit?«

»Was ist mit den anderen?«, fragte sie besorgt.

»Die scheinen klarzukommen. Ich schicke Phyllis gleich eine SMS.«

»Phyllis!« Ruby hielt meinen Unterarm fest. »Hast du den Typen gesehen, der sie abgeschleppt hat?«

»Hugh FitzPatrick ist wohl kein Sexualverbrecher«, erklärte ich. »Du kennst ihn doch. Jeder kennt ihn. Er wird sich hüten sie gegen ihren Willen anzufassen.«

Aber Ruby ließ nicht locker. »Bitte. Wir dürfen Phyllis nicht hierlassen. Ich traue ihm nicht.«

Ich sah auf meine kleine, zierliche Freundin mit den Rehaugen. Ruby hatte zeitweise etwas Seltsames an sich. So verklärt und träumerisch sie wirkte, ich glaubte, dass sie entweder eine ausgeprägte Menschenkenntnis oder ein besonderes Gespür für Situationen besaß. Seufzend drehte ich mich um und wandte mich zurück zur Pforte der Hölle.

»Warte hier.«

Sie nickte und verdrückte sich wieder in die Ecke.

Es hatte sich nichts verändert. Natürlich nicht innerhalb von zwei Minuten. Wahrscheinlich lief ein anderes Lied, aber ich hörte keinen Unterschied zum ersten. Im glitzernden, flackernden Licht rieben sich weiter Pärchen aneinander wie in einem schlechten Pornostreifen. Ich schlug die Richtung ein, in der Phyllis mit Hugh verschwunden war. Anscheinend war das aktuelle Lied sehr populär, denn viel mehr Leute waren jetzt auf der Tanzfläche. Ich entdeckte Corey, der sich mit glasigen Augen an eine extrem aufreizend gekleidete Brünette schmiegte. Fehlte nur noch, dass ihm der Sabber aus dem Mund tropfte.

Dann sah ich Phyllis. Sie stand mit Hugh weiter hinten, hielt eine Flasche fest und unterhielt sich angeregt mit ihm. Vielleicht ließ Rubys Instinkt nach, denn Phyllis wirkte nicht gerade wie eine Jungfrau in Nöten. Jayden und Nicole waren nirgends zu sehen. Sollte ich wirklich Phyllis aus ihrem Flirt reißen? Ich blieb unschlüssig stehen. Da entdeckte ich Lee, der mit Felicity in einer Ecke stand. Sie küsste ihn. In diesem Moment umkrallte jemand meine Taille mit festem, sicherem Griff. Eine Hand legte sich über meine Brust und drückte schmerzhaft zu. Ich versuchte mich zu lösen, aber gegen den starken Arm kam ich nicht an. Mein Angreifer leckte meinen Hals und biss fest in mein Ohrläppchen. Ich schrie auf. Doch bei dieser Lautstärke beachtete mich niemand. Neben uns sah ein Mädchen auf, aber sie wandte sich kichernd ab.

»Komm schon, City«, sagte Jacks schwere, alkoholgetränkte Stimme in mein Ohr. »Du willst doch bestimmt wissen, wie es ist, einmal einen Kerl zu haben.«

»Hau ab, Jack«, zischte ich und versuchte ihm den Ellbogen in die Brust zu rammen, aber er hielt mich weiter von hinten umklammert. Jetzt wehrte ich mich richtig. Aber je mehr ich von ihm abrücken wollte, desto fester hielt er mich an sich gepresst. Schwungvoll drehte er mich um und drückte mir seine feuchten Lippen auf. Seine Zunge schob sich tief in meinen Mund.

Im Pub meiner Mutter hatte sich letztes Jahr auch jemand an mich rangemacht. Gott sei Dank hatte mich Stanley aus der Misere befreit. Jetzt erinnerte ich mich wieder an den Tipp, den er mir daraufhin gegeben hatte. Ich trat mit voller Kraft auf Jacks Fuß, drehte mich blitzschnell um und nutzte seine Überraschung, um mein Knie in seine Weichteile zu rammen. Ein Volltreffer! Jack knickte zusammen, als habe ihm jemand die Füße weggezogen.

Jetzt kicherte das Mädchen nicht. Sie sah entsetzt auf den gekrümmten Jack. Ihr Tanzpartner kniete neben ihm nieder, um uns herum hörten alle auf zu tanzen und starrten auf den sich windenden Jack und mich. Die Musik setzte aus und das Licht ging an.

»Du elende Hexe!« Cynthia war aus der Menge aufgetaucht. »Ich habe gewusst, dass du nur Ärger machst. Verschwinde endlich!«

Ich sah ihr fest in die Augen. Auch wenn ich hatte gehen wollen, von ihr ließ ich mir nichts befehlen. »Er soll mich nie wieder gegen meinen Willen anfassen«, sagte ich laut und war froh, dass man mein Zittern nicht hörte.

»Blöde Kuh … wolltest doch …«, keuchte Jack am Boden.

Ich hob das Bein, um ihn zu treten, doch in diesem Moment umfasste wieder jemand meine Taille. Ich versuchte mich zu befreien, wurde aber kurzerhand angehoben. Lee hielt mich gerade so hoch, dass meine Füße den Boden nicht berührten, und trug mich unerbittlich durch die stierende Menge in Richtung Ausgang. Ich sah, wie mich alle Gesichter wütend anstarrten.

Erst als wir den Ausgang erreicht hatten, entdeckte ich Phyllis an Lees anderer Hand. Nicole und Jayden standen bei Ruby hinter der Säule. Alle sahen mir mit großen Augen entgegen.

»Wo ist Corey?«, fragte Phyllis, als Lee uns alle zum Ausgang dirigierte.

»Er kommt zurecht«, sagte Lee bestimmt. »Wir müssen Fay hier rausbringen.«

Auf der Straße stemmte ich meine Füße in den Boden. »Es ist doch überhaupt nichts passiert.«

»Es ist sehr wohl was passiert«, widersprach Phyllis heftig.

»Ich kam allein zurecht«, sagte ich ein wenig bockig. »Hast du das nicht gesehen?«

»Nein. Ehrlich gesagt habe ich überhaupt nicht gesehen, was passiert ist«, sagte er und blieb ebenfalls stehen. »Was *ist* passiert?«

Alle meine Freunde sahen mich erwartungsvoll an und auf einmal fühlte ich mich verlegen, das vor ihnen ausbreiten zu müssen. Doch für einen Rückzieher war es zu spät.

»Jack hat mich gegen meinen Willen geküsst. Da habe ich einen Verteidigungstrick angewandt.«

Ruby, Phyllis und Nicole hatten bei meiner Schilderung scharf die Luft eingezogen. Jayden sah angewidert aus, Lee war entsetzt. Ich glaubte, er wollte mich in seine Arme ziehen, als hinter uns Corey angerannt kam.

»Mensch, City, was ist passiert?«, fragte er atemlos.

Aber ehe ihm jemand antworten konnte, tauchte Felicity auf und warf sich in Lees Arme.

»Du darfst noch nicht gehen«, rief sie theatralisch und sah zu ihm auf wie ein Hollywood-Star aus der Stummfilmzeit: schmachtend, hingerissen, verliebt.

Mir fiel der Kuss wieder ein und ich wunderte mich, dass Lee sie von sich wegschob. Zwar so sanft und rücksichtsvoll wie möglich, aber nichtsdestotrotz bestimmt.

»Felicity, geh wieder rein. Wir reden morgen.«

Felicity blieb, wo sie war; uns schien sie überhaupt nicht wahrzunehmen. Sie hatte nur Augen für Lee. »Komm mit mir. Wir können auch woanders hingehen, wenn es dir hier nicht gefällt. Bitte, komm mit. *Bitte!*« Sie klammerte sich wieder an ihn.

Wir anderen staunten. So hatten wir die toughe Felicity noch nie gesehen. Eins musste ich Lee lassen. In ganz London hätten wohl nicht viele Jungs ein solches Angebot von einem so hübschen Mädchen ausgeschlagen.

Lee löste ihre Arme von seinem Hals, sah ihr in die Augen und sagte: »Ich bringe jetzt Fay nach Hause. Geh wieder hinein. Wir reden morgen.«

Wir alle sahen das Wasser in Felicitys Augen schimmern, als sie langsam rückwärts wieder zum Haus zurückging, Lee noch immer im Blick. Kurz bevor sie im Innern verschwand, sah sie uns alle noch ein letztes Mal an. Der, mit dem sie mich ansah, war mörderisch.

»City, du verstehst es wirklich, eine Party aufzumischen«, sagte Corey Montagmittag in der Kantine.

Ich erwiderte nichts, sondern versuchte Felicitys angewiderten Blick zu imitieren. Das gelang mir anscheinend, denn Corey sagte nichts weiter. In diesem Moment kam Jack Roberts mit Cynthia, Ava und Felicity im Schlepptau an unseren Tisch.

Er sah einzig mich an, alle anderen ignorierte er. »Wie konntest du nur …« Theatralisch wandte er sich wieder ab.

Felicity schmachtete Lee an, aber der beachtete sie nicht. Er stand auf und hielt Jack am Oberarm fest. Jack versuchte ihn wegzuschubsen, aber Lee wankte nicht einmal. Er musste Muskeln aus Stahl haben.

Und plötzlich hörte ich es wieder: Alle Gespräche rundum, alle Geräusche wurden ausgeblendet, als hätte jemand eine Glasglocke über uns gestellt. Und darunter war ganz deutlich eine Art Summen zu hören. Unheilverkündender als Sirenen im Zweiten Weltkrieg. Nein, kein Summen. Ein Knurren wie von einem Hund. Einem sehr scharfen, wütenden Hund von enormer

Größe. Niemand sonst schien es zu hören. Ich registrierte, dass zwar alle auf Lee und Jack starrten, aber in ihren Blicken lag nicht das Entsetzen, das ich fühlte.

Außer in Jacks Blick. Er wagte nicht einmal sich zu befreien. Er sah Lee mit angstgeweiteten Augen an. Und jetzt verstand ich auch, woher dieses Knurren kam. Lee knurrte.

»Du wirst sie nie wieder anfassen. Entschuldige dich.«

Hatte er das jetzt laut gesagt oder durch sein Ultraschall-Knurren? Jacks Blick flackerte, Felicitys huschte von Lee zu mir und zurück zu Lee. Er hatte es laut gesagt, denn auf einmal sahen alle mich an. Ich schluckte. Wenn ich etwas noch mehr hasste, als mich zum Deppen zu machen, war es, im Mittelpunkt zu stehen.

Jack nickte. Er sah so verängstigt aus, er hätte wahrscheinlich auch genickt, wenn ich eine zahnlose Qualle gewesen wäre. »'ry, City«, murmelte er.

Anstatt ihn loszulassen, zog Lee ihn mühelos ein paar Zentimeter zu sich heran. »Sie heißt Felicity.«

Wieder sahen alle zu mir. Jetzt wurde ich rot. Tiefrot. So nannte mich niemand hier. Nicht einmal die Lehrer, die zu *Miss Morgan* übergegangen waren. Bis auf Phyllis, Ruby und Nicole war ich bei allen *die Stadt*. Sogar Corey und Jayden nannten mich so.

»Sorry, Felicity.«

Lee ließ ihn los und Jack stolperte rückwärts, als hätte er versucht sich mit seinem ganzen Gewicht aus der Umklammerung zu lösen. Ich nickte. Was hätte ich auch sonst tun können? Was sollte ich überhaupt als Nächstes tun? Mein Gehirn war schwarz und leer. Wie ein Kanister auf dem Weg zur Tankstelle. Phyllis umfasste mein Handgelenk und führte mich aus der Mensa. Endlich weg von all den starrenden Gesichtern.

Ich konnte Lee nicht Danke sagen. Ich konnte ihm in den nächsten Unterrichtsstunden noch nicht einmal ins Gesicht sehen. Er jagte mir eine Heidenangst ein. Warum hatte niemand sonst das Knurren gehört? Was hatte er, dass er alle Menschen um sich herum so beeinflussen konnte?

Felicity himmelte ihn auch den Rest der Woche an. Sie schickte ihm zu unzähligen SMS auch alberne Briefchen wie in der Grundschule, zwinkerte ihm von ihrem Platz aus zu und drängelte sich bei jedem Raumwechsel an seine Seite. Ava und Cynthia waren von ihrem Benehmen zutiefst schockiert. Ich nicht weniger. Als Felicity sich dann in Biologie auf meinen Platz – neben Lee – setzte, erklärte er unumwunden, er wolle sie nicht neben sich haben. Es sei mein Platz. Sie zog ab wie ein geprügelter Hund.

Dabei hätte ich mich sogar lieber neben Cynthia gesetzt, als neben ihm zu sitzen. Cynthias Verachtung kannte ich, aber Lee mit seiner Aufmerksamkeit, dem Geknurre und dem autoritären Auftreten war neu für mich. Ich konnte in das Loblied, das Phyllis, Nicole und Ruby auf ihn sangen, nicht einstimmen. Für sie war er der Held, der Aschenputtel gerettet hatte. Mir kam es alles andere als wie im Märchen vor. Ich war keine Prinzessin und ich fürchtete den Helden, statt ihm dankbar in die Arme zu sinken.

Aber er gehörte ab sofort fest zu unserer Clique, der Loser-Truppe. Und dank ihm – das musste ich gestehen – galten wir nicht mehr als Loser. Wir bildeten den Gegenpart zu Felicitys und Jacks Star Club.

ENTDECKUNGEN

Mein Erlebnis im Bad ließ mich nicht los. Jedes Mal wenn ich mir sagte, ich hätte es geträumt, betrachtete ich meine schmutzigen, schlammverkrusteten Joggingsachen. Zu allem Unglück fing mein Zahn wieder an zu schmerzen. Ehe Lee erneut auf die Idee kam, mir in den Mund zu pusten, ging ich zum Zahnarzt. Der beseitigte nicht nur die Karies mitsamt Schmerzen, sondern auch die Zahnspange.

Ich konnte gar nicht oft genug in den Spiegel schauen, um meine geraden, weißen Zähne zu bewundern. Sie fühlten sich glatt und eben und fantastisch an.

Mittwochmorgen fiel das auch allen anderen in der Schule auf. Jack Roberts starrte mich an.

»Der schaut, als hättest du dich über Nacht in Pippa Middleton verwandelt«, kicherte Phyllis.

Ich wusste nicht, was ich davon halten sollte. Jack Roberts hatte sich seit seiner Entschuldigung eh seltsam verhalten. Normal wäre gewesen, wenn er mir aus dem Weg gegangen wäre. Tatsächlich aber begegnete er mir öfter als je zuvor und im Unterricht drehte er sich andauernd zu mir um. Allerdings bereitete mir Jack Roberts kein Kopfzerbrechen. Eher mein mysteriöser Banknachbar.

Unser Referat in Religion stand an. Wir hatten uns seit jenem

Nachmittag, an dem Lee mich hinauskomplimentiert hatte, nicht mehr dafür getroffen. Stattdessen hatten wir vergangene Woche eine Freistunde genutzt und gerade eben die Mittagspause. Wir hatten uns in ein leeres Englischzimmer zurückgezogen, wo wir ungestört waren. Ich hatte ihm meine gesammelten Unterlagen gegeben und er hatte sie in seiner ordentlichen, wenn auch altmodischen Schreibschrift in den Ordner übertragen. Nun lehnte er sich zufrieden zurück und sah mich an.

»Damit hätten wir unser Referat fertig. Möchtest du es vortragen?«

Ich alleine vor der Klasse und dem Star Club? Bloß nicht. »Ich denke, du als Neuling an unserer Schule solltest einmal beweisen, dass du mehr kannst außer hübsch auszusehen.«

Jetzt war sein Grinsen wieder breit und seine weißen, ebenmäßigen Zähne blitzten auf. »Wir könnten es auch gemeinsam vortragen.«

»Lieber nicht. Du machst allein eine bessere Figur.«

Lee rollte die Augen. »Du brauchst unbedingt mehr Selbstvertrauen.«

»Was hat das mit dem Referat zu tun?«, fragte ich konsterniert.

»Es würde dir helfen dich nicht immer in deinem Schneckenhaus zu verkriechen.«

»Tu ich nicht, glaub mir«, sagte ich erheitert. »Aber bei deiner imposanten Erscheinung stehen wir direkt eine Note besser da.«

»Das ist …«, fing er an.

»… die reine Wahrheit«, unterbrach ich und lächelte wieder breit. »Wenn du hängenbleibst, helfe ich dir. Versprochen«, fügte ich gönnerhaft hinzu.

»Na, dann kann ja nichts schiefgehen«, sagte er süffisant.

Ich merkte, er war eingeschnappt. Hoffentlich hatte ich jetzt keinen Fehler begangen. Er könnte hingehen und das Referat als sein alleiniges Werk ausgeben. Ich wusste, ich war bei den Lehrern nicht unbedingt die Beliebteste mit meinem ständigen Zuspätkommen und meiner unvorteilhaften Erscheinung.

Die Stunde der Wahrheit. Lee hielt das Referat und schien nicht mehr beleidigt zu sein. Er erwähnte meinen Namen so oft, dass auch der Letzte endlich kapierte: Wir beide hatten alles gemeinsam erarbeitet. Lee konnte – wie ich schon geahnt hatte – hervorragend vortragen. Er machte an den richtigen Stellen witzige Bemerkungen, erzeugte Spannung, wo eigentlich keine war (Jakob II. *war* langweilig gewesen), und fesselte alle mit seiner unglaublichen Aura. Ich wollte mich gerade entspannt zurücklehnen, da schloss Lee auch schon ab und nahm tosenden Applaus entgegen. Wo waren die hingerichteten Bischöfe geblieben? Das einzig wirklich Spannende in Jakobs Leben?

Lee glitt wieder auf den Stuhl neben mir. »Mach den Mund zu oder eine Fliege verfängt sich darin.«

»Was ist aus den Bischöfen geworden?«

Er runzelte die Stirn, als wüsste er nicht, wovon ich sprach.

»Jakob II. hat sieben Bischöfe hinrichten lassen, die ihn als Katholiken ablehnten und den Treueeid nicht leisten wollten. Außerdem haben sie versucht ihn zu erpressen.«

»Unsinn. Sie wurden nur abgesetzt.«

Ich starrte ihn an. »Nein. Sie wurden geköpft. Das stand in diesem Buch.«

»In welchem Buch?«, fragte Lee unschuldig.

»Na, in deinem Buch ...« Ich schnappte mir seine Schultasche und wühlte darin, bis ich es hatte. Dann schlug ich die Seite auf. »*... festgenommen und wegen volksverhetzender Beleidigung vor Gericht gestellt. Das Gerichtsverfahren endete jedoch mit Freisprüchen*«, las ich dort. ABER DAS HATTE SO NICHT DA GESTANDEN! Sie waren hingerichtet worden. Unter anderem der Erzbischof von Canterbury. Ich blätterte zum Index des Buches. Tatsächlich: die überarbeitete Ausgabe von 2010. War ich irre? Hatte ich mich so getäuscht?

Ich sah zu Lee. Ein zufriedenes Lächeln lag auf seinem Gesicht. Unauffällig rückte ich ein Stück von ihm weg. Was stimmte mit ihm nicht?

Ich hatte Phyllis versprochen ihr bei ihrem Referat – für Phyllis eine schlimmere Aufgabe als die Klos der Schule schrubben – zu helfen. Wir trafen uns bei Corey, ihrem Referatspartner. Coreys Zimmer sah wie immer aus: ein Saustall. Auf Boden, Bett, Kommode, überall lagen Klamotten. Dazwischen tummelten sich zerknüllte Kaugummi- oder Schokoladenpapiere neben leeren Joghurtbechern und Plastiktrinkflaschen.

»Corey, du bist ein Schwein«, erklärte Phyllis unumwunden.

»Sieh nicht hin und setz dich«, sagte er unbeeindruckt und warf seinen PC an.

Phyllis und ich wechselten einen Blick, dann scherte ich kurzerhand mit meinem Arm das Bett frei. Zwei T-Shirts und Jeans gesellten sich zu Socken und – war das etwa verschimmeltes Müsli? Ich beschloss nicht näher hinzusehen. »Machst du eigentlich jemals sauber?«, fragte ich Corey.

»Nö. Meine Mum. Aber in letzter Zeit weigert sie sich. Sie

kommt so langsam in die Wechseljahre und hat ein paar seltsame Vorstellungen.«

Phyllis machte ein mitfühlendes Gesicht. »Oje, die Arme. Ich habe schon öfter gehört, dass Frauen in den Wechseljahren Depressionen und in schlimmen Fällen Wahnvorstellungen bekommen.«

Ich stöhnte genervt. »Ich vermute eher, die Vorstellungen haben was mit Verantwortungübernehmen und Hilfsbereitschaft zu tun. Corey soll endlich erwachsen werden und seinen Teil zum Haushalt beitragen.«

»Bingo!«, rief Corey, wobei man allerdings nicht sagen konnte, ob er damit mich meinte oder seinen hochgefahrenen Computer.

Phyllis dachte, er meinte den PC. »Müsste deine Mutter nicht mal zum Arzt? Es gibt doch Hormone, die man sich gegen solche Beschwerden verschreiben lassen kann.«

»Ach, City hat Recht. Ich soll ihr helfen und mein Zimmer selber aufräumen.«

»Außerdem ist seine Mutter erst vierzig. Noch weit von den Wechseljahren entfernt«, erklärte ich Phyllis. Mrs Andrews, Coreys Mutter, sah auch noch nicht wie vierzig aus. Sie hätte durchaus einige Jahre jünger sein können. Ob das an dem jüngeren Liebhaber lag? Vielleicht hatte es auch etwas Gutes, wenn der dreiundvierzigjährige Gatte mit einer Achtundzwanzigjährigen abhaute und die Frau sich dann ohne schlechtes Gewissen einen jüngeren Ehemann zulegen konnte ...

»Schaun wir mal.« Corey riss mich aus meinen Gedanken und hämmerte auf die Tastatur ein.

»Hier. Probier das mal.« Ich wies auf einen Google-Eintrag. »Den haben Lee und ich auch genutzt, war ziemlich aufschlussreich. Der zeigt gescannte, alte Buchseiten. Ist also vertrauenswürdig. Die kann schlecht jemand manipulieren.«

»Blödes Referat. Ich kann diese alte Schrift nicht mal richtig lesen«, schimpfte Corey. »Weshalb hab ich nur Religion gewählt?«

»Keine Ahnung. Wieso?«, fragte Phyllis und stellte sich auf die andere Seite des Rechners, um mitlesen zu können.

»Dad fand, es wäre sehr wichtig«, murmelte Corey.

Unterschwellig hörte ich Verbitterung und Sehnsucht. Allein dass er bei der Auswahl der Studienfächer auf seinen Vater gehört hatte, zeigte, wie sehr er ihn vermisste. Vicar McKenna hatte genau das Gegenteil von dem getan, was man von einem Priester erwartete: Er hatte sich in eine fünfzehn Jahre jüngere Frau aus dem Kirchenchor verliebt und für sie seine Familie aufgegeben. Mittlerweile lebte er in Surrey in einer kleinen Gemeinde mit der Sängerin und zwei kleinen Kindern, Coreys Halbbrüdern. Corey besuchte seinen Vater höchstens dreimal im Jahr. Wenn er von diesen Besuchen zurückkam, war er eine Woche lang unausstehlich. »Bin lieber hier in London mit Mum. Sie ist zwar viel unterwegs, verdient aber gut und wir leben hier allemal besser als mein alter Herr mit seinem scheinheiligen Getue um heile Familie und Liebe«, hatte er mir nach dem letzten Besuch anvertraut. Die Eifersucht und Kränkung waren unmissverständlich. »Du weißt wenigstens, wer dein Vater ist, und bist jederzeit bei ihm willkommen. Meiner starb vor meiner Geburt«, hatte ich ihm geantwortet. Das schien ihn ein wenig zu trösten.

Ich konzentrierte mich auf den Bildschirm vor uns. Jakob II. schien mich momentan zu verfolgen. Phyllis und ich zückten unsere Stifte und machten Notizen. Corey klickte die nächste Seite an, als mir etwas ins Auge stach.

»Warte!«, rief ich so plötzlich, dass die beiden anderen zusammenzuckten. »Geh noch mal zurück!«

»Mensch, City, mir fällt gleich die Maus aus der Hand«, sagte Corey, folgte aber und rief die vorige Seite wieder auf.

Ich überflog den Text. »Runter«, sagte ich. »Stopp!« Da stand es. Mir wurde schummerig.

»Hey, City, du bist ganz blass.« Corey und Phyllis betrachteten mich besorgt.

Meine Befürchtungen waren eingetroffen.

»Ich muss gehen.« Ich hörte selbst, wie dünn meine Stimme klang.

»Was?« Jetzt wurde Corey nervös. »Weshalb? Wohin? Ich meine, ich hatte auf deine Hilfe gehofft, weil du ja schon ...«

Ich ignorierte ihn, packte meine Jacke und Tasche und ging einfach. Hinter mir hörte ich Corey etwas von »menstruationsgeplagtem Frauenzimmer« zu Phyllis sagen. Ihre Antwort hörte ich nicht. Ich war zu geschockt. Ich musste dringend etwas überprüfen. Aber ich wusste schon im Voraus, dass ich mich nicht vertan hatte. Lee *musste* mir diesmal eine Antwort geben! Doch zuerst musste ich wieder in die British Library.

Durch die Türsprechanlage tönte Lees Stimme: »Ja?« Sie klang ziemlich verschlafen. Aber das war mir egal.

»Mach auf. Ich bin's«, rief ich.

Sofort plärrte der Summer und ich betrat das viktorianische Gebäude. Lee stand am oberen Ende der Treppe und sah wesentlich munterer aus, als er sich eben angehört hatte.

»Fay? Was ist? Du siehst aufgebracht aus.«

Ich wusste, ich trampelte wie ein Nilpferd, als ich die Treppe hochstapfte. »Du bist mir eine Erklärung schuldig.« Er sah alarmiert aus und ich dachte: *Ha! Erwischt.* »Ich komme soeben aus der British Library. In unserem Referat über Jakob II. hast du einfach den Text meiner Recherche abgewandelt! Du hast geschrieben, er hätte 1698 sieben Bischöfe aufgrund einer Bittschrift in den Tower werfen lassen und am 30. Juni 1698 wurden sie begnadigt und freigelassen. Ich hatte geschrieben, er hätte sie an diesem Datum *hinrichten* lassen. Ich hatte es im Internet nachgelesen und in einem Buch in der British Library. Trotzdem hast du deine Version beim Referat vorgetragen. Jetzt lese ich auf der gleichen Internetseite, wo ich die Hinrichtung fand, dass sie begnadigt und freigelassen wurden. Und in dem Buch in der British Library steht es auch!«

»Du hast dich vertan, Fay. Wahrscheinlich hast du aus Versehen über ein anderes Ereignis gelesen. Oder du hattest eine andere Seite im Internet. Eine sehr unzuverlässige, wohlgemerkt.«

Ich starrte ihn einen Moment mit offenem Mund an, dann begann ich hektisch in meiner Tasche zu wühlen. Endlich fand ich sie. Ich hielt ihm die geknüllten Blätter vor die Nase. »Hier!«, fauchte ich. »Ich bin doch nicht blöd. Ich weiß genau, welche Internetseite und welches Buch ich konsultiert habe.«

Wortlos nahm er mir meine zerknitterten Blätter aus der Hand und las. Er runzelte die Stirn und ein paar Minuten schwiegen wir. In diesen Minuten ging mir auf, dass er ziemlich mitgenommen aussah. Er hatte die Haare noch unordentlicher, sein Kinn wies mehr Bartstoppeln auf als bei Cynthias Party. Er trug eine Jogginghose unter einem achtlos übergestreiften T-Shirt, wobei der Hosenbund so verrutscht hing, als hätte ich ihn eben aus dem Bett geworfen.

»Bist du sicher, dass es sich um die gleiche Seite handelt, von der wir die Informationen …«, fragte er schließlich.

»Hör auf, mich für dumm zu verkaufen«, zischte ich. Ich war wütend. Irgendjemand wurde hier an der Nase herumgeführt und ich war mir sicher, dass ich diejenige war. Die Frage war nur: Warum? »Als ich dir von der Hinrichtung erzählt habe, bist du so blass geworden wie diese Wand hier. Und jetzt auf einmal sollen sie freigelassen worden sein? Was spielst du für ein Spiel? Wer bist du? Wie hast du das gemacht?«

Er sah mich an, als überlegte er, wie er anfangen sollte mir alles zu erklären.

»Komm erst mal rein«, sagte er schließlich und zog mich am Oberarm hinter sich her zu seinem Zimmer ganz nach oben. Es zuckte leicht, doch er ließ nicht los. Er hatte Bärenkräfte. Obwohl ich mich freischütteln wollte, hielt er mich fest. Allerdings ohne mir Schmerzen zuzufügen. In seinem Zimmer drückte er mich sanft aufs Sofa.

Eine Weile sahen wir uns in die Augen, musterten uns gegenseitig und mir schoss immer wieder durch den Kopf: Wer war er? Wie konnte er meine Zahnschmerzen wegpusten? Wie konnte er die Geschichte ändern? Wie konnte er Ruby, Nicole, Phyllis, Jayden und sogar Corey um den kleinen Finger wickeln?

»Woher hast du diese Seiten?«, fragte er schließlich.

»Das sind Kopien aus dem Buch in der British Library«, antwortete ich. »Aber weißt du, was das Kuriose ist? Als ich vorhin da war und das gleiche Buch aufschlug, stand dort das, was du vorgetragen hast. Erklär mir, wie du das machst.«

»Wie ich was mache?«

»Du hast den Inhalt der Bücher verändert! Hier schau: Stempel, Ausleihnummer. Alles das Gleiche«, warf ich ihm vor. »Ich frage mich nur, wie! Man konnte nirgends einen Einriss der Seiten erkennen. Aber vor allem, was ist an vierhundert Jahre alten Bischöfen so besonders?«

»Das könnte alles verändern«, erwiderte er. »England wäre womöglich nicht nur katholisch, sondern auch noch von Napoleon oder Hitler eingenommen worden. Mit Unterstützung des Papstes in Rom. Jede noch so kleine Veränderung kann immense Folgen haben. Wie ein Stein, den du ins Wasser wirfst und dessen Wellen immer größer und ausladender werden.«

Ich starrte ihn an. »Also hast du die Geschichte verändert?«

Lee sah auf die Blätter in seiner Hand. »Sei nicht albern, Fay. Du hast in der Bibliothek einfach ein Makulatur-Exemplar in den Händen gehalten. Mir ist das aufgefallen und ich habe schon vor geraumer Zeit dafür gesorgt, dass es entfernt wird.«

Ich schluckte und wusste nicht mehr, was ich sagen sollte. Seine Erklärungen waren so hieb- und stichfest. So logisch.

Und trotzdem wusste ich, dass er log.

PREMIERE

»Ich kann nichts sehen!« Ruby hüpfte auf und ab. Hoffnungslos. Vor ihr standen wenigstens drei Reihen von Mädchen, die genauso bemüht waren besser zu sehen.

Ich selber hatte auch Mühe. Weshalb drängelten sich eigentlich immer ein Meter achtzig große Hünen in die erste Reihe? Wenn alle das Orgelpfeifenprinzip anwenden würden, bekäme ich auch was vom roten Teppich mit. Dann wäre mir auch die dritte Reihe recht. Aber darum ging es bei einer Premiere ja nie. Jeder wollte den Star anfassen.

Leider war es auch schon recht kühl. Der Dezember nahte mit schnellen Schritten und wir konnten froh sein, dass es heute Abend nicht regnete.

»Siehst du mehr?«, rief Ruby zu Phyllis. Blöde Frage. Phyllis stand ganz vorn.

»Ja, ich sehe die Limousine kommen. *Oh mein Gott!*«

Augenblicklich setzte ein Kreischkonzert ein, und obwohl ich nichts sehen konnte, war ich mir sicher, es war der Hauptdarsteller. Wir standen näher an der Bande zu den Presseleuten und bekamen das aufgeregte Blitzlichtgewitter und Geklicke aus nächster Nähe mit. Nur sehen konnten wir nichts. Wenn man etwas sah, dann nur, wie die Tussi vor mir (mindestens eins achtzig) auf Zehenspitzen genauso auf und ab hüpfte wie Ruby.

»Na Mädels? Braucht ihr Hilfe?«

Ruby und ich drehten uns aufs Stichwort um. Hinter uns standen Corey und Lee.

»Komm, ich nehm dich auf die Schultern.« Corey machte eine Räuberleiter und die elfenhafte Ruby saß innerhalb von zwei Sekunden auf seinen breiten Schultern.

»Wow! Es ist Emma Watson!«, rief sie ganz aufgeregt von da oben. »Und da hinten steigt gerade Kate Winslet aus dem Wagen.«

Ich versuchte Lees fettes Grinsen zu ignorieren und an der Riesin vor mir vorbeizuschauen. Leider war sie beinahe ebenso breit wie hoch.

»Oh mein Gott. Da kommt Richard Cosgrove!«

Das Kreischen nahm zu und ich dachte, ich würde in Ohnmacht fallen. Nicht weil mir schlecht war, sondern weil meine Beine wegknickten. Ehe ich mich's versah, schwebte ich über allen Leuten und hatte eine fantastische Aussicht auf den roten Teppich. Ich konnte die näher kommende Emma gut erkennen und weiter hinten ... Tatsächlich: der Traum meiner schlaflosen Nächte. Allerdings brachte mich sein Anblick wieder auf den Boden der Tatsachen.

»Äh, lass mich runter, Lee. Ich bin dir zu schwer«, sagte ich und fühlte mich äußerst unbehaglich.

»Mir nicht«, sagte er nur. Es schien ihm wirklich nichts auszumachen. »Siehst du gut?«

»Super«, sagte ich. Richard Cosgrove kam immer näher. »Lass mich runter. Er kommt in unsere Richtung.«

»Wieso willst du dann runter?«, fragte er verständnislos. Seine Hände lagen auf meinen Schienbeinen und fühlten sich seltsam an. Sie waren nicht so warm wie andere Jungenhände, aber auch nicht eiskalt. Sie fühlten sich an wie Joghurtbecher, die man nach dem Einkauf nicht in den Kühlschrank gestellt hatte.

»Er soll mich nicht sehen«, zischte ich und begann zu strampeln.

»Er soll dich nicht sehen?«

»Ich bin nicht geschminkt, meine Haare sehen unmöglich aus und ich habe kein sexy Top an. Nein, wenn Richard Cosgrove mich das erste Mal sieht, soll er mich ansehen *wollen*.«

Lee ließ mich runter. War es Absicht, dass ich dicht an seinem Körper entlangrutschte?

»Du hast einen Knall«, meinte er.

Ich zuckte die Achseln. Ich erwartete nicht, dass er mich verstand.

»Obwohl ich dich gern in einem sexy Top sehen würde.« Seine Augen leuchteten und er grinste.

»Träum weiter«, sagte ich. »Ruby, ich bin weg. Wir sehen uns morgen.«

»Richard! Hier, Richard!«, schrie Ruby nur.

Corey hatte Mühe, das Gleichgewicht zu halten. Schweißperlen glänzten auf seiner Stirn. »Ich sag ihr Bescheid«, stöhnte er.

Ich drehte mich um und ging. Wohlwissend, dass ich nicht allein blieb – Lee trottete neben mir her. Nein, er *glitt* neben mir her. Neidisch beobachtete ich aus den Augenwinkeln, wie er einen Schritt tat, während ich zwei machen musste.

»Du brauchst mich nicht zu begleiten. Ich finde schon selbst heim«, versuchte ich es nach ein paar Minuten. Vergeblich, wie ich geahnt hatte.

»Ich kann doch meinen Ruf als Gentleman nicht ruinieren.«

Nachdem wir eine Straße weiter waren, setzte er noch einmal an. »Kann ich dich mal was fragen?«

»Tust du ja schon.«

Er ignorierte meinen Kommentar. »Warum wolltest du Cosgrove auf einmal nicht mehr sehen?«

Ich seufzte. Aber ich wusste genau, er würde weiterbohren, bis er es wusste. »Was hat es für einen Sinn, seinem Lieblingsstar gegenüberzutreten, wenn man von jemandem auf den Schultern getragen wird, der aussieht, als käme er aus dem anderen Lager.«

Er sah mich verständnislos an.

»Du siehst aus wie der gut aussehende Bruder von Brad Pitt. Weshalb sollte jemand, der auf deinen Schultern sitzt, auf Richard Cosgrove stehen?« Ich rechnete ihm hoch an, dass er nicht lachte.

Dafür grinste er breit. »Schade. Dabei hast du doch noch was gut bei mir.«

»Wofür?«

»Für das Referat und die ganze Arbeit, die du hineingesteckt hast.«

Ich winkte ab. Daran wollte ich nie mehr denken.

»Komm schon, Fay, stell dich nicht so an.«

Ich stöhnte. »Du bist echt hartnäckig. Oder kommt das daher, dass du bislang noch nie ein Mädchen getroffen hast, das dich nicht wollte?« Ich blieb verdutzt stehen. »Das ist es, oder?«

»Was?«, fragte er ratlos.

»Du bist noch nie abgewiesen worden. Einzig und allein daher kommt der Eroberungsdrang. Sobald ich dir nachgebe, bist du zufrieden.«

Im ersten Moment sah er mich an, als hätte ich mich vor seinen Augen in einen Zwerg verwandelt. Doch im nächsten lachte er schallend.

»Was? So absurd ist das nicht.« Eingeschnappt ging ich weiter.

»Doch. Völlig absurd«, sagte er. Er schmunzelte immer noch.

»Weil du noch nie in dieser Situation warst?«, hakte ich nach.

Er neigte leicht den Kopf. »Das stimmt.« Sein Lächeln wirkte auf einmal traurig. »Also, ich finde, Cosgrove sieht einfach nur jung aus. Was hat der, was ich nicht habe?«

»Einen unglaublichen Sixpack«, antwortete ich prompt.

Das schien ihn nur noch mehr zu belustigen. »Wenn er dich jetzt angesprochen hätte, was hättest du gesagt?«, fragte er nach einer Zeit neugierig.

Ich zuckte die Achseln. »Keine Ahnung«, antwortete ich ehrlich. »Wahrscheinlich etwas ganz Blödes, wie *Ich will ein Kind von dir.*«

Lee lachte laut. Er wirkte wirklich sympathisch, wenn er so frei lachte. Ich rief mir in Erinnerung, dass er ein elender Geheimniskrämer und Besserwisser war.

»Vielleicht wäre genau das der Satz, der ihn auf dich aufmerksam macht.«

Ich sah zweifelnd zu ihm hoch.

»Du könntest ihm auch etwas Originelles in die Hand drücken, wie zum Beispiel ein kleines selbst gemachtes Tier.«

»Ein selbst gemachtes Tier?!«

»Ja, aus Ton. Ein Pferd oder ein Hund oder so was halt. Halt, nein, nimm einen Seehund. Die gibt's doch überall vor der Küste Großbritanniens.«

Ich starrte ihn an.

»Und unten drauf hättest du deine Telefonnummer eingeritzt.«

Das war keine schlechte Idee. Aber dann kam mir ein anderer Gedanke. »Und was soll ich sagen, wenn er mich tatsächlich anrufen würde? Ich meine, das müsste ja irgendwas Tiefsinniges sein, damit er mich nicht für eine von denen hält, die schreiend zu den Premieren seiner Filme rennen.«

Lee überlegte einen Moment und steckte die Hände in seine Hosentaschen. »Hör dir doch erst mal an, was er zu sagen hat. Dann kannst du ihn fragen, was er gerne machen würde, und ihn vielleicht einladen zu ... zu einer Runde Bowling oder Dart.«

Was er sagte, klang so einfach und doch genial. »Und dann? Wenn er zusagt?«

»Dann ziehst du dein sexy Top an, schminkst dich und bezauberst ihn mit deinem Charme, genau wie mich.« Er lächelte vergnügt zu mir herunter.

Ich rollte mit den Augen. Dann fiel mir etwas auf. »Hey, hast du mir gerade tatsächlich Flirttipps gegeben?«

Lee zog eine Grimasse. »Scheint so. Wirst du sie anwenden?«

»Ich weiß nicht.« Ich seufzte noch einmal. »Nein. Wahrscheinlich nicht. Ich glaube nicht, dass ich Richard Cosgrove noch einmal persönlich begegnen werde. Chance vertan.« Ich schnippte mit den Fingern.

Lee blieb so abrupt neben mir stehen, dass ich noch drei Schritte machte, ehe ich es registrierte und auch anhielt.

»Was ist?«, fragte ich.

»Willst du ihn kennenlernen?«

Jetzt starrte ich ihn ungläubig an.

»Möchtest du ihn wirklich kennenlernen?«, fragte er noch einmal so langsam, als wäre ich der englischen Sprache nicht mächtig.

»Klar«, antwortete ich prompt.

Lee zückte sein Handy und wählte eine Nummer.

»Ach komm, hör auf.« Ungläubig verfolgte ich, wie er auf das Freizeichen wartete.

»Es reicht, Lee.«

Ohne mich anzusehen, legte er einen Finger an die Lippen. »Hi, Richard. Ja, sorry, ich weiß, dass du in der Premiere steckst. Hast du nachher noch was vor? Oh, die Afterparty, klar.« Er lauschte einen Moment, dann breitete sich Zufriedenheit auf seinem Gesicht aus. »Wunderbar! Ich freu mich auch. Und denk bei den ganzen Dankesreden an unseren Abend in Acapulco. Bis später.«

Er legte auf.

»Okay, wen hast du wirklich angerufen? Deinen Vater?«, fragte ich und grinste.

»Wie lange brauchst du, um dich richtig in Schale zu schmeißen?«, fragte er dagegen.

»Ist gut. Hör auf mit dem Theater. Ich gehe noch was mit dir trinken, aber dann will ich heim.«

Lee sah mich ernst an. »Ich habe soeben eine Einladung zur Afterparty erhalten und darf eine Begleiterin mitbringen. Wie lange brauchst du, um dich fertig zu machen?«

Ich fühlte, wie mein Mund aufklappte. »Ist das kein Scherz? Du meinst das wirklich ernst?«

»Hast du ein Abendkleid?«

»Nein.«

»Okay. Dann müssen wir uns beeilen. Wir haben eine Stunde.«

Er zückte erneut sein Mobiltelefon und wählte. »Jon? Kann man irgendjemanden aus deinem Laden erreichen? Ach, du bist selbst da? Ich habe einen Notfall. Wir sind in einer Stunde zu einer Afterparty eingeladen und meine Freundin hat nichts zum Anziehen.« Er lauschte einen Moment, dann lächelte er. »Danke. Bis gleich.«

Er legte auf und sah mich an. »Sollen wir uns ein Taxi nehmen? Du willst bestimmt nicht mit U-Bahn-Mief bei George ankommen.«

Ich konnte nichts sagen. Ich starrte ihn nur groß an. Dann schluckte ich und kniff die Augen zusammen. Das konnte nur ein Scherz sein. Er wartete jetzt bestimmt und rief dann *April, April* und lachte sich über mein enttäuschtes Gesicht kaputt. Den Gefallen würde ich ihm nicht tun. Ich würde ihn auffliegen lassen.

»Ja, lieber ein Taxi«, sagte ich nasal. »Du wirst mir auch was vorstrecken müssen, meine Kreditkarte ist gestern geklaut worden.«

Lee lächelte nachsichtig, ergriff meinen Jackenärmel und zog mich mit sich an den Straßenrand. Als hätte es ein paar Meter weiter nur auf uns gewartet, hielt ein Taxi neben uns. Lee machte mir die Tür auf. Ich wartete immer noch darauf, dass er den Spaß aufklärte oder das Taxi in Richtung Bayswater fuhr. Nichts dergleichen geschah. Im Gegenteil. Das Taxi hielt in der Brompton Road vor einem hell erleuchteten Geschäft.

Lee streckte dem Fahrer einen Schein hin und sagte wie James Bond: »Stimmt so.«

Ich wollte schon sagen, er hätte übertrieben mit fünf Pfund Trinkgeld, als mein Blick auf den Schriftzug über dem Laden fiel.

Jon George, der exklusive Modedesigner aus Hamburg. Und der Meister persönlich stand in der Tür und empfing uns.

»Lee! Endlich lässt du dich noch mal blicken.« Er umarmte meinen Begleiter, wie er wohl auch seinen lang vermissten Bruder umarmen würde. »Hier warten drei Anzüge, die hab ich eigens für dich entworfen.«

»Danke, Jon. Ich schulde dir was. Hier ist meine Freundin. Hast du was, worin sie so verführerisch aussieht, dass Richard Cosgrove ihr nicht widerstehen kann?«

Ich wand mich unter den Blicken, mit denen mich beide bedachten. Der eine grinsend, der andere sehr skeptisch. Ich war mir sämtlicher Pölsterchen und Hüftringe bewusst – so wie Kim Cattrall sich wahrscheinlich jeder einzelnen Falte im Gesicht.

»Hm. Mal überlegen. Ich glaube, was Grünes wäre gut. Oder dunkelblau. Ja, eher blau. Betont ihre Augen. Ich habe da dieses Kleid ...«

Ehe ich mich's versah, wurde ich in eine Kabine gezerrt und sollte mich entkleiden. Die Kabine war so groß wie eine Sozialwohnung in Southwark. Zwei Sekunden später wusste ich, warum. Zwei spindeldürre Assistentinnen kamen, ohne zu fragen, herein, reichten mir ein paar gewagte Dessous, bei denen meine Mutter sicherlich einen Schreikrampf bekäme, und ich konnte mich noch so sehr genieren und winden, sie halfen mir unerbittlich in alle neuen Klamotten hinein.

»Hör mal, Lee, wer macht ihr eigentlich die Haare und das Make-up?«, hörte ich vor dem Vorhang Jons Stimme. »Hm. Keine Sorge, ich erledige das.«

Er telefonierte genau zweimal und legte dann zufrieden auf. Fünf Minuten später ging die Ladentür.

»Wo ist sie?«, fragte eine Stimme mit merkwürdigem Akzent.

»Hey, hier drin wird nicht geraucht«, hörte ich Jon entsetzt rufen. »Du ruinierst meine kostbaren Stoffe.«

Der Vorhang schob sich erneut zur Seite und herein trat eine kleine, magere Frau, deren rote Haare wie Stacheln vom Kopf abstanden.

»Bigotte Deutsche«, murmelte sie. Dann entdeckte sie mich und sofort fingen ihre Augen an zu leuchten. »Ah! Endlich mal jemand mit *Chärakter*.«

Sie verscheuchte die beiden Dünnen, drückte mich auf einen kleinen Sessel und begann an meinen Haaren zu zupfen.

»Ja ... ja ... wir nehmen das und dann das so und ... oh, *Moment*, was ich nicht alles mit deinen Haaren hätte machen können! JON!« Erschrocken zuckte ich zusammen, doch sogleich legte sich eine Hand begütigend auf meine Schulter. »Nicht doch, Engelchen. Du kannst nix dafür. Jon!« Georges Kopf erschien zwischen den Vorhängen. »Sie ist *absolümont* perfekt. Wieso hast du mich nicht früher gerufen? Jetzt kann ich sie noch nicht mal waschen, sondern muss mit dem Lockenstab hantieren. Ich hasse die Dinger.«

Aber sie vollbrachte ein Wunder mit *dem Ding*. Zwanzig Minuten später ertönte erneut die Türglocke und in meinem Vorhang erschien ein Mann, ungefähr dreißig, der eine fast genauso verrückte Frisur wie die seltsame Frau hatte, aber zusätzlich mit Smokey Eyes geschminkt war.

»Fertig, Engelchen«, surrte die ... Ich hatte immer noch nicht herausgefunden, welcher Nationalität sie angehörte. »*Parfee*. Du hast das gewisse Etwas aufm Kopf. So eine Haarpracht findet man nicht alle Tage.« Abrupt wandte sie sich zu dem geschminkten Typ. »Sieh ja zu, dass du sie nicht verunstaltest, Eddy. Es reicht, wenn *du* immer aussiehst wie 'n Vampir.«

Eddy reagierte gar nicht darauf. Er packte sein Köfferchen aus (brauchte man wirklich so viel Lidschatten? Allein bei der Farbe Braun hörte ich nach zehn Tönen auf zu zählen) und begann mein Gesicht einzucremen. Die Was-auch-Immer stand mit kritischem Blick daneben und kommentierte jeden Handgriff. Eines musste ich Eddy lassen. Auch wenn er sich nicht vorgestellt oder Hallo gesagt hatte, nahm er ihre Kommentare mit absolut stoischer Miene hin. Nur als sie sich eine Zigarette anzünden wollte (weil Jon es hinter dem Vorhang angeblich nicht mitbekäme), sagte er bestimmt: »Nein, Flo. Ich verpetz dich.« Flo beschränkte sich auf ein paar gemurmelte französische Beschimpfungen, was Eddy lediglich ein gelassenes »Ich verstehe Französisch, Flo. Du bist nicht die Einzige, die jahrelang in Paris gelebt hat« entlockte. Daraufhin schwieg sie ganz. Und ich war mir jetzt sicher, sie war Amerikanerin. Der aufgesetzte französische Akzent hatte mich nur verwirrt.

»Seid ihr so weit?«, fragte Jon eine Ewigkeit später und lugte wieder durch den Vorhangschlitz.

Eddy antwortete nicht, sondern drehte mein Sesselchen zu ihm um.

»Donnerwetter!«, entfuhr es Jon George und er machte ein anerkennendes Gesicht. Ein *sehr* anerkennendes Gesicht.

»Lee, du hast wieder mal den richtigen Riecher gehabt. Komm gucken.« Er hielt den Vorhang zur Seite und ich war baff.

Lee trug einen anthrazitfarbenen Anzug mit einer helleren Jacke. Seine Haare sahen verstrubbelter aus denn je, was absolut sexy und verführerisch wirkte. Aber statt einer Fliege oder Krawatte hatte er die ersten vier Knöpfe seines dunkelgrauen Hemdes geöffnet. Darunter konnte man erkennen, dass er einen durchtrainierten Oberkörper hatte – was ihm viel besser stand, als wenn er so ausgeprägt wäre wie der von Richard Cosgrove.

Als er mich sah, wurden seine Augen so groß wie Untertassen. »Fay ...«, sagte er leise und mir kam es vor, als hätte es ihm die Sprache verschlagen. Jetzt wollte ich unbedingt selber in einen Spiegel sehen. Als hätte er meine Gedanken gehört, nahm Jon George meine Hand und führte mich zu dem alles dominierenden Spiegel in der Mitte seines Geschäfts.

Mir sah eine vollkommen fremde Frau entgegen. Ein Filmstar. Ihre Haare waren zu einem umwerfenden Dutt frisiert, der die hohen Wangenknochen betonte. Die Augen waren keine Smokey Eyes, sondern viel raffinierter geschminkt. Dunkler, mit Lichteffekten und mindestens zehn verschiedenen Schattierungen. Gepaart mit dem ebenmäßigen Teint, den dunklen, dichten Wimpern und dem roten Glitzermund wirkten sie strahlend blau, als würde ich Kontaktlinsen tragen.

Dafür war das Kleid schlicht, aber luftig. Es ging nur bis zu den Knöcheln, aber die Pumps verliehen ihm den letzten Schliff. Ich mochte keine Twiggy-Figur haben, trotzdem wirkte ich schlank.

Lee trat neben mich.

»Du siehst fantastisch aus, Fay«, sagte er leise.

Es war das erste Mal, dass ich ihm glaubte. Allerdings wirkte er viel, *viel* schöner als ich. Und er trug diesen Anzug mit derselben Lässigkeit, mit der er sich in seinen täglichen Jeans bewegte.

»Können wir? Richard wartet.« Er hielt mir seinen Arm hin.

Ich ignorierte ihn und drehte mich zu Jon George und seiner

Crew von Zauberern um. »Vielen, vielen Dank. Ich weiß, dass ihr ein Wunder vollbracht habt. Ich fühle mich mindestens so schön wie Nicole Kidman. Na ja, im Körper von Kathy Bates, aber so elegant meine ich.« Die drei und die beiden dürren Assistentinnen freuten sich für mich und schüttelten mir gerührt die Hand. Dann drehte ich mich mit einem strahlenden Lächeln zu Lee um. »*Jetzt* können wir«, sagte ich und hakte mich bei ihm unter.

Auf der Fahrt ließ er mich nicht aus den Augen und lächelte die ganze Zeit. Ich fühlte mich zum ersten Mal richtig befangen in seiner Gegenwart.

»Habe ich dir eigentlich schon gesagt, dass du auch gut aussiehst?« Am liebsten hätte ich mir auf die Stirn geklatscht. *Gut* war wohl das absolut falsche Wort, um ihn und seine Erscheinung zu beschreiben.

Seine Mundwinkel zuckten belustigt.

»Nein, du siehst großartig aus«, seufzte ich schließlich. »Danke. Ich weiß, das ist nicht annähernd genug, aber ich revanchier mich.«

Er hob eine Augenbraue. »Na, da bin ich aber gespannt.«

Ich war versucht mir auf die Lippen zu beißen, aber zum Glück fiel mir rechtzeitig der kunstvoll aufgetragene Lippenstift ein. »Ich zahl dir alles in Raten zurück.«

Er machte eine abwehrende Geste. »Vergiss es, Fay. Ich nehme kein Geld von dir.«

Ich wollte ihn gerade fragen, woher er so gut mit dem Designer bekannt war, aber wir waren an unserem Ziel angekommen. Der Film und die Ansprachen waren schon alle vorbei und die Party hatte begonnen.

Ich war mehr als verblüfft. Als Lee mich durch die Menge von schönen und berühmten Menschen führte, grüßten ihn viele freundlich und achtungsvoll.

»Woher kennst du die alle?«, fragte ich, als ein Regisseur ihm jovial auf die Schulter geklopft hatte.

»Von hier und da«, meinte er ausweichend. »Da hinten ist Richard.«

Abrupt blieb ich stehen.

»Was ist?«, fragte Lee überrascht.

»Ich habe nichts dabei«, flüsterte ich erschrocken.

»Was solltest du dabeihaben?«

»Na, was Selbstgemachtes. Mit meiner Telefonnummer. Das hast du doch vorgeschlagen.«

Lees Mundwinkel zuckten wieder verdächtig. Er zog an meiner Hand. »Komm schon.«

Und da stand er: Richard Cosgrove. Mein Mädchentraum, seit ich vierzehn war. Lebendig und leibhaftig und nicht als Ganzkörperposter auf meiner Zimmertür.

»Hallo Lee! Schön dich noch mal zu sehen.« Richard und Lee umarmten sich, wie Lee auch Jon vorhin umarmt hatte. »Das ist deine Freundin? Hallo, ich bin Richard. Freut mich dich kennenzulernen.«

Er streckte mir seine Hand hin. Ich ergriff sie und schluckte. Er sah tatsächlich so gut aus wie auf der Leinwand. Er war nicht so groß wie Lee, aber ähnlich elegant gekleidet.

»Das ist Fay«, stellte mich Lee vor. Er grinste wieder. »Sie ist ein großer Fan von dir.«

Richard lächelte überrascht. »Im Ernst? Ich kann dich ausstechen?«

»Versuch's mal«, sagte Lee herausfordernd mit hochgezogenen Augenbrauen. Dann sah er mich an.

Ich hatte noch kein Wort rausbekommen. »Ich ... ich ...«, stotterte ich. Beide sahen mich erwartungsvoll an. »Ich glaube, mir wird schlecht«, sagte ich schließlich. Das war nicht gelogen. Mein Magen schlug Purzelbäume und langsam tanzten schwarze Punkte vor meinen Augen.

Lee sah mich kritisch an. »Oh, entschuldige, Fay. Du hast bestimmt seit heute Mittag nichts mehr gegessen oder getrunken.«

»Ich besorg ihr was.« Richard verschwand in der Menge.

Lee führte mich zu einem Tisch und drückte mich auf einen Stuhl. »Hier ist schon mal Wasser«, sagte er und füllte eines der frischen Gläser aus einer Flasche, die bereitstand.

»Oh Gott«, stöhnte ich, nachdem ich getrunken hatte. »Gibt es hier irgendwo ein Loch?«

Lee setzte sich auf den Stuhl mir gegenüber und lächelte mitfühlend. »Du brauchst heute kein Loch, Fay. Du bezauberst jeden.«

»Woher kennst du die eigentlich alle?«, fragte ich und betrachtete ein wenig neidisch seine lockere Haltung. Er schien sich hier genauso wohlzufühlen wie in unserer Mensa. »Du bist achtzehn und jeder hier begrüßt dich, als würden sie dich seit Ewigkeiten kennen. Woher kennst du Richard Cosgrove?«

»Hat er nichts von unserem gemeinsamen Schuljahr erzählt?«, fragte Richard, der mir einen Teller vor die Nase stellte. Er sah meinen ungläubigen Blick und interpretierte ihn falsch. »Ich wusste nicht, was du magst, also habe ich von allem etwas geholt.«

»Äh. Danke.« Ich begutachtete die exotischen Sachen, die sich vor mir türmten. Garnelen, Oliven, Artischocken, Melone, Schinken und ... waren das Runzelige da etwa Tomaten?

»Probier die getrockneten Tomaten. Die sind gut«, empfahl Lee.

Es war wirklich unheimlich. Woher wusste er, dass ich nichts davon kannte – mit Ausnahme von Schinken und Melone?

Mum hatte noch nie Oliven gekauft. Geschweige denn Garnelen. Nur Muscheln gab es hin und wieder. Ich dachte: Was soll's. Du träumst das hier eh. Dann kannst du das auch alles essen. Und ich langte zu.

»Ihr wart zusammen in der Schule?«, fragte ich nach ein paar Oliven und Garnelen. (Sie waren wirklich gut. Aber die Tomaten sahen noch immer zu suspekt aus.)

»In Los Angeles. Ein Jahr Highschool. Soccer-Team«, erklärte Richard.

Ich starrte Lee groß an.

Er zuckte die Schultern. »Ist fünf Jahre her. Aber wir stehen noch ständig in Kontakt. Sofern es Richards Terminkalender zu lässt.«

»Und woher kennen dich all die anderen hier?«

»Ich habe ihn vor drei Jahren zu jeder Premiere mitgeschleift«, sagte Richard, als wolle er sich dafür entschuldigen. »Dann hatte ich wenigstens immer jemanden, mit dem ich mich normal unterhalten konnte.«

Ich starrte von Lee zu Richard und wieder zurück.

»Iss, Fay, ehe es kalt wird«, sagte Lee.

»Das ist alles kalt«, erwiderte ich indigniert, aß aber weiter. »Findet ihr beide wenigstens hin und wieder Zeit, um Soccer zu spielen?«, fragte ich nach einer Weile.

»Leider nur noch selten. Außerdem foult Lee zu oft.« Richard grinste und sofort begann Lee alles abzustreiten. Eine harmlose

Kabbelei entbrannte. Als mein Teller bis auf die Tomaten leer war, stand Richard auf.

»Was dagegen, wenn ich deine Freundin zum Tanz entführe?«, fragte er Lee. Einen Moment lang sah Lee aus, als hätte er tatsächlich etwas dagegen, aber dann lächelte er mir mit diesem schiefen Lächeln zu und winkte uns in Richtung Tanzfläche.

»Ich fasse es nicht«, murmelte ich, als wir uns zu den Takten von Amy Winehouse bewegten. »Kannst du mich mal zwicken?«

Richard lachte und kniff mich ziemlich fest in den Po.

»Au!«, rief ich empört.

»Was denn? Du wolltest doch …«

»Oh, schon gut. Ich hab's verdient. Aber ja nicht noch mal.«

»Bist du verrückt? Lee würde mich umbringen.«

Ich sah ihn erstaunt an, dann wehrte ich schnell ab. »Nein, nein, so ist das nicht zwischen uns. Er ist in meiner Klasse, ein Schulfreund, aber wir sind nicht liiert.«

Ungläubig verzog Richard den Mund.

»Ja, wirklich«, versicherte ich ihm schnell. »Er … er …«

»Er …?«, hakte er nach.

Wie konnte ich ihm wohl begreiflich machen, dass dunkelhaarige kleine Männer mehr mein Ding waren? Er schien echt eng mit Lee befreundet zu sein. Und Lee hatte sich heute Abend selber übertroffen. Er war so aufmerksam und großzügig gewesen. »Er macht mir manchmal Angst«, gestand ich schließlich. Im selben Moment hätte ich mir am liebsten die Zunge abgebissen. Das hatte ich noch keinem anvertraut, aber es war wahr. Welcher normale Achtzehnjährige konnte schon Jon George zu unmöglichen Zeiten mit Sonderwünschen beauftragen? Wie schaffte er es, immer da aufzutauchen, wo ich gerade war?

»Ich weiß, was du meinst«, sagte Richard langsam und ich hatte zum ersten Mal das Gefühl, dass er mich richtig ansah. »Aber ich sag dir was: Es gibt keinen treueren und aufopferungsbereiteren Freund als ihn. Er ist mein *bester* Freund. Auch nach all den Jahren.« Dann lächelte er plötzlich und schwenkte mich übermütig. »Habe ich dir schon gesagt, dass du ein wahnsinnig schönes Kleid trägst? Steht dir wirklich gut.« Er wirbelte mich ungestüm über die Tanzfläche, bis ein anderes Lied anfing.

»Darf ich abklatschen?« Lee stand hinter ihm.

»Nur ungern«, sagte Richard und ich fühlte, wie ich rot wurde. »Kannst du mir mal sagen, wo man solche Frauen trifft?«

»Auf dem College, alter Knabe«, sagte Lee leichthin und legte seine Arme um mich.

Wieder überkam mich dieses seltsame, unwirkliche Gefühl, als würde ich ein wenig neben mir stehen. Der leichte elektrische Impuls, der immer eintrat, sobald Lee meine Haut berührte, ging schnell in ein Kribbeln über. Ein angenehmes. Richards Hände waren warm, um nicht zu sagen, heiß gewesen. Lee dagegen fühlte sich an wie eine Frucht bei Zimmertemperatur. Aber er tanzte hervorragend. Keine wirkliche Überraschung.

»Gibt es auch etwas, das du nicht kannst?«, fragte ich ein wenig pikiert, als er mich gekonnt über das Parkett wirbelte.

Er sah mich freundlich an. »Ich kann dich nicht dazu überreden, in mir mehr zu sehen als nur einen Freund. Das ist echt frustrierend.«

Ich atmete erleichtert auf. Dann erwartete er wohl keine extravagante Gegenleistung für diesen märchenhaften Abend.

»Tut mir leid«, sagte ich leichthin. »Aber wenn ich morgen aufwache, glaube ich eh nichts mehr hiervon.«

»Hm. Das bringt mich außerdem auf den Gedanken, dass wir gleich losmüssen. Der Pub deiner Mutter wird nicht mehr allzu lange geöffnet haben.«

Oh, Mist. An die hatte ich gar nicht mehr gedacht.

Als wir uns verabschiedeten, bat mich Richard Cosgrove um meine Telefonnummer. Ich schrieb sie auf eine Serviette.

Auf dem Heimweg in einem weiteren Taxi schwiegen wir beide.

Erst als es vor meiner Haustür hielt, sagte ich: »Danke, Lee. Ich weiß nicht, ob ich nicht alles geträumt habe, aber ich werde dir für diesen Abend ewig dankbar sein.«

Er lächelte aufrichtig. »Du hast ein wenig Spaß verdient. Und vielleicht könntest du mich morgen auch mal ein bisschen anhimmeln, wie die anderen Mädels der Schule. Deine Gleichgültigkeit bin ich tatsächlich nicht gewohnt.«

Ich grinste. »Ab sofort bist du mein Held. Versprochen. Wie kann ich das je wiedergutmachen?«

»Geh mit mir zum Königsball.«

»In den Buckingham Palace?«, quietschte ich.

Lee lachte laut und musste sich den Bauch halten. »Nein«, sagte er endlich keuchend und im gleichen Moment ging mir auf, was er meinte.

»Oh, du meinst den Schulball. Den Schneeflockenball.«

»Ach, so heißt das hier? Geh mit mir dahin, dann sind wir quitt.«

»Und Felicity?«, fragte ich neugierig.

»Die wird wirklich lästig«, gestand er düster.

Oh. Deswegen. Na dann. Aber andererseits: Ein Schulball erforderte ein weiteres Ballkleid und in dieser Jon-George-Kreation konnte ich da kaum aufkreuzen, ohne misstrauische Fragen heraufzubeschwören.

»Äh, ungern«, gestand ich schließlich. »Wie wäre es, wenn ich mal koche?«

Lee betrachtete mich, als würde er das Universum des weiblichen Gehirns soeben zu ergründen versuchen. »Warum nicht?«, wollte er wissen.

Ich stieg aus, aber ehe ich die Tür schloss, sagte ich: »Irgendwann musst du mir mal erzählen, in welchem Soccer-Team du mit Jon George gespielt hast.«

»Mit Jon habe ich nie Fußball gespielt«, sagte er überrumpelt. »Ich war sein Model. Er hat mich immer als seine Muse bezeichnet.«

Jetzt fühlte ich mich wieder klein und unbedeutend.

Als ich wach wurde, weigerte ich mich die Augen aufzuschlagen. Es war ein so schöner Traum gewesen. Ich hatte mit Richard Cosgrove getanzt und Lee hatte die gute Fee gespielt und mich vom Aschenputtel in Cinderella verwandelt. Ich hatte Jon George getroffen und er hatte mich eingekleidet. In dieses wunderschöne blaue Kleid mit dem wunderschön fallenden Rock. Oh, das Kleid hatte die gleiche Farbe wie meine Schuluniform, stellte ich fest, als ich die Augen aufschlug.

Aber ich brauchte auf dem College doch gar keine Schuluniform mehr. Ruckartig setzte ich mich auf und knallte mit meinem Kopf gegen den Balken über meinem Bett. Der Schmerz warf mich wieder zurück aufs Kissen. Sterne tanzten vor meinen Augen, und obwohl ich am liebsten laut geflucht hätte, tat es einfach zu weh dafür. Benommen rappelte ich mich auf, stolperte in die Küche und kippte sämtliche Eiswürfel aus dem Gefrierfach auf ein frisches Küchentuch. Das linderte den Schmerz ein wenig. So ein Mist. Jetzt würde ich wahrscheinlich die nächsten Tage aussehen wie ein Zyklop. Ein Blick auf die Küchenuhr über dem Esstisch sagte mir, dass ich, wenn ich jetzt nicht schnell machte, auch noch zu spät zur Schule kam.

Ich lief mit dem eiswürfelgefüllten Handtuch ins Bad, putzte mir die Zähne und duschte in Rekordzeit. Meine Haare waren noch nicht ganz trocken, aber das war jetzt egal. Ich flitzte zurück in mein Zimmer, um mich anzuziehen, und blieb wieder verdattert stehen. Da lag das Abendkleid, von dem ich geträumt hatte. Das Kleid, in dem ich mit Richard Cosgrove getanzt hatte.

War alles gar kein Traum gewesen?

Schnell hängte ich es ordentlich auf einen Bügel und verstaute es in der hintersten Ecke meines Schrankes. Nicht auszudenken, wenn Mum es finden würde.

»Meine Güte, Felicity, hat dich Lee gegen eine U-Bahn geschubst?«, fragte Phyllis, als sie mich sah.

»O Gott. Sieht es so schlimm aus?«, fragte ich und tastete vorsichtig an meine Stirn. Verflixt, tat das weh!

»Was ist passiert?« Jayden begutachtete meine Beule wie ein angehender Arzt.

»Ich Depp bin gegen den Balken über meinem Bett gestoßen«, antwortete ich knapp. »Wo ist Lee?«

»Lee?«

»Ja, Lee. Ich muss mit ihm sprechen.«

Ich sah ihre verständnislosen Gesichter. Kein Wunder, immerhin war er öfter in meiner Gesellschaft anzutreffen als bei jedem anderen an der Schule. Und wenn ich es nicht wusste … Vielleicht Felicity Stratton?

Ich stellte mich auf Zehenspitzen und versuchte seine lange Gestalt zwischen all den Menschen im Gang auszumachen.

»Ich weiß nicht. Sonst ist er immer pünktlich«, meinte Ruby. »Hast du schon Phyllis' Foto gesehen? Sie hat es geschafft, sich mit allen Stars gestern Abend fotografieren zu lassen. Auch mit Richard Cosgrove.«

Na, wenn die wüssten … »Ehrlich? Wow! Kann ich sie gleich sehen?«, antwortete ich und bemühte mich interessiert zu wirken. »Sobald ich mit Lee gesprochen habe.«

Aber er kam nicht. Der Gong läutete zum Unterrichtsbeginn und Lee tauchte nicht auf.

Ich warf meine Schultasche enttäuscht in die Ecke. Lee war den ganzen Rest der Woche nicht in der Schule gewesen. Wo hatte er gesteckt? Warum war er für niemanden zu erreichen? Krank, hatte Mr Singer gesagt. Krank? Lee? Irgendwie passten diese beiden Wörter nicht zusammen. Er konnte sich denken, dass ich noch tausend Fragen an ihn hatte und dass ich mich für mein abweisendes Verhalten entschuldigen wollte. Und natürlich wollte ich mich noch einmal für eine märchenhafte Nacht bedanken. Aber ich konnte ihn nirgends erreichen. Sein Handy war abgeschaltet und bei sich zu Hause ging niemand ans Telefon. Das hatte er zwar prophezeit, weil seine Eltern beide oft im Ausland unterwegs waren, trotzdem hatte ich es zu allen Uhrzeiten versucht. Am Berkeley Square öffnete auch niemand.

Ich warf mich aufs Bett und grübelte darüber nach, was ich wohl getan haben könnte, um ihn zu vergraulen. Ob er wieder die

Geschichte ändern wollte? Sobald ich diesen Gedanken dachte, schämte ich mich schon dafür. Er war so großartig gewesen, ich hatte mir doch fest vorgenommen diese seltsamen Vorkommnisse zu vergessen und nur noch nett zu ihm zu sein!

Dann ging mir zum ersten Mal auf, dass ich noch nie darüber nachgedacht hatte, warum ich nicht für Lee schwärmte – zumindest nicht so, dass ich ihn in eine dunkle Ecke zerren, heiraten und fünf Kinder mit ihm in die Welt setzen wollte. Also so wie der Rest meiner Schülerinnen sowie Lehrerinnen und sogar Thomas Michaels aus der Oberstufe, der ihn ebenso anhimmelte.

Ich setzte mich an meinen Schreibtisch und begann eine Liste zu erstellen: Erstens, er war … hm. Sexy. Eigentlich keine schlechte Eigenschaft. Er war groß. Aber nach intensivem Überlegen kam ich zu dem Schluss, dass ich große Männer eigentlich immer recht attraktiv fand. Nein, das war es nicht. Ich mochte auch seine strubbeligen Haare und es war egal, ob er glatt rasiert war oder Bartstoppeln hatte. Außerdem hatte er schöne Augen. Blau, meinen eigenen recht ähnlich. Aber eigentlich noch intensiver. Manchmal erschienen sie mir dunkler, dann wieder heller. Nein, daran lag es ebenfalls nicht. Es war mehr seine Aura. Ich hatte das dumpfe Gefühl, er war nicht der, für den er sich ausgab. Die Antworten auf meine Fragen kamen ihm zu leicht über die Lippen. Er wirkte mitunter gefährlich. Ich würde nie seinen Ausraster gegenüber Jack Roberts vergessen.

Und dann fiel mir ein, dass er nie durch seine Haare fuhr. Er machte nie die typischen Jungsgesten. Zum Beispiel an der Nase kratzen oder sich in den Nacken fassen. Nein, das höchste der Gefühle war Hände in den Hosentaschen vergraben. Ich hatte auch noch nie seine kompletten Ohren zu sehen bekommen. In dem Moment, in dem ich das niederschrieb, kam ich mir sehr albern vor und strich es wieder durch.

»Felicity? Telefon für dich.« Mum steckte den Kopf durch die Tür und hielt mir das Telefon hin. Sie schien aufgekratzt.

Lee! Endlich!

»Himmel, wo hast du gesteckt?«, fragte ich, sobald Mum mich allein gelassen hatte.

»Tut mir leid, wir hatten noch ein paar Pressetermine«, sagte Richards Stimme am anderen Ende verblüfft.

Ich erstarrte.

»Fay? Bist du noch dran?«, fragte Richard nach ein paar Sekunden.

Ich riss mich wieder zusammen. »Entschuldige. Ich dachte, es wäre Lee.«

»Kein Problem. Ich hatte schon vor ein paar Tagen anrufen wollen, aber ich hatte wirklich keine Zeit. Was ist mit Lee? Wieso hat er sich nicht bei dir gemeldet?«

»Er ist wie vom Erdboden verschluckt. Hast du was von ihm gehört?«

»Nein, seit Mittwochabend nicht mehr. Hör mal, ich wollte fragen, ob du nicht heute Abend Zeit hast. Ich kenne mich in London nicht besonders gut aus, aber ich habe keine Lust, in einen von diesen dämlichen Klubs zu gehen, wo man nur dank Gesichtskontrolle Eintritt hat.«

»Das dürfte bei dir doch kein Problem sein«, sagte ich nüchtern.

Er lachte leise. »Das nicht, aber dafür sind die randvoll mit irgendwelchen Leuten, die einen nicht in Ruhe lassen. Ich dachte, du kennst vielleicht einen netten kleinen Pub oder so.«

Yep. Mums zum Beispiel. Leider war der nicht das Vorzeigemodell eines Pubs. Allerdings wären wir dort ungestört, wenn man von den drei Stooges absah. Mit Sicherheit wäre Mums heruntergekommener Pub der einzige in ganz London, wo kein Paparazzo einen Richard Cosgrove vermuten würde. Also ideal.

»Klar. Meine Mutter hat einen Pub. Wie wär's? Wir könnten zum Bier eine Runde darten. Und du kannst ganz sicher sein, dass da keine Teenies lauern oder Typen, die durch dich groß rauskommen wollen.»

»Klingt verlockend. Wo soll ich hinkommen?«

»Wie wär's, wenn ich dich abhole?«

»Klar. Ich wohne im Ritz.«

Wo sonst?, dachte ich. Wir vereinbarten acht Uhr, und erst als ich auflegte, begann ich zu zittern. Ich hatte ein Date mit Richard Cosgrove. Zu schade, dass ich das niemandem erzählen konnte. Ich glaubte ja selber nicht dran, bis er nicht vor mir stünde.

Pünktlich betrat ich um acht zum ersten Mal in meinem Leben das Ritz. Ich hatte mir viel Mühe mit meinem Outfit gegeben, aber so glamourös wie Mittwochabend sah ich nicht aus. Ob er enttäuscht sein würde? Er saß in einer Sitzgruppe weiter hinten. Als er mich sah, stand er sofort auf und kam lächelnd auf mich zu. Mein Herz fing an wie wild zu klopfen.

»Hey«, sagte ich schüchtern.

Er küsste mich auf die Wange. »Hey. Schön, dass du Zeit hast. Ich hab mich den ganzen Tag hier drauf gefreut.«

Ich lächelte überrascht. »Du bist nicht enttäuscht?«

»Enttäuscht? Weshalb?«

»Na ja, heute Abend habe ich kein Abendkleid von George an

und kein Starcoiffeur hat mir die Haare gemacht oder mich geschminkt.«

Richard zwinkerte. »Mich auch nicht. Bist du etwa enttäuscht?«

»Quatsch. Du siehst aus, wie man dich kennt.«

»Na also. Und du siehst aus wie ein nettes Londoner Mädchen, mit dem ich heute Abend Spaß haben kann.« Er wurde rot, weil er merkte, wie zweideutig das klang. »Ich meine, einen schönen Abend verbringen ... oder wir ...«

Ich grinste. »Hey, alles klar. Ich weiß schon, was du sagen wolltest, und ich hoffe, es wird ein lustiger Abend für dich.«

Wir verließen das Hotel durch einen Seiteneingang. Und es *wurde* ein schöner Abend. In Mums Pub waren wie immer die drei Stooges. Mum staunte nicht schlecht, als sie sah, wen ich mitbrachte. Sie gab uns Dartpfeile und ich brachte Richard verschiedene Dartspiele bei. Jeder von uns trank zwei Bier, wir knabberten Erdnüsse, dann rief Mike von der Theke, ob mein neuer Freund Karten spielen kann. Innerhalb von drei Minuten setzten sich Mike, Stanley und Ed (!) an unseren Tisch und wir brachten Richard Whist bei. An diesem Abend verzieh ich den Stooges vieles. Sie quetschten Richard nach seinem Beruf aus (Er log und sagte, er wäre Kabelboy, und Stanley dachte, das wäre die neue Bezeichnung für Elektriker. Wir ließen ihn in dem Glauben.) und sangen Loblieder auf meine Tugenden. Es war das erste Mal, dass ich hier Stunden *vor* der Theke verbrachte.

Wir lachten viel und lang, bis Richard um zwölf Uhr meinte, er müsse ins Hotel, weil am nächsten Tag sein Flug zurück in die USA ging.

Er nahm ein Taxi. Ehe er einstieg, umarmte er mich fest und

dankte mir für einen wunderschönen englischen Abend. Wenn ich nach L.A. käme, würde er mir etwas vom amerikanischen Nachtleben zeigen. Dann küsste er mich auf die Wange und ich wünschte ihm einen guten Flug. Weg war er.

Ich ging mit Mum nach Hause.

»Felicity?«, fragte sie, nachdem wir zwei Straßen schweigend nebeneinanderher gelaufen waren. »Ist der jetzt dein neuer Freund?«

Ich wurde aus meinen Träumen gerissen. »Nein, Mum. Er ist *ein* Freund.«

»Wo hast du ihn kennengelernt?«

Tja, wie sollte ich das erklären? Das würde mir kein Mensch glauben. »Wir waren doch bei der Premierenparty Mittwochabend.«

Das schien ihr einzuleuchten.

»Da hast du wohl alle Register gezogen. Ich will gar nicht wissen, was du anhattest, um ihn auf dich aufmerksam zu machen.«

Wenn sie das sehen würde, wäre sie wohl weniger geschockt als vielmehr verblüfft.

Richard schickte mir ein paar Tage später einen Brief, in dem er sich noch einmal bedankte und mich einlud. Keine SMS, keine E-Mail, sondern meinen ersten, richtigen Brief, der per Post kam. Mit Airmail-Stempel und amerikanischer Briefmarke. Auf hochwertigem Papier und mit Füller geschrieben. Ich legte ihn in meine Nachttischschublade und holte ihn doch immer wieder hervor, um mich davon zu überzeugen, dass ich nicht träumte.

Lee dagegen war auch während der nächsten Woche nicht in der Schule und nirgends zu erreichen.

TEIL II

LEE
FAFNIRS AUGE

Der Auftrag erreichte mich – wie meistens – mitten in der Nacht.

Verdammt, warum ausgerechnet jetzt? Jetzt, wo Felicity endlich anfing ihr Misstrauen abzubauen. Und ihren schlechten Geschmack. Nur gab es leider keinen Aufschub. Die Botschaft war unmissverständlich.

Normalerweise mochte ich meine Arbeit. Vor allem wenn sie mich ins achtzehnte Jahrhundert führte, in eine Zeit, in der auf der englischen Insel kein Krieg geführt wurde, die Industrialisierung noch nicht begonnen hatte und die gesellschaftlichen Strukturen noch klar und gefestigt waren. Aber diesmal passte es mir nicht.

Cowan Soldur war alles andere als eine zuverlässige Quelle für Informationen – er rauchte gern diese neumodischen Drogen. Er hatte einen Traum gemeldet, in dem starke magische Schwingungen aufgetaucht wären. Er habe die Magie des Bernsteins gespürt.

Wir trafen uns in einer Taverne in Rom und ich hatte ziemliche Mühe, mir eine kleine Blondine vom Hals zu halten. Als sie nicht weichen wollte und sich auf meinen Schoß setzte, gab ich ihr einen Giulio. Der verschwand schneller in ihrem Dekolleté, als Cowan einen Dolch ziehen konnte, und sie ließ uns endlich allein.

»Was ist los? Du bist doch sonst nicht so schüchtern«, sagte Cowan und ich sah seinen neugierigen Blick. »Oder ist die Verheißene tatsächlich so bezaubernd?«

»Komm zur Sache. Wo hast du diese Schwingungen gesehen?«

Ich versuchte so unbeteiligt wie möglich zu wirken. Felicity ging ihn gar nichts an. Zudem würde er sich wundern, wenn er sie sähe.

»Im Petersdom.«

Ich stöhnte. »Komm schon, Cowan. Wo hast du sie gesehen?«

Cowan sah beleidigt aus. »Im Petersdom. Ich schwöre es dir.«

»Magie im Petersdom ist nichts Neues«, sagte ich langsam und versuchte herauszufinden, ob er mich auf den Arm nehmen wollte. Leider konnte ich keine Anzeichen dafür erkennen.

»Ich weiß, Lee.« Cowan rückte verschwörerisch näher. »Aber es war in den Katakomben unter dem Dom. Du weißt schon. Wo diese alten Gräber liegen.«

»Weißt du, wie groß die Anlagen sind?«, fragte ich ungehalten. »Das dauert Wochen, sie zu durchsuchen!« Wochen, die ich nicht hatte. Wochen, in denen mir Felicity wieder entgleiten würde.

»Das weiß ich. Aber es war Fafnirs Auge. Eindeutig.«

Ich starrte ihn an. Fafnirs Auge. Der legendäre Bernstein aus dem Schwert Gram. »Hier? In diesem Jahrhundert?« Das konnte ich kaum glauben. Die Insignien Pans waren zu dieser Zeit noch in sicherer Verwahrung an ihrem Platz in Oberons Palast.

»Selbstverständlich nicht! Im einundzwanzigsten Jahrhundert«, erwiderte Cowan und tat so, als sei ich schwer von Begriff. »Halt. Nein, es ist das zwanzigste Jahrhundert. Ist das nicht die Zeit, in der die Verheißene geboren wird?«

Natürlich. Das wusste jedes Kind im Elfenreich. Aber Fafnirs Auge ... »Woher weiß ich, dass du nicht wieder deine Rauschmittel inhaliert hast und mir einen Bären aufbindest?«, fragte ich misstrauisch.

»Eamon war vor zwei Wochen da und hat mir alles abgenommen«, sagte er düster und ich zollte meinem Cousin Eamon im Stillen Beifall.

»Den Traum hatte ich vorgestern und dann habe ich direkt unseren großen König, deinen Onkel, verständigt.«

»Und warum treffen wir uns hier?«, fragte ich unwirsch. Rom im achtzehnten Jahrhundert war muffiger als jede andere Stadt zu dieser Zeit. Wahrscheinlich durch die stehende Hitze im Sommer.

»Ach, das fand ich sicherer. Wer weiß, wer uns im einundzwanzigsten Jahrhundert alles mit Handys und Wanzen abhorchen könnte.«

Ich unterdrückte nur mit Mühe ein Augenrollen. »Du hast zu viele James-Bond-Filme gesehen.«

»Sagt der, der selber wie James Bond arbeitet«, murrte Cowan. »Und dann auch noch in verschiedenen Jahrhunderten.«

»In welcher Zeit glaubst du Fafnirs Auge gesehen zu haben? Und beschreib mir ganz genau, wo es lag«, unterbrach ich ihn.

Eine halbe Stunde später machte ich mich im Petersdom im einundzwanzigsten Jahrhundert auf die Suche.

Als ich die Katakomben erreichte, wusste ich: Hier würde ich mindestens zwei Wochen beschäftigt sein. Das mühsam erarbeitete Freundschaftsverhältnis zu Fay wäre damit wieder hinüber.

FELICITY
VERRAT

Ich stellte ein weiteres poliertes Glas ins Regal. Seufzend sah ich mich um. Die drei Stooges saßen vor mir am Tresen und hatten sich nach ein paar Fragen über Richard wieder ernsten Themen wie Politik und der Geburt von Prinz Williams und Kates Baby zugewandt. Mum war – wie immer, wenn ich arbeitete – im Hinterzimmer mit den Rechnungen verschwunden. Ich fragte mich oft, ob der Papierkram wirklich so aufwendig war, dass ich mindestens dreimal in der Woche hier helfen musste, um drei Alkoholiker zu bewirten, während sie sich für sechs Stunden im Hinterzimmer einschloss.

»Du machst das echt schon professionell.« Stanley grinste wohlwollend.

Wenn ich für jedes Mal, wo dieser Spruch fällt, ein Pfund bekäme, wäre ich die bestbezahlte Wirtin Londons. Leider war ich die schlechtestbezahlte. Mum konnte mir nichts geben. Sie bezahlte eine Putzfrau, um sich die Arbeit zu ersparen, aber für mehr Gehalt reichte das Einkommen vorne und hinten nicht. Meine guten Erinnerungen an letzte Woche waren schon seit einigen Tagen verflogen. Heute hatte ich mich stundenlang aufziehen lassen müssen, bis Ed endlich auf die Theke schlug und »Genug« sagte.

Wenn ich in die roten, großporigen Gesichter am Tresen sah,

überlegte ich oft, ob die vielleicht auch anderes Publikum davon abhielten, hier hereinzukommen. Hier wurde jeder begrüßt, egal ob es sich um Bekannte handelte, meine Freunde oder Fremde, die sich hierher verirrt hatten. Stanley und Mike hatten einen Alkoholpegel im Blut, der sie ungezwungen jeden ansprechen ließ. Ich hatte Mum schon oft erklärt, dass sich viele Gäste davon belästigt fühlten und deswegen nicht mehr kämen. Mum aber widersprach, sie könnte nicht auf diese drei Stammgäste verzichten. Andererseits waren die drei nicht nur eine feste Einkommensquelle, sie waren seit Jahren auch die einzigen Freunde, die Mum hatte – neben Mrs Collins.

»Was macht die Schule, Mädchen?«, fragte Mike. Eine Frage, die er mir dreimal die Woche stellte.

»Alles okay«, antwortete ich wie üblich.

»Was macht Lee?«

Die Frage kam so überraschend, mir wäre beinahe das Glas aus der Hand gefallen.

»Er soll der neue Schwarm der Schule sein. Hat Ed gehört.«

Ich sah Mike erstaunt an.

Er schlug Ed auf die Schulter, doch der reagierte wie immer – nämlich gar nicht.

»Was hat Ed denn noch gehört?«, fragte ich nun doch ein wenig neugierig.

Mike grinste breit. »Er würde dir den Hof machen.«

Jetzt rutschte mir das Glas doch aus der Hand und zerbrach klirrend am Boden. Ich griff nach dem Handfeger und begann alles aufzukehren.

»Dann stimmt es also?«

»Nein«, sagte ich fest. »Er sitzt im Unterricht neben mir, das ist alles. Woher weißt du das?«, fragte ich Ed direkt. Er sah weiter auf das Pint vor sich. Wie üblich antwortete Stanley für ihn.

»Er hat gesagt, er hat es von Mrs McKenna. Ihr Sohn Corey geht doch auch auf deine Schule.«

Verdammt. Corey konnte was erleben. »Woher kennst du Mrs McKenna, Ed?«, fragte ich und überlegte mir schon mal eine geeignete Drohung.

»Sie ist seine Schwester«, erklärte Mike.

Ich starrte Ed vor Verblüffung an und vergaß die Gläser. Corey hatte Ed noch nie erwähnt. Dabei wusste er, wie viel Zeit sein Onkel hier im Pub verbrachte. Kein Wunder.

Anscheinend war das aber auch für Ed ein heikler Punkt, denn Mike wechselte sofort das Thema. In dem Moment kam Mum aus dem Büro. Endlich. Dann konnte ich gleich gehen. Sie lächelte und richtete auf dem Weg zur Theke ein paar der Plastikblumen auf den Tischen.

»Hey, Felicity, finde ich gut, dass du deiner Mutter hilfst. Du bist ein großes Mädchen. Wird Zeit, dass du ihr unter die Arme greifst. Immerhin übernimmst du den Laden irgendwann. Gut, wenn du das Geschäft dann richtig kennst.«

Den Pub übernehmen? Nur über meine Leiche. Ich wartete darauf, dass Mum Mike erklärte, dass ihre Tochter es besser machen würde, die Schule mit Examen beenden und dann studieren würde; dass sie Pädagogin werden wollte, prima Noten und ausgezeichnete Chancen dafür hätte. Aber Mum schwieg. Sie warf Mike einen verschwörerischen Blick zu und lächelte schwach. Ich knallte den Glaskrug mit lautem Scheppern auf den Tresen.

Erschrocken sah sie mich an. »Bist du fertig, Felicity?«, fragte sie unsicher.

»Mum, hast du Mike schon erzählt, dass ich nächstes Jahr studieren möchte?«, fragte ich und sah sie direkt an.

Zu meinem Entsetzen wurde sie rot und begann hektisch auf der sauberen Theke herumzuwischen.

»Mum?«

»Sie hat uns von den Flausen erzählt, die du hast«, meinte Mike und nahm einen tiefen Zug.

»Flausen?«

Mum legte den Lappen aus der Hand, sah mich aber immer noch nicht an. »Ach, Felicity. Du und studieren. In unserer Familie gab es immer nur Handwerker und hart arbeitende Leute. Ich habe dir bis jetzt deine Träume gelassen, aber du wirst genauso hier enden wie ich auch. Du bist nicht gemacht für eine Hochschule. Sieh dich an. Du hast die breiten schweren Knochen, die einen Arbeiter ausmachen. Mike hat Recht. Finde dich damit ab.»

Ich starrte sie sprachlos an. Tausend Empfindungen überschwemmten mich. Aber die wohl stärkste war Fassungslosigkeit. Dicht gefolgt von Wut, Schmerz, Enttäuschung und Desillusion. Mum war noch nicht fertig. Sie hatte wohl diesen Tag zu meinem persönlichen Waterloo auserkoren.

»Davon abgesehen habe ich dein Studiengeld nicht mehr. Ich musste damit das Finanzamt bezahlen.«

Ich fühlte mich, als hätte sie mir eine Ohrfeige verabreicht. Oder einen Tritt in den Magen. Schwarze Punkte begannen vor meinen Augen zu tanzen. Ich hatte vergessen, wie man Luft holt. Ich wusste, ich würde gleich anfangen zu schreien und irgendetwas kaputt schlagen, wenn ich noch länger blieb.

Stanley und Ed hatten wenigstens den Anstand, betreten auf

ihre Gläser zu starren. Aber Mike trank sein Glas leer und sagte: »Nimm's nicht so hart, Felicity. Ich komm auch zu dir.«

Tränen brannten in meinen Augen. Ich war so enttäuscht. Meine eigene Mutter hatte mich verraten. Ich starrte ihn an. Dann setzte ich langsam einen Fuß vor den anderen, bis ich vor der Tür stand.

»Komm schon, Feli. Einen Pub zu führen ist 'ne ehrenvolle Sache«, rief Mike hinter mir.

»Feli, wo willst du hin?«, hörte ich meine Mutter fragen. Ihre Stimme zitterte leicht.

Ich antwortete nicht, ich ging einfach. Jedes Wort, das ich jetzt gesagt hätte, würde uns ewig nachhängen.

Ich wusste nicht genau, wohin ich gehen sollte. Ich stieg in die U-Bahn und irgendwann stieg ich aus. Ich ging einige Straßen entlang, die um diese Uhrzeit immer leerer wurden, bis ich endlich registrierte, wo ich mich befand. Ich sah mich auf dem Tower Hill um. Überall in der Stadt war schon Weihnachtsbeleuchtung angebracht und auf einem Turm der Towerbridge stand ein hell strahlender Weihnachtsbaum. Mittlerweile war es dunkel und der Tower leuchtete eindrucksvoll und majestätisch.

Unwillkürlich dachte ich, dass Wilhelm der Eroberer mit Sicherheit voller Stolz hier, an dieser Stelle, auf dieses Bauwerk geblickt hätte. Schlagartig änderte sich die Szene. In der einen Sekunde stand ich vor dem von unzähligen Strahlern erhellten gigantischen Palast mit all den Restaurants und Geschäften drum herum und den vorbeirasenden Autos, in der nächsten war alles dunkel bis auf ein paar flackernde, kleine Fensteröffnungen, da wo der Tower stand. Statt des Großstadtlärms war es unheimlich ruhig und ein Käuzchen schrie. Auch roch es anders.

Nach frischem Gras, Wald, Moder und Pferd. Als ich verblüfft mein Gesicht hob, sah ich über mir die Sterne leuchten.

Doch dann verblassten sie so schnell, wie sie gekommen waren, und mit der Gewalt einer Bombe waren die dröhnenden Auspuffe der Autos und Busse wieder da. Ich wurde von den Reklametafeln geblendet und den Strahlern des Towers. Aber ein wenig nach Pferd roch es immer noch.

Und dann merkte ich, dass ich beobachtet wurde. Nur wenige Meter neben mir stand Lee. Er sah genauso erschrocken aus, wie ich mich fühlte.

»Was tust du hier?«, fragte er mich.

»Dasselbe könnte ich dich fragen«, konterte ich, ohne nachzudenken.

Er lächelte unverbindlich. »Die Aussicht ist grandios, oder nicht?«

Ich warf einen Blick auf den taghell erleuchteten Tower. »Kommst du öfter her, um die Aussicht zu genießen?«, hakte ich nach.

»Hin und wieder. Magst du dich setzen?« Er deutete auf eine Bank, die den perfekten Ausblick auf Londons mächtigstes Denkmal bot.

Langsam und noch immer verwirrt folgte ich ihm. Er hatte sich schon gesetzt und klopfte aufmunternd auf den Platz neben sich. Ich setzte mich. Der Pferdegeruch wurde stärker. Erschrocken sah ich zu Lee auf.

»Riechst *du* etwa nach Pferd?«, fragte ich ihn.

Er lachte, aber es klang irgendwie nervös. »Ich? Woher sollte ich?«

Und augenblicklich verschwand der Geruch und der vertraute

Lee-Duft war wieder da: Moos, Heu und etwas Blumiges, das ich noch immer nicht benennen konnte.

»Also, was machst du hier?«, fragte er wieder. »Ich dachte, du solltest deiner Mutter helfen.«

Ich zuckte zusammen. »Woher willst du das wissen? Du warst doch die ganze Woche nicht in der Schule.« Er sah mich nicht an und ich wusste, er suchte eine passende Ausrede. Die wollte ich nicht hören. »Lass gut sein. Es geht mich nichts an, wo du dich rumtreibst.« Verdammt. Das klang zu sehr eingeschnappt. Aber andererseits, durfte ich das nicht sein? Eine Weile saßen wir schweigend nebeneinander.

»Ich habe nur geraten, dass du deiner Mutter helfen solltest«, unterbrach Lee auf einmal die Stille. »Wir haben Samstagabend, und wenn du nicht was mit der Clique unternimmst, bist du meistens im Pub.«

Ich zuckte eine Schulter. »Ich hab ihr bis vor ein paar Stunden geholfen.«

Er wartete darauf, dass ich weitersprach. Als ich es nicht tat, meinte er nur: »Schon fertig?«

»Endgültig«, sagte ich mit fester Stimme. Ich sah seinen erstaunten Blick aus den Augenwinkeln, aber ich konzentrierte mich fest auf den Tower.

»Hm, lass mich raten. Deine Mutter hat den Pub verkauft, ihr habt ihn geräumt und dir tut es leid.« Er sah mich weiter lächelnd an, obwohl ich schnaubte wie ein Stier. »Okay, ich habe drei Chancen, wie im Märchen, okay? Eine vertan, zwei noch frei. Die zweite Möglichkeit ist: Gegenüber eröffnet ein neuer Nachtklub und deine Mutter und du, ihr macht euch Sorgen, weil er die Gäste weglockt ... Auch nicht?«

»Nein, Rumpelstilzchen. Letzte Chance, sonst fährst du auf direktem Weg in die Hölle.«

»Na, dann gibt es nur noch die Variante: Deine Mutter hat dir heute Abend eröffnet, dass sie davon ausgeht, dass du den Pub übernimmst.«

Es laut ausgesprochen zu hören machte es erst richtig real. »Bingo«, flüsterte ich bitter. Und endlich flossen meine unterdrückten Tränen.

Ich fühlte einen Arm um mich und der Geruch von Heu, Moos und Lee hüllte mich ein. Ich heulte lange, sehr lange. Der Verkehr wurde weniger, der Lärm um uns herum schien ein wenig nachzulassen und Dunkelheit machte sich breit, als die ersten Reklametafeln ausgingen.

»Komm, ich bring dich nach Hause, Fay«, sagte Lee leise.

Ich schüttelte energisch den Kopf. Auf keinen Fall wollte ich heute noch einmal meiner Mutter begegnen.

»Du kannst nicht hierbleiben«, meinte er und deutete zu einer Bank ein paar Stufen weiter unten.

Daher der Uringestank, der mir auf einmal in die Nase stach. Ein Obdachloser hatte es sich mit einer dieser metallischen Erste-Hilfe-Decken für die Nacht bequem gemacht.

»Wenn du nicht nach Hause möchtest, kannst du bei mir übernachten. Na, komm schon.«

Ich folgte ihm willenlos. Wir gingen nur ein paar Minuten, dann standen wir vor seinem Benz. Er hielt mir die Tür auf und drückte mich sanft auf den Sitz. Ich lehnte mich zurück und schloss die Augen. Der Duft, der ihn immer zu umwehen schien, sagte mir, wann er ebenfalls im Wagen saß, und ich hörte ihn starten. Ich öffnete meine Augen erst wieder, als er den Motor abstellte. Wir parkten in einer dunklen, niedrigen Garage und einen Moment lang überkam mich die altbekannte Angst. Wer war er überhaupt? Wohin hatte er mich gebracht? Fanden die meisten Überfälle auf Frauen nicht in irgendwelchen Parkhäusern statt? Was wusste ich von ihm? Nichts! Er war vor drei Monaten an der Schule aufgetaucht. Ende der Geschichte.

»Soll ich dich nicht doch besser nach Hause bringen?«, fragte er jetzt.

Ich war schon versucht Ja zu sagen, als mir Mum einfiel und der Verrat, den sie begangen hatte. Geschähe ihr recht, wenn mir etwas zustieße. Dann hätte sie definitiv niemanden mehr, der ihren dämlichen Pub weiterführen könnte. Ich schüttelte den Kopf. »Nein. Ich will nicht heim.« Melodramatisch setzte ich hinzu: »Nie wieder.«

Lee sah mich nachdenklich an, als ob er überlegte, ob er mich nicht doch einfach fahren sollte, aber dann stieg er aus. Ehe ich reagieren konnte, war er an meiner Seite und hatte die Beifahrertür geöffnet. Ich ergriff die mir dargebotene Hand und folgte ihm. Es hatte kurz gezuckt, aber er hatte nicht losgelassen; dann hatte er es wohl vergessen und es fühlte sich nicht unangenehm an. Bis auf die Tatsache, dass Lees Haut nur lauwarm war.

Ein Fahrstuhl führte direkt ins Haus. Lees Vater musste wirklich gut verdienen. Anstatt in sein kleines Loft führte mich Lee in ein Zimmer im dritten Stock. Anscheinend das Gästezimmer. Ein Doppelbett dominierte den im Jugendstil eingerichteten Raum.

»Das Bad ist direkt nebenan. Ich glaube, wir haben auch noch neue Zahnbürsten. Ich geh eine holen.«

Ich nickte. Als Lee ein paar Minuten später zurückkam, hatte er auch ein frisches T-Shirt dabei, als Pyjama-Ersatz. Unschlüssig stand er schließlich in der Tür.

»Wenn du was brauchst, weißt du, wo du mich findest.«

Ich nickte wieder.

»Na, dann, gute Nacht.«

Wieder nur ein Nicken. Gerade als er die Tür schließen wollte, fand ich meine Sprache wieder.

»Lee?«

»Ja?« Die Tür ging weiter auf.

»Wo warst du eigentlich die ganze Woche?«

»Ich musste meinem Dad helfen.«

So einfach. So schlicht. So gelogen.

»Ehrlich. Er kam am Abend der Premiere und bat mich um Hilfe. Familienangelegenheiten in Yorkshire. Eine ziemlich komplizierte Erbsache.«

»Dein Dad fragt dich um Hilfe in einer Erbsache?«, wiederholte ich skeptisch.

Lee lächelte und sah dabei etwas selbstgefällig aus. »Ja. Ich bin darin ziemlich gut.«

Worin war er das nicht? Und musste ich nicht für meine Mutter auch so manches regeln?

»Schlaf gut.« Er wollte die Tür wieder schließen.

Ich sagte leise: »Danke. Für alles.«

Er lächelte ein bezauberndes Lächeln. »Gern geschehen. Schlaf gut, Felicity.«

»Du auch.«

Als ich mich gewaschen und Zähne geputzt hatte und mit dem frischen T-Shirt (das nach Lee roch) im Bett lag, konnte ich lange nicht einschlafen. Der Verrat meiner Mutter wog schwer. Und außerdem schlichen sich kleine Stimmen in meinen Kopf, die flüsterten, sie hätte Recht. Meine Großeltern waren Landwirte gewesen und hatten nebenbei einen kleinen Gasthof geführt und ein paar Lebensmittel verkauft. Das Geld war bei ihnen auch immer äußerst knapp gewesen und sie waren nie über den Umkreis von 30 Meilen hinausgekommen. Mum hatte einfach das getan, was sie von klein auf kannte: Sie hatte eine Kneipe eröffnet.

Nur eben in London, weil sie glaubte dort besser leben zu können. Die erste Zeit war das auch so gewesen. Als Alleinerziehende hatte sie in dem kleinen Dorf in Cornwall keine Zukunft, und nachdem Grandpa gestorben war, konnte ihr Grandma auch nicht mehr unter die Arme greifen. Sie war in ein Altenheim gezogen und hatte ihr Häuschen dafür verkauft. Also waren wir, als ich zehn Jahre alt war, nach London gezogen. Der Pub in London war die ersten zwei Jahre gut gegangen. Und Mum kannte ja auch nichts anderes. Weshalb etwas ändern, das immer so gelaufen war? Vielleicht war es mein Schicksal, genauso zu enden wie meine Mutter?

Nein. Das wollte und konnte ich nicht akzeptieren. Ich wollte studieren. Ich wollte ausbrechen aus diesem düsteren Dasein, das sie führte. Aber jetzt wollte ich eigentlich nur noch schlafen. Ich sollte erschöpft genug sein. Ein paar Minuten lag ich mit offenen Augen im Bett und sah im Licht der Straßenlaternen die weiße Stuckdecke an, ehe mir aufging, dass ich tierischen Hunger hatte. Ich hatte seit heute Mittag nichts mehr gegessen, fiel mir schlagartig ein. Früher hatte uns Mum, wenn ich ihr den Tag über im Pub half, Pizza kommen lassen. Aber seit zwei Jahren nicht mehr. Das Geld wurde immer knapper.

Noch ein Grund mehr, studieren zu gehen. Da das Geld, das

ich in besseren Zeiten für mich auf die Seite gelegt hatte, weg war, war ich wohl gezwungen mir einen Nebenjob zu suchen.

Aber zuerst musste ich was zu essen suchen.

Ob Lee was dagegen hatte, wenn ich einen Blick in seinen Kühlschrank warf? Ich schlich auf Zehenspitzen den Gang entlang. Ich öffnete die erste Tür: ein Salon, der passend zum Gästezimmer im Jugendstil eingerichtet war. Die zweite Tür führte in eine Art Musikzimmer. Ein Flügel und eine Harfe standen darin. Jetzt fehlten nur noch der Frack tragende Butler und mit Schürzen bekleidete Hausmädchen. Hier sah es aus wie in Downton Abbey. Eine weitere Tür führte in eine gut bestückte Bibliothek, wieder eine andere in ein Büro – beide sahen aus wie aus einem anderen Jahrhundert. Erst im Erdgeschoss wurde ich fündig. Allerdings war die Küche hell erleuchtet und ich war anscheinend nicht die Einzige, die Hunger hatte.

Lee stand an einem Tisch und machte sich ein Sandwich. Ich war mir ziemlich sicher kein Geräusch gemacht zu haben, aber er sah trotzdem auf.

Verlegen stand ich im Türrahmen. »Hast du noch was für mich übrig?«

Er lächelte wieder so zauberhaft wie vorhin. »Setz dich. Magst du Schinken?«

Ich nickte und setzte mich auf einen der Stühle. Die Küche sah aus wie der Rest des Hauses: antik.

»Hier meint man, die Zeit wäre stehengeblieben«, sagte ich und betrachtete den riesigen Büffetschrank links von mir. »Gibt es hier auch einen Keller, den man nur durch eine Klappe im Boden betreten kann?«

Lee grinste schief und deutete mit einem Kopfnicken rechts

hinter mich. Ich drehte mich um und sah neben einem runden Kamin mit riesigem Fleischspieß die Holzklappe mit Eisenring.

»Wahnsinn«, sagte ich. »Ist das Haus alter Familienbesitz?«

»Nein. Mein Vater hat es vor vielen Jahren gekauft und alles so belassen, wie es war.« Er reichte mir einen Teller mit einem Sandwich darauf, das Subway alle Ehre machte. Extra viel Salat, eine leckere Mayonnaise, gekochter Schinken und eine Scheibe Käse dazwischen.

»Danke«, sagte ich und biss zu. Köstlich. Besser als jedes Subway-Sandwich. Anerkennend hob ich die Augenbrauen. »Das ist total lecker.«

»Danke. Das nächste mit Thunfisch?«

Ich aß auch das und trank dabei Wasser mit Pfefferminzgeschmack.

»Bist du müde?«, fragte Lee, als wir alles weggeräumt hatten.

»Nein, gar nicht.«

»Magst du dir einen Film anschauen?«

»Gibt es in diesem Museum tatsächlich einen Fernseher oder bietest du Unterhaltungsprogramm mit der Harfe?«

Er lachte. »In meinem Zimmer, falls du dich erinnerst.«

O klar. Der riesige Flachbildschirm. Ich folgte ihm die drei Stockwerke nach oben. Sein modernes Zimmer war wirklich ein Kontrast zum Rest des Hauses. Ich machte es mir auf der Couch gemütlich, während er mir seine DVDs aufzählte. Letztendlich ließ ich ihn entscheiden und Lee wählte einen amerikanischen Actionstreifen, der erst vor kurzem erschienen war. Wir schauten eine halbe Stunde, in der eine Ballerei die nächste Knallerei ablöste. Es war nicht wirklich fesselnd.

Plötzlich sagte ich: »Mum hat mir heute eröffnet, ich sei nicht gemacht für ein Studium. Und außerdem hat sie mein Collegegeld dem Finanzamt geben müssen.«

Er sah mich an und ich fühlte wieder einen Kloß im Hals.

»Das kann sie doch nicht machen?«, meinte er erschrocken.

»Sie hat es schon getan. Sie ist total pleite. Der Pub ist total veraltet, ihre Putzfrau zieht ihr den letzten Penny aus der Tasche und am Tresen kleben drei Alkoholiker, die in sie verschossen sind. Und ich soll es ihr nachmachen.«

Auf dem Bildschirm sprang der Held gerade durch ein Fenster und das Glas zerbarst mit einem lauten Knall in tausend Splitter. Genauso wie meine Hoffnung auf eine bessere Zukunft. Ich fühlte Lees Arm um meine Schultern. Er zog mich zu sich. Solange sich unsere Haut nicht berührte, fühlte ich auch keinen elektrischen Schlag. Stattdessen fühlte ich mich in diesem Moment geborgen.

»Was hast du jetzt vor?«, fragte er und hielt mich weiter fest an sich gepresst.

»Ich muss mir einen Job suchen, mit dem ich Geld verdiene«, murmelte ich.

»Und deine Mutter?«, hakte er nach.

»Was soll mit ihr sein?«

»Wie willst du dich gegen sie durchsetzen?«

Es gab nur einen Weg, das herauszufinden.

»Und wirst du die Courage haben, sie alleinezulassen?«

Daran hatte ich noch gar nicht gedacht. Würde ich damit leben können, dass sie – wegen mir – ihren Pub aufgeben musste? Aus der Wohnung ausziehen musste? Ich sah auf den Bildschirm, nahm aber nichts mehr wahr. Meine Kehle war wie zugeschnürt. »Ich glaube nicht. Ich werde genauso enden wie sie.«

»Nein, das wirst du nicht«, sagte er bestimmt. Er schob mich ein wenig weg von sich und sah mir eindringlich in die Augen. »Du wirst nicht so enden wie sie. Du bist anders.«

»Woher willst du das wissen?« Ich kniff meine Augen zusammen. »Du kennst mich kaum.«

»Ich kann dich recht gut einschätzen. Du bist eine hervorragende Schülerin, und nur weil deine Mutter das nicht anerkennt, willst du alles aufgeben? Dann würde ich wirklich an dir zweifeln. Du willst Pädagogin werden, du kannst es. Tu es.«

Wow. So hatte noch niemand jemals mit mir gesprochen. »Irgendwie bist du der Einzige, der glaubt, ich könnte es schaffen«, sagte ich langsam. »Warum?«

Er lächelte sein charmantestes Lächeln, das, mit dem ich ihn Matilda aus der Kantine hatte bezirzen sehen. Und Felicity Stratton. Der Gedanke an sie erinnerte mich wieder daran, dass Lee eigentlich verwöhnt und überheblich war. Ich musste an den heißen Kuss denken, den er Felicity an seinem ersten Schultag unter der Treppe gegeben hatte. Ein Schauder durchfuhr mich. Gleichzeitig schämte ich mich ein wenig. Lee war großartig und unglaublich hilfsbereit gewesen. Als er jetzt so neben mir saß, die Haare wie üblich romantisch verwuschelt und seine strahlend blauen Augen nachsichtig lächelnd auf mich gerichtet, hätte ich eigentlich Herzklopfen bekommen müssen. Im selben Moment setzte es ein.

»Du bist etwas Besonderes. Vielleicht habe ich das nur als Erster erkannt«, sagte er.

Mein Mund wurde ganz trocken. Ich schluckte. Würde er jetzt versuchen mich zu küssen? Hoffentlich nicht, denn so weit war ich auf keinen Fall. Mal davon abgesehen, dass ich außer Sebastian Hill in der vierten Klasse noch nie einen Jungen geküsst hatte. Den erzwungenen Kuss von Jack Roberts ignorierte ich nach wie vor geflissentlich.

Er beugte sich über mich.

Sein Finger strich sanft eine Strähne meines Haares entlang, um dann der Linie meines Kinns zu folgen.

Kaum dass er meine Wange berührte, durchzuckte uns beide ein Stromschlag, der ihn und mich in die Kissen zurückwarf.

»Was ist das nur? Bist du elektrisch geladen?« Meine Stimme war ganz heiser und viel höher als normal.

Lee starrte. Allerdings war sein Blick genauso schwer wie der von Leonardo di Caprio, wenn er Kate Winslet auf der Titanic ansieht. Sein Atem ging auch schneller.

»Äh, ich glaube, ich gehe besser ins Bett«, murmelte ich und erhob mich umständlich von der Couch. Lee blieb sitzen. Ich fühlte seinen Blick im Rücken, als ich die Treppe hinunterging.

Als ich am nächsten Morgen aufwachte, wusste ich im ersten Moment nicht, wo ich war. Dann fiel mir alles mit voller Wucht ein. Ich überlegte einen Augenblick, was ich heute tun sollte, beschloss dann aber nach Hause zu gehen, sobald Mum im Pub war. Zumindest wäre ich ihr damit einen weiteren Tag aus dem Weg gegangen. Vielleicht auch noch zwei. Wenn ich es drauf anlegte, musste ich ihr die ganze Woche nicht begegnen.

Eine Viertelstunde später betrat ich frisch geduscht die Küche. Lee war wieder vor mir da.

»Guten Morgen«, meinte er fröhlich und lächelte so unbekümmert, als wäre gestern Abend nichts vorgefallen. Dabei sah er mit

Bartstoppeln und sogar noch verwuschelter als sonst großartig aus.

»Ich habe geschlafen wie ein Baby«, sagte ich und lächelte unsicher. »Gibt es hier vielleicht auch Kaffee?«

Er zwinkerte mir zu. »Komm mit.«

Ich folgte ihm zwei Stockwerke höher in einen weiteren Salon. Vor den bodentiefen Fenstern war ein hübscher Balkon mit schmiedeeisernem Gitter, das rundum von wildem Wein umrankt war. Auf dem Balkon war ein runder Bistrotisch liebevoll eingedeckt für zwei Personen. Lee wandte sich zur Wand, wo er eine kleine Lade aufzog, und jetzt erkannte ich zu meiner Überraschung einen Speiseaufzug, darin ein voll beladenes Tablett.

»Jetzt bin ich echt beeindruckt«, sagte ich anerkennend.

Er lachte. »Klasse, was? Nicht alles Alte ist auch antiquiert.«

»Würde ich nie behaupten«, sagte ich und wollte ihm das Tablett abnehmen, um mich mal ein wenig nützlich zu machen.

»Quatsch, Fay. Du bist mein Gast. Setz dich, genieß die seltenen Sonnenstrahlen.«

Es war tatsächlich ein Morgen wie aus dem Bilderbuch.

Und von hier oben hatten wir eine fantastische Aussicht auf den Berkeley Square und das Grün seiner Bäume. Den Autolärm nahm man nur gedämpft wahr.

Lee hatte ein großartiges Frühstück gezaubert: frisches Obst, Pfannkuchen, Eier, Porridge, Würstchen, Muffins, Toast, Marmelade.

»Ich komme mir vor wie im Ritz«, sagte ich, während er mir Rührei auf den Teller schaufelte.

»Ich wusste nicht, was du magst, also hab ich alles Mögliche gemacht.»

»Ich bekomme ein richtig schlechtes Gewissen, wenn ich daran denke, wie lange du dafür wahrscheinlich in der Küche gestanden hast, während ich noch im Bett lag.«

»Musst du nicht. Iss, sonst wird es kalt und alles war umsonst.«

Ich aß meine Eier mit Toast und von dem Obst. Wir unterhielten uns über die Schule, ein paar Lehrer und irgendwann fiel mir noch etwas ein.

»Wo ist eigentlich dein Vater?«

»Mein Vater?« Verwirrt sah er mich an.

»Ja, ich hoffe, er hatte nichts dagegen, dass ich hier übernachtet habe.«

Seine Mundwinkel zuckten, als hätte ich einen guten Witz gerissen. »Bestimmt nicht.«

»Ist er nicht zu Hause?« Sein Verhalten irritierte mich.

»Äh, nein. Er ist übers Wochenende weg.« Das klang wieder seltsam.

»Bist du oft allein?«

»Ja. Ziemlich oft. Was möchtest du heute machen?«

Ich verschluckte mich beinahe. »Bitte?«

»Nun ja, an deiner Stelle würde ich nicht sofort nach Hause wollen. Deswegen frage ich mich, ob du vielleicht Lust hast, was mit mir zu unternehmen?«

»Irgendwelche Vorschläge?«

Einen Augenblick sah es so aus, als wollte er sich durch die Haare fahren, weil er mit sich rang, aber im nächsten Moment hatte er sich wieder im Griff.

»Lass uns den Tower besichtigen.«

»*Was?*«

»Ich wette, ich kann dir Sachen darüber erzählen, die du noch nicht weißt.«

»Na, da bin ich aber gespannt. Aber nur unter einer Bedingung: Ich zahle den Eintritt.«

Er grinste schief. »Willst du nicht lieber für dein Studium sparen?«

Ich zuckte die Schultern. »Ab morgen. Ich möchte mich wenigstens ein bisschen revanchieren.« Und vielleicht ein wenig Abstand schaffen. Ich wollte niemandem etwas schuldig sein. Vor allem niemandem, der mit dem Star Club befreundet war.

Er sah mir in die Augen und sie verschleierten sich einen Augenblick lang, als wäre er enttäuscht. Fast als wüsste er, was ich dachte. Aber im nächsten Moment lächelte er wieder dieses schiefe Lächeln und nickte. Wir räumten auf und fuhren mit Lees Mercedes zum Tower.

Es wurde die vergnüglichste Führung, die ich je in London erlebt hatte. Statt mit Zahlen und Daten warf er mit Anekdoten um sich. Bloody Tower sei die falsche Bezeichnung. Seiner Zeit hatte er »Desperate Tower« geheißen. Hier hätten die kleinen Prinzen ihre Lehrer zur Verzweiflung getrieben. Einen hätten sie sogar einmal an einen Stuhl gefesselt und seine Füße ins Feuer gehalten, weil er gedroht habe sie nachsitzen zu lassen.

»Der Vogt hat sie erwischt, den Lehrer befreit und die Frechdachse mussten eine Woche lang die Latrinen schrubben.«

»Jetzt weiß ich, dass du lügst«, lachte ich. »Ein Prinz, der Latrinen schrubben muss?«

»Aber sicher, als Ritter musste man früher sämtliche Dienste verrichten, um Demut zu lernen«, erklärte Lee ernsthaft.

»Aber sicher. Vor allem wenn man einen Onkel hat, der König werden will und dem ein Knirps im Weg steht?«

»Nein, Richard III. hat sie nicht umgebracht. Sie haben ihrem Lehrer ein andermal eine Efeusuppe gekocht, weil sie die Stunde schwänzen wollten. Dummerweise hat die Köchin später *ihnen* die Suppe serviert. An der Vergiftung sind die drei gestorben. Aber jeder bezichtigte Richard III., dabei waren sie nur verwöhnte, freche Kerlchen.«

»Wie tragisch. Durch den eigenen Streich getötet.« Ich konnte darüber nur schmunzeln.

Im Beaufort Tower erzählte Lee, Elizabeth I. habe hier ihre Unschuld an Robert Dudley verloren.

»Die jungfräuliche Königin?«, fragte ich amüsiert.

»Aber ja. Sie hatten sogar ein Kind, aber das ist früh gestorben. Ihre Schwester Mary sollte Patin werden, aber sie durfte nicht, weil ihr Mann Philip es ihr verbot. Du weißt schon, Katholik und so.«

»Und wahrscheinlich hat Mary es bitter bedauert und das Kind nach Strich und Faden verwöhnt.«

»Fast. Sie war schrecklich neidisch und es wird gemunkelt, sie habe es vergiftet.«

»Hoffentlich hat der Kleine sie vorher noch vollgekotzt«, sagte ich trocken. Ich glaubte ihm kein Wort. Aber er war ein guter Erzähler. Oft genug schauderte es mich.

Als wir zu den Kronjuwelen kamen, mussten wir im Vorraum, wo jeder der englischen Könige seit Wilhelm dem Eroberer seinen Stuhl hatte, anstehen. Lee machte zu jedem der Könige eine Bemerkung. Aber dann ging mir auf, dass er einen übersprang.

»Was war mit Jakob II.? Keine Allergie auf Rosinen oder Angst vor dem Teufel oder eine Mätresse, die ihn betrog?«

Lee zuckte zusammen. Ich sah ihn erstaunt an.

Und in diesem Moment geschah etwas Seltsames.

Der Raum um mich herum schien zu verschwimmen, aber als sich die Sicht klarte, waren auf einmal zwei Männer zu sehen. Der Raum hatte sich verändert. Die Throne und die Täfelung waren verschwunden, prachtvolle Gobelins schmückten stattdessen die verputzten Wände. Nur Lee stand noch immer neben mir. Die beiden Männer sprachen sehr seltsam, dann sahen sie uns und machten verwunderte Gesichter. Im nächsten Moment verschwamm erneut alles und wir befanden uns wieder in dem leeren Thronsaal mit der dunklen Wandtäfelung.

Lee sah mich durchdringend an.

Ich schluckte. »Was?«, fragte ich erschrocken.

»Was hast du gerade gesehen?«

Sein scharfer Tonfall machte mir Angst. Auf einmal wusste ich wieder, warum ich ihn von Anfang an für sehr gefährlich gehalten hatte. Seine blauen Augen waren so stechend wie Eiszapfen. Deshalb versuchte ich so überzeugend wie möglich zu lügen.

»Ich habe mir die Stühle hier angeschaut. Ist dir mal aufgefallen, dass sich dieses Muster ständig wiederholt?« Ich deutete auf das Relief des Holzes.

Lee war nicht überzeugt. »Sonst hast du nichts gesehen?«

»Doch«, sagte ich und wurde etwas pampig, weil ich merkte, dass er mir nicht glaubte. Ausgerechnet er, der mir ständig nicht die Wahrheit sagte. »Der kleine Junge da hinten könnte mal wieder aufhören in der Nase zu bohren.«

Er sah zu dem vierjährigen Knirps, der seinen rechten Zeigefinger bis zum Anschlag im Nasenloch versenkt hatte.

Ich grinste Lee unschuldig an. »Entzückend, oder?«

Er lächelte, aber es war ein sehr zaghaftes Lächeln. Beim Weitergehen fühlte ich ständig seinen prüfenden Blick auf mir. Ich gab mir Mühe, ihn zu ignorieren, und plapperte munter weiter.

Als wir endlich auf diesem Laufband an den Kronjuwelen vorbeifuhren, geschah wieder etwas Unerwartetes. Auf der Höhe des Zepters bestaunte ich den größten Diamanten der Welt, den großen Stern von Afrika. Als Lee auf dessen Höhe war, blitzte der Diamant kurz auf. Einen Moment lang glaubte ich, einer der vor uns fahrenden Touristen hätte unerlaubterweise einen Fotoapparat benutzt. Anscheinend dachten das auch die Wächter, denn sie inspizierten sofort jeden von uns. Aber niemand hatte einen Fotoapparat griffbereit. Nur ich hatte das wahre Aufblitzen gesehen.

Dachte ich zumindest, bis der kleine Nasenbohrer rief: »Mama, wenn der Mann da den Diamant anschaut, leuchtet der.«

Alle Umstehenden lachten über die große Fantasie des Zwergs. Ich nicht. Ich sah Lee an, doch der beachtete mich gar nicht. Er lächelte belustigt und zwinkerte dem Kleinen fröhlich zu.

Für den Rest der Führung war ich sehr reserviert. Ich wusste, dass Lee es merkte. Er selber war auch verhaltener, obwohl er sich mehr Mühe gab, es zu überspielen. Ich dagegen konnte nicht schauspielern. Mich beschäftigte andauernd ein Gedanke: Was geschah hier? Wer war er? Was hatte er mit diesem seltsamen Geschehen zu tun?

»Möchtest du nach Hause?«, fragte er bei einem Imbiss im Tower Café.

»Nein, eigentlich nicht«, antwortete ich sofort. Egal wie unheimlich er zeitweise war, er war einer von sieben Menschen, die sich in meiner Gesellschaft wohlzufühlen schienen, und ich wollte diesen Luxus noch ein wenig genießen.

»Dann bleib bei mir«, bot er an.

»Was wird dein Dad sagen, wenn er eine Frau bei dir vorfindet?«

Lee grinste spitzbübisch. »Mach dir keine Gedanken. Ich bin erwachsen. Er wird bei deinem Anblick vielleicht die Augenbrauen hochziehen, aber kein Wort verlieren.«

Das glaubte ich gerne. Statt Claudia Schiffer würde er seinen vollkommenen Sohn mit Beth Ditto antreffen. Für Eltern bestimmt äußerst beruhigend.

»Danke.«

BERKELEY SQUARE

»Seid ihr etwa zusammen gekommen?«

Phyllis hatte mich bei der nächstbesten Gelegenheit auf das Mädchenklo gezerrt. Bei jedem anderen hätte ich gelogen. Aber nicht bei Phyllis. Also nickte ich und berichtete von Mums Verrat. Phyllis schlug entsetzt beide Hände vor den Mund. Zu sehen, wie sehr sie sich für mich aufregte, tat wirklich gut.

»Du ziehst zu mir«, sagte sie, als sie mit ihrer Tirade fertig war. »Du kannst Veras Zimmer haben.«

»Hat deine Mutter da jetzt nicht ein Atelier drin?«, fragte ich vorsichtig.

»Klar, aber das hier ist ein Notfall. Dafür räumt sie es.«

Für Phyllis stand das absolut fest und ich hätte ihr Angebot auch angenommen, wenn nicht … »Lass mal deiner Mutter das Atelier, Phyllis«, wehrte ich ab. »Ich habe momentan eine Unterkunft. Lee wohnt in einem riesigen Haus und hat mir das Gästezimmer überlassen.«

Phyllis sah mich durchdringend an. »Wenn ich dich nicht so gut kennen würde, würde ich behaupten, du stehst auf ihn und kannst diese Chance nicht ungenutzt lassen.« Sie musterte eingehend mein Gesicht. »Aber da du Felicity Morgan heißt und dieser Sahneschnitte bislang aus dem Weg gegangen bist, wo du nur konntest, bin ich einfach nur überrascht.«

Ich lächelte sie warm an. »Ich bin selber überrascht. Aber er wohnt da allein, weil sein Vater viel unterwegs ist. Und dann braucht wenigstens niemand sein Atelier zu räumen.«

Und weil Phyllis mich so gut kannte, akzeptierte sie ohne weitere Kommentare meine Erklärung.

Tatsächlich war es seltsam, nach der Schule mit Lee gemeinsam nach Hause zu gehen. Es war eine neue Erfahrung, den Tag mit jemandem zu teilen. Wir machten einen Abstecher zu einem kleinen Lebensmittelladen und Lee kaufte für das Abendessen ein. Zwei Steaks, was bedeutete, dass sein Vater wieder nicht dabei wäre.

Wir kochten gemeinsam, machten gemeinsam die Hausaufgaben und sahen gemeinsam vor dem riesigen Bildschirm in seinem Zimmer ein wenig fern. Als ich später im Bett lag, dachte ich, dass meine Träume von der Zukunft in etwa genauso waren. Aber mir war durchaus bewusst, diese Zeit hier war nur vorübergehend. In ein paar Tagen musste ich nach Hause.

Lee joggte mit mir und Jayden durch den Hyde Park.

»Sagt deine Mutter nichts, wenn du bei ihm wohnst?«, keuchte Jayden neben mir.

Damit hatte er einen wunden Punkt getroffen. Ich konnte nicht antworten. Das tat Lee für mich.

»Sie hat sich nicht dazu geäußert«, sagte er in einem missbilligenden Tonfall, den ich noch nie zuvor bei ihm gehört hatte.

Jayden blieb abrupt stehen. Wir, Lee und ich, auch.

»Sie hat sich nicht bei dir gemeldet?«, hakte er ungläubig nach.

»Sie hat nicht einmal eine SMS geschickt, wo Fay überhaupt

ist«, sagte Lee bissig. »Fay könnte in der Themse liegen oder in einem dunklen Keller in Belgien und Mrs Morgan würde sich nicht darum scheren.«

So peinlich es auch war, ich starrte Lee überrascht an. Ich hatte nicht gewusst, wie sehr ihn die Missachtung meiner Mutter aufregte. Mich regte sie nicht auf. Ich wusste seit jeher, dass Mum nur an ihrem Pub gelegen war. Zumindest mehr als an ihren Kindern.

»Nachdem du dir etliche Nächte für sie um die Ohren geschlagen hast, sollte man doch annehmen, du würdest ihr fehlen«, sagte Jayden und stützte die Hände auf seine Knie, um besser atmen zu können. Keine Frage: Das Joggen kostete ihn echte Überwindung. Ich rechnete ihm hoch an, dass er es trotzdem durchzog.

»Eine so günstige Arbeitskraft findet sie sonst nirgends. Vor allem nicht in London«, stimmte Lee ihm zu.

»Ich würde gerne das Thema beenden«, sagte ich in meinem strengsten Tonfall.

Lee und Jayden wechselten einen kurzen Blick. Typische nonverbale Kommunikation zwischen Jungs. Zumindest ließen sie das Thema fallen.

»Können wir weiterjoggen?«, fragte ich, um die Stille zu überspringen.

Jayden nickte und Lee trabte los.

In diesem Moment sah ich ihn.

Er stand am Albert Memorial und zwinkerte mir zu. Ich blieb abrupt stehen. Jayden und Lee, die wegen unserer Diskussion noch immer schwiegen, bekamen das augenblicklich mit und blieben ebenfalls stehen.

»Was ist los, City?«, fragte Jayden und stöhnte. »Bist du jetzt sauer, nur weil mal jemand die Wahrheit sagt?«

Aber Lee sah genau in die gleiche Richtung wie ich. Hatte er ihn auch gesehen? Denn er war verschwunden. Einfach so. Von jetzt auf gleich. Weg. Wie die Zauberer aus Harry Potter mit ihrem Apparieren. Nur dass es nicht geknallt hatte. Ich sah zu Lee neben mir. Er musterte mich mit einem seltsamen Gesichtsausdruck.

»Also, ich bin hier zum Joggen und nicht, um dauernd Pausen einzulegen«, erklärte Jayden und trabte weiter.

Ich schloss sofort auf. Wenn ich nicht so verwirrt gewesen wäre, wäre mir vielleicht da schon etwas in den Sinn gekommen, das mich vor allen weiteren Geschehnissen gewarnt hätte.

Irgendetwas hatte mich geweckt. Langsam versuchte ich zu mir zu kommen und zu analysieren, was nicht stimmte. Dann hörte ich leise Stimmen. Nicht mehr als ein Flüstern. Da war jemand! So ein Unsinn, natürlich war da jemand. Ich war bei Lee. Wahrscheinlich war sein Vater doch einmal zu Hause. Das machte mich neugierig. Ob Lee ihm ähnlich sah? Und wie sah ein Mann wohl aus, der einen so hübschen Sohn hatte? Leise schlug ich meine Decken zurück und öffnete die Tür einen Spalt. Der Flur war verlassen und dunkel, aber das Wispern war noch immer zu hören.

Es waren eindeutig mehr als zwei Stimmen. Vielleicht der hübsche Cousin, von dem Lee mir erzählt hatte? Von der Treppe her war ein seltsam grünes Licht zu sehen. Weihnachtsbeleuchtung? Aber nein. In dieser Richtung befand sich kein Fenster und Lee hatte nirgendwo etwas geschmückt. Ich schlich auf den Flur.

Das Wispern kam eindeutig aus Richtung des grünen Lichts. Waren etwa Einbrecher im Haus? Ausgeschlossen war das nicht. Jeder Beobachter sah einen jungen Mann alleine das Haus betreten oder verlassen. Leichte Beute. Und bei den ganzen Antiquitäten, die hier herumstanden, eine verlockende.

Das Wispern wurde etwas lauter. Aber ich konnte kein Wort verstehen. Es klang gälisch oder walisisch und ich beherrschte beides nicht. Das grüne Licht war wie von Nebel gedämpft. Mit klopfendem Herzen überlegte ich: Situation a) walisische, irische oder schottische Einbrecher standen auf der Treppe, b) der Geist eines ehemaligen Hausbesitzers weinte auf der Treppe alten Zeiten nach, c) Lees Vater hatte seinerseits eine Freundin dabei, die Schottin, Irin oder Waliserin war, d) keine Ahnung. Meine Fantasie ließ mich im Stich.

Davon abgesehen war keine der genannten Situationen wünschenswert. Aber Lees Vater zu sehen lockte doch arg. Mein Herzschlag übertönte beinahe die flüsternden Stimmen und ich bemühte mich so flach wie möglich zu atmen. Ich schielte um die Ecke, die Treppe hinunter. Niemand da. Zumindest kein Mensch. Nur grünes Licht. Neugierig beugte ich mich weiter vor – das Licht kam anscheinend aus der Wand. Die Wand strahlte grünes Licht ab? Doch dann ging mir auf, woher das Licht kam und auch das Flüstern.

Das Bild mit den Faunen und Elfen war zum Leben erwacht.

Ich schlug die Augen auf und wusste, etwas war geschehen. Dann fiel es mir wieder ein: In der Nacht war das Bild mit den Elfen in diesem riesigen barocken Rahmen zum Leben erwacht. Die Elfen hatten in einer fremden Sprache geflüstert und waren umhergeschwirrt mit ihren libellenartigen Flügeln. Ich sah an die Kassettendecke mit dem Kronleuchter, dann zu den schweren, grüngoldenen Damastvorhängen. Ich war in einem Museum. Und mittlerweile träumte ich schon von Gemälden, die zum Leben erwachen. Reiß dich zusammen, Felicity, sagte ich mir und stand auf. Da klopfte es an der Tür.

»Fay? Bist du wach?«

»Ich muss mich noch anziehen«, antwortete ich Lee.

»Okay, ich warte in der Küche auf dich.«

Meine Güte, wer uns nicht kannte, konnte glauben, wir wären Geschwister. Oder ein lang verheiratetes Ehepaar.

Als ich in die Küche kam, hatte Lee bereits eine dampfende Tasse Kaffee vor sich stehen und studierte die Morgenzeitung. Lang verheiratetes Ehepaar, schoss mir wieder durch den Kopf.

Er sah auf und grinste. »Morgen. Möchtest du auch Kaffee?«

»Bleib sitzen. Ich bediene mich selber.«

Keine Frage, er genoss unser Zusammenleben. Vielleicht war er doch wesentlich einsamer als bislang angenommen. Immerhin hatte ich Mum. Ich wohnte jetzt schon über eine Woche bei ihm und sein Vater hatte sich genauso wenig bei ihm gemeldet wie meine Mutter bei mir. Normalerweise frühstückten Mum und ich am Wochenende gemeinsam. Dann konnten wir in Ruhe miteinander reden, wozu wir die Woche über keine Zeit hatten.

»Kann ich die Stellenanzeigen haben?«, fragte ich, als ich mich mit meiner Tasse Kaffee zu ihm setzte und einen Toast bestrich.

Lee sah mich alarmiert an. »Du willst doch wohl nicht das College abbrechen?«, sagte er vorwurfsvoll.

»Nein. Aber ich brauche einen Job, um Geld fürs Studium zu verdienen.« Ich konzentrierte meinen Blick auf den Toast. »Ich will nicht mehr für Mum arbeiten. Nicht, weil ich nichts verdient habe, sondern weil sie mich belogen hat. Wenn sie mir die Wahrheit gesagt und mich ums Geld gebeten hätte, hätte ich es ihr gegeben. Aber sie hat mich belogen, bestohlen und hintergangen.«

So, jetzt war es raus. Ich konnte das Ticken der alten Wanduhr aus dem Salon nebenan hören und den Verkehr draußen auf der Straße. Dann raschelte Papier. Lee reichte mir ein paar Seiten der *Times*. Und lächelte mich mit einem umwerfend strahlenden Lächeln an.

»Die suchen eine Bedienung im Old Marquess. Wäre das was für dich?«

Das bezweifelte ich. Das Marquess war eine der meistbesuchten Kneipen Londons direkt am Covent Garden. Die Bedienungen waren ausschließlich junge, schlanke, schöne Leute, die mit Witz und Charme die Getränke servierten. Aber ich wollte Lee nicht vor den Kopf stoßen. »Ich kann mich ja mal vorstellen gehen.«

»Hast du für heute etwas Besonderes vor?«, fragte Lee nach einem Sandwich und der ersten Tasse Kaffee.

Ich biss in meinen Toast und zuckte die Schultern. »Ich dachte, ich gehe mich vorstellen bei sämtlichen Jobs, die was für mich wären.«

Lee nickte.

»Nachdem ich dir beim Putzen geholfen habe.«

Jetzt sah er auf und grinste spöttisch. »Weshalb?«

»Ist das nicht das Mindeste? Immerhin darf ich bei dir wohnen.«

»Nein, ich meine, weshalb willst du putzen? Es ist doch alles ordentlich.«

Ich wollte auf die Krümel auf dem alten Schneidebrett hinweisen, aber sie waren verschwunden. Mit offenem Mund starrte ich darauf. Ich hatte genau gesehen, dass dort alles vollgekrümelt gewesen war, als er den Toast aus der Tüte gezogen hatte.

In den letzten drei Tagen hatte ich sämtliche Stellenangebote abgeklappert. In den meisten Bars hatte man mir eine Absage erteilt – wie ich es vorausgesehen hatte. Erst in der letzten hatte ich drei Probetermine zum Arbeiten bekommen. Ich hätte schlafen müssen wie ein Stein. Stattdessen wurde ich wach, als draußen auf dem Berkeley Square eine Uhr zwölf schlug. Auch wenn ich sofort wusste, wo ich mich befand, brauchte ich einen Moment, um zu registrieren, was mich geweckt hatte. Ich hatte geträumt. Einen sehr unheimlichen Traum.

Gesehen hatte ich nicht wirklich was. Ich stand auf einem Anger an der Küste nahe Trethevy, meinem Heimatort in Cornwall. In der Ferne erhoben sich die Klippen von Tintagel. Ich flocht Blumenkränze. Das hatte ich schon immer gern getan. Auf einmal sah ich aus den Augenwinkeln etwas über dem Felsen. Drachenflieger? Ich sah genauer hin, konnte aber keinen dieser bunten Flieger entdecken. Als ich hinlaufen wollte, um nachzusehen, ob jemandem etwas passiert war, sah ich es wieder. Es sah aus wie der Flügel eines Flugsauriers. Und dann knurrte es laut.

In diesem Moment hatte ich die Augen aufgeschlagen. Erschrocken hörte ich wieder das Knurren. Aber dann lachte ich selber. Mein Magen knurrte. Ich hatte *Hunger*. Seit dem Frühstück hatte ich nichts mehr gegessen und bis zum Frühstück würde ich nicht mehr warten können. Mir war regelrecht übel vor Hunger. Ich knipste die Nachttischlampe an und ging zur

Tür. Hoffentlich weckte ich Lee nicht. Er schien Fledermausohren zu besitzen.

Ich war nicht allein auf, stellte ich fest, als ich die Tür öffnete. Im Flur unterhielt sich jemand. Schon wieder. Ich zwickte mich fest in den Unterarm, um mich zu vergewissern, dass ich wach war. Au! Schnell verkniff ich einen Aufschrei. Wacher konnte man nicht sein. Meine Fingernägelabdrücke hatten tiefe Rillen hinterlassen, die sich blau färbten. Die Stimmen waren gedämpft und kamen von der Treppe. Männerstimmen, die auf jemanden einredeten. Ziemlich energisch sogar.

»... rangehen. Die Zeit wird immer knapper. Calum hat irgendetwas vor.« Die Stimme zischte.

»Er hat es verbockt«, sagte eine sehr tiefe Stimme gedämpft.

»Zugegeben, sie sieht nicht ...« Ich konnte die dritte Stimme nicht richtig verstehen und schlich noch etwas näher. »Gemäß den uralten Sagen hatte ich mir mehr erhofft«, hörte ich eine weitere Person, die nun leicht seufzte.

»Hatten wir alle«, sagte der Zischende.

»Vielleicht ist sie es nicht. Vielleicht liegt eine Verwechslung vor«, meinte der Seufzende.

»Dann haben wir ein Problem«, sagte der Bass. »Die Zeit läuft uns davon. Zu schade, dass die Sagen ...«

Er schien sich wegzudrehen, denn seine Worte waren kaum mehr zu hören. Ich schlich noch näher ... und erstarrte. Der alte Holzboden knarrte wie eine rostige Türangel. Panisch drückte ich mich hinter eine Kommode und erwartete jeden Moment von drei Männern entdeckt und niedergestreckt zu werden. Ich weiß nicht, wie viele Minuten ich dort kniete, aber nichts geschah. Ich hatte nicht einmal Schritte gehört. Allerdings schlug mein Herz wie wild und ich versuchte meinen Atem zu beruhigen, um überhaupt etwas zu hören. Doch die Stimmen waren verschwunden. Kein Atem, kein Rascheln war zu hören. Nur das stete Ticken einer alten Standuhr am Ende des Korridors.

Vorsichtig erhob ich mich und schlich einen Schritt weiter. Dann noch einen. An der Ecke zur Treppe presste ich mich noch einmal an die Wand und versuchte zu horchen. Mein Herz hämmerte viel zu laut. Ich lugte um die Ecke. Nichts. Die Treppe war leer. Mattes grünes Licht drang aus der Wand rechts. Aus dem Elfenbild. Ich sah eine Bewegung. Eine fette Spinne kroch aus dem Bild über den Rahmen.

Ich konnte nicht anders. Ich schrie.

Auf einmal fühlte ich Arme um mich. Ich wehrte mich, aber dann drang die Stimme in mein Bewusstsein. Lee hielt mich fest.

»Beruhige dich, Fay. Ganz ruhig. Ich bin hier. Dir kann nichts geschehen.«

Ich deutete mit ausgestrecktem Arm auf die dicke Spinne, die gemächlich an der roten Wand emporkrabbelte.

»Oh. Tut mir leid. In alten Häusern sind oft so dicke Spinnen. Ich werde versuchen sie zu entfernen.«

»Die Spinne ist mir piepegal«, schrie ich und drehte mich zu ihm um. »Sie kam aus dem Gemälde.«

Ich bildete es mir nicht ein. Ich sah genau, dass er einen Augenblick lang erschrocken war. Sein Blick flog zum Bild hinter mir, aber der Moment verflog im Nu und er hatte sich wieder in der Gewalt.

»Sie ist *über* das Bild gekrabbelt, Felicity.«

Ich funkelte ihn wütend an. »Erzähl mir nicht, was ich gesehen habe. Sie kroch direkt unter diesem Blatt hervor. UNTER dem Blatt!«

Lee lächelte nachsichtig und lehnte sich an das Geländer hinter ihm.

»Denk doch mal nach, Felicity, das ist unmöglich.«

»Sag mir nicht, was unmöglich ist. Ich weiß, dass es unmöglich ist. *Aber es ist passiert!*« Ich merkte, dass ich kurz vor einem Nervenzusammenbruch war. Ich wusste, was ich gesehen hatte, trotzdem konnte ich es nicht glauben. Lee sah unerbittlich aus. Ich blickte zu Boden und atmete zweimal tief ein und aus. Dann sah ich auf. »Ich habe Hunger. Kann ich was zu essen bekommen?«

Lee sah mir zu, als ich mein drittes Sandwich verdrückte.

»Kann ich dir sonst noch was anbieten? Tee? Baldrian?«

Ich blickte auf. »Eine Zigarette? Whiskey? Opium?«

Er lachte. »Echt, Fay, dein Humor ist ziemlich schwarz.«

Ich zuckte die Schulter und steckte den letzten Bissen in den Mund. Jetzt fühlte ich mich besser. Und ich zweifelte selber an mir. »Danke«, sagte ich, trank einen Schluck Wasser und gähnte.

Wir hatten bislang kein Wort mehr über den Vorfall vorhin verloren. Ich war so ausgehungert gewesen, ich hatte die Sandwiches verdrückt, ohne etwas zu sagen. Jetzt arbeitete mein Verstand wieder und auf einmal fiel mein Blick auf Lee. Er saß mir gegenüber und lehnte sich bequem auf dem Stuhl zurück, die langen, wohlgeformten Beine weit von sich gestreckt und die Knöchel überschlagen. Er hatte ein T-Shirt und Boxershorts an. Er sah umwerfend aus. Wie ein griechischer Gott. Felicity Stratton würde einem Angriff auf seine Tugend nicht widerstehen können.

»Ich glaube, jetzt bin ich doch müde.« Ich gähnte noch einmal und stand auf.

»Lass alles stehen. Ich räume es weg. Geh ruhig ins Bett.« Lee blieb sitzen, ohne sich zu rühren.

»Auf gar keinen Fall.« Energisch erhob ich mich und brachte alles zum Spülstein. Ich säuberte den Teller und räumte alle Lebensmittel in den Kühlschrank. »Danke noch mal.«

»Das war doch nur ein blödes Sandwich«, meinte er ungehalten.

»Ich meine nicht nur das Sandwich und das weißt du ganz genau«, sagte ich und wusste, es klang ruppiger, als ich wollte. »Ich hoffe, dein Vater hat nichts dagegen«, versuchte ich noch einmal mich vorzutasten.

Lee erhob sich und streckte sich. Felicity Stratton würde bei diesem Anblick das Wasser im Mund zusammenlaufen. »Mein Vater ist seltener zu Hause als deine Mutter. Ich bin mir sicher, er wäre von dir begeistert.«

Ganz bestimmt sogar. Im Gegensatz zu den anderen Freundinnen seines sexy Sprösslings schlief ich im Gästezimmer und würde auch nie das Bett wechseln.

»Er hat noch nie eine von meinen Freundinnen kennengelernt«, sagte Lee.

Ich sah ihn ungläubig an. »Sag nicht, er denkt, du seist schwul.«

»Das wohl nicht.« Lee lachte gezwungen. »Ab ins Bett. Es ist spät genug.« Er schob mich zur Tür, aber ich blieb zögernd im Türrahmen stehen. »Was ist?«, fragte er stirnrunzelnd. »Ich gehe in mein Bett, versprochen.«

Ich sah ihn funkelnd an. »Das meine ich nicht … Äh, glaubst

du, die Spinne ist noch da? Ehrlich gesagt habe ich doch Angst vor den Viechern.«

Nach insgesamt zwei Wochen hatte ich meinen Frust so weit überwunden, dass ich zurück in unsere kleine Dachwohnung ziehen konnte. Mum tat einfach so, als wäre nie etwas vorgefallen. Sie nahm mich mit ihrem üblichen nachsichtigen Lächeln zur Kenntnis, als ich aus der Schule kam, und hauchte mir den üblichen Kuss auf die Stirn, ehe sie in den Pub ging.

Lees Vater hatte ich in all der Zeit nicht kennengelernt. Nicht einmal ein Foto hatte ich entdeckt, als ich das Haus erkundete. Die Stimmen waren nicht mehr aufgetaucht, das Bild war leblos geblieben und auch keine Spinne hatte sich mehr blickenlassen. Trotzdem war ich froh gewesen, als ich wieder zu Hause war.

Lee war enttäuscht. Ich sah es ihm zwar nicht wirklich an – er flirtete in der Schule weiterhin mit mir, als wären die vergangenen zwei Wochen nicht passiert –, aber ich wusste es. Woher? Keine Ahnung. Aber er kam öfter unrasiert und mit dunklen Ringen unter den Augen zum Unterricht, als habe er nicht schlafen können.

Als er mich nach Hause gefahren hatte, hatte er noch einmal gefragt, ob ich nicht doch mit ihm zum Schneeflockenball gehen wolle. Ich hatte ihn um eine Bedenkzeit gebeten.

»Warum? Weil du glaubst, Richard kommt zurück?«, fragte er bitter.

»Nein, weil ich nicht weiß, ob ich an dem Abend arbeiten muss«, hatte ich geduldig erwidert. Ich hoffte ja dringend auf den Job.

»Oh. Na dann. Viel Glück.«

Ich konnte nicht anders. Ich beugte mich zu ihm und küsste ihn leicht auf die Wange. »Danke, Lee. Für alles.«

Was ich als Dankeschön gemeint hatte, hatte auf Lee eine sehr seltsame Wirkung. Er sah mich an, als könne er nicht fassen, was ich getan hatte. Ich war wohl zu weit gegangen. Seine Augen waren riesig, sein Blick entgeistert. Ich biss mir auf die Lippen und stieg schnell aus.

MÄNNER IN DER DAMENABTEILUNG

»Können wir endlich gehen?«, quengelte ich. Die Kaufhausluft war zum Schneiden. Phyllis und Nicole probierten das jeweils zehnte Kleid an und konnten sich nicht für eines entscheiden. Zudem ging mir das ganze Weihnachtsgedudel aus den Lautsprechern auf den Senkel. *Jingle Bells* lief bestimmt jetzt zum zehnten Mal. Weihnachten rückte mit großen Schritten näher und meine Freundinnen behaupteten, sie müssten ihre Ballkleider vor den ganzen Familienessen kaufen. Damit sie anschließend nicht zwei Nummern größer ausfielen.

Tatsache war: Weihnachten lag mir, wie jedes Jahr, im Magen. Drei Wochen vorher begann ich immer unleidlich zu werden. Und Lee war schon wieder für sechs Tage spurlos verschwunden gewesen. Ich musste mir jeden Morgen die Fragen nach seinem Verbleib anhören und Felicity Strattons funkelnde Blicke gefallen lassen.

»Nur weil dich niemand zum Ball eingeladen hat, kannst du uns doch den Spaß gönnen«, sagte Nicole spitz.

»Aber sie ist doch gefragt worden«, sagte Ruby verträumt und begutachtete ihr Dekolleté in einem lavendelfarbenen Kleid.

Phyllis und Nicole hielten in ihren Bewegungen inne und sahen mich an, als hätte ich mich in Camilla Parker-Bowles-Windsor verwandelt.

»Lee hat sie gefragt«, sagte Ruby mit ihrer leisen Fistelstimme.

Nicole ließ die Arme fallen. Phyllis stand der Mund offen. Mir auch. Woher wusste Ruby das? Ich hatte es niemandem erzählt. Ich fühlte mich äußerst unbehaglich. Vor allem als ich sah, wie Nicole ihre Augen verengte.

»Weißt du etwa schon, was du anziehst?«, fragte sie bissig.

»Nein«, sagte ich.

»Warum willst du dann nach Hause gehen? Such dir was.« Phyllis brachte mir das Kleid, das sie vorhin zur Seite gelegt hatte. Sie war von Hugh FitzPatrick eingeladen worden. Nicole ging mit Corey, und Ruby war von Thomas McLeod, einem Jungen aus dem oberen Jahrgang, gefragt worden.

Ich wehrte ab. »Ich gehe nicht zum Ball.«

»Warum nicht?«, fragte Phyllis verdutzt.

»Ich kann nicht mit Lee zum Ball gehen«, sagte ich scharf. »Ich käme mir vor wie die Begleitung zu einem *Wer-bringt-den-peinlichsten-Anhang-mit*.«

»Du hast einen Knall«, sagte Phyllis fassungslos. »Der schärfste Typ der Schule fragt dich und du gibst ihm einen Korb, weil du glaubst, du siehst neben ihm aus wie Beth Ditto?«

Ich zog eine Grimasse. »Und die sieht noch gut aus. Würdest du als Beth Ditto mit Alexander Skarsgaard ausgehen?«

Sie machte ein skeptisches Gesicht. »Nein, aber du bist nicht sie. Du hast abgenommen. Brauchst du nicht sowieso mal neue Sachen? Die da fangen schon an zu schlottern.«

»Lenk nicht ab«, wies ich sie schroff zurecht. Jede meiner Freundinnen wusste, dass ich mir nichts leisten konnte.

Aber Phyllis ließ sich dieses Mal nicht einschüchtern. »Du kannst dir was leihen und deine Haare ein bisschen herrichten ...«

»Mon Dieu, Felicity, bist du das?«

Zu meinem größten Erstaunen stand die kleine französische Amerikanerin vor mir. Ihre Haare waren noch genauso stoppelig wie beim letzten Mal, allerdings diesmal ketchuprot. »Wie es aussieht, gehst du wieder zu einer Party. Ist Richard in der Stadt?«

Ich wurde knallrot. »Nein, ich begleite meine Freundinnen.« Meine Güte, wie hieß sie doch gleich?

»Ist Lee auch da? Ich brauch seinen Kopf. Kannst du ihm meine Telefonnummer geben? Er muss mich unbedingt anrufen.« Flo reichte mir eine Visitenkarte. Der Name fiel mir im selben Moment ein, in dem sie mir die Karte in die Hand drückte. Ich warf einen Blick darauf. Oh, Flo stand für Florence.

»Ich richte es ihm aus«, sagte ich artig und verstaute die Karte in meinem Geldbeutel.

»Oh, ich habe noch was für dich«, sagte Florence und wühlte in ihrer riesigen Handtasche. Phyllis, Ruby und Nicole kamen neugierig näher.

»Ah, hier ist es ja«, rief die quirlige Frau auf einmal und hielt triumphierend ein Foto in die Höhe.

Hinter mir hörte ich Nicole scharf die Luft einziehen.

»Donnerwetter, Felicity, das sieht ja stark aus«, meinte Phyllis staunend. Nicole hatte Mund und Augen weit aufgerissen. Es war das Foto von Lee und mir in Georges Boutique, kurz bevor wir mit dem Taxi an den Leicester Square gefahren waren.

»Wow, Lee sieht wie ein Model aus. Wer ist die tolle Frau an seiner Seite?«, fragte Ruby arglos.

Phyllis grinste zu mir und rollte mit den Augen.

»Das ist Felicity«, erklärte Nicole. Ihr Ton war seltsam dünn und scharf.

»Ach, Bijou, deine Haare sind so herrlich«, sagte Florence und fasste in meine herunterhängenden Strähnen.

Ich konnte absolut nichts *Herrliches* darin sehen und nach den Gesichtern von Ruby und Nicole zu urteilen die beiden auch nicht.

Aus Florences immenser Tasche drangen die Töne von Jacques Brels *La Mer*. »Ai, mein *Cellphone*. Küsschen, Fée, denk an Lee, ja? Bis bald.«

Mit dem Handy am Ohr verschwand sie zwischen den Kleiderstangen.

»Habe ich jetzt geträumt oder war da wirklich eine kleine Französin, die Felis Haare mag?«, fragte Nicole noch immer baff.

»Sie ist eigentlich Amerikanerin«, erklärte ich kleinlaut.

»O Feli! Du hast uns gar nicht erzählt, dass du schon eine Robe für den Schulball hast«, meinte Ruby entrüstet. »Ich dachte, du gehst nicht hin.«

»Von wegen Beth Ditto«, murrte Nicole und starrte wieder auf das Foto, als wollte sie es sich einprägen. »Das Kleid ist umwerfend. Ist das etwa ein Designer-Outfit?«

»Jon George«, antwortete Phyllis statt meiner. Ich sah sie verblüfft an. Sie zuckte mit den Achseln. »Hey, ich war letztes Frühjahr auf seiner Modenschau, schon vergessen? Das war eines von den Modellen, die vorgestellt wurden und in das ich mich sofort verliebt hatte.«

»Du kannst dir ein Jon-George-Kleid leisten?« Nicoles Augen drohten aus dem Kopf zu fallen.

»Das war nur geliehen«, log ich schnell. Wenn sie jetzt noch erfuhren, dass Lee mir alles besorgt hatte, wären sie restlos beleidigt. Und sollten sie je erfahren, für welchen Anlass, könnte ich mir wahrscheinlich neue Freunde suchen. Ob das Lees Absicht war? Mich von ihnen zu distanzieren? Sofort leistete ich Abbitte. »Habt ihr denn was gefunden? Phyllis, das blaue mit den weißen Applikationen sah toll aus«, lenkte ich ab. »Dir steht am besten Rosa«, sagte ich zu Nicole.

Ruby entschied sich für ein mintgrünes Kleid mit Strasssteinen und wir machten uns auf den Weg zur Kasse – wo eine ellenlange Schlange auf uns wartete.

»O nein!«, stöhnte Nicole, als sie das sah. »Sollen wir einen Kaffee trinken gehen und später wiederkommen?« Sie deutete zu dem Restaurant weiter hinten auf der Etage.

»Ich glaube nicht, dass wir mit der unbezahlten Ware dorthin dürfen«, meinte Phyllis skeptisch. »Ach kommt, wir stellen uns an und überlegen, was wäre, wenn plötzlich Richard Cosgrove hinter uns stünde.« Sofort kicherten wir los. Ein altes Spiel, das noch immer seinen Reiz hatte.

»Ich würde ihm anbieten ihn vorzulassen«, sagte Ruby.

»Falsch!«, rief Nicole amüsiert. »Dann ist er ja noch vor uns fertig und weg. Ich würde mich als neutrale Beraterin anbieten für die Klamotten, die er gekauft hat.«

»Hier ist die Damenabteilung«, sagte ich trocken.

»Na und? Da kenne ich mich am besten aus.«

»Ihr glaubt doch nicht, dass Richard Cosgrove Damenwäsche trägt?«, fragte Ruby mit großen Augen.

Phyllis, Nicole und ich kicherten. »Nein, Ruby, bestimmt nicht«, erklärte ich ihr.

»Man kann nie wissen …«, meinte sie nur. »Ihr kennt doch unseren Nachbarn, Mr Vandervaart, den älteren Herrn, immer in Anzug und Brille. Bei dem wurden letzten Monat Pakete aus einem Online-Shop für Damenschuhe abgegeben!«

Wir anderen drei sahen uns an. »Ruby, bist du sicher, dass die Pakete für Mr Vandervaart waren und nicht für eine Nachbarin, für die er sie vielleicht angenommen hat, weil sie nicht zu Hause war?«, meinte Phyllis.

»Oh. Könnte sein. Ich habe mich schon gewundert, warum dieses scharfe Gestell von nebenan jetzt öfter bei ihm ist.«

»Zum Schuheputzen?«, schlug Nicole vor und wir kicherten wieder los.

»Das scheint ja eine sehr lustige Schlange zu sein«, meinte hinter uns eine tiefe Stimme.

Wir drehten uns um und starrten zu dem Sprecher auf. Hinter uns stand ein Mann, vielleicht Mitte zwanzig. Er war extrem groß, hatte blaugraue Augen, verwuschelte Haare und einen dieser sexy Dreitagebärte. Er sah aus wie ein Filmstar und lächelte uns freundlich an.

»Ich dachte, hier macht es anscheinend Spaß anzustehen, also stelle ich mich dazu«, sagte er und zwinkerte fröhlich. »Kann ich mitlachen?«

Alle anderen waren zu perplex, um etwas zu sagen, also blieb es wohl wieder an mir hängen. »Wir haben uns gerade überlegt, welche Männer wohl hier für sich einkaufen, wie sie aussehen und ob ihnen die Dessous auch stehen.« Neben mir entfuhr Ruby und Phyllis ein fassungsloses Keuchen.

Der Typ lachte laut auf und richtete seine Aufmerksamkeit auf mich. »Meinst du, das würde mir passen?« Er hielt einen wunderschönen hellblauen BH mit passendem Slip hoch.

»Hm«, ich kniff meine Augen zusammen und formte mit beiden Zeigefingern und Daumen ein Rechteck, um seine Brust dadurch zu betrachten. Schließlich schüttelte ich den Kopf. »Nein. 75 B ist definitiv zu klein. 90 C wäre die ideale Größe.«

Er schüttelte sich vor Lachen, während meine Freundinnen mich anstarrten, als seien mir Hörner gewachsen.

»Okay, aber ich glaube, meiner Schwester passt das hier doch besser«, erklärte der Unbekannte schließlich und grinste mich weiterhin auffordernd an. In diesem Augenblick tönte *I Got a Feelin'* aus meinem Handy.

»Wie passend«, sagte Nicole trocken.

Ich warf einen Blick auf das Display und stutzte. Leider hatten auch Ruby und der Typ neben mir daraufgesehen.

»Richard Cosgrove persönlich?«, fragte er mit hochgezogenen Brauen.

»Ein Freund, den ich unter dem Namen eingespeichert habe.« Ich lachte verlegen und nahm an.

»Hey, Felicity«, rief Richard fröhlich. »Weißt du was? Ich bin wieder in London! Und ab Januar bin ich sogar länger in der Stadt. Ich habe Karten für *Sunrise Avenue* am fünfundzwanzigsten Januar – gehst du mit mir hin?«

»Was? Echt?«, stotterte ich überrascht.

Richard klang ernüchtert. »Passt es gerade nicht? Ich meine, wenn du unterwegs bist ...«

»Nein, nein, alles klar. Ich freue mich dich wiederzusehen. Ich stehe hier nur gerade im Kaufhaus an der Kasse. Der fünfundzwanzigste Januar passt prima.«

»Der Ball!«, erinnerte mich Phyllis scharf.

»Oh. Richard, da ist Schneeflockenball.«

»Verstehe. Dann vielleicht heute? Ich bin zwar ein wenig gejetlagt und daher nicht die spritzigste Unterhaltung. Wenn dir das nichts macht, meine ich. Lee kann gerne mitkommen. Wir könnten wieder Darten oder Bowlen oder so was.«

Anscheinend war es selbstverständlich für ihn, dass Lee mit mir zusammen war. Irgendwie ärgerte mich das. »Wir können auch alleine gehen«, schlug ich leise vor.

Richard stutzte einen Moment. »Aber du und Lee … seid ihr nicht …?«

»Nein, immer noch nicht. Also, wie sieht es aus? Ich hätte auch noch eine andere Idee …«

Nachdem wir ausgemacht hatten, dass ich ihn wie beim letzten Mal im Ritz abholte, klang er wesentlich fröhlicher. Richard Cosgrove wollte mich wiedersehen. *Mich!* Mein Herz klopfte aufgeregt, als ich das Handy ausschaltete. Erst jetzt bemerkte ich die neugierigen Gesichter um mich herum. Einschließlich des fremden Mannes mit der Unterwäsche für seine Schwester.

»Feli, wen hast du denn unter Richard Cosgrove auf deinem Handy gespeichert?«, fragte Nicole misstrauisch.

Ich fühlte, wie mir die Hitze ins Gesicht schoss. Ehe ich einen entfernten Cousin erfinden konnte, den sie mir sowieso nicht abgekauft hätten, kreischte Phyllis: »Du hast *tatsächlich* gerade mit Richard Cosgrove telefoniert?« Sie begann auf und ab zu hüpfen. Nicole schloss sich ihr an.

»Wenn ihr nicht sofort aufhört, starren euch gleich fremde Männer auf die wogenden Oberweiten«, zischte ich mahnend.

Der Mann neben uns wurde rot. Phyllis und Nicole stellten ihr Hüpfen schlagartig ein und passten sich seiner Gesichtsfarbe an.

Ruby sah mich arglos an. »Ich dachte, du gehst nicht zum

Schulball. Gehst du jetzt mit Richard hin? Oh, lerne ich ihn dann auch kennen?«

Ich stöhnte. »Zück deinen Geldbeutel. Wir sind dran.«

Die Kassiererin nahm die Kleider der drei entgegen und begann die Bügel zu entfernen.

Der Mann neben mir gluckste vor unterdrücktem Gelächter. »Hört sich vielversprechend an. Anscheinend sind Frauen, die Männer in Dessous beraten können, sehr gefragt. Da du ja heute Abend schon verabredet bist, hättest du nächste Woche vielleicht mal Zeit? Wir könnten uns bei Marks & Spencer auf die Suche nach einem passenden Outfit für mich machen.«

Ich starrte ihn groß an. Dann fand ich endlich meine Sprache wieder. »Ich verabrede mich doch nicht mit wildfremden Männern in der Damenwäscheabteilung.«

»Oh, tut mir leid. Ich sollte mich vorstellen. Ciaran Duncan.« Er streckte mir seine Hand hin.

»Felicity Morgan«, antwortete ich. Er hatte einen seltsamen Händedruck, ähnlich dem von Lee – und ganz ähnlich durchzuckte es mich. »Das sind Nicole Laverick, Phyllis Garraway und Ruby Whitford.«

»Sehr erfreut«, meinte Ciaran und nickte allen zu. Dann blieb sein Blick wieder an mir hängen. »Jetzt kennst du mich. Nächste Woche? Freitagabend?«

»Ach, das war kein Scherz?«, fragte ich erstaunt.

»Nein. Das meinte ich durchaus ernst.«

»Aber abends hat Marks & Spencer zu«, wandte ich ein.

Er kniff ein wenig die Augen zusammen und musterte mich. Auf seinem Mund lag ein Lächeln. »Hm. Dann muss ich mir wohl ein Alternativprogramm einfallen lassen.«

Ich schluckte und wandte meinen Blick ab. Er fiel auf einen der unzähligen Spiegel, die hier verteilt waren. Ich sah aus wie immer: ein paar Kilo zu viel, langes, strähniges Haar, nicht glatt, nicht lockig, ungeschminkt wie meistens und in den üblichen langweiligen Jeans mit Shirt und Jacke. Jemand stellte sich vor mein Spiegelbild.

»Ah, Bijou, noch hier? Was Schönes gefunden?« Flo hatte uns gesehen und kam auf mich zu. Dann entdeckte sie Ciaran. Ihre Augenbrauen hoben sich anerkennend. »O là là. Du hast tatsächlich was gefunden, du schlimmes Mädchen.«

Ich fühlte mich so rot werden wie ihre Haare.

»Wenn du ein Styling brauchst, hast du ja meine Karte. Ruf an. Ich helfe dir. Bisous, Chérie.« Sie küsste mich links und rechts auf die Wange und entschwand winkend.

Der Blick in den Spiegel hatte mir gezeigt, dass ich ihr Angebot annehmen sollte. Gleich drei tolle Männer wollten mit mir ausgehen. Ich wäre verrückt, wenn ich es nicht täte.

»Nächste Woche Freitag kann ich nicht.« Ich musste zum zweiten Mal in der Bar zur Probearbeit. »Wäre dir Freitag nach Weihnachten recht?«

Er nickte. Ich schrieb ihm meine Handynummer auf eines der Preisschilder.

»Kennst du die Porterhouse Bar am Covent Garden? Um acht?«, fragte er. Ich nickte. »Prima. Ich melde mich vorher noch mal. Bisou, Chérie!« Er grinste, nahm meine Hand, zog mich an sich und küsste mich links und rechts auf die Wange wie Florence. Meine Wangen brannten jetzt noch dunkler als zuvor.

Kaum waren wir außer Sichtweite, ging das Feuer los.

»Ich fass es nicht!«, schrie Phyllis und begann wieder zu hüpfen.

»Du hast drei Dates? Mit drei unglaublichen Typen. Wie schaffst du das bloß?«

»Mit wem gehst du denn jetzt zum Schneeflockenball? Mit Richard Cosgrove oder diesem Typen?«, fragte Ruby.

»Weder noch«, stöhnte ich. »Ich gehe mit Lee. Das bin ich ihm schuldig.«

»Ach, wenn du nur aus Mitleid mit einem Jungen dahin gehst, könntest du ihn auch jemand anderem überlassen«, bemerkte Nicole spitz.

Oh, oh. Sie ist eifersüchtig, ging mir schlagartig auf. »Nein. Ich mag Lee wirklich gern«, widersprach ich ruhig.

Nicole blieb direkt vor mir stehen. »Ach ja? Seit wann?«

Die Frage war wohl berechtigt, da ich aus meiner anfänglichen Abneigung gegen ihn keinen Hehl gemacht hatte. Aber in den letzten Wochen hatte sich meine Einstellung gewandelt. Vor allem seit er mich so großzügig bei sich hatte wohnen lassen.

»Findest du es okay, hinter seinem Rücken mit anderen Typen auszugehen?«

»Lass sie, Nicole«, sprang Phyllis ein. »Auf den letzten Bällen war sie immer nur Zaungast. Gönn es ihr doch.«

»Das stimmt«, pflichtete Ruby ihr bei. »Sie hat immer auf unsere Taschen aufgepasst, weil niemand mit ihr tanzen wollte.«

Ruby hatte Recht. Mit der pummeligen Stadt hatte niemand tanzen wollen.

Nicole senkte beschämt ihren Blick und nickte. »Tut mir leid. Ich bin ... ich wäre auch gern so schlagfertig wie du. Jetzt kommen wir in ein Alter, wo das Aussehen nicht mehr alles ist und die Typen auf schlagfertige Frauen stehen. Jetzt kommt deine Zeit.«

»Na, vielen Dank«, meinte ich ironisch. »Also besteht die Hoffnung, dass ich nicht hinter dem Tresen meiner Mutter ende, sondern am Herd, um fünf Bälger zu bekochen.«

Alle drei lachten.

»Genau das ist es, was ich meine«, sagte Nicole. »Deshalb hat der Typ vorhin dich spontan nach deiner Nummer gefragt. Hast du Richard Cosgrove auch so kennengelernt?«

Ich seufzte und erzählte endlich von dem märchenhaften Abend, an dem Lee mich Richard vorgestellt hatte.

»Und warum hast du uns nichts davon erzählt?« Dieses Mal klang Phyllis etwas verschnupft.

Das konnte ich in gewisser Weise nachvollziehen. Trotzdem hatte ich dafür keine richtige Erklärung. Zumindest keine, die meinen Freundinnen gefallen hätte. Zum einen hatte ich nicht glauben können, dass Richard tatsächlich mit mir hatte ausgehen wollen, und zum anderen wollte ich das allein genießen, ohne hüpfende Freundinnen. Um das zu umgehen, gestand ich schließlich, dass wir uns seither noch einmal getroffen hatten.

»Du hast ihn in den Pub deiner Mutter mitgenommen?«, fragte Phyllis fassungslos.

»Das war echt cool. Mike, Stanley und Ed waren richtig gut drauf, kannten Richard nicht und benahmen sich wie immer. Sie mogelten beim Kartenspielen und erzählten witzige Storys von früher. Richard hat's gefallen.«

»Und was machst du heute Abend mit ihm?«, fragte Ruby neugierig.

»Mal sehen«, wich ich aus, obwohl ich mir schon etwas überlegt hatte. Aber zuerst musste ich noch was erledigen.

»Lee? Wenn du da bist, mach bitte auf«, rief ich, noch während ich klingelte und gleichzeitig an die Tür klopfte. Der Türöffner surrte und ich stolperte ins Haus.

»Meine Güte, Fay, ist was passiert?« Er sah aus, als stünde er in Alarmbereitschaft, um mich vor gemeingefährlichen Gangstern zu schützen.

»Nein, nein, aber ich muss dringend mit dir reden«, beruhigte ich ihn schnell und eilte die Treppe, immer zwei Stufen auf einmal nehmend, hinauf.

Es blitzte kurz in seiner Hand. Dann war sie frei.

»Hast du da etwa ein Messer verschwinden lassen?«, fragte ich verblüfft.

»Was? Quatsch«, meinte er nicht sehr überzeugend.

»Du wolltest wirklich jemanden damit bedrohen?«, fragte ich und lugte um ihn herum. Aber in seinen Gesäßtaschen war nichts zu sehen.

Er fasste mich an den Schultern und rückte mich wieder vor sich. »So, jetzt raus damit. Was ist passiert, dass du hier Sturm klingelst und bei mir einen Herzinfarkt verursachst?«

»Ich muss unbedingt mit dir reden. Hast du kurz Zeit?« Erst jetzt fiel mir auf, dass er nur Shorts und ein T-Shirt trug und aussah, als hätte ich ihn aus dem Bett geholt. Seine Haare waren noch wirrer als sonst und Bartstoppeln sprossen hervor.

»Wenn es dich nicht stört, dass ich unrasiert bin.« Er hatte meinen Blick verfolgt.

»Ich glaube, damit kann ich leben. Aber deine nackten Beine machen mich nervös.«

Seine Augen blitzten. »Komm hoch. Vielleicht solltest du vorgehen, dann hast du meine Beine nicht vor Augen.«

»Höre ich da einen zufriedenen Unterton aus deiner Stimme?«, fragte ich irritiert und quetschte mich an ihm vorbei.

»Wo denkst du hin«, grinste er. Obwohl er gerade erst aufgestanden war, roch er nach diesem unbeschreiblichen Duft. Vielleicht sogar noch mehr als sonst.

»Wo bist du in den letzten sechs Tagen gewesen?«

In seinem Zimmer war noch alles dunkel. Ich öffnete kurzerhand die Fensterläden und blinzelte. Die Sonne kam mir hier oben noch heller vor.

»Ich musste meinem Dad helfen. Wir waren im Ausland. Wir sind erst heute früh heimgekommen. Und dann musste ich hier noch was erledigen. Ich kam erst vor zwei Stunden zum Schlafen.«

Wieder eine Erbsache? Als ich mich umdrehte, rekelte sich Lee gemütlich auf dem Sofa. Er sah verboten sexy aus in diesem Moment und ich musste mir mit aller Macht in Erinnerung rufen, dass er *nur* ein Freund war. Nicht mehr. Nur ein Freund. Freund. Okay.

»Was ist denn so wichtig?«, fragte er und gähnte, so dass sein Kiefer knackte.

»Ich muss dir was beichten.« Vorhin war mir die Sache leichter erschienen. Wir waren ja nur Freunde. Also, ich würde ihm sagen, dass ich heute Abend mit Richard unterwegs sein würde und dann in zwei Wochen mit Ciaran und zum Ball mit ihm. Es ihm wenigstens selber sagen, ehe er es von Ruby oder Nicole erfuhr.

Lee runzelte besorgt die Stirn und richtete sich auf. »Ist was passiert?«

»Na ja. Nicht direkt, aber irgendwie schon.«

»Gott, Fay, spann mich nicht so auf die Folter. Sag es endlich, egal was es ist.«

»Richard hat angerufen. Er ist wieder in London und wir haben uns verabredet.«

Lee betrachtete mich eingehend. »Okay. Wie ... äh ... nett von ihm. Sag ihm einen schönen Gruß von mir.«

»Ach ja, und dann war ich mit Phyllis, Ruby und Nicole einkaufen. Sie brauchten Kleider für den Ball. Sie haben auch sehr schöne gefunden. Ruby sieht aus wie eine Elfe in diesem Mintgrün ...«

»Fay, komm bitte zum Punkt.«

»Okay, okay. Also an der Kasse haben wir diesen Typen kennengelernt. Er kam mit uns ins Gespräch ... na ja, eigentlich mehr mit mir ... und er hat mich für Freitag nach Weihnachten eingeladen. Ich wollte nur, dass du das weißt.«

Lee sah mich verständnislos an, als hätte er vergessen, dass eins und eins zwei ergibt.

»Was ich dir sagen wollte, ist, dass ich heute Abend mit Richard ausgehe und übernächste Woche mit diesem Typen aus der Damenwäscheabteilung.«

Lee schüttelte leicht den Kopf. »Warum sagst du mir das?« Er hatte mit Mittelfinger und Daumen seine Nase umfasst und die Augen geschlossen. War er sauer?

Ich atmete tief durch, dann sprudelte es aus mir hervor: »Ich möchte nicht, dass du auf dem Ball von anderen erfährst, mit wem ich mich sonst noch treffe. Ich wollte es dir persönlich sagen.«

Ein paar quälende Sekunden verstrichen, ehe Lee mich ansah. »Auf dem Ball?«

»Äh, ja. Der Schneeflockenball.« Schlagartig fiel mir ein, dass er vielleicht zwischenzeitlich jemand anderen gefragt hatte, weil ich so lange mit einer Antwort gezögert hatte. »Aber falls du mit jemand anderem gehen willst, ist das kein Problem für mich ... ich meine, ich habe durchaus Verständnis ...«

»Fay!«, unterbrach er mich und seine Stimme war extrem streng. »Ich habe niemanden gefragt. Nur um sicher zu sein: Heißt das jetzt, du gehst doch mit mir dahin?«, hakte er nach.

Ich nickte.

»Warum?«

Erstaunt sah ich auf. *»Warum?«*

»Ja, Fay, warum hast du auf einmal deine Meinung geändert?«

Gute Frage. Eigentlich hatte ich meine Meinung nicht geändert. »Wenn ich zum Schneeflockenball gehe, dann am liebsten mit dir«, erklärte ich matt.

Er kniff die Augen argwöhnisch zusammen.

»Doch, das stimmt. Ich wollte eigentlich nicht mit dir hin, weil ich Angst hatte, ich würde neben dir aussehen wie Beth Ditto.«

Lee rollte die Augen.

»Aber dann habe ich heute Florence getroffen. Du weißt schon, die Friseuse – oder sollte ich besser sagen Hairstylistin? Egal. Oh, nebenbei, du sollst sie anrufen, sie hätte dich gern als Model bei irgendeiner Fashion-Show. Hier ist ihre Karte. Und dann hat sie mir noch das hier gegeben.« Ich ging vor ihm in die Hocke und reichte ihm beides: die Visitenkarte und das Foto.

Die Karte legte er ungelesen neben sich auf die Couch, aber

das Foto betrachtete er eingehend. Ich sah, wie seine Wangenmuskeln zuckten. Lange starrte er auf das Foto, schließlich sah er mich an und ich glaubte einen Moment unter seinem Blick zu verbrennen.

»Du siehst umwerfend darauf aus, Fay«, sagte er leise. Seine Stimme klang heiser.

»Wenn … wenn du nichts dagegen hast, würde ich das Kleid gerne noch einmal anziehen. Ich meine, es ist doch viel zu schade, um nur einmal getragen zu werden, oder? Und es sieht wirklich toll aus.«

Sein Lächeln war so strahlend, dass ich blinzeln musste.

»Das tut es«, meinte er mit belegter Stimme und einem weiteren Blick auf das Foto in seiner Hand.

»Ich möchte wirklich mit dir hingehen, Lee. Ich würde mich auch freuen, wenn du heute Abend mitkommst. Richard hat sogar nach dir gefragt.«

Aber er schüttelte den Kopf. »Heute Abend geht nicht. Ich muss aber noch mal nachfragen: Du hast ein weiteres Date?«

Ich nickte zögernd.

»Mit einem wildfremden Mann aus der Damenwäscheabteilung?«

Ich nickte wieder. »Ja, aber er hat die Wäsche für seine Schwester gekauft. Sie war auch viel zu klein für ihn. Er hatte einen sehr durchtrainierten, breiten Brustkorb.« Unwillkürlich fiel mein Blick auf Lees T-shirt-bedeckte Brust. Die war auch ziemlich breit. Seit wann? Ob er sich die auch rasierte? Im gleichen Moment ging mir auf, was ich da gerade dachte, und ich wurde rot. Als ich Lees Blick wieder begegnete, blitzten seine Augen belustigt auf und seine Mundwinkel zuckten, als … »Hast du gerade mitbekommen, was ich gedacht habe?«, fragte ich und war bestimmt puterrot im Gesicht.

»Was hast du denn gedacht, Fay?«, fragte er und in seiner Stimme schwang ein unterdrücktes Lachen mit.

»Sag du es mir, wenn du es weißt«, konterte ich. Er beugte sich vor und sah mir tief in die Augen. Ich musste an irgendetwas denken, aber ich war nicht in der Lage dazu. Woran hatte ich noch gedacht? Seine Brust, ach ja. Sofort wurde ich wieder verlegen und begann in Gedanken *Die kleine Spinne* zu singen.

Lee schaute einen Moment verwundert drein, dann begann er laut zu lachen.

»Und?«, fragte ich.

»Tut mir leid«, kicherte er und ließ sich zurückfallen, »aber ich stelle mir gerade vor, wie du gedanklich singst, und das ziemlich schräg, nur um mich in die Pfanne zu hauen.«

Ich funkelte ihn wütend an. Gut, vielleicht hatte ich ein altes Klischee befolgt. Damit war nichts bewiesen und er machte sich über mich lustig. Toll, als ob ich das nötig hätte.

Lee stand vom Sofa auf und streckte sich. »Hast du Lust auf einen Tee? Ich gehe nur kurz duschen und dann setze ich uns einen auf.« Während er das sagte, zog er sein T-Shirt aus.

Entgeistert starrte ich auf seine Brust. Sie war breit und durchtrainiert und glatt. »Äh …« Ich schluckte. »Ich glaube, ich gehe … ich muss mich noch ausziehen für Richard … ich meine natürlich anziehen … Nein, *umziehen*. Ich muss mich umziehen. Oh, und ich brauche noch Florences Telefonnummer.« Er blieb direkt vor mir stehen und ich war gezwungen um ihn herum nach der Karte zu greifen. Meine Güte, roch er gut! Und meine

Nase war in Höhe von seinem Hals. »Machst du das etwa extra?«, fragte ich auf einmal und hob den Blick. Er stand ganz dicht vor mir. Ich fühlte die Wärme seiner Haut und spürte seinen Atem auf meinem Gesicht.

»Was?«, fragte er und seine Stimme klang seltsam belegt.

»Mich verwirren. Ich kann nicht klar denken, wenn du so dicht vor mir stehst.« Ich sah aus den Augenwinkeln, wie seine Arme sich anspannten. Seine Hände ballten sich zu Fäusten, als müsse er sich beherrschen, um mich nicht zu umarmen.

»Ich muss noch einmal nachhaken. Du hattest Bedenken, mit mir zu einem Ball zu gehen, aber keine Probleme, dich mit einem wildfremden Mann in einer Bar zu verabreden?«

Ich schluckte. Natürlich hatte ich Bedenken. Und ich würde, wenn es so weit war, meine Freunde an einem Nachbartisch platzieren. Lees Augen verengten sich ein wenig und er machte sich noch breiter. Ich tastete um ihn herum, bis ich die Karte spürte, und trat schnell einen Schritt zurück. Dabei sah ich das Messer auf dem Sofa liegen. Eigentlich sah es mehr aus wie ein Dolch. Schlagartig verschwand alle Verwirrung und ich starrte darauf. »Du warst tatsächlich *bewaffnet*?«

Lees Gesicht wandelte sich innerhalb einer Sekunde von verklärt zu wachsam. So schnell, dass ich es nicht wahrnahm, war der Dolch verschwunden.

All meine anfänglichen Bedenken waren mit einem Schlag wieder da. Ich war alleine mit einem jungen Mann, der den Körper von Superman besaß und mit Messern jonglierte. Außerdem war er halb nackt. Es wurde Zeit, dass ich ging. »Ich muss los«, sagte ich und eilte zur Treppe. Hinter mir hörte ich ihn leise fluchen.

»Fay, warte.«

Er hielt mich auf halber Treppe an der Hand fest. Der elektrische Schlag ließ mich zucken und sofort ließ er mich los. Ich blickte zu ihm auf und sah in seine Augen.

Er seufzte bekümmert. »Ich wollte dir keine Angst einjagen. Tut mir leid, Fay. Du musst mir glauben, dass ich dir nie etwas tun könnte.«

Welcher normale Junge hat dann einen Dolch griffbereit, wenn es an der Haustür klingelte?, schoss es mir durch den Kopf.

»Das ist eine Angewohnheit, wenn ich allein zu Hause bin. Dumm, ich weiß, aber bewaffnet fühle ich mich einfach sicherer«, antwortete Lee.

Ich fühlte, wie mir der Kiefer nach unten klappte.

Ihm ging auf, was er gerade getan hatte, und er erstarrte. »Shit«, murmelte er.

Jetzt hatte ich richtig Angst.

»Fay, nicht. Bitte, nicht.« Er klang flehend. »Du bist der letzte Mensch auf Erden, der vor mir Angst haben muss. Bitte, bleib. Ich erkläre es dir.«

Ich schüttelte langsam den Kopf und machte einen Schritt rückwärts. Und verfehlte prompt eine Stufe. Ehe ich fiel, fing Lee mich auf. Er drückte mich fest an seinen perfekt geformten Körper, ich roch diesen unwiderstehlichen Lee-Duft und hatte trotzdem Angst.

»Hab keine Angst vor mir, Fay«, raunte er in mein Ohr. »Ich werde dir nie etwas tun. Ich werde dich immer beschützen. Bitte, bleib.«

»Nein«, flüsterte ich.

»Bitte!«, flehte er eindringlich.

»Ich meine, ich kann nicht«, widersprach ich leise. »Ich wollte Florence anrufen, damit sie mir zeigt, wie ich meine Haare für später hinbekomme.«

»Oh. Hm. Sie kann doch herkommen. Sie wollte ja eh mit mir reden.« Er schob mich ein wenig von sich und sah mir in die Augen. Was er sah, schien ihm nicht zu gefallen.

»Ich rufe Flo an. Bitte, komm wieder mit hoch.«

Hoch in ein Haus aus einem vergangenen Jahrhundert. Womöglich gab es hier noch Kerker.

»Fay. Das ist Unsinn. Bitte, Fay. Ich schwöre dir, ich werde dich nicht verletzen. Lass es mich erklären, ja?«

Ich sah in sein Gesicht. Er wirkte aufrichtig bekümmert. Ich dachte daran, dass er mir schon lange etwas hätte antun können, in der Zeit, während ich bei ihm gewohnt hatte. Ich seufzte und nickte ergeben.

Er schenkte mir ein hoffnungsvolles Lächeln. Dann nahm er meine Hand und zog mich sanft zurück in sein Reich.

»Nur mal aus Neugierde«, meinte ich leise. »Wenn ich jetzt Fluchtgedanken hätte, könntest du sie lesen und mich aufhalten?«

Er biss sich auf die Lippen, platzierte mich auf der Couch, auf der er sich vorhin noch gerekelt hatte, und lächelte zaghaft.

»Nur, wenn ich dir in die Augen schaue.«

Ich erstarrte. »Du kannst *wirklich* Gedanken lesen?!«

Er nickte.

Ich ließ mich zurückfallen und atmete scharf aus. »Dann hast du mich vorhin wirklich singen hören?«

»Ja.«

»Und deswegen das Theater mit deinem Shirt?« Ich warf meinen Arm beschämt über mein Gesicht. »O Gott, ist das peinlich!« Neben mir senkte sich der Sitz und ich fühlte Lees Hand auf meinem Arm.

»Nicht, Fay. Tut mir leid«, sagte er leise. Sein Gesicht war dicht neben meinem. »Ich wollte dich nur beeindrucken.«

»Du weißt, dass ich dir jetzt wahrscheinlich nie wieder in die Augen sehen werde«, nuschelte ich unter meinem Arm.

»Das hoffe ich nicht. Ich verspreche dir, ich werde es ausschalten, so gut es geht. Bitte, sieh mich an.«

Langsam ließ ich meinen Arm hinuntergleiten. Lees Gesicht war dicht vor meinem. Er sah wirklich unglücklich aus. »Seit wann kannst du Gedanken lesen?«

Er zuckte die Schultern. »Schon immer. Aber nur eingeschränkt, wie du jetzt weißt.«

»Dann weißt du, was ich anfangs über dich dachte?«

Er atmete tief ein und nickte. »Das war nicht das, was ich gewohnt war.«

»Kann ich mir denken«, murmelte ich. »Erklärst du mir die Sache mit dem Dolch?«

Er kniff ein wenig die Augen zusammen. »Woher weißt du, dass es ein Dolch war und kein gewöhnliches Küchenmesser?«

Ich wurde hellhörig. »Zeig mir das Küchenmesser.«

Er machte einen gequälten Eindruck. »Nicht, Fay.« Aber dann seufzte er und griff langsam hinter sich unter den Zeitschriftenstapel auf dem Tisch.

Es war eine filigran gearbeitete Waffe mit einer circa zwanzig Zentimeter langen Klinge. Das Metall sah sehr dunkel aus. Auf keinen Fall Edelstahl. Ich schluckte. Der Griff bestand aus geflochtenem Metall. Er sah aus, als hätte man eine dieser dünnen Gardinenkordeln, die die schweren Samtvorhänge bei Rubys Eltern zurückhielten, immer und immer wieder drum herum gewickelt. Nur viel feiner, zierlicher, zarter. Als wären sie eigens für Lees feingliedrige Finger gewoben worden. Auf der Klinge konnte ich feine Ziselierungen erkennen. Und am Knauf befand sich ein Edelstein. Ein blauer, der mich an Lees Augenfarbe erinnerte. Ein sehr gewandter Schmied musste diese Waffe gefertigt haben. Sie passte perfekt zu Lee. Das machte mir nicht weniger Angst.

»Du kannst mir nicht erzählen, dass du damit an Weihnachten den Schinken schneidest«, sagte ich.

Lee lachte leise. »Ach, Fay. Du bist einzigartig.«

»Wann erzählst du mir dein Geheimnis?«, fragte ich ihn direkt.

Sein Gesicht wurde augenblicklich wieder ernst. »Bald. Aber bitte habe keine Angst vor mir.«

»Ich weiß nicht, Lee. Du bist so seltsam. Kannst du außer Gedanken lesen noch mehr seltsame Sachen?«

»Zum Beispiel?«

Ich hob verzweifelt die Hände. »Leuten einreden, dass sie dich schon lange und gut kennen.« Jon George und Florence fielen mir spontan ein. Und Richard.

»Nein, Fay. Jon habe ich auf einer Premierenfeier kennengelernt«, erklärte Lee sanft. »Richard sagt die Wahrheit. Ich habe wirklich ein paar Jahre in Amerika gelebt und war mit ihm zusammen auf der Schule. Flo ist gebürtige Texanerin und war einige Jahre seine Maskenbildnerin.«

»Ha! Du hast schon wieder meine Gedanken gelesen«, warf ich ihm vor.

»Entschuldige. Aber die waren schwer zu übersehen.« Er lächelte mich ein wenig schief an.

Ob er wusste, wie sexy das wirkte?

»Ehrlich? Sexy? Nein, wusste ich nicht.«

Ich stöhnte und vergrub mein Gesicht in meinen Händen.

»Ruf Flo an, sie soll hierherkommen. Ich dusche und mache uns was zu essen.« Lee erhob sich und suchte ein paar frische Klamotten aus seinem Kleiderschrank.

»Konntest du wirklich von Anfang an alles lesen, was ich dachte?«, hakte ich noch einmal verzweifelt nach.

»Wenn du mir in die Augen gesehen hast, ja.«

Wie peinlich. Wie beschämend! Ob der Trick mit der Alufolie auf dem Kopf wirkte?

Lee grinste leicht. »Nein. Tut er nicht. Ich gehe jetzt duschen.«

»Und wann erzählst du mir von deinem Geheimnis?«, fragte ich, während ich nach meinem Handy in der Hosentasche fischte.

»Du erfährst es. Versprochen, Fay. Aber jetzt noch nicht.« Damit verschwand er die Treppe nach unten.

Ich musste mich wohl oder übel mit dieser seltsamen Aussage zufriedengeben. Dennoch ließ es mir keine Ruhe. Wieso konnte er Gedanken lesen?

Florence war eine Stunde später da. Sie setzte sich unaufgefordert zu uns an den Esszimmertisch und steckte sich eine Zigarette an.

»Hier wird nicht geraucht«, sagte Lee streng.

»Ich dachte, ihr seid nicht zusammen«, sagte Flo und ignorierte Lee. Er nahm ihr kurzerhand die Zigarette ab und warf sie in den Kamin.

Florence zog einen Schmollmund. »Prüde Engländer. Schales Bier, scheußliches Essen und nicht einmal anständigen Kaffee bekommt man in diesem Land. Pfui.«

»Wenn ich dir Modell stehen soll, kann ich auch was verlangen«, meinte Lee und grinste mit hochgezogenen Brauen.

Flo rollte die Augen und erhob sich. »Alors, komm, Chérie. Was ziehst du an?«

»Äh ...« Mist. Darüber hatte ich mir noch gar keine Gedanken gemacht. Davon abgesehen war es um meine Garderobe auch nicht so toll bestellt.

»Jeans, T-Shirt, Weste?«, schlug ich vor.

Florence schnaubte wie ein Pferd. »Wo bin ich hier? Bei den Hillbillys? Lee, besorg ihr was.«

Na, das konnte ja heiter werden. Lee besorgte mir ein Outfit für ein Date mit einem anderen Kerl. Ich grinste in seine Richtung. Er seufzte ergeben.

»Kein Problem. Ihr könnt schon loslegen. Fay weiß, wo alles ist.«

Ach ja? Seit wann?

Florence sah mich durchdringend an. Aber Lee war schon verschwunden und ein paar Sekunden später hörten wir die Haustür ins Schloss fallen.

»Weißt du, Chérie, ich habe ja viele Jahre in Frankreich gelebt, aber euer Verhältnis ist selbst mir suspekt.«

Eineinhalb Stunden später sah ich in den Spiegel, mehr als zufrieden. »Flo, du bist eine Göttin. Und Lee, danke. Danach hätte ich wahrscheinlich nie gegriffen, aber es sieht toll aus.«

Florence begutachtete zufrieden ihr Werk. Sie hatte meine

Haare ein wenig in Form geschnitten (nicht zu viel, das mochte Lee nicht, wie sie erneut betont hatte), geföhnt und hochgesteckt. Dabei hatte sie mir so viele Tipps gegeben, die ich selber zu Hause beherzigen könnte, aber ich konnte mir nicht einmal die Hälfte merken. Lee war vor einer Viertelstunde mit drei gewaltigen Tüten von Harrods zurückgekommen. Darin enthalten waren Röhrenjeans, eines dieser modernen blousonähnlichen Shirts in dunklem Lila, eine kurze taillierte schwarze Lederjacke und schwarze Stiefel mit hohen Absätzen. Sogar an Schmuck hatte er gedacht – Modeschmuck in Form von Kette, Armreif und passenden Ohrringen.

»Wow! Woher wusstest du, dass mir das steht?«, fragte ich, als ich mich verblüfft vor seinem riesigen Spiegel drehte.

»Ich habe mir einfach vorgestellt, worin ich dich gerne mal sehen würde.«

Ich zog eine Augenbraue hoch. »Bei meinen Rundungen war das ziemlich gewagt.«

»Blödsinn, Fay. Du hast wenigstens eine Figur. Felicity Stratton hat nämlich keine.«

»Dann hätte ich auch gerne keine«, seufzte ich und dachte an Felicitys schlanke Taille und die endlosen Beine.

»Pfff«, machte Florence hinter mir. »Du bist eine Frau mit *Charakter*. Ist nicht jede!«

Ich lächelte ihr dankbar zu. Dank ihrem Styling und dem Make-up, das sie mir auch noch verpasst hatte, wirkte ich sogar etwas größer und schlanker.

Lees Gesicht, als er mich sah, war allerdings finster. Als würde es ihm nicht passen, dass ich mich in dieser Aufmachung mit Richard traf.

»Eifersüchtig?«, flüsterte ich ihm zu, als Florence ihren Beauty-Koffer packte.

»Ich mache mir Gedanken. Wehe, du verhältst dich unanständig.«

Ich hob meine Augenbrauen. »Das klang verdächtig nach meiner Mutter.«

Er sah mir in die Augen und ich wusste, er versuchte meine Gedanken zu lesen. Schnell wandte ich den Blick ab. Das hatte mich wieder an seine unheimliche Seite erinnert, die ich im Laufe der letzten zwei Stunden schon beinahe vergessen hatte.

»Soll ich dir jetzt etwa noch versprechen um elf brav zu Hause zu sein und keine Dummheiten anzustellen?«

»Das fände ich tatsächlich sehr beruhigend.«

»Ich verspreche es«, sagte ich schnell und sah ihn wieder an. »Aber nur, wenn du mir dein Geheimnis verrätst.«

Lee presste die Lippen zusammen. »Viel Spaß Nur nicht zu viel.«

Ich rollte die Augen. Und das von jemandem, der Felicity Stratton nach zehn Minuten geküsst hatte.

NACHTS IN LONDON

Richard wartete schon in der Halle, versteckt hinter einem der unzähligen geschmückten Tannenbäume. Schlagartig setzte mein Herzklopfen wieder ein.

»Wow, Felicity, du siehst großartig aus«, begrüßte er mich mit leuchtenden Augen.

»Ich hatte ein wenig Hilfe«, gestand ich ihm. »Wollen wir?«

»Klar.« Galant bot er mir seinen Arm.

Ich nannte dem Taxifahrer die Adresse des Science Museums.

»Ein bisschen Kultur?«, fragte Richard mit hochgezogenen Brauen.

»Da findet heute Abend eine spezielle Lasershow statt. Ich dachte, das könnte dir gefallen«, erklärte ich. »Oder magst du was anderes machen?«

»Nein, nein. Das hört sich gut an.«

Ein paar Minuten später waren wir da. Es hatten sich schon viele Menschen vor dem Gebäude versammelt. Wie selbstverständlich ergriff Richard meine Hand.

Mein Herz, das sich inzwischen etwas beruhigt hatte, begann wieder schneller zu schlagen. »Was passiert eigentlich, wenn du erkannt wirst?«, fragte ich ihn leise.

»Dann muss Plan B greifen.«

»Und wie sieht der aus?«, fragte ich überrascht.

»Wir ziehen das Ganze trotzdem durch.«

Ich verbiss mir ein Grinsen. »Soll ich dich mit einem anderen Namen ansprechen? Damit es nicht ganz so auffällt? Wie gefällt dir Dick? Eine typisch englische Abkürzung für Richard.«

Er zog eine Grimasse. »Wenn es sein muss. Und wie soll ich dich nennen? Felicity ist immer so lang. Wie nennen dich deine Freunde?«

»Manche nennen mich City«, sagte ich trocken.

»Die Stadt? Ziemlich unpassend. Das hört sich zu klobig an.«

Ich fühlte, wie ich rot wurde. Anscheinend fand er mich nicht klobig. »Lee nennt mich Fay«, gestand ich leise.

»Fay, die Fee. Das klingt gut.« Richard lächelte mich warm an. Er war lange nicht so groß wie Lee, aber er roch auch gut. Nach einem teuren, unaufdringlichen Rasierwasser, obwohl er sich nicht rasiert hatte, sondern einen leichten Bart stehenließ. Bestimmt, um weniger aufzufallen. In seinen Filmen war er meistens glatt rasiert.

»Wie kommt es, dass du schon wieder in London bist?«, fragte ich nach einer Weile.

»Ich habe Vorgespräche für einen neuen Film, der hier in London gedreht werden soll. Deswegen werde ich ab Januar länger da sein.«

»Das ist toll. Dann können wir uns ja öfter sehen«, sagte ich spontan und lächelte ihn an.

Er lächelte zurück. »Das hatte ich zumindest gehofft. Lila steht dir echt gut, Fay.«

Ich sah an mir herunter. »Lee hat die Klamotten für mich besorgt.« Als ich seinen überraschten Blick sah, erzählte ich ihm von meiner Verwandlung heute Nachmittag.

Richard lachte daraufhin. »Und Lee hat alles selber gekauft? Unglaublich. Ich gestehe, ich hätte nicht einmal deine Größe gewusst.«

»Zum Glück weißt du sie nicht, ansonsten würdest du nicht mit mir ausgehen«, sagte ich entsetzt.

Die Lasershow fing an und wir sahen begeistert den bunten Lichtern und Formationen zu.

Bis Richard sich auf einmal zu mir beugte und sagte: »Ich habe ein Gefühl.«

Ich sah ihn verdutzt an.

Er grinste. »Ich habe das Gefühl, heute Nacht wird eine gute Nacht.«

Mir wurde ziemlich warm. »Hä?«

»Dein Handy?«

O Gott, er hatte Recht. Mein Handy bimmelte und um uns herum sahen ein paar Leute schon ziemlich genervt aus. »'tschuldige«, murmelte ich verlegen, griff in meine Jackentasche und zog mein Handy heraus. Phyllis. Was wollte die denn jetzt? Ich war versucht sie wegzudrücken. Aber das konnte ich Phyllis nicht antun. »Phyllis, was willst du?« Ich versuchte meine Stimme, so gut es ging, gedämpft zu halten.

»Ich kann dich *sehen*! Wir sind auch hier. Stellst du uns Richard vor?«

Erschrocken sah ich mich um und tatsächlich: weiter rechts von uns winkten sie aus der Menge. Sie war nicht allein. Alle anderen waren auch da: Corey, Nicole, Jayden und Ruby.

Perplex winkte ich zurück. »Nach dem Programmablauf ist die Show in zwanzig Minuten vorbei. Dann treffen wir uns am Apollo 10, okay?«, flüsterte ich schließlich. Phyllis hob den Daumen und ich konnte sehen, wie Ruby und Nicole zu hüpfen begannen. Ich legte auf, machte mein Handy aus und verstaute es wieder.

»Freunde von dir?«, fragte Richard, der alles verfolgt hatte.

»Ja, ich wusste nicht, dass sie heute Abend auch hier sein würden. Wenn du nichts dagegen hast, sie würden dich gern kennenlernen. Vor allem die Mädchen.«

Er hatte nichts dagegen. Wir konzentrierten uns wieder auf die tolle Show, und als sie zu Ende war, legte er wie selbstverständlich den Arm um meine Schultern. Meinen Freunden fielen fast die Augen aus dem Kopf, als sie uns sahen.

»Richard, das sind Phyllis, Nicole und Corey.«

Er schüttelte allen die Hand.

»Wo sind Jayden und Ruby?«, fragte ich in die Runde.

»Rubys Vater gibt einen Empfang zu Hause, bei dem sie nach der Show kellnern muss, und Jayden wollte ihr helfen«, gab Corey zur Antwort. »Mensch, City, du siehst echt heiß aus.« Er musterte mich anerkennend. Wahrscheinlich sah er mich zum allerersten Mal, seit wir uns kannten, genauer an. Vielleicht lag es aber auch nur an meiner Begleitung.

»Was habt ihr jetzt noch vor?«, fragte Nicole.

Richard sah mich an.

»Im Roadhouse am Covent Garden spielt eine irische Band«, sagte ich und fügte hinzu: »Kommt ihr mit?« Ich konnte meine Freunde nicht ausschließen, egal was Richard jetzt dachte. Nicole und Phyllis lächelten Richard strahlend an, Corey mich.

Wir nahmen alle zusammen ein Taxi und fuhren zum Covent Garden. In irgendeinem Pub spielte immer eine Liveband und wir genossen die Musik, das Bier und die Unterhaltung. Um zwei Uhr trennten wir uns.

Richard brachte mich nach Hause. Vor unserer Haustür wurde ich verlegen. Einfach Gute Nacht sagen und ins Haus flüchten war nach einem so schönen Abend äußerst unhöflich. Ich durchforstete sämtliche Ecken meines Gehirns nach dem passenden Schlusssatz, der all das ausdrückte, was ich gern sagen würde, und nicht nach »Ich will ein Kind von dir« klang.

»Ähm, ich hoffe, Corey hat dich nicht zu sehr mit seinem Gerede über den Kettensägenfilm gelangweilt.«

Richard schüttelte leicht den Kopf. »Nein, es war okay. Du hast nette Freunde.«

Ich nickte zustimmend. »Ich … ich werde jetzt …« Ich deutete auf die Haustür.

Er atmete tief ein, dann zog er mich leicht an sich und sein Gesicht kam dem meinen ganz nah. Noch näher … und dann berührten sich unsere Lippen. Es war mein erster Kuss und ich wusste nicht, was ich tun sollte. Zum Glück wusste es Richard. Er drückte mich an sich und öffnete seinen Mund. Der Kuss wurde intensiver. Ich roch Richards Aftershave und schmeckte leicht das Bier, das er getrunken hatte, ohne betrunken zu werden. Dann fühlte ich seine Zungenspitze an meinen Zähnen. In meinem Bauch begann es zu flattern. Erschrocken holte ich tief Luft. Richard nutzte das und presste seinen Mund noch fester auf meinen. Ich vergrub meine Hände in seinen Haaren und genoss das aufregende Gefühl seiner Lippen auf meinen. Ich hätte mich wohl nie mehr von ihm gelöst, wenn nicht plötzlich ein paar andere Nachtschwärmer johlend vorbeigekommen wären.

»Ich melde mich bei dir. Gute Nacht, Fay.« Richard schien mich auch nur ungern loszulassen. Ich sah das Staunen in seinen Augen. Er lächelte mir ein letztes Mal zu und wartete, bis ich im

Haus war. Durch die milchige Glasscheibe der Haustür konnte ich seinen Schatten sehen, der ins wartende Taxi zurückstieg.

Ich lag lange wach und rief mir das Gefühl in Erinnerung. Richard Cosgrove hatte mich geküsst. Mich!

Und jetzt standen noch zwei weitere Dates mit anderen Männern an ... Flo hatte Recht: Das war ungewöhnlich. Vor allem für meine Verhältnisse.

Wer hätte gedacht, dass ein Kuss so überwältigend sein konnte? Mit einem leichten Flattern im Bauch schlief ich endlich ein.

EIN KLEID ZUM BALL

»Anna? Hier ist Felicity.«

Ich kam mir jedes Mal wie ein Verbrecher vor, wenn ich vor der Wohnungstür meiner Schwester stand. Obwohl sie in dem grauen Stadtteil Bromley lebte, bildete sie sich ein, es »geschafft« zu haben.

Mein Schwager Jeremy arbeitete wie mein Bruder Philip auf dem London City Airport. Anna war seit zwei Jahren Mutter und arbeitete seither nicht mehr. Sie konnten sich keine Nursery leisten und Anna schien es zu Hause mit dem kleinen Jacob gut zu gefallen. Sie hatte Kontakt zur gesamten Nachbarschaft, wo viele Frauen wegen ihrer Kinder gezwungen waren zu Hause zu bleiben. Sie trafen sich regelmäßig entweder zum gemeinsamen Frühstück um acht oder um elf zum »Bettsekt«. Anna hatte sich zu einem Zentrum der Straße entwickelt. Wenn ich bei ihr war, schellte andauernd das Telefon oder die Haustür.

Im Moment stand ich vor ebendieser Tür mit Sprechanlage, die jeden Vertreter in die Flucht schlagen konnte. Zwar wusste ich, dass die Kamera nur Attrappe war, aber gepaart mit der forschen Stimme, die aus dem Lautsprecher mit einem blechernen »Wer da?« tönte, und dem anschließenden Krächzen des elektrischen Öffners (den sicher sämtliche Nachbarn hörten) fühlte ich mich, als würde ich in Fort Knox eindringen.

»Komm rein«, ertönte aus dem Dunkel der Wohnung ihre Stimme über das Kindergeschrei hinweg.

Ich betrat das Haus und fand Anna in der Küche, wo sie versuchte Jacob Kartoffeln und Spinat zu füttern. Er wehrte sich vehement und schlug ihr dauernd den Löffel aus der Hand.

»Jacob, das ist gesund und du musst es essen«, belehrte Anna den Zweijährigen mit ziemlicher Ungeduld in der Stimme. Als sie mich in der Tür stehen sah, ließ sie erschöpft den Löffel sinken. »Ich weiß nicht mehr, was ich tun soll, damit er isst. Spinat ist so wichtig für die Knochen und er weigert sich.«

Das konnte man sehen. Jacob nutzte den unbeobachteten Moment, um den vollen Teller auf den Küchenboden zu pfeffern.

Anna seufzte und begann aufzuwischen. Sie erinnerte mich ein wenig an Mrs Collins. Kurz darauf tätschelte sie Jacob liebevoll den Kopf und gab ihm einen Schokoriegel, damit das Geschrei aufhörte.

»Findest du das klug?«, fragte ich und betrachtete Jacob, der freudig strahlend an der Schokolade lutschte und bald die Wangen bis zu den Ohren beschmiert hatte.

»Bekomm erst mal selber Kinder, ehe du über die Erziehungsmethoden anderer urteilst«, fauchte mich Anna an.

Ich zuckte innerlich die Schultern. Das ging mich ja nichts an, sie musste mit ihrem Sohn klarkommen. Ich war wegen was anderem hier. »Anna, ich brauche deine Hilfe«, kam ich zum Punkt. »Hast du noch dein Abendkleid vom Abschlussball? Das blaue?« Das Kleid von George war zwar wunderschön, aber ich war zu dem Schluss gekommen, dass ich es dem Star Club nicht vorführen wollte.

Anna sah mich überrascht an. »Hat dich tatsächlich mal jemand gefragt?«

»Nein, aber meine Clique geht geschlossen hin«, antwortete ich trocken.

»Welche Clique?«, fragte Anna.

Da war es wieder. Phyllis, Nicole, Corey, Ruby, Jayden und ich waren seit über sieben Jahren beinahe unzertrennlich, aber Anna dachte noch immer an mich, wie ich mit zehn Jahren aus Cornwall nach London gekommen war und mich das erste halbe Jahr schwergetan hatte, jemanden kennenzulernen. Wahrscheinlich sah ich in ihren Gedanken auch noch so aus: klein, pummelig, in eine Schuluniform gepresst, mit langen, zauseligen Zöpfen. Es überraschte mich auch nicht, dass sie nicht weiter nachfragte, sondern meine Aussage, wir gingen geschlossen in der Clique zum Ball, einfach hinnahm.

»Warte, ich muss auf dem Speicher nachschauen. Da müsste es noch sein. Pass so lange auf Jacob auf!«

»Klar«, sagte ich. Obwohl mein Neffe aussah wie ein Engelchen von Raffael, war er alles andere als das. Er beäugte mich misstrauisch, als Anna die Küche verlassen hatte.

»Du bist ein kleiner verwöhnter Fratz«, sagte ich leise zu ihm.

Er lutschte weiter seinen Riegel.

Ich schnappte mir einen Küchenlappen und wischte noch einmal nass über die Spinatreste am Boden. Nach den Spuren auf dem Lappen zu urteilen war der Boden schon länger nicht mehr geputzt worden. Ich legte den Lappen schnell zurück in die Spüle.

»Na, sollen wir ein Buch lesen?«, fragte ich Jacob und nahm ihn aus dem Hochstuhl.

Er trottete sofort in seine Spielecke und kam mit einem kleinen Bagger zurück.

»Okay, dann spielen wir halt mit dem Bagger«, gab ich nach. Wir waren gerade dabei, eine Hindernisbahn für den Bagger aufzubauen, als Anna wieder auftauchte.

»Hier ist es.« Sie hielt ein petrolfarbenes Kleid hoch. Es war ohne jegliche Schnörkel, bodenlang mit geradem Ausschnitt. Es wirkte wie ein Relikt von Grace Kelly.

»Wow!«, sagte ich bewundernd. »Das sieht toll aus.«

»Probier erst mal, ob du reinpasst. Du warst immer dicker als ich«, sagte Anna in ihrer üblichen ehrlichen Art.

Ich ging ins Wohnzimmer. Mit Genugtuung stellte ich fest, dass es nicht nur passte, sondern auch ein wenig zu weit war. Mein wöchentliches Joggen mit Lee und Jayden trug langsam Früchte.

Aber wenn sie das sähe, könnte es sein, dass sie es mir nicht lieh. Meine Schwester wollte immer und überall die Schönste und Tollste sein. Gerne auch auf Kosten anderer. Also zog ich das Kleid wieder aus, steckte es in die knisternde Plastikfolie und ging zurück in die Küche.

»Es geht«, sagte ich zu ihr. »Da der Ball erst Anfang Januar ist, werde ich bis dahin nichts Süßes mehr essen und dann passt es.«

Sie schien zufrieden. Jacob wollte mit seinen schokoladenverschmierten Fingern die knisternde Folie anfassen. Schnell brachte ich den Saum des Kleides außer Reichweite.

»Meine Güte, Felicity, jetzt hab dich nicht so«, fauchte Anna. »Er will doch bloß wissen, was das ist.«

»Sobald er saubere Finger hat«, sagte ich bestimmt.

»Gott, bist du empfindlich«, schnauzte sie. »Das ist doch nur

Folie. Jetzt lass ihn schon fühlen, sonst musst du dir ein anderes Kleid besorgen.«

Zähneknirschend senkte ich den Arm und Jacob griff begeistert in die Folie – und darunter. Braune Flecken mit seinen Fingerabdrücken prangten jetzt auf dem Saum.

»Ich gehe jetzt. Danke fürs Leihen«, sagte ich erstickt. Hoffentlich bekam ich die Flecken raus.

»Komm, Jacob, Tante Felicity ist keine Kinder gewöhnt. Vielleicht sollte sie Weihnachten auch zu Hause bleiben.«

Anna nahm Jacob auf den Schoß und warf mir einen giftigen Blick zu, als der Kleine anfing zu weinen, weil ich ihm sein neues Spielzeug entzog.

Ich versuchte zu retten, was zu retten war. »Soll ich was mitbringen? Den Nachtisch oder so?«

»Tust du das nicht immer?«, fragte Anna schnippisch. »Ich kann mich schließlich nicht um alles kümmern. Jeremys Bruder hat sich auch hier eingenistet. Mach dich also hübsch. Vielleicht beachtet er dich ja mal.«

»Wir sehen uns in vier Tagen. Ich bringe den Nachtisch mit«, sagte ich und verließ das Haus. Auf Jeremys Bruder konnte ich gut und gerne verzichten. Wie immer atmete ich erleichtert auf, sobald sich die Türe hinter mir geschlossen hatte.

Aber der Gang nach Canossa hatte sich gelohnt: Ich hatte ein Kleid und konnte auf den Ball gehen.

HEILIGABEND

Eigentlich freut man sich auf Heiligabend. Eigentlich genießt man die Gesellschaft seiner Familie in trauter Runde. Eigentlich sitzt man voller Erwartung zusammen, gespannt auf die Geschenke, die freudigen Gesichter der anderen.

Eigentlich.

Mein Magen wurde immer schwerer, je mehr wir uns Annas Haus näherten. Missmutig stapfte ich an der Seite meiner Mutter durch den Nieselregen. Mum war gut gelaunt. Sie summte und plapperte hin und wieder sinnloses Zeug wie »Weißt du noch …?«. Es war ungewöhnlich still für London. Gedämpft konnte man aus anderen Häusern Menschen lachen oder singen hören.

Endlich erreichten wir Annas Reihenhaus.

»Oh, ist das hübsch«, rief Mum und ihre Augen glänzten.

Ich schluckte. Anna hatte die gesamte Front mit Lichtschläuchen verziert und im Garten stand ein leuchtendes Rentier neben einem aufblasbaren leuchtenden Schneemann. Der kleine Weg zur Haustür war mit einem Sternennetz links und rechts erhellt und aus dem oberen Fenster – Jacobs, wie ich wusste – strahlte ein Weihnachtsmann mit Schlitten auf uns nieder. Natürlich bestand das alles nicht aus dezentem weißem Licht, sondern aus funkelnden, bunten Lämpchen. War das jetzt eine Botschaft?

Eine Botschaft nicht im Sinne von »Frieden für alle Menschen auf der Welt«, sondern an mich, eine Art Warnung, wie dieser Abend ablaufen würde? Annas Haus leuchtete am hellsten in der ganzen Straße. Ich fand es schrecklich ordinär. Aber meine Mutter schien aufrichtig begeistert.

Dann hörten wir es vor der Haustür: Jacob schrie. Jeremy schimpfte, Anna zeterte.

»Ach herrje«, sagte Mum erschrocken. »Ich fürchte, wir stören. Lass uns gehen.« Sie drehte sich um.

Ich hielt sie am Ärmel fest. »Mum, sie erwarten uns.«

Meine Mutter sah unsicher zu der Tür, hinter der die Stimmen lauter wurden. Sie hatte sich noch immer nicht umgewandt.

Ich fasste es nicht. Meine Mutter kam nur einmal im Jahr hierher und selbst jetzt wollte sie flüchten. Andererseits, warum nicht? Zu Hause vorm Fernseher oder mit einem Buch hätten wir vielleicht besinnlichere Weihnachten als hier. Trotzdem hörte ich mich sagen: »Anna hat gekocht. Meinst du nicht, sie wäre beleidigt, wenn wir nicht kämen?«

Mutter zögerte, nickte aber dann. Ich klingelte.

Die zankenden Stimmen verstummten nicht; Annas wurde sogar noch lauter, als sie näher kam. Mit einem letzten gebrüllten »Leck mich!« öffnete sie uns die Tür. »Hallo«, sagte sie knapp und verschwand wieder im Haus.

Ich leistete Mum im Stillen Abbitte. Wir hätten doch einfach gehen sollen. Das hier fing ja gut an. Stumm betraten wir das Haus.

Hier sah es aus wie immer. Kein Hinweis auf Weihnachten. Jacobs Schuhe lagen schmutzig und quer verstreut im Flur neben dem Bobbycar und – war das Jeremys Hochzeitskrawatte? Wenn ja, war sie jetzt hinüber, so zerknüllt und verschmutzt. Wir zogen unsere Jacken aus und hängten sie an die überfüllte Garderobe.

»Riechst du das?«, fragte Mum leise.

Ich schnupperte. Es roch angebrannt.

Jacob hatte wieder angefangen zu plärren, Anna schrie Jeremy an und der brüllte zurück. Ich seufzte. Das würde ein langer Heiligabend werden. Als wir ins Wohnzimmer kamen, sahen wir die Ursache des Streits. Der Weihnachtsbaum stand kahl und geknickt da. Anna hielt Jacob schützend auf dem Arm, Jeremy kochte vor Wut und seine Mutter hockte auf dem Boden und fegte Scherben von Christbaumkugeln auf.

»Er ist doch noch so klein!«, fauchte Anna.

»Er weiß genau, was er darf und was nicht«, schrie Jeremy zurück. »Und er weiß genau, dass du ihm alles durchgehen lässt.«

Jeremys Mutter hatte uns entdeckt und lächelte verlegen. »Jacob hat den Baum umgeworfen«, erklärte sie leise.

»Weil Jeremy ihn nicht richtig befestigt hat«, zischte meine Schwester.

»Ich hatte ihn richtig befestigt. Das kleine Monster hat sich an diesen Ast gehängt und daran geschaukelt.«

Jacob klammerte seine dicken Ärmchen Hilfe suchend um den Hals seiner Mutter und verbarg sein Gesicht an ihrem Nacken.

»Du bezeichnest dein Kind als Monster!« Und dann schrie Anna ein Schimpfwort, das »Monster« sehr harmlos erscheinen ließ.

»Ist Philip noch nicht hier?«, fragte Mum leise.

»In der Küche mit Carl«, lautete Jeremys schroffe Antwort.

Mum kniete neben Mrs Beckett und half ihr beim Aufsammeln des Weihnachtsschmucks.

Jetzt roch ich den Brandgeruch viel deutlicher und flüchtete ebenfalls in Richtung Küche.

»Oh, hey, Felicity«, grüßte mich mein Bruder. Aus dem Ofen hinter ihm quollen dunkle Rauchwolken.

»Hallo, Felicity«, grüßte auch Carl, Jeremys Bruder.

Ich schnappte mir ein paar Küchentücher und öffnete den Backofen. »Die Küche steht bald in Flammen und ihr merkt es nicht«, warf ich ihnen leise vor. Der Schinken war restlos verkohlt. Ich öffnete ein Fenster.

»Ach, ist uns gar nicht aufgefallen«, meinte Philip und nahm einen tiefen Schluck aus einer Flasche Bier.

Carl musterte mich. Er war jünger als Jeremy, aber größer, kräftiger und sah besser aus. Allerdings war er sich dessen durchaus bewusst und glaubte, er sei ein Geschenk Gottes an die Frauen. Bisher hatte er noch kaum zwei Sätze mit mir gewechselt. Dafür flirtete er jedes Weihnachten hemmungslos mit Anna. Aber diesmal war sein Blick anders. Nicht flüchtig, sondern ... intensiv, so als sähe er mich zum ersten Mal wirklich an.

»Warst du schon immer so dünn, City?«, fragte er und ich sah seinen Blick auf meinen Hüften.

Philips Blick folgte ihm. Ich verschränkte die Arme auf Bauchhöhe.

»Steht dir«, sagte Carl, nahm ebenfalls einen Schluck aus seiner Flasche Bier und rülpste leicht.

Philip musterte mich. »Irgendwas ist anders. Hast du eine neue Frisur?«

Ich ignorierte die beiden. »Was essen wir jetzt? Ich glaube, wenn wir Anna fragen, bekommt sie einen Nervenzusammenbruch.«

Carl zuckte die Achseln und öffnete eine neue Flasche Bier. Er reichte sie mir. Begriffsstutzig starrte ich darauf.

»Nimm. Die einzige Methode, um den Abend in diesem Irrenhaus zu überstehen«, sagte Carl und lächelte herablassend. Er sah eigentlich nicht wie der typische Trinker aus. Er war gründlich rasiert, hatte die Haare gegelt, trug ein schönes Hemd zu gebügelten Jeans, er roch sauber – vielleicht zu stark nach billigem Aftershave.

Philip hingegen trug ein T-Shirt mit dem Aufdruck seiner Lieblings-Heavy-Metal-Band, zerrissene Jeans, schmutzige, offene Chucks und hätte selbst einen Friseur dringend nötig. Seine einst kurzen Haare hingen strähnig über die Ohren.

»Nein, danke«, sagte ich zu Carl und lehnte das Bier ab.

Er zuckte die Schultern, trank seines mit einem Zug aus und hielt die für mich geöffnete Flasche fest.

Ich durchstöberte den Kühlschrank und das Gefrierfach. »Ich fürchte, ein Auflauf muss reichen«, sagte ich nach einer kurzen Inspektion. »Ich brate das hier an und dünste das Gemüse. Philip, schäl du ein paar Kartoffeln.«

Philip schnaubte. »Auf keinen Fall. Das ist Frauensache.«

Zähl bis zehn, Felicity, sagte ich mir still. »Wenn du keine Kartoffeln schälst, gibt es keinen Auflauf«, erklärte ich rundheraus.

»Wieso schälst du sie nicht? Du bist eine Frau. Wo liegt das Problem?« Philip sah mich ehrlich erstaunt an, als hätte ich verlangt, er solle die Kronjuwelen holen gehen.

»Weil ich jetzt schnell alles andere vorbereite, ehe Anna was merkt«, zischte ich. Bis zehn zählen hatte noch nie gewirkt. Zumindest nicht im Umgang mit meiner Familie.

»Ich mache keine Frauenarbeit«, erklärte Philip kategorisch und für ihn war das Thema damit erledigt.

Ich starrte ihn an.

»Ach komm schon, Felicity«, sagte Carl jovial und schlug mir auf den Rücken. »Du kannst doch von einem richtigen Kerl keine Küchenarbeit verlangen!«

»Lee würde das nichts ausmachen«, rutschte es aus mir raus. Im selben Moment bedauerte ich es. Philips Augen blitzten amüsiert.

»Der große Rothaarige? Erzähl mir keinen Mist. Der hat noch nie ein Messer in der Küche angefasst. Der dicke Schwarze vielleicht. Der ist nämlich ’ne Memme.«

Ich korrigierte ihn nicht. Was hatte ich erwartet? Ich stellte einen Topf mit Wasser auf den Herd und begann das Gemüse zu putzen.

Philip und Carl unterhielten sich, als sei ich gar nicht anwesend.

»Hat sie öfter diese seltsamen Anwandlungen?«, fragte Carl belustigt.

»Eigentlich nicht. Liegt wohl an dieser höheren Schule. Da bringt man Mädchen so blödes Zeug bei. Felicity glaubt ernsthaft, sie könnte Lehrerin werden.«

Carl lachte, als hätte Philip einen richtig guten Witz gemacht. »Das packt sie nie! Die wird sich schon bald ein Kind von einem Kerl machen lassen und sich dann um die Familie kümmern.«

»Bis jetzt dachte ich, sie zieht das durch, weil sie halt immer so pummelig war und so. Aber sie hat sich echt gemacht. Warst du jetzt beim Friseur oder nicht ... Hey, Felicity, ich habe dich was gefragt!«

Ich hatte dermaßen meine Zähne zusammengebissen, dass ich einen Moment brauchte, ehe ich begriff, dass er mich direkt angesprochen hatte. »Ach, ich dachte, du redest ganz offen *über* mich«, zischte ich.

»Also, was jetzt: Warst du oder warst du nicht?«

»Nein. Eine Freundin hat mir die Haare geschnitten.«

Philip trank einen weiteren Schluck und legte einen Fuß auf die Kante des Küchentischs.

»Kannst du mich ihr mal vorstellen? Vielleicht schneidet sie auch meine. Wie sieht sie aus? Vielleicht ist sie ja mein Typ? Ich hätte ihr als Gegenleistung schon was zu bieten ...«

Das bezweifelte ich arg. Mal davon abgesehen, dass Flo seine Mutter sein könnte, war Philip garantiert nicht ihr Typ. Immerhin war Florence Models wie Richard oder Lee gewohnt und keine Proleten wie meinen Bruder. War er schon immer so ekelhaft gewesen? Glücklicherweise war er früh genug ausgezogen, so dass ich seine selbstherrliche Art nicht allzu lange hatte ertragen müssen. Ich lächelte bei dem Gedanken, was Flo Philip wohl sagen würde, wenn sie ihm begegnen würde.

»Felicity, ich rede mit dir!«, rief Philip.

Ups, ich hatte nicht zugehört.

»Herrgott, bist du komisch heute. Wenn deine Freundin dir die Haare schneidet, kannst du sie doch für mich fragen. Ich bin schließlich dein Bruder!«

Tja, das fiel ihm immer dann ein, wenn er etwas wollte.

»Was soll Felicity für dich fragen?« Mum war in die Küche gekommen und besah sich das Bratendesaster. Ohne ein weiteres Wort schnappte sie sich den Gemüseschäler und begann Kartoffeln zu schälen.

»Ihre Freundin ist Friseuse und sie kann mir doch auch die Haare schneiden«, erklärte Philip. »Sag ihr das.« Er rülpste. Wesentlich lauter als Carl.

Mum sah mich an. »Wer hat dir die Haare geschnitten? Nicole oder Ruby oder Phyllis?«

»Eine Freundin von Lee hat mir die Haare geschnitten«, sagte ich zu Mum. Bei Lees Namen bekamen ihre Augen ein Funkeln.

»Ich bezweifle, dass sie dir die Haare schneidet, Philip«, erklärte Mum unumwunden in einem Tonfall, der Philip *und* mich überraschte. »Lee spielt in einer anderen Liga.« (Das klang allerdings genau wie Stanley.)

Jetzt waren Carls und Philips Augen wieder auf mich gerichtet.

»Was will der dann von Felicity?«, fragte Philip und sein Ton klang seltsam scharf.

Mum zuckte die Schultern und schälte weiter. »Keine Ahnung, aber man sieht, dass er aus ziemlich gutem Haus kommt, und er ist wirklich nett zu deiner Schwester.«

Das Wasser auf dem Herd begann zu kochen. Und ich kochte bald über. Wieso glaubten alle in meiner Familie, über mich reden zu können, obwohl ich anwesend war? Ich nahm den klappernden Topfdeckel und knallte ihn auf die Ablage. Alle starrten mich erstaunt an.

In diesem Moment erschien Anna. »Was zum Teufel ist hier los?«, keifte sie. Ihr Blick fiel auf den Bräter am Fenster und die verkohlten Überreste. »Was hast du mit meinem Braten gemacht?«, schrie sie mich an.

Empört öffnete ich den Mund.

»War es zu viel verlangt, den Schinken aus dem Ofen zu nehmen?«, brüllte sie los. »Ich habe fünfzehn Pfund dafür bezahlt! Fünfzehn Pfund! Und die lässt du verbrennen?«

Keiner der beiden Jungs sagte etwas zu meiner Verteidigung. Sie tranken ihr Bier und blinzelten sich zu.

Der Abend wurde nicht besser.

Anna aß nichts von dem Auflauf, den Mum und ich zubereitet hatten (obwohl er sehr gut schmeckte. Philip kratzte sogar die Auflaufform aus). Sie saß mit verkniffenem Mund da und trauerte lautstark dem Weihnachtsschinken hinterher. Jacob bewarf alle in seiner Nachbarschaft mit dem Auflauf, Jeremy und Philip tranken ein Bier nach dem anderen, und Mrs Beckett, Annas Schwiegermutter, schüttelte permanent ihren Kopf, als würde sie Schneeflocken vom Haar fegen. Aber am schlimmsten war Carl. Carl hatte begonnen mit mir zu flirten. Auf eine schmierige, aufdringliche Art machte er mir plumpe Komplimente und warf mir tiefe Blicke unter gesenkten Wimpern zu.

Annas Laune wurde dadurch nicht besser. Andauernd sah sie mit finsterem Gesicht von Carl zu mir zu Jeremy. Ich wünschte, Carl würde aufhören. Mir war klar, dass Anna eifersüchtig war. Sie war es nicht gewohnt, dass ihre kleine, pummelige, unscheinbare Schwester die Aufmerksamkeit eines Mannes auf sich zog.

Als ich aus dem Bad kam, fing sie mich im Flur ab.

»Was, um Himmels willen, tust du da?«, fauchte sie leise.

»Nichts. Ehrlich, Anna, ich habe nichts getan, um Carls Aufmerksamkeit auf mich zu lenken. Ich will sie auch gar nicht.«

»Genau das meine ich!« Sie umkrallte meinen Oberarm so fest, dass ich sicher blaue Flecken behielt. »Was glaubst du, wer du bist? Carl ist ein toller Typ, die Frauen rennen ihm die Bude ein. Und du? Wen kannst du schon vorweisen?«

Ich hätte jetzt sagen können: Richard Cosgrove. Aber das hätte sie mir nicht geglaubt.

»Ach, Felicity, du bist echt zum Kotzen«, zischte Anna und ließ mich los.

»Was ist los?« Mum tauchte im Flur auf.

»Carl scheint an ihr interessiert zu sein und sie reagiert, als ob er nicht gut genug wäre«, klärte Anna sie auf.

»Oh.« Mums Augen waren mitfühlend auf mich gerichtet. Wenigstens sie konnte mich verstehen. Doch ihre nächsten Worte zeigten mir, wie sehr ich mich getäuscht hatte. »Weißt du, Schätzchen, Richard Cosgrove ist ja ganz nett, aber mach dir keine Hoffnungen. Er wird, wie jeder Schauspieler, irgendwann irgendein Model oder eine Schauspielerin treffen und ist damit aus deinem Leben verschwunden.«

Anna starrte Mum an, als hätte sie eben gesagt, Prinz William würde gleich kommen. »Richard Cosgrove?« Annas Stimme überschlug sich beinahe.

»Ach, hat dir deine Schwester das nicht erzählt?«, fragte Mum unschuldig. »Felicity ist mit diesem Schauspieler befreundet.«

Zu meinem Unglück tauchte jetzt auch noch Carl im Flur auf. »Hey, wo seid ihr alle?« Er sah mir in die Augen. »Da drin ist es so leer.«

»Spar dir die Mühe«, schnauzte Anna. »Du bist nicht gut genug. Meine kleine Schwester geht mit Richard Cosgrove aus.«

Ich öffnete den Mund, um zu widersprechen, aber Carl schien Annas Behauptung nicht ernst zu nehmen. »Ja, klar. Wahrscheinlich in ihren Träumen, wenn sie sich abends allein unter der Bettdecke befummelt.«

Mum kicherte, Anna grinste boshaft.

Das reichte.

Wortlos nahm ich meine Jacke.

»Meine Güte, bist du empfindlich«, zischte meine Schwester und rollte die Augen.

»Ehrlich, man wird doch noch einen Spaß machen dürfen«, knurrte auch Carl.

»Irgendwie gehen alle Späße immer auf meine Kosten«, erwiderte ich und zog mich an.

»Felicity, wir haben Heiligabend«, sagte Mum flehend. »Da sollte doch die Familie zusammen sein.«

»Ich glaube, ich habe es alleine besinnlicher«, antwortete ich und öffnete die Tür.

»Ja, dann geh doch!«, schrie meine Schwester. »Geh, aber glaub nicht, dass du noch einmal Weihnachten hierherzukommen brauchst. Erst lässt du meinen Schinken verbrennen und dann ruinierst du alles mit deiner Zickerei. Dein Geschenk behalte ich als Ausgleich für den Braten.«

Die letzten Worte hörte ich nur noch gedämpft, denn ich hatte die Tür schon hinter mir zugeschlagen. Mit wütenden Schritten ließ ich die Jahrmarktsbeleuchtung hinter mir und eilte in Richtung Bushaltestelle. Der nächste Bus würde wahrscheinlich erst Stunden später fahren, aber das war mir egal.

Ich überlegte, wie wohl der Heiligabend mit Lee verlaufen wäre. Mit Sicherheit hätte er sich was Schönes einfallen lassen. Irgendetwas Romantisches wie ein Brettspiel mit erfundenen neuen Regeln, oder er hätte mir mit seiner samtweichen, schmeichelnden Stimme vorgelesen. Bestimmt hätte er den antiken Kamin im Salon angezündet. Ob er einen ebenso kitschigen Christbaum hatte? Ganz bestimmt war er stilvoller als Annas, mit den vielen glitzernden Plastikfiguren und bunt blinkenden Lämpchen. Ob Lees Vater rechtzeitig zu Weihnachten nach London gekommen war? Auf einmal sehnte ich mich nach Lee und seinem ruhigen, antiken Haus am Berkeley Square.

Aber ich brauchte nicht zu warten. Ich hatte die Bushaltestelle noch nicht erreicht, als neben mir ein Auto hielt. Ein roter, funkelnder Mercedes Benz Roadster Coupé.

Verblüfft blieb ich stehen. Lee stieg aus.

»Magst du mitfahren?«, fragte er und lächelte verführerisch.

Was tat er hier? Wieso wusste er wieder, dass ich Hilfe brauchte? Wie damals am Tower? Aber eigentlich war es mir in diesem Augenblick egal. Ich *brauchte* jemanden. Ich konnte nichts sagen. Ich fiel ihm um den Hals. In diesem Moment kamen auch die Tränen. Lee sagte nichts. Er presste mich nur an sich und hielt mich fest. In diesem Augenblick geschah es.

Von einem Augenblick auf den anderen war das Auto fort. Ja, die ganze Straße war weg. Kein Haus war mehr zu sehen. Wir standen im Wald. In einem Winterwald. Es war gefroren und der Boden war mit einer zarten Schneedecke bedeckt. Rundum nur riesige Buchen und efeubedeckte Eichen ohne Laub. Dafür Nebel. Nicht dicht. Nur unheimlich.

»Wo sind wir?«, fragte ich erstaunt. Obwohl ich mich eigentlich langsam dran gewöhnt haben sollte.

Lee antwortete nicht. Ich sah auf – direkt in sein ungläubiges Gesicht. Seine Augen fixierten nicht die fremde Umgebung, sondern mich. »Oh!« Erst jetzt ging mir auf, dass wir *beide* hier waren. In einer anderen Zeit. An einem anderen Ort. »Okay, ich denke, es ist Zeit für eine Aussprache.« Ich löste vorsichtig meine Arme von ihm und trat einen Schritt zurück. Er hielt mich nicht fest. »Hin und wieder habe ich diese Visionen. Aber es ist das erste Mal, dass eine weitere Person aus meiner Umgebung darin vorkommt.«

Lee sah mich an, als hätte ich mich vor seinen Augen in Ruby verwandelt.

»Ich hoffe, du hast nicht auch so kalte und nasse Füße nachher«, fügte ich hinzu und biss mir auf die Lippe.

»Nasse Füße?«, wiederholte Lee.

»Ja, die Visionen sind ziemlich realistisch. Weißt du noch, als du mich vor Jaydens Wii-Party nach Hause bringen musstest? Ehrlich gesagt war ich nicht in einen Hundehaufen getreten. Ich hatte diese Vision von einem Feld und stand plötzlich mitten im Matsch vor einem Schweineverschlag.«

Lee riss die Augen auf. *»Du hast das schon öfter erlebt?«*

Seit der Auseinandersetzung mit Jack hatte ich ihn nicht mehr die Fassung verlieren sehen. Ich machte erschrocken einen Schritt zurück, stolperte über eine Wurzel und fiel rücklings hin. Es war kalt und ein wenig matschig, weil der Boden nicht komplett gefroren war. Und ich hatte mir die Hand aufgeritzt.

Das war der Moment, in dem ich begriff.

Wahrscheinlich sah ich jetzt genauso entsetzt aus wie Lee.

»Das ist keine Vision, richtig?« Ich flüsterte. Lauter ging es nicht. Meine Kehle war wie zugeschnürt. Meine Stimme steckte im Hals fest.

Trotzdem hatte Lee mich verstanden. Er nickte langsam. Er

streckte eine Hand aus, um mir aufzuhelfen, aber dann zuckte er erschrocken zurück.

Der Pfropfen in meiner Kehle hatte sich gelöst. Ich schrie. Ich konnte nicht anders. Außerdem sprang ich mit einem Satz auf und rannte entsetzt ein paar Meter nach links, dann nach rechts. Wald. Nichts als Bäume und Nebel. Wald im Winter halt.

Zwei Arme umfassten mich und pressten mich an eine starke Brust.

»Beruhige dich, Fay. Hör bitte auf zu schreien.«

»Ich soll nicht schreien? Das ist zum Fürchten!«

»Das stimmt. Trotzdem hilft Schreien nicht.« Lee war so schrecklich rational.

»Aber es beruhigt!«, schrie ich und drehte mich zu ihm um. Meine Wangen waren noch feucht und die Kälte stach entlang meinen Tränenbächen viel intensiver.

Lee war noch immer erschrocken, trotzdem tätschelte er mir beruhigend den Rücken. Plötzlich hielt er inne. Die Hand, mit der er meinen rechten Oberarm umfasst hielt, drückte schmerzhaft zu. Seine rechten Finger lagen noch immer auf meiner Wange.

»Sie kommen.«

Blitzschnell – ich hatte es noch nicht recht begriffen – hatte er mich wie einen Sack über seine Schulter geworfen und rannte los.

Entsetzt sah ich um mich herum alles verschwimmen. Rannte er oder flog er? Ich konnte keinen einzigen Baum ausmachen. Alles war ein Gewisch aus braunen, schwarzen, weißen Farben, die ineinander übergingen. Ähnlich einem modernen Gemälde, in dem die Farben ineinanderlaufen. Mein Kopf schleuderte gegen seinen Rücken, ich krallte mich an seiner Taille fest, damit mein

Oberkörper nicht ständig hin- und herpendelte. Mir wurde übel. Nicht nur von der Geschwindigkeit, sondern auch vom Druck, den Lees Schulter auf meinen Bauch ausübte. Ich schloss die Augen. Ansonsten hätte ich nicht dafür garantieren können, mich während der »Fahrt« nicht zu übergeben.

Und plötzlich war alles vorbei. Abrupt blieb er stehen und setzte mich langsam wieder ab.

»Alles in Ordnung?«, fragte er ein wenig atemlos. Er atmete schneller, aber er schwitzte nicht.

Ich nickte, doch dann schüttelte ich den Kopf. Jetzt war es an mir, ihn fassungslos anzusehen.

»Wir müssen da hoch. Dann können wir reden.«

Ich folgte seinem Blick. Wir standen vor einer Felswand. Wahrscheinlich das Wochenendziel für Freeclimber, aber garantiert nicht für mich, die ich nicht schwindelfrei war und selbst auf einer Stufenleiter Probleme hatte.

»Ich helfe dir, Fay.«

»Ganz hoch? Können wir nicht außen herumgehen?« Nur hundert Meter weiter befand sich ein steiler Waldweg nach oben, ganz ohne Fels. Diese Felswand ragte aus dem Boden heraus wie eine riesige Sprungschanze.

»Dort, in ungefähr acht Metern Höhe, befindet sich eine Höhle. Darin können wir uns verstecken.«

Ich hob meinen Kopf. »Ich sehe keine Höhle.«

»Der Eingang ist recht klein und deswegen perfekt getarnt. Na, komm schon.« Ohne weiter zu fragen, drehte er mir den Rücken zu und ging ein wenig in die Hocke.

Ich zögerte. »Kannst du so klettern? Wäre es nicht …« In diesem Moment hörte ich etwas. Ein seltsames Heulen drang aus dem Nebel hinter uns. Es war hoch und lang und furchtbar Angst einflößend. Ich kletterte auf seinen Rücken und umfasste seine Brust.

Lee begann die Wand hinaufzukrabbeln wie eine Spinne. Innerhalb von ein paar Sekunden hatten wir die acht Meter Höhe erreicht. Nein, ich war Lee definitiv nicht zu schwer. Nicht einmal hinderlich. Vor uns lag eine kleine Öffnung, nur ungefähr einen Meter groß und in einer Mulde in der Felswand verborgen. Man hatte die Höhle von unten gar nicht erkennen können. Woher wusste er dann davon? Im Moment eigentlich die unwichtigste Frage. Mir kamen sofort ein paar andere Fragen in den Kopf, die wesentlich dringender waren. Lee zog sich auf den kleinen Vorsprung und half mir zuerst in die Höhle hinein. Er blieb direkt hinter mir.

Es war pechschwarz. Wir waren nur einen Meter weit drin und schon konnte ich kaum noch meine Hand vor Augen sehen, geschweige denn den Rest des Raumes. Gab es hier Fledermäuse? Oder noch schlimmer: Bären, die Winterschlaf hielten?

»Keine Angst. Wir sind hier sicher.« Wie ein Magier zauberte er eine Taschenlampe aus seiner Hosentasche.

Keine Bären. Zum Glück. Außerdem war der Raum wesentlich größer, als ich vermutet hatte. Die Taschenlampe reichte nur ganz schwach bis in die hinterste Ecke. Da war eine Lagerstelle.

»Hier wohnt jemand«, platzte es aus mir heraus.

Lee ging weiter. Sobald man den winzigen Eingang hinter sich gelassen hatte, konnte man aufrecht stehen. Sogar wenn man über ein Meter neunzig groß war. »Komm mit, Fay. Hier wohnt niemand mehr.« Er nahm meine Hand und führte mich zu der Lagerstelle.

Ich starrte auf die Überreste. Von dem eingefassten Feuerring abgesehen lagen vermoderte Felle dort und ein paar handgeschnitzte Holzgefäße sowie eine Ahle und Werkzeug aus grauweißem Material. An der Wand dahinter waren ein paar Zeichnungen zu sehen, die steinzeitlich aussahen. Wenn das wirklich Steinzeitbilder waren, wohnte hier tatsächlich niemand mehr. Aber das Lager konnte unmöglich so alt sein. Die Felle waren dafür noch zu gut erhalten, und das – zugegeben sehr primitive – Werkzeug auch.

Lee kniete neben dem Eingang und sah hinaus.

Jetzt hörte ich es. Draußen waren Stimmen. Männer. Sie unterhielten sich in einer mir völlig fremden Sprache. Ich schlich auf Zehenspitzen zu Lee und versuchte etwas zu erkennen.

Die Männer standen wohl genau am Fuße des Felsens, denn ich konnte keinen sehen. Zwei diskutierten. Dann hörte ich eine dritte Stimme. Wenig später sahen wir, wie sie sich entfernten. Sie trugen braune Tuniken und Felle. Und auf ihrem Kopf Geweihe.

Ich weiß nicht, wer entsetzter aussah, Lee oder ich. Wahrscheinlich ich, denn Lee fasste sich schneller und nahm meinen Arm. Aber ich entzog ihn ihm und trat einen Schritt zurück.

»Fay, ich bin genau der Gleiche wie immer. Keine Angst.«

»Das hast du schon unzählige Male gesagt«, fauchte ich. »Und dann knurrst du wie ein wütender Tiger, bedrohst Besucher mit einem Dolch, liest meine Gedanken, rennst wie eine Rakete und bringst Richard Cosgrove dazu, mich zu mögen.«

Ich hatte erwartet, dass er anders reagieren würde: zerknirscht oder bedauernd oder ausweichend. Und was tat er? Er lachte. Ich starrte ihn ungläubig an. Er wagte es tatsächlich zu lachen! Ich war versucht ihm eine Ohrfeige zu verabreichen. Anscheinend sah er, dass ich wirklich wütend war, und beruhigte sich.

»Ich kann niemanden dazu bringen, dich zu mögen«, sagte er noch immer schmunzelnd. »Richard hast du ganz allein für dich eingenommen. Ich habe euch nur vorgestellt. Und hey, das Thema hatten wir bereits: Ich habe dich nicht angelogen.«

Wer weiß, vielleicht konnte er Gedanken manipulieren wie ein Vampir.

»Ich kann nur Gedanken lesen, nicht manipulieren«, erklärte er ruhig. »Und ich bin kein Vampir. Es gibt keine Vampire.«

Er deutete zu dem kleinen Felsvorsprung hinter dem verlassenen Lager, der aussah wie eine Bank.

»Aber Elfen«, konterte ich.

Sein Gesicht wurde ernst. »Wie kommst du darauf?«

Ich sah ihm in die Augen und dachte an das Gemälde in seinem Treppenhaus.

Lee seufzte und nickte dann. »Ja. Elfen. Es gibt Elfen.«

Es gab Elfen? Ich hatte das mehr als Scherz gedacht.

Lee schüttelte den Kopf. »Kein Scherz.«

Ich plumpste auf den Felsvorsprung. Elfen. Kleine geflügelte Wesen, die den Frühling brachten und starben, wenn man behauptete, man glaube nicht an sie? Ich starrte auf den Boden, auf die Überreste, und ständig schwirrten Libellenflügel durch meine Gedanken. Bis sie sich zu einem anderen Gedanken formten: Nur Elfen? »Gibt es noch andere mystische Wesen? Was ist mit Feen?«

»Nur in Märchen.«

»Einhörner?«

»Nein.«

»Trolle?«

»Nein.«

»Werwölfe?«

»Hörst du mal auf, sämtliche Fernsehfilme durchzugehen?« Er klang amüsiert und ungehalten zugleich.

»Bist du sicher, dass es keine Vampire gibt?«

»Ja.« Das klang sehr überzeugt. Schade. »Du kannst mich alles fragen. Wir haben Zeit. Ich weiß nicht, wie lange wir hier festsitzen werden.«

»Nicht lange. Ich habe diese Visionen ... äh, Erlebnisse immer nur ein paar Sekunden lang«, erklärte ich schnell.

»Diesmal könnte es länger dauern. Du bist mit mir hier.«

Und was hat das zu bedeuten?, schoss es mir durch den Kopf.

»Meine Erlebnisse, wie du es nennst, dauern immer so lange, bis ich meine Aufgabe erfüllt habe«, erklärte Lee in einem Tonfall, als würde er einem Kind beibringen, dass eins und eins zwei ergibt.

Was bedeutet das?, wiederholte sich die Frage in meinem Kopf.

»Ich bin Agent, Fay, Zeitagent. Ich löse Fälle und kann den Ort nicht eher verlassen, bis der Fall gelöst ist.«

Lee wollte sich zu mir setzen, aber ich hielt ihn mit einer ausgestreckten Hand zurück. Abwartend stand er mir gegenüber. Ich begann an den Fingern abzuzählen.

»Du bist Agent. Du löst Fälle. Du bist erst achtzehn. Was sind das für Fälle?«

Er schien sich mit einem Mal sehr unwohl zu fühlen. Ich sah ihn mit dem Fuß scharren und seine Hände in die Hosentaschen stecken.

»Kriminalfälle. Manchmal muss ich auch einen Fehler, der begangen wurde, korrigieren.«

Ich sah ihn an und verstand kein Wort. *Fehler, der begangen wurde, korrigieren?* Nicht ausbügeln, korrigieren, hatte er gesagt.

»Ich ... äh, meine Kriminalfälle sind selten im einundzwanzigsten Jahrhundert. Ich arbeite in der Vergangenheit.«

»Vergangenheit?«, wiederholte ich verwirrt.

Seine Schuhspitze stocherte noch intensiver im Fels. »Das ist genetisch bedingt.«

Ach, Zeitreisen waren genetisch bedingt? Von wem hatte ich dann diese Gene geerbt?

»Das wüsste ich auch gern«, sagte Lee und hatte wieder meine Gedanken gelesen. »Nicht nur dass du überhaupt in der Zeit reisen kannst, ist ungewöhnlich, sondern auch wie weit du zurückkommst.«

Auf einmal war die Luft in der Höhle sehr dünn. »Was meinst du mit wie weit?«, fragte ich und irgendwie klang meine Stimme auch weit weg.

»Na ja, die Männer hatten Kleidung aus dem achten Jahrhundert an.«

Schlagartig wurde es dunkel.

»Fay! Fay! Meine Güte, hast du mir einen Schrecken eingejagt.«

Lees Gesicht war dicht über meinem, seine Arme hielten mich fest. Panisch presste ich meine Hände gegen seine Brust, um Abstand zu gewinnen.

»Geh weg! Du bist ein Freak. Ich habe es ganz zu Anfang geahnt.«

Er schien nicht im Mindesten betroffen und ließ mich nicht los. »Ich bin ein Freak, weil ich rund dreihundert Jahre in die Vergangenheit reisen kann. Okay. Was bist dann du?«

So gesehen hatte er Recht. *Aber er sollte nicht recht haben.* Ich wollte nach Hause. Ich wollte nach London. Hier funktionierte bestimmt kein Handy. Und es war so ruhig. Nicht einmal Wind ging.

»Und jetzt beantwortest du mir ein paar Fragen.«

Oha. So ernst hatte ich ihn nur Felicity und Jack gegenüber erlebt.

»Seit wann hast du diese … Visionen?«

Ich erzählte ihm von dem Tag im Park auf dem Weg zu Corey bzw. Cheryl, von Jaydens Wii-Party, dann dem Sprung im Flur und dem im Bad und endlich dem vor und im Tower. Plötzlich erkannte ich einen Zusammenhang: »Weißt du was? Das ist mir immer nur dann passiert, wenn du in der Nähe warst.« Ich sah Lee anklagend an. »*Du* bist der Auslöser. Ich bin eigentlich ganz normal, aber wegen dir habe ich diese Erlebnisse.«

Lee schüttelte den Kopf. »Nein, Fay. Glaub mir, ich könnte dich nicht mitnehmen, selbst wenn ich es wollte. Du hast das selbst in dir. Ich verstehe nur nicht, wieso.«

»Was heißt hier wieso?«, fauchte ich und sprang auf. »Sag nur, es ist normal, dass der eine oder andere Mensch in der Zeit springt. Komisch, das hat Mrs Crobb noch nie im Geschichtsunterricht erwähnt. Oder hätte das in Religion behandelt werden sollen?«

»Genau das meine ich, Fay. Es ist nicht normal, dass ein *Mensch* zeitreist.«

Ich starrte ihn an. Mein Gehirn funktionierte nicht richtig, denn es ratterte und ratterte, und ich versuchte zu begreifen, was genau er mir sagen wollte.

Er seufzte. »Genau genommen bin ich kein Mensch.« Lee fasste sich mit beiden Händen in seine prachtvolle Haarmähne und strich sie zurück. Eine belanglose Geste, wie sie jeder Junge auf unserer Schule täglich mehrmals machte. Nur Lee nie. Lees Stirn war hoch, sein Gesicht wirkte mit einem Mal schmäler und die Koteletten etwas buschiger. Außerdem lagen seine Ohrspitzen ganz frei.

Seine Ohrspitzen! Sie waren *spitz*. So wie bei Peter Pan oder den Elben aus *Herr der Ringe*. Lee hatte Elbenohren!

»Ja, ich bin ein Elf. Oder Elb, Alb, wie auch immer. Es gibt verschiedene Bezeichnungen für das, was ich bin.«

»Ich habe immer geglaubt, Elfen seien so kleine libellenartige Wesen, die in Blumen leben.«

Er lachte leise. »Nun ja, die meisten Alben können sich so klein machen, weshalb sie mit Libellen tatsächlich oft verwechselt werden. Aber eigentlich sind sie größer. So groß wie du etwa.«

Ich fühlte, wie meine Beine ihren Dienst versagten, und ließ mich auf den Boden sinken.

Lee ließ sich mit einer geschmeidigen Bewegung neben mir nieder. »Fay ...«

Ich hob abwehrend eine Hand. »Nenn mich nicht so.« Eine Fee, die einem Elf gegenübersaß. Dabei gab es doch keine Feen, hatte er gesagt.

»Gut, Felicity. Kann ich es dir erklären?« Er streckte seine

Hand nach mir aus, aber ich zuckte zurück. Sofort nahm er sie weg.

»Ich hatte die ganze Zeit Recht, nicht wahr?«, hauchte ich erschüttert. »Du hast uns allen etwas vorgespielt. Warum? Weshalb wir? Wir sind nur ganz normale Teenager.«

Er lächelte gequält. »Du nicht.«

Bestürzt starrte ich ihn an.

»Du bist etwas Besonderes«, erklärte er und sah mir tief in die Augen. »Ich habe mich nur wegen dir auf dem College angemeldet.«

Mir wurde ein wenig übel. Doch ehe er weiter erklären konnte, ertönte in der winterlichen Stille ein Pfiff. Ich sah Lee erschrocken an. Er sah nicht weniger erschrocken aus.

»Unsere Jäger sind zurück.«

DIE JAGD

Er hatte mich gepackt, ehe ich so richtig begriffen hatte, was vor sich ging, und sprintete aus der Höhle. Auf dem Felsvorsprung begann er, wie vorhin, die Wand hochzuklettern – wie eine Spinne.

»Spiderman lebt«, murmelte ich zu mir selbst.

Lee lachte leise. »Nein. Obwohl diese Fäden manchmal ganz nützlich wären. Die meisten Elfen können fliegen. Das ist mir leider verwehrt.«

Ehe ich fragen konnte, warum er nicht fliegen konnte, flogen wir durch den Wald – das hieß, Lee rannte so schnell, dass alles um mich herum verschwamm. Innerhalb von ein paar Sekunden hatten wir den Waldrand erreicht und vor uns lagen Wiesen und Felder. Lee stoppte.

»Von wegen nicht fliegen«, keuchte ich atemlos. Der Zugwind hatte mir die Luft genommen.

Lee schien nicht im Mindesten außer Puste. Ich fühlte sein unterdrücktes Gelächter.

»Gut. Wir müssen uns Kleidung besorgen und dann rausfinden, was zu erledigen ist. Dann können wir nach Hause.«

»Äh …«

Er drehte den Kopf in meine Richtung. »Ja?«

»Wie lange wird das dauern? Wir haben am sechsten Januar wieder Schule.« Erneut fühlte ich ihn lachen.

»Keine Sorge, Fay. Entschuldige. *Felicity*. Bis dahin sind wir wieder zu Hause.«

Na toll. Zumindest würde mich zu Hause niemand vermissen. Mum hatte ja schon einmal bewiesen, dass es ihr egal war, wo ich mich rumtrieb. »Woher bekommst du eigentlich deine Informationen?«, fragte ich schließlich. »Ich meine, woher weißt du, welchen Auftrag du zu erledigen hast?«

»Normalerweise erhalte ich meine Anweisungen vorher. Ansonsten stellt es sich immer am ersten Tag raus. Ich erkläre dir alles, aber zuerst müssen wir uns Kleidung besorgen und uns umsehen. Bitte gedulde dich bis dahin.«

Obwohl wir unsere Verfolger abgehängt hatten, trug Lee mich weiterhin, dieses Mal auf dem Rücken huckepack. Bis zur nächsten Ortschaft, erklärte er und rannte los. Ungefähr zehn Minuten lang sah ich nur ein Flimmern von verschiedenen Braun- und Weißtönen. Einmal hielt er kurz an, um sich an einer Kreuzung zu orientieren. Alles war gefroren, mit dichtem Raureif bedeckt, und auf den grob beackerten Feldern lag eine Pulverschicht Schnee.

Mir war mittlerweile bitterkalt. Lees Geschwindigkeit hatte die Kälte verdreifacht. Auch wenn ich eine Daunenjacke trug, fühlte ich meine Hände nicht mehr. London hatte seit Jahren keinen Schnee gesehen. Folglich hatte ich mir das Geld für Handschuhe gespart. Zu dumm, jetzt war mein Geld beim Finanzamt.

Als Lee das nächste Mal anhielt, hatte er den Weg verlassen und in einem kleinen Wäldchen Schutz gesucht.

»Du kannst jetzt absteigen«, sagte er, weil ich mich nicht rührte.

»Nein«, antwortete ich.

»Ich wusste gar nicht, dass du mich so sehr magst.« Seine Stimme klang neckend und zufrieden.

»Tu ich nicht«, sagte ich schnell. »Aber ich kann mich nicht mehr bewegen vor Kälte.«

Sofort hatte er mich von seinem Rücken geschält und hielt mich fest umarmt, meine Hände zwischen unseren Körpern.

»Irgendwie bist du auch nicht richtig warm«, jammerte ich und meine Zähne begannen zu klappern.

»Tut mir leid. Elfen haben nur fünfundzwanzig Grad Celsius Körpertemperatur. Ich hatte gehofft, vom Laufen wäre ich etwas wärmer.«

»Höchstens fünfundzwanzigeinhalb Grad.«

Lee lachte. Aber er schlüpfte aus seiner Jacke und hing sie mir auch noch über. »Ich brauche sie nicht unbedingt. Ich bin gegen Kälte ziemlich resistent.«

»Du Glücklicher«, murmelte ich und mümmelte mich tief in seinen Parka. Er hatte diesen unverwechselbaren Duft. Mittlerweile kannte ich ihn so gut, ich glaube, ich könnte ihm sogar im Dunkeln folgen. Ich sah mich um. Wir standen in einem kleinen Hain, höchstens zehn Weiden um uns herum. Eine glatte, runde, schneebedeckte Fläche deutete auf einen kleinen Teich hin. Ungefähr einen Kilometer weiter sah ich Rauch aufsteigen. Ich schaute genauer hin. Das waren Hütten. Umgeben von einem Zaun aus morschen, halb zerfallenen Pfählen. Entgeistert starrte ich hinüber. »Was ist das? Ein Zigeunerdorf?«

Lee lachte leise. »Nein. Das ist ein Ort. Sogar ein etwas größerer.«

»Und was tun wir hier?« Ich deutete auf den Hain.

»Wir ziehen uns um.« Er ging zu dem kleinen gefrorenen

Weiher und zertrat die nicht allzu dicke Eisdecke. Dann schälte er die losen Eisplatten weg und platschte mit der Hand flach auf das Wasser. »Mildred? Hörst du mich?«

Ich wusste, dass mein Mund weit offen stand. Und ich wusste, dass ich aussehen musste wie ein Idiot, aber ich konnte nicht anders. Vor allem nicht, als aus diesem Wasser heraus Blasen aufstiegen, denen ein flachsfarbener Schopf folgte. Zu guter Letzt kam eine wunderschöne Blondine mit wallenden Locken (die – was dem Ganzen die Krone aufsetzte – trocken waren) und nur mit einem Leopardenbikini-Oberteil bekleidet heraus. Nun ja, nicht ganz heraus. Sie reckte nur ihren Oberkörper aus dem Wasser.

»Hey, Lee. Lange nicht gesehen«, sagte sie in von Cockney durchtränktem Englisch. »Du siehst gut aus. Die Frisur steht dir. Wie dieser Schauspieler. Der, der den Vampir spielt. Du weißt schon.«

Lee ging in die Hocke, um mit ihr auf Augenhöhe zu sprechen. »Das habe ich in letzter Zeit öfter zu hören bekommen«, sagte er lachend und erwiderte ihre Umarmung. »Hör mal, Mildred. Kannst du mir und meiner Freundin ein paar Klamotten besorgen?«

Jetzt sah sie zu mir und anscheinend sah ich wirklich ziemlich blöd aus, denn sie lachte laut auf. Ihr Lachen schreckte ein paar Krähen auf dem nahen Feld auf, die schimpfend wegflogen.

»Sei leise«, mahnte sie Lee. »Wir dürfen so nicht entdeckt werden.«

Sofort wurde die Blonde ernst. »Schon klar. Wie seid ihr überhaupt hierhergekommen? Das ist das achte Jahrhundert.«

»Keine Ahnung«, log Lee, ohne einen Blick auf mich zu werfen. »Ich bin auch nicht wirklich vorbereitet. Falls du irgendwas herausfindest, wäre ich dir dankbar. Oh, und vielleicht kannst du moderne, warme Unterwäsche besorgen. Ich glaube, die Kälte bekommt Felicity nicht so gut.«

Mildreds Kopf schwang ruckartig zu mir. »Lee, sie ist ein *Mensch*?«

»Ich sagte ja schon: Alles etwas kompliziert.«

Die Wasserfrau starrte mich noch immer an. »Nymphe«, sagte sie, als widerspräche sie jemandem.

»Bitte?«, fragte Lee verwirrt.

»Ich bin eine Nymphe, keine Wasserfrau«, korrigierte sie und sah mir weiter in die Augen.

Oha. Auch sie konnte Gedanken lesen.

»Ich bin gleich wieder da.« Mildred verschwand und Lee erhob sich und kam zu mir.

»Alles klar?«

Ich sah ihn fassungslos an. »*Mildred?*«

»Eigentlich heißt sie Juturna, aber sie findet Mildred moderner.« Er zwinkerte. »Sie mag Krimiserien aus den Achtzigern und hat sich nach einer der Figuren benannt.«

Oh. Mein. Gott.

Zeitagenten. Elfen. Nymphen, die sich nach Filmfiguren benennen. Was kam als Nächstes?

»Hier. Felldecken, karierte Hosen, Tuniken sowie Schurwoll-Unterhosen und -hemden für das zarte Menschlein.« Mildred war wieder aus dem Wasser aufgetaucht. Ihre Augen waren so grün wie Blätter im Frühling. Sie musterten mich neugierig.

Lee nahm ihr die Sachen ab und drückte mir ein paar davon in die Hand. Obendrauf lag eine dicke, gestrickte Unterhose: Modell Omas Nierenwärmer. Ich starrte entgeistert darauf. Und Lee hatte sie gesehen. Sein Grinsen war breit.

»Und wo soll ich mich umziehen?« Meine Stimme klang ziemlich belegt. Eine furchtbar peinliche Situation.

»Dort drüben hinter dem Baum? Der ist ziemlich dick.«

Ich warf ihm einen wütenden Blick zu.

»Was für Superkräfte habt ihr Elfen sonst noch? Könnt ihr durch Wände oder Bäume gucken? Dann können wir uns das Theater sparen.«

Mildred lachte. »Lee, ich glaube fast, du hast jemanden gefunden, der zu dir passt. Geh hinter den Baum, Felicity, ich passe auf, dass er nicht spannt.«

Ich ging zu dem Baum und betrachtete die Klamotten. Grob gewebte Stoffe in Karomuster. Nicht gefüttert. Kein Fell. Es war Winter! Hatten unsere beiden Naturgeister das überhaupt registriert? Mir war jetzt schon so kalt, als hätte ich die Nacht in einem Kühlschrank verbracht. Aber die Nacht stand erst bevor. Ich packte das Kleid oder die Tunika oder was immer es war, an den Schultern und hielt es vor mich. Karl Lagerfeld wäre vermutlich lieber erfroren, als sich einen solchen Sack überzuwerfen. Unförmig und gerade geschnitten. Zumindest brauchte ich keine Bedenken zu haben, es könnte zu eng sein. Im Gegenteil.

Mir kam eine Idee.

Lee lehnte leger an einer Weide und unterhielt sich mit der halb nackten Mildred wie mit einer guten Bekannten. Einer sehr guten Bekannten. Und die Nymphe warf ihm immer wieder kokette Blicke zu, lachte schon mal ein wenig lauter und strich sich ihre vollen, langen blonden Locken aus dem Gesicht. Trugen Nymphen eigentlich auch Mascara und Lippenstift? Auf jeden Fall Rouge. Mit so perfekten Wangen konnte niemand geboren sein.

Lee registrierte mich wie immer sofort. Er warf einen prüfenden Blick auf meine Aufmachung und nickte anerkennend.

Ich seufzte. Sein Gesicht hatte ganz anders ausgesehen, als ich aus der Umkleidekabine von George getreten war.

Nun ja, fairerweise hatte ich da ein grandioses Abendkleid getragen, mit umwerfenden Pumps, und meine Haare waren fantastisch gestylt gewesen.

»Oh, deine Haare«, sagte Lee auch prompt.

Ich wurde rot. Ich hatte einen Moment lang vergessen, dass er meine Gedanken lesen konnte, wenn wir uns in die Augen sahen.

»Du musst eine Haube tragen oder ein Tuch. Äh …« Er sah Hilfe suchend zu der wunderschönen Nymphe im Wasser.

Sie zuckte ergeben die Schultern. »Ich mach das schon.« Mit einem Zug hievte sie sich aus dem Wasser. Formvollendete Beine, ein perfekt modellierter Körper.

Hatte ich was anderes erwartet? Doch als sie mich berührte, zuckte ich unwillkürlich zusammen. Auch wenn Mildred nur einen Bikini trug, war ihre Haut so kalt wie ein raureifüberzogenes Blatt und dabei so glitschig wie ein Frosch.

»Was hast du erwartet? Ich bin Kaltblüter«, sagte sie und trat hinter mich. Mit wenigen Griffen hatte sie meine Haare hochgesteckt und drapierte eine gewebte Haube darüber. Dann drehte sie mich um und musterte mich zufrieden. »Voilà. Ihr könnt los.«

»Gibt es hier einen Spiegel?«, fragte ich, obwohl ich nicht sicher war, ob ich das tatsächlich sehen wollte.

»Du siehst gut aus, Felicity«, sagte Lee beruhigend und nahm meine Hände.

»In diesen Klamotten sieht niemand gut aus«, korrigierte Mildred trocken. »Aber anders würdest du zu sehr auffallen. So laufen hier alle rum.«

Na, vielen Dank auch. Lee seinerseits sah trotz der langen Tunika über Pluderhosen fantastisch aus. Groß, männlich, stark – und mit diesem engelhaften Gesicht konnte er sogar einen solchen Sack tragen. Außerdem machte ihn das Schwert am Gürtel sehr verwegen.

»Bekomme ich auch eine Waffe?«, fragte ich.

»Wozu?« Lee klang ehrlich verblüfft.

»Um mich zu verteidigen?«

»Die Wahrscheinlichkeit, dass du dich mit deinem eigenen Dolch verletzt, ist wesentlich größer«, erklärte er und lächelte. Es sah mitleidig aus. »Du hattest nie einen Kurs in Selbstverteidigung.«

»Ich hatte auch nicht an einen Dolch gedacht«, murmelte ich und fühlte, wie mir die Hitze ins Gesicht schoss.

»Keinen Dolch?«, hakte Mildred erstaunt nach. »Pfeil und Bogen? Armbrüste sind noch äußerst selten in dieser Zeit. Ah, ich hab's: eine Schleuder!«

»Eine Achtunddreißiger wäre nicht drin?«, fragte ich kleinlaut. »Wenigstens Pfefferspray?«

Mildred lachte laut und hielt sich den Bauch.

Lee seufzte. Er fasste mich am Unterarm. »Gehen wir. Danke, Mildred. Bis ein andermal.«

»Ruf mich. Ich bin in dieser Zeit in fast jedem Brunnen zu erreichen. Aber der in Glastonbury ist der schönste.«

Sie sprang zurück ins Wasser – es spritzte, als ob ein Frosch einen Bauchplatscher gemacht hätte – und war verschwunden.

»Weißt du, Lee, jetzt, wo ich weiß, was du bist, bist du lange nicht mehr so unheimlich wie am ersten Tag auf dem College.«

Er sah mich stirnrunzelnd an. Ich wusste, er versuchte meine Gedanken zu lesen. »Genau das ist wirklich seltsam, Felicity«, sagte er und klang ehrlich verwirrt. »Du bist der widersprüchlichste Mensch, der mir je begegnet ist.«

Wir gingen in normaler Menschengeschwindigkeit in Richtung des Ortes. Ich hatte Zeit und Ruhe, mich umzusehen, und nahm alles mit Erstaunen wahr. In Cornwall aufgewachsen, kannte ich gepflügte Felder, aber die hier waren wesentlich weniger dicht bestellt, nicht so exakt und gerade. Der Ort vor uns war primitiv. Grob gezimmerte, strohgedeckte Häuser. Eigentlich sah es eher aus wie eine Wikinger-Siedlung. Ein halb zerfallener Palisadenzaun, Lehmfundamente und schlecht gebundene Gatter für ein paar magere Kühe erinnerten mich an die Filme *Wikinger* oder *Jabberwocky*. Gänse und Hühner rannten frei herum, unter anderen eine Glucke mit zehn Küken. Ich konnte zwar erkennen, dass die Menschen hier ähnlich gekleidet waren wie wir, trotzdem starrte uns jeder an.

»Mein Hosenstall kann nicht offen sein, aber hängt vielleicht das Unterhemd raus?«, fragte ich Lee.

Lee prustete und hielt sich die Hand vor den Mund. »Nein. Sie sehen nur selten fremde Menschen. Wahrscheinlich denken sie, wir sind Barden und bringen neue Nachrichten.«

Puh, ich war erleichtert. Einerseits. Ich sah zumindest nicht lächerlich aus. Andererseits sahen die Menschen hier auch nicht gerade vertrauenswürdig aus. Gerade eben grinste mich einer breit an und entblößte seine vier fehlenden Schneidezähne. Ich merkte, wie ich näher an Lee heranrückte.

»Was tun wir hier genau?«, raunte ich aus einem Mundwinkel.

»Das weiß ich auch nicht«, raunte er in gleicher Manier zurück.

»Und wie kommen wir hier wieder raus?« Ich hörte, wie meine Stimme langsam panisch wurde. Nicht nur meine Stimme, aber sie machte es deutlich.

»Sobald wir erledigt haben, weshalb wir hier sind.«

Wie bitte? Entsetzt blieb ich stehen und hielt ihn am Arm fest.

»Heißt das, wir hängen eventuell die nächsten paar Monate hier fest? Oder gar Jahre?«

Lee seufzte und tätschelte beruhigend meine Hand. »In der Regel dauert es höchstens vierzehn Tage. Es hängt meistens von einem Kontakt ab oder wann genau man in der Zeit gelandet ist. Allerdings besteht diesmal ein entscheidender Unterschied und ich kann keine genauen Angaben machen.«

»Was für ein Unterschied?«, fragte ich prompt.

Er sah mich an und lächelte leicht.

Oh. Klar. Ich war der Unterschied. Er war noch nie zuvor mit jemand anderem auf einer Mission gewesen.

»Ich bin noch nie mit einem *Menschen* auf Mission gewesen«, korrigierte er sanft, meine Gedanken wieder verfolgend. »Alles klar, Felicity?«

»Ich verstehe jetzt langsam, warum Erwachsene manchmal Alkohol trinken. Ich könnte gut einen Whisky gebrauchen.«

»Den gibt es sogar schon. Sobald wir an ein Kloster kommen, frage ich für dich.«

»Kloster?«

»Fay, in diesem Jahrhundert sind die Menschen noch römisch-katholisch. In Irland werden gerade die berühmten Bücher geschrieben und bemalt.«

Jetzt wusste ich, dass es ein Traum war. Wahrscheinlich hatte ich Carls Angebot angenommen und mich dem billigen Fusel hingegeben, den er und Philip so begeistert getrunken hatten. Wenn ich gleich aufwachte, läge ich unter dem Weihnachtsbaum, Anna würde mich lynchen und mir wäre todschlecht. Meine Hand war nur aufgeschrappt, weil ich in eine Christbaumkugel gefallen war. Und der Gestank war mit Sicherheit der angebrannte Braten. Genau. Das war es. Angebrannter Geruch.

Lee kicherte neben mir. »Komm schon, Träumerin. Ich glaube, ich sehe da vorn was, wo wir uns melden können.«

Ich sah nichts, außer einer etwas größeren Hütte auf einem Hügel am Ende der Ortschaft. Davor hingen hellbraune Felle, gespannt auf einem rechteckigen Gestell. Daneben war ein Lagerfeuer, auf dem weiße Stöcke brannten. Als ich genauer hinsah, erkannte ich, dass es Knochen waren, an denen noch etwas Fleisch hing. *Das* war der angebrannte Geruch. Ich stöhnte.

Aus dem Haus kam ein Echo. Allerdings stöhnte da drin jemand noch viel lauter. Erschrocken sah ich Lee an. In diesem Moment trat eine Frau aus dem Haus und kippte eine Schüssel blutiges Wasser direkt vor unsere Füße. Reflexartig machten wir beide einen Sprung zurück. Erst jetzt bemerkte sie uns.

»Oh. Tut mir leid. Das war das Fruchtwasser. Bin gleich fertig. Setzt euch doch dahinten hin. Ich komme gleich zu euch.« Sie deutete auf einen Tisch mit Bank, die im Schutz eines aufgespannten Fells standen, durch das der Zugwind abgehalten wurde.

Lee nahm meine Hand und zog mich dorthin. Die Frau war wieder verschwunden.

»Und was jetzt?«, fragte ich, als wir saßen. Igitt, das Fell stank wie faulendes Fleisch. Der Beruf eines Pathologen wäre nichts für mich.

Lee warf einen Blick in den Krug und die Becher vor uns und stellte dann alles wieder zurück. »Wir haben jetzt ein wenig Zeit zum Reden. Unsere Verfolger sind weit genug weg und werden uns hier in dieser Aufmachung nicht so schnell finden.«

»Weshalb suchen sie uns überhaupt? Wer konnte wissen, dass wir hier landen?«

»Das ist eine gute Frage. Vielleicht kamen wir ihnen auch nur in die Quere. Ich konnte ihre Sprache nicht ganz verstehen. Das war irgend so ein gallofränkischer Akzent.«

»Und warum verstehen wir dann die Leute hier? Ich meine, im Mittelalter sprach man doch ganz anders.«

»Genau deshalb mussten wir uns vor den anderen in Acht nehmen. Wir verstehen die Sprache derer, denen wir helfen. So was wie Murphys Gesetz.«

Ich starrte ihn an, dann kicherte ich. »Murphys Gesetz? Woher, bitte, kennst du Murphys Gesetz?«

»Was glaubst du, wie lange ich schon in eurer Welt lebe? Ich kenne bestimmt mehr Gesetze als du.«

Jetzt wurde ich neugierig. »Wie alt bist du?«

»Achtzehn.«

Ich schnaubte ungläubig.

Er grinste leicht. »Stell besser keine Fragen, auf die du keine Antworten hören willst.«

Ich rollte die Augen. Er konnte wahnsinnig chauvinistisch

sein. Ich sah mich weiter um. Das war also das finstere Mittelalter. Finster passte zumindest heute, denn es lag noch immer ein wenig Nebel über dem Boden. Die Sonne würde es heute keinesfalls durch die dichte Wolkendecke schaffen. Hier war alles sehr einfach. Nun ja, zumindest das meiste: rustikale, zweckdienliche Möbel, raue Wolle, dunkle Farben. Ich sah kein Hellblau oder Rosa oder Türkis. Nur irdene Töne wie Braun, Schwarz und Grün. Aber der Krug vor uns war mit hübschen keltischen Mustern verziert.

Drinnen stieß die Gebärende einen markerschütternden Schrei aus. Entsetzt sah ich Lee an.

Er schien unbeeindruckt. »Presswehen. Gleich ist das Baby da.«

Ein weiterer Schrei ertönte und ging in ein widerliches Röcheln über. Es klang, als hätte jemand unsägliche Schmerzen und keine Kraft mehr.

»O Gott, ich will keine Kinder«, sagte ich aus tiefster Überzeugung.

Lee lächelte belustigt. »Warten wir ein paar Jahre. Wenn du ein wenig reifer bist und diese goldigen Löckchen siehst oder rosige Bäckchen, wirst du anders denken.«

Ich schnaubte. »Du hast vergessen zu erwähnen, wenn ich dann meinem Traumprinzen begegnet bin, der mich auf Händen trägt, mir einen Ring an den Finger steckt und einen Erben für sein Königreich benötigt.«

Lee grinste. »Ich dachte, der Traumprinz wäre dir schon begegnet.«

Ich sah ihm in die Augen und dachte an Richard.

Lee zog eine Grimasse. »Autsch.«

Jetzt grinste ich. »Selber schuld. Das hast du davon, wenn du ungefragt anderer Leute Gedanken liest. Erzähl mir lieber, was das hier soll. Warten wir hier jetzt auf andere Elfen? Tragen eigentlich alle Nymphen Leopardenbikinis?«

»Ach, Fay, was habe ich bloß all die Jahre ohne dich gemacht?«

Was war das denn für eine Antwort?

Lee grinste wieder. »Nein, das tut nur Mildred. Wir warten erst mal auf die Hebamme. Weise Frauen sind immer ein Medium. Sie können oft in die Zukunft sehen und Dinge wahrnehmen, die normalen Menschen verborgen sind.«

Ehe ich nachhaken konnte, ließ sich jemand neben mir nieder. Es war die kräftige Hebamme und ihre Hände waren noch immer blutbeschmiert, auch ihr Gesicht, und sie roch ... ekelhaft. Das war nicht nur Schweißgeruch, sondern auch etwas anderes, Käsiges, Ranziges – gepaart mit Fäkalien. Unwillkürlich hielt ich die Luft an und rutschte ein wenig. Für sie sah es anscheinend aus, als wollte ich ihr Platz machen, denn sie rückte nach, lächelte aber Lee an. In ihrem Mund fehlten einige Zähne.

»So, mein Hübscher. Ein strammer Junge, und die Mutter wird's auch überstehen. Soll ich mir deine Kleine hier anschauen?«

Mit diesen dreckigen Fingern? Nur über meine Leiche!

Lee lächelte. »Sie ist nicht schwanger.«

»Nicht?« Diesmal sah sie mich an und musterte mich. Vor allem meine Hüften und die Brust. »Wird aber Zeit. Sie ist im richtigen Alter. Fast schon zu alt für das Erste. Ah, jetzt verstehe ich!« Ihr Grinsen wurde breiter und ihr Blick glitt zurück zu Lee. »Du hast Probleme mit der Manneskraft. Dagegen hat die alte Hatty auch was.«

Lee wurde rot und ich grinste jetzt bestimmt genauso breit wie die »alte Hatty«.

»Nein, nein«, wehrte Lee selbstsicher ab. »Ich brauche nur ein paar Informationen und ich dachte, von einer weisen, erfahrenen Frau wie dir könnte ich sie bekommen.«

Ich erkannte an Hatty genau den gleichen geschmeichelten Ausdruck wie bei Matilda, meiner Mutter oder Felicity Stratton, wenn Lee begann sie zu umgarnen.

»Wir müssen zum König. Wo finden wir ihn?«

»Zurzeit residiert Pippin in Aachen. Das ist gar nicht so weit und für uns hier im Umkreis ein Segen. Täglich kommen Bittsteller durch, wollen versorgt werden und lassen dafür was springen. Ihr müsst nur der Straße weiter folgen. Fünfzehn Meilen weiter, dann seid ihr da.«

»Und seine Majestät? Hat er noch immer gegen Überfälle zu kämpfen?«

Jetzt wurde Hattys Gesicht besorgt. »Wieso? Hast du was gesehen?«

»Wir wurden streckenweise von Männern verfolgt, deren Gewänder waren etwas anders als die hier üblichen.«

Ehrlich? Ich hatte keinen Unterschied bemerkt. »Sie trugen ein seltsames Muster auf ihren Überwürfen und Hirschgeweihe auf dem Kopf«, ergänzte Lee. Jetzt sah Hatty mich wieder an. »Meine Schöne, was weißt du über diese Männer?«

Ich war perplex. »Ich? Wieso ich?«

»Du kennst sie doch, nicht wahr?«

Ich?

»Das ist unmöglich«, sagte jetzt auch Lee.

Hattys kleine, schwarze Äuglein musterten mein Gesicht, als

sähe sie durch mich hindurch. »Nein, nein. Sie hat sie schon einmal gesehen. Denk nach, Hübsche, denk nach.«

Ich überlegte fieberhaft, wo ich zwischen U-Bahnen, Hochhäusern und Westminster gehörnte Männer gesehen haben könnte. Und dann fiel es mir wieder ein. Erschrocken sah ich zu Lee und er las in meinen Augen den Traum, den ich vor einiger Zeit gehabt hatte.

»Sachsen«, murmelte Lee. »Es sind Sachsen. Sie sind im Frankenland.«

Hatty wurde bleich und bekreuzigte sich. »Gott schütze uns. König Pippin muss ohne Umschweife darüber informiert werden. Er weiß sie zu bekämpfen.«

Lee erhob sich und ich folgte ihm.

»Keine Sorge, Hatty, wir machen uns sofort auf den Weg. Danke für deine Hilfe«, sagte er.

Hatty sah ihn an und dann ergriff sie seine Hand. Sie zuckte zusammen. Hatte sie etwa ebenfalls einen leichten Stromschlag gespürt?

Ihre Augen waren geweitet, als sie zu Lee aufsah. Dann lächelte sie dümmlich. »Ich wollte schon immer mal einen von euch sehen. Die Geschichten sind wahr. Ihr seid überirdisch schön.«

Verlegen entwand Lee seine Hand ihren schmutzigen Fingern mit den schwarzen Nägeln, dann nahm er meine Hand (ich zuckte ebenfalls leicht zusammen) und wir gingen davon.

Zumindest gingen wir in Menschengeschwindigkeit, bis wir das Dorf hinter uns gelassen hatten und außer Sichtweite waren, dann nahm Lee mich wie eine Braut auf seine Arme und wir rauschten einige Minuten lang durch die gefrorene Landschaft.

Erst als Lee mit seinen scharfen Elfenaugen Menschen vor uns auf der Straße ausmachte, verlangsamte er das Tempo und ließ mich herunter.

Wir marschierten noch über eine Stunde, dann kamen wir zu einer Siedlung. Diesmal war es eine Stadt, umfriedet von einem hohen Palisadenzaun, der mir aus Asterix-Heften bekannt vorkam, und davor befanden sich bereits einige Hütten und Stände. Hinter dem Palisadenzaun standen grob gehauene Hütten mit angrenzenden Ställen oder kleinen Verschlägen. Manchmal hörte ich aus einer Hütte ein Muhen oder Mähen.

»Wenn Pippin König ist und die Sachsen noch ein Problem darstellen, sind wir in Deutschland«, erklärte Lee, als wir uns der befestigten Siedlung näherten.

Deutschland im achten Jahrhundert.

AM KÖNIGSHOF

Die Straßen wurden enger, die Häuser standen dichter. Kleinere Verschläge und offene Türen, die Einblick ins Innere der Häuser gewährten. In den aufgeklappten Fensterläden lagen Waren ausgestellt. Wir gingen weiter. Die Häuser änderten sich: Sie waren nicht mehr nur aus Holz, sondern teilweise mit Steinfundamenten errichtet und standen jetzt beinahe Wand an Wand. Es ging bergauf und man konnte deutlich erkennen, dass wir uns auf der Hauptstraße befanden, denn alle anderen Gassen waren merklich schmaler.

Lee blieb an einem der aufgeklappten Fensterläden stehen und sprach die Frau dahinter an. Sie musterte uns neugierig. Ich versuchte ihr Alter zu schätzen. Dreißig? Vierzig? Schwer zu sagen unter diesen Hauben, ohne Make-up und mit zusammengewachsenen Augenbrauen. Ein Kleinkind schrie hinter ihr und sie entschuldigte sich mit einem Lächeln, das zwei faule Zahnstummel offenbarte. Lee warf ihr eine Münze zu, die sie geschickt in der Luft fing, und nahm zwei der ausgelegten schrumpeligen Äpfel. Er reichte mir einen.

Ich merkte, wie hungrig ich war, und biss hinein. In keinem Supermarkt in ganz London wäre dieser Apfel verkauft worden. Viel wahrscheinlicher wäre er wegen seiner runzeligen Haut und den drei dunklen Augen schon von vorneherein ausgemustert worden. Aber mir erschien er auf einmal überaus köstlich und saftig.

»Wir sind in Aachen«, erklärte Lee und biss in seinen Apfel.

»Wo liegt Aachen?«, fragte ich erschrocken. »Ich meine, doch nicht Aachen in Deutschland, oder? Du meinst doch bestimmt irgendein Aachen in Shropshire.«

Lee lachte. »Keineswegs. Aachen im Frankenland, um genau zu sein. Aber ja, später gehört es zu Deutschland.«

Ich erstickte beinahe an meinem Apfelstück.

Lee klopfte mir munter auf den Rücken. »Na komm schon, Schneewittchen. Du hast uns ins achte Jahrhundert befördert, da spielt es doch keine Rolle, in welchem Land wir uns befinden.«

So gesehen hatte er Recht. Und wahrscheinlich war Aachen sicherer als England zu jener Zeit. Ohne die ganzen Angriffe von Sachsen und Wikingern. Trotzdem konnte ich es nicht so locker sehen wie Lee. Für ihn schien alles ein großes Abenteuer. Nun ja, er war Zeitagent. »Zumindest findest du hier keine Frauen, die du bezirzen kannst«, überlegte ich laut.

Er verschluckte sich seinerseits an einem Apfelstück. »Wie bitte?«

»Ich könnte mir vorstellen, dass du hier Schwierigkeiten hast, Frauen rumzukriegen. Sie dürften wenig nach deinem Geschmack sein.«

Ich merkte Lees stechenden Blick auf mir. Schnell schaute ich weg, ehe er merkte, wie gern ich ihn aufzog. »Nehmen wir die Holde, die dir die Äpfel verkauft hat. Wie alt war sie? Fünfunddreißig? Vierzig? Ich konnte sie überhaupt nicht einschätzen. Sie schien von dir sehr angetan. Du dagegen ...«

»Ich dagegen?«, hakte er nach.

»Ich sehe genau, wenn du dich zu einer Frau hingezogen fühlst. Du warst es nicht.«

»Ich war äußerst charmant«, widersprach er heftig.

»Das hat nichts damit zu tun, dass du sie nicht attraktiv fandest. Wie alt war sie? So alt wie meine Mutter?«

»Sie war zwanzig.«

Jetzt sah ich ihn an. Nein, ich starrte ihn an. »Zwanzig?«, wiederholte ich fassungslos.

»Nach drei Schwangerschaften und ohne Oil of Olaz oder Zahnpasta sieht man so aus.«

Drei Schwangerschaften? Mit zwanzig? O Gott!

Lee hatte wieder die Oberhand über unsere Geplänkel und lächelte herablassend. »Keine Sorge, ich versuche unseren Auftrag zu erledigen, bevor du dir auch einen Mann suchen musst, um zu überleben.«

»Oder du dich bemüßigt fühlst, deinen Körper zu verkaufen und nicht nur deinen Charme«, entgegnete ich spitz.

Er grinste breit, nicht im Mindesten getroffen.

Es machte einfach keinen Spaß, mit ihm zu streiten. Er gewann immer. »Ehe du in die Verlegenheit kommst und schon heute damit anfangen musst, hast du eine Idee, wo wir übernachten? Oder was wir als Nächstes tun?«

»König Pippin weilt zurzeit hier. Angeblich hat er immer ein offenes Haus.«

»Was heißt das?«, fragte ich und aß den Apfel restlos auf.

»Wir können bei ihm übernachten.«

Ich war beeindruckt. Übernachten bei einem König. Wahnsinn! Ich bezweifelte, dass Queen Elizabeth, egal ob I. oder II., uns einfach so aufgenommen hätte.

Vier Stunden später bezweifelte ich, ob es wirklich eine Ehre war, bei einem König zu übernachten. Zumindest in diesem Jahrhundert. Wir saßen in einer großen Halle eingepfercht zwischen etlichen anderen – dem Geruch nach ungewaschenen Männern und Frauen. Schweiß, Dung, Qualm, und dazwischen der verlockende Duft von gebratenem Fleisch. Hunde rannten zwischen den Bänken und unter den Tischen umher, wühlten nach Abfällen im auf dem Boden liegenden Stroh oder bettelten die Speisenden an.

Ich saß am äußersten Tischende. Lee hatte mein entsetztes Gesicht richtig gedeutet, ohne meine Gedanken dafür lesen zu müssen. Er hatte dafür gesorgt, dass ich an einer Wand sitzen konnte, so dass ich nur das Geschmatze und die ungehobelten Tischmanieren der Menschen mir gegenüber ertragen musste. Lee seinerseits passte sich ziemlich gut an. Er aß wie alle anderen ungeniert mit den Fingern, vermied aber zu meiner Erleichterung das Rülpsen, Schmatzen und Kauen mit offenem Mund. Neben mir hatte sich eine Dogge niedergelassen, die jeden meiner Bissen mit Argusaugen verfolgte.

Das Essen an sich war dürftig gewesen (da hätte man bei unserer Liz bestimmt was Besseres geboten bekommen): eine fade Suppe, trockenes Brot (in meinem steckte außerdem ein kleiner Stein), Hirsebrei und Linsen mit Speck. Nichts von dem Braten, dessen Duft herüberwehte. An der Quertafel auf der Empore, wo der König mit Familie und seinen Oberen saß, wurden ganz andere Speisen serviert. Dort gab es Reh- und Wildschweinbraten, gedünstetes Gemüse, weiße Brötchen. Der kleine Junge weiter rechts aß sieben Brötchen. Seine blonden Haare wirkten irgendwie vertraut. Da es ihm niemand verwehrte, ging ich davon aus, dass es sich um den Sohn des Königs handelte.

Als das Essen vorbei war und der König mit seinem Gefolge verschwunden war, wurden kurzerhand alle Tische und Bänke an den Rand der Halle gestellt, die meisten Fackeln gelöscht und in der Mitte auf dem dreckigen Stroh – zwischen den Hunden! – machten es sich all die Leute gemütlich, die an den unteren Tischen wie wir gegessen hatten.

Lee besorgte uns einen Platz in der Nähe des Feuers. Hier war es zwar stickiger, aber dafür war der Boden nicht so arg von Essensresten beschmutzt.

»Wie soll ich hier schlafen?«, flüsterte ich Lee entsetzt zu.

Er zuckte die Schultern und breitete seinen Mantel auf dem Stroh aus. »Leg dich einfach ganz dicht an mich.«

»Elender Schwerenöter. Verführst du mit dieser Masche alle Frauen?«, zischte ich, legte mich aber tatsächlich ganz nah zu ihm – sein Mantel war nicht sonderlich breit.

Er legte sich dicht hinter mich und schlang einen Arm um mich. »Nur damit dir nicht kalt wird«, flüsterte er in mein Ohr. Ich knuffte ihn ziemlich heftig in die Rippen. »Uff«, stöhnte er und krümmte sich.

»Ich warne dich, FitzMor«, flüsterte ich, »wenn du mich auch nur einmal unsittlich berührst, kannst du den Gedanken an kleine, spitzohrige Elfchen abschreiben.«

Ich fühlte seinen Brustkorb in meinem Rücken beben. »Felicity Stratton wäre wahrscheinlich beleidigt, wenn ich nichts versuchen würde.«

»Dann geh zu ihr«, fauchte ich und rückte ein wenig von ihm ab. »Und nimm mich direkt mit ...«

»Oh, ein Dreier?«

Ich knuffte ihn wieder. »Dann wäre ich hier raus und läge in

London in meinem Bett«, vollendete ich den Satz. Lee hatte den Arm von mir gelöst und rieb sich den Bauch, wo ich ihn gestoßen hatte. Ich fühlte mich etwas besser.

»Oder in dem von Carl?«, fragte er.

Das gute Gefühl verpuffte augenblicklich. Er hatte mich wieder daran erinnert, dass mich andere Probleme erwarteten, wenn wir das hier hinter uns hatten. Anna würde mich mit Carl verkuppeln wollen, meine Mutter würde den Abend mit keinem Wort mehr erwähnen, mir aber die nächsten Monate nicht in die Augen sehen können, und Richard Cosgrove wäre die nächsten acht Wochen in London und trug zu den Komplikationen bei. »Ach, verdammt«, stöhnte ich. »Felicity Stratton muss sich nie mit so einem Mist herumschlagen.«

»Pfff«, machte Lee abfällig. »Das glaubst auch nur du. Ihr widerlicher Cousin Miles betatscht sie, sobald er mit seinen Eltern anreist. Was ziemlich oft der Fall ist. Er ist Anfang dreißig, dick und hat eine Glatze. Sie traut sich aber nichts zu sagen, weil er der Erbe des Mobilfunknetzes seines Vaters ist.«

»Herrscht hier endlich mal Ruhe?«, fauchte eine wütende Stimme in unserer Nähe. »Andere müssen morgen beim ersten Hahnenschrei raus.«

Lee und ich schwiegen. Ich dachte über seine Erzählung von Felicity nach. Also war das Leben der verwöhnten, reichen Tochter auch nicht nur perfekt. Irgendwie machte sie das sympathischer.

In der Halle wurde es ruhiger. Wenn man von dem einen oder anderen Schnarcher absah. Und dem Stöhnen. Schliefen die Leute schlecht? Ich konnte es ihnen nicht verdenken. Aber dann hörte ich das rhythmischere Schnaufen und es wurde hektischer und etwas lauter. Ein leises Kichern war zu vernehmen.

Oh. Mein. Gott. War ich dumm. Und war das peinlich. Wenn mich jetzt jemand sehen würde! Wehe, Lee bewegte auch nur einen Finger. Ich würde es auf weitere Beschimpfungen von Seiten unserer Nachbarschaft ankommen lassen.

»Lee?«

»Hm?«

»Ich muss mal für kleine Königsgäste.«

Er machte Anstalten, sich zu erheben. Das fehlte noch! Ein Lee, der mich zur Toilette begleitete.

»Bleib ja liegen. Das erledige ich ohne deine Hilfe. Sag mir nur, wo.«

Lee stützte sich auf einen Ellbogen und sah mich mit zusammengekniffenen Augen an. Anscheinend las er meine Verlegenheit. »Draußen rechts. Zwanzig Meter weiter findest du die Ställe. Direkt daneben sind die Latrinen.«

Allein schon bei dem Wort Latrine begann meine Blase zu streiken.

»Soll ich nicht doch mitkommen? Ich kann nicht durch Wände sehen.«

»Schlaf endlich«, sagte ich und schlich mich weg, ehe er es sich anders überlegte.

Im dämmrigen Licht und im Stehen betrachtet wirkte die Halle mit all den auf dem Boden liegenden Menschen wie ein Stück Fleisch voller Maden. Überall wimmelte es.

Ein Wächter am Tor öffnete mir mit einem breiten Grinsen.

»Wenn dein Galan nicht kommt, ich habe zwischendurch immer fünf Minuten Zeit.«

Ich starrte ihn an. »Fünf Minuten? Das spricht nicht für dich.«

Er schien einen Moment perplex über meine Antwort, dann lachte er. »Ich verspreche dir, du kommst nicht zu kurz.«

Ohne eine weitere Antwort zwängte ich mich aus der Tür und trat in den dunklen, nur vom Mond beleuchteten Hof. Keine Fackel, keine Laterne brannte. Ich ging die Stufen hinunter und dann rechts, wie Lee gesagt hatte. Es war seltsam still. In London hörte man immer den Verkehrslärm, eine Sirene oder Musik. Hier schrie nur ein Käuzchen und es raschelte aus der Richtung, wo die Ställe liegen sollten. Katzen? Hoffentlich, denn für Mäuse war es zu laut. An was anderes wagte ich nicht zu denken. Zum Beispiel an die riesige Dogge. Hoffentlich wusste sie noch, wer den Speck mit ihr geteilt hatte.

Ich erreichte die Ställe. Die Latrine läge daneben, hatte Lee behauptet. Aber im Stall wisperte es. Da war jemand. Anscheinend ließ der Wachmann öfter Liebespärchen zu einem Stelldichein aus der Halle. Aber das Wispern und Stöhnen klang anders als das, was vorhin in der Halle zu hören gewesen war. Es klang eher, als würde sich jemand wehren.

Ohne zu überlegen, riss ich die Stalltür auf. Doch ehe ich etwas erkennen konnte, spürte ich einen Schlag gegen meinen Kopf und mir wurde schwarz vor Augen.

DIE ENTFÜHRUNG

Um mich herum war alles schwarz. Ich konnte nicht einmal sagen, ob ich träumte, und wenn ja, was. Hin und wieder hörte ich ein Klappern. Manchmal sprach jemand. Einmal glaubte ich jemanden weinen zu hören. Aber das konnte ich nicht wirklich sagen, denn sobald ich dachte, ich müsse die Augen öffnen, empfing mich wieder die Schwärze. Doch dann machte sich ein anderes Gefühl breit, das mich endgültig aus den Tiefen des Traums zog. Meine Blase machte sich höchst unangenehm bemerkbar.

Wer hätte gedacht, dass es so anstrengend sein könnte, die eigenen Augen zu öffnen? Langsam überkam mich Panik und ich zwang mich zu blinzeln. Es war genauso mühsam wie damals, als ich meine ersten drei Runden durch den Hyde Park gejoggt war.

Alles war verschwommen. Ich blinzelte wieder. Langsam klärte sich das Bild und eine andere Empfindung machte sich breit: Ich hatte tierische Kopfschmerzen. Nicht diese kleinen Nadelstiche, die man schon mal hat, wenn man zu lange am PC saß. Auch nicht der kleine Mann, der mit einem Hämmerchen gegen irgendwelche Gehirnwindungen schlägt. Mein Kopf fühlte sich vielmehr an, als wäre er in einen Motorradhelm gequetscht, der vier Nummern zu klein und ungefüttert ist. Das waren die schlimmsten Schmerzen, die ich je gefühlt hatte. Und sie schlugen mir augenblicklich auf den Magen. Ich konnte gerade noch den Kopf drehen, ehe ich mich übergab.

»O Gott, Carl, was war in der Weihnachtsbowle?«, stöhnte ich und rollte mich zurück auf den Rücken. Einen solchen Kater hatte ich noch nie. Nicht einmal, als Phyllis, Nicole und ich versucht hatten Cocktails zu mixen. Mein Kopf fühlte sich an, als wäre eine Abrissbirne dagegengeknallt. Ich hatte Schwierigkeiten, die Augen zu öffnen. Anna würde mich umbringen. Nein, ich würde Carl umbringen. Dieser Gedanke gefiel mir wesentlich besser.

»Ist Karl der Blonde, der beim Abendessen neben dir saß?«

Die Stimme kannte ich nicht. Ich musste meine Lider einige Male öffnen und schließen, ehe sich das Bild vor meinen Augen fokussierte. Von wegen Annas Wohnzimmer und Weihnachtsbaum. Ich lag in einem Verschlag und mir gegenüber saß ein Junge. Genau genommen der Junge, der beim Abendessen sieben weiße Brötchen verdrückt hatte. Sofort fiel mir wieder ein, was geschehen war. Heiligabend bei Anna schien Lichtjahre entfernt zu sein.

»Heißt dein Freund auch Karl?«, wiederholte der Junge seine Frage und versuchte ein wenig Abstand zu meinem Erbrochenen zu gewinnen.

Jetzt, wo ich ihn richtig erkennen konnte, wollte ich gar nicht mehr wegsehen.

»Du hast eine ganz schöne Beule an der Stirn«, sagte er nun.

Er hatte markante, von dichten Wimpern eingefasste blaue Augen, mittellanges, blondes Haar, das von einem gewebten Band um die Stirn zurückgehalten wurde, und trug ein saphirblaues Gewand mit Pelzbesatz an Armen und Kragen. Er war der Junge aus meinen Träumen! Alles brach wieder über mich herein: der Zeitsprung, unsere Flucht durch den Wald, die antike Stadt, der Königshof, Lee ... *Lee!*

»Scheiße!«, rutschte es aus mir raus.

»Nein. Kotze«, sagte der Junge und sah mich an, als hätte ich nicht alle Tassen im Schrank. »Bist du nicht ganz dicht oder redest du so komisches Zeug wegen des Schlags auf den Kopf.«

Schlag auf den Kopf? Was für ein Schlag auf welchen Kopf?

Ich blinzelte wieder ein paarmal und betrachtete meine Umgebung. Ich war in einer Art Verschlag. Eine größere Kiste. Ein Sarg? Ein Sarg, der getragen wurde, denn es ruckelte in diesem Moment jäh. Das erinnerte mich an etwas anderes: Hatte ich nicht aufs Klo gewollt? Ziemlich dringend sogar.

»Anhalten! Hier sind Leute drin! Wir leben noch!« Bemüht meinem Erbrochenen auszuweichen setzte ich mich umständlich auf und hämmerte gegen die Wand. »He, hört ihr mich?« Meine Güte, jede Bewegung schmerzte und zog den Helm um meinen Kopf noch strammer.

»Hör auf damit!«, fauchte der Junge. »Die haben uns entführt. Es ist besser, so wenig Aufmerksamkeit wie möglich zu erregen.«

»Ich habe im Moment ein dringenderes Problem«, sagte ich und schlug erneut meine Hand gegen die Bretter. »Haltet sofort an!«

Die Kiste hielt mit einem Ruck und ich rutschte mit meinem Ärmel ins Erbrochene. Aber ehe ich ihn abwischen konnte, wurde die Klappe hinter mir aufgeschlagen und jemand packte mich von hinten. Unsanft wurde ich aus der Kiste gezogen.

»He, langsam!«, protestierte ich wütend. Die Schmerzen in

meinem Kopf waren so heftig, ich fühlte meine Beine wegknicken. Aber ich durfte keinesfalls ohnmächtig werden. Dann würde ich mir in die Hose machen. Ich krallte mich also mit aller Kraft an meinem Angreifer fest und streifte dabei meinen beschmutzten Ärmel an seinem Rock ab.

»Uäh!«, machte er und ließ mich los. Ich strauchelte und torkelte sofort auf die Bäume am Wegesrand zu.

Sofort hielt mich ein anderer fest und pflaumte mich in einer fremden Sprache an. Wenn ich nicht gleich in die Büsche kam, würde ich mich schrecklich blamieren. »Ich muss mal!«, rief ich verzweifelt und kniff meine Beine zusammen.

Endlich schienen sie zu verstehen. Sie lachten und der Mann, der mich hielt, schubste mich auf die Büsche zu.

Ich stolperte in Richtung des Gebüschs. Ich wusste nicht, wie lange ich bewusstlos gewesen war, aber mittlerweile war es richtig kalt geworden und es hatte geschneit. Nicht so zart wie der Puderzuckerbelag bei unserer Ankunft. Mit meinen weichen Lederschuhen versank ich knöcheltief im Schnee. Hinter mir lachten die Männer laut. Mir war mittlerweile alles egal. Sollten sie lachen. Männer hatten es beneidenswert einfach. Zumindest in dieser Hinsicht.

Während ich mich erleichterte, klärten sich meine Gedanken. Ich befand mich mitten in einem winterlichen Wald, in der Gewalt fremder Männer, eintausenddreihundert Jahre und ungefähr vierhundertfünfzig Meilen von London entfernt. Sollte ich mich selbst umbringen oder warten, bis die Männer das erledigten?

Wie könnte Lee mich hier finden? Der Schnee hatte sicher sämtliche Spuren beseitigt. Und selbst wenn er mich fand, was dann? Oder würde ich vielleicht, wenn ich mich selbst umbrachte, automatisch wieder im einundzwanzigsten Jahrhundert in London landen? Ähnlich wie bei *Und täglich grüßt das Murmeltier*? Vielleicht würde ich auch einfach in meinem Bett aufwachen und alles entpuppte sich als böser Traum?

Die Männer riefen nach mir.

»Ich komme!«, brüllte ich ungehalten und überlegte fieberhaft, was ich tun sollte. Was konnte ich als Zeichen zurücklassen? Ich besaß keinen Stift und kein Papier. Doch! Besaß ich wohl ... Die Klamotten, die Mildred mir gegeben hatte, waren so weit gewesen, dass ich meine eigenen Sachen drunter anlassen konnte. Ich nestelte also meinen Büstenhalter unter dem Umhang los und ließ das fliederfarbene Dessous in den Schnee fallen. So was würde Lee bestimmt nicht übersehen.

Als ich zurückging, sah ich unsere Entführer zum ersten Mal von Angesicht zu Angesicht: Es waren sieben Männer. Sie wirkten ziemlich Furcht einflößend. Alle trugen schwere Tuniken mit Dolchen und Knüppeln an den Gürteln. Ihre Haare waren mit Lederkappen à la Jabberwocky bedeckt und sie hatten lange buschige Bärte, wie man sie in London häufiger an Obdachlosen sah, die deswegen immer recht unheimlich wirkten. Nun ja, vielleicht auch wegen der Krümel, die sich in ihren Bärten befanden. Der Junge bot mit seinen feinen Kleidern und der Goldfibel am Umhang einen extremen Kontrast. Er stand neben dem Karren, der wirklich nicht viel größer als ein Sarg war.

Aber die sieben Männer hier wirkten nicht nur unheimlich. Sie wirkten regelrecht beängstigend. Wie hatte ich Lee je für Furcht einflößend halten können, mit seinem Geknurre und dem Dolch? Mit seiner strahlenden Schönheit, den gepflegten, wenn auch wuscheligen Haaren und dem glatt rasierten Gesicht? In ihm würde ich künftig höchstens einen Racheengel sehen. Das hier waren Dämonen. Schwarz, bärtig, bösartig. Die Vorreiter der beängstigenden Wasserspeier an den künftigen Kathedralen.

Sie sahen mir alle aufmerksam entgegen. Ich schluckte. Einer von ihnen, er war schlank und drahtig, packte meinen Arm und zerrte mich zur Luke des Karrens. Er machte eine eindeutige Bewegung, ich sollte hineinkrabbeln. Mir stach mein Erbrochenes ins Auge.

»Äh, kann ich zuerst sauber machen?«, fragte ich ihn und deutete auf den Schmutz.

Er schien zu verstehen, denn er nickte. Ich streute etwas Schnee darauf und fegte anschließend mit ein paar Reisern alles hinaus. Dann krochen der Junge und ich wieder hinein. Die Klappe wurde geschlossen und wenige Sekunden später ruckelte der Karren los.

Der Junge saß mir schweigend gegenüber und starrte mich an. Ich konnte seinen Gesichtsausdruck nicht deuten. Er wirkte weder wütend noch ängstlich. Vielmehr neugierig und desinteressiert zugleich. Der Gesichtsausdruck, den die Queen immer hatte, wenn sie einer Parade beiwohnte. Ein solches Gesicht gehört bestimmt mit zur Königsausbildung. So wie eine Krone nonchalant tragen, huldvolles Winken und arrogant nicken.

»Ich bin Felicity. Wie heißt du?«, fragte ich, als mir die Stille zu dumm wurde.

Er hob fragend beide Augenbrauen.

»Was?«, fragte ich irritiert.

»Du bist nicht befugt zuerst zu sprechen oder mich zu duzen«, sagte er hochnäsig. »Aber da wir beide Opfer einer Entführung sind, werde ich darüber hinwegsehen.«

Wie freundlich, dachte ich und wollte schon sagen, er könnte es auch lassen, aber da antwortete er: »Ich heiße Karolus. Karl. Wie dein Freund.«

»Carl ist bestimmt nicht mein Freund.« Ich lehnte mich dem jungen Karl gegenüber an die Wand und schloss die Augen. Die Kopfschmerzen wurden langsam erträglich.

»Du bist mit ihm gekommen, ihr habt beim Essen nebeneinandergesessen und du hast nur mit ihm geredet. Mit niemandem sonst.«

Ich blinzelte überrascht. »Sag nur, wir sind dir inmitten dieser Menschenansammlung aufgefallen.« Das war mehr als ungewöhnlich. Obwohl – Lees strahlend schöne Erscheinung war überall auffällig.

»*Du* bist mir aufgefallen.« Jetzt sah er mich eindringlich an.

»Ich?« Ich war perplex. Ich war wohl niemand, der auffiel. Ich war die graue Maus, das Mauerblümchen, der Blaustrumpf. Ich fiel höchstens durch meine Ungeschicklichkeit auf, weil ich etwas verschüttete oder fallen ließ.

»Du hast seltsam verloren gewirkt zwischen all den Menschen.« Karl lehnte sich zurück und zog die Knie an. »Du hast das Essen kaum angerührt, als wärst du Besseres gewohnt.«

Ich konnte ihm jetzt schlecht entgegenhalten, in jedem Schnellimbiss gäbe es besseres Essen als an der Tafel in seinem Königshaus.

»Außerdem hat dein Haar manchmal golden geschimmert.«

»Ich saß neben dem Kamin«, sagte ich trocken. »Das Feuer war an.«

Plötzlich beugte er sich vor und streckte die Hand aus. Erschrocken zuckte ich zurück, doch er fasste nur nach einer Strähne meines Haars und rieb sie zwischen den Fingern.

»Das ist so zart wie Seide.« Er wirkte erstaunt. »Du riechst auch gut.«

Ich fühlte mich geschmeichelt, aber dann fiel mir ein, dass die meisten Menschen, denen wir bislang begegnet waren, sehr schmuddelig gewesen waren. Also stellte ich nur fest, dass ich mich regelmäßig wusch.

»Ist dieser Karl dein Mann?«, fragte Karl und lehnte sich wieder an seine Wand.

»Gott behüte!« Bei dem Gedanken schüttelte es mich regelrecht.

»Wieso? Ich könnte mir denken, dass er auf einige Frauen recht attraktiv wirkt.«

Meine Kopfschmerzen wurden wieder stärker und das Denken fiel mir schwerer. »Mein Begleiter heißt Lee. Carl ist der Schwager meiner Schwester.« Ich fühlte, wie mir wieder schlecht wurde, und legte mich hin.

»Ist Lee dein Mann?«

Ich schloss die Augen. »Nein. Was glaubst du, haben sie mit uns vor?«, fragte ich. »Ich vermute, du dienst als Druckmittel für irgendeine Forderung.« Mir schoss durch den Kopf, dass die Entführung vielleicht gar keine materiellen, sondern vielmehr politische Zwecke verfolgen könnte. »Hat dein Vater viele Feinde?«

Karl zuckte die Schultern. »Er ist König. Natürlich hat er Feinde. Die Sachsen im Norden, die Aquitanier im Süden und den Herzog von Bayern. Ich glaube, das hier sind Sachsen. Ihre Sprache, ihre Kleidung. Alles deutet darauf hin.«

Hui, das war ganz schön schwerer Tobak. Mir wurde schwummerig. Der Junge redete recht locker über Weltpolitik. Ob Prinz William auch so locker wäre, wenn Präsident Obama mit England im Clinch läge? Aber auch wenn Karl mit Sicherheit gut behandelt würde, was geschähe mit mir? Es grenzte schon an ein Wunder, dass sie mich nicht sofort umgebracht hatten.

Hoffentlich waren Lees Augen wirklich so gut, wie er behauptete.

Ich war wohl wieder eingeschlafen oder ohnmächtig geworden. Als ich das nächste Mal die Augen aufschlug, ruckelte unser Karren nicht mehr. Ich befand mich allein in dem Verschlag. Langsam richtete ich mich auf. Meine Kopfschmerzen waren besser, aber nicht weg. Zumindest hatte sich der Druck auf ein regelmäßiges Pochen reduziert. Als ich saß, wurde es etwas stärker. Ich blieb also ruhig sitzen, bis ich wieder klar sehen konnte, dann robbte ich zur offenen Klappe.

Es war dunkel. Der Himmel war sternenklar und über den Baumwipfeln thronte ein riesiger, weißer Mond. Jeder, der *American Werewolf* gesehen hatte, würde jetzt mit einem Angriff rechnen. Aber nichts tat sich. Wir befanden uns auf einer Lichtung, die Männer hatten ein Feuer entfacht und drum herum schliefen alle in warme Felle und Decken gewickelt. Anscheinend waren wir so weit von der nächsten Ortschaft entfernt, dass sie keinen Angriff befürchteten und deswegen Feuer machen konnten. Zwei Männer standen allerdings Wache. Einer direkt neben meinem Karren.

Er sagte etwas zu mir, aber ich verstand ihn nicht. Dann führte er eine geschlossene Hand zum Mund.

Ich fühlte, wie hungrig ich war, und nickte. Allerdings machte meine Blase sich wieder bemerkbar. Wasser wäre auch nicht schlecht. In meinem Mund züchtete ich Pilze. Ich deutete auf ein dichteres Gebüsch. Er verstand sofort, grinste breit und nickte.

Ich trottete zu dem Gebüsch. Zu meiner Freude befand sich zwei Meter weiter ein kleiner Teich. Er hatte zwar eine dünne Eisschicht, aber die war bereits aufgebrochen worden. Mein Wächter hatte sich zu seinem Kumpel gesellt und beide redeten leise miteinander. Wahrscheinlich planten sie meine Zukunft. Ich musste weg. Aber einfach so in den Wald rennen wäre genauso selbstmörderisch. Vielleicht sollte ich mich direkt in dem Teich ertränken? Wer weiß, was mir dadurch erspart bliebe. Das Eis glitzerte, und wo das Loch geschlagen war, spiegelten sich die Sterne auf der Oberfläche. Ob er tief genug war?

Moment mal! Mir schoss ein Gedanke durch den Kopf. Egal wie tief er war, hier bot sich meine Chance. Ich platschte ein wenig im Wasser.

»Mildred?«, flüsterte ich ins Wasser. »Mildred!« Mein Flüstern wurde eindringlicher.

Und da sah ich sie. Ihr Gesicht schwebte ungefähr einen halben Meter unter der Oberfläche und wurde von den Mondstrahlen beleuchtet. Sie wollte schon nach oben kommen, aber ich legte schnell einen Finger an meine Lippen.

»Hol Lee.«

Sie nickte und verschwand. Ich wäre am liebsten hinterhergesprungen. In diesem Moment wurde ich schmerzhaft an meinen Haaren gepackt. Ich fiel hinterrücks in den Schnee, aber mein Wächter hielt weiterhin meine Haare fest. Er fauchte etwas. Meine Kopfschmerzen kamen unerwartet stark zurück.

»Ich habe mich gewaschen«, rief ich verängstigt und hielt

meine nassen Hände zum Beweis hoch. »Ich habe mich nur gewaschen.«

Er blickte zum Teich und ich sah den Angstschimmer in seinen Augen.

»Da ist nichts!«, sagte ich wieder verzweifelt. »Es war nur so kalt, da kann man sich nicht waschen, ohne Geräusche von sich zu geben.«

Er sah wieder zu mir, dann ließ er meine Haare los und trat einen Schritt zurück.

Ich rappelte mich auf und ging vor ihm zum Feuer. Doch es wärmte kaum. Meine Kopfschmerzen waren durch die rüde Behandlung voller Wucht zurückgekehrt und zu essen bekam ich nichts. Trotzdem fühlte ich mich besser.

»Wo kommst du her?« Karl saß neben mir und rieb ständig ein Holzstöckchen an den Brettern unseres Karrens.

»Aus Britannien«, sagte ich. Mein Magen war ein großes Loch, mir war schlecht vor Hunger und ich wusste schon nicht mehr, wie sich das Leben ohne Kopfschmerzen anfühlte.

»Das Land des großen König Artus«, sagte Karl und seufzte sehnsüchtig.

»Den gab es nie«, sagte ich und lehnte meinen Kopf zur Entspannung an die Wand hinter mir.

»Natürlich gab es ihn«, widersprach Karl energisch. »Er war der beste König, den die Welt je gesehen hat. Er hat die Sachsen vertrieben.«

Da gab es irgendwann mal eine Schlacht von Mount Badon, erinnerte ich mich. Aber Artus war eine Legende, ein Mythos. Eine Heldengestalt und Sehnsuchtsfigur, aber nicht real.

»Ich dachte, euer König Alfred stammt direkt von ihm ab«, setzte Karl nach.

»Und ich dachte, Artus hatte keine Nachkommen. Sein Sohn Mordred hat ihn getötet.«

»Artus wurde getötet? Ich dachte, er sei an einer Krankheit in Somerset gestorben.«

Ich öffnete meine Augen und sah den entsetzten Karl an. Mir schoss durch den Kopf, dass ich vielleicht tatsächlich in der Lage sein könnte, den Mythos um den legendären König der Tafelrunde aufzuklären. Ob man auch kontrolliert in der Zeit springen konnte? In diesem Moment ruckelte der Wagen wieder und mein Kopf schlug hart gegen die Wand. Das brachte mich zur Besinnung. Es stand ja nicht mal fest, ob ich je aus *diesem* Zeitsprung entkommen konnte. Ich musste mich ablenken, sonst würde Lee eine total depressive Felicity vorfinden. Dann wäre ich nicht nur hässlich und dick, sondern auch noch durchgeknallt.

»Was macht ein Königssohn eigentlich den ganzen Tag?«, fragte ich.

Er zuckte die Achseln. »Meine Aufgaben sind recht vielfältig. Ich lerne lesen, schreiben, rechnen und mein Lehrer versucht die Grenzen von Vaters Reich aufzuzeichnen. Ich helfe ihm dabei, aber sie ändern sich ständig.« Er lachte leise. »Ansonsten werde ich im Schwertkampf unterrichtet. Reiten, Lanzenstechen, Bogenschießen. Das Übliche halt. Was macht eine britannische Adlige in Begleitung eines einzigen Mannes in Franken?«

Gute Frage. Eine, auf die ich auch keine Antwort wusste. »Was möchtest du für ein König werden?«, fragte ich ihn stattdessen.

»Wie meinst du das?« Karl schien überrascht.

»Na ja, du musst doch irgendwelche Ziele haben, die du später umsetzen willst. Frieden oder ein Volk, das nicht hungert, Gesundheitsversorgung, Steuernachlässe, irgend so was.«

Er schnaubte. »Du bist ja eine Idealistin! Frieden! Das könnte schwierig werden mit den Sachsen im Nacken. Nachdem euer König Artus ihnen eins verpasst hat und vor kurzem auch noch Alfred, kommen sie alle hierher.« Er rieb weiter seinen Stock.

Ich fühlte, wie mich die Übelkeit überwältigte, und legte mich flach hin.

»Aber du hast Recht. Ich sollte versuchen meinem Volk ein guter König zu sein. Es wäre schön, wenn mein Volk nicht hungern müsste und später wohlwollend von mir spräche.«

»Hm«, machte ich nur.

»Wieso beschäftigt sich eine Frau mit solchen Gedanken? Bist du eine Nachfahrin von Boudicca?«

»Bestimmt nicht«, murmelte ich schlapp.

»Was ist los?« Endlich schien er zu bemerken, dass ich mich nicht wohlfühlte.

»Ich habe Hunger«, sagte ich. »Kannst du mich bitte umbringen, damit die Schmerzen aufhören?«

»Kau hier drauf rum«, sagte er und reichte mir einen Strohhalm.

»Bin ich ein Pferd?«, schnappte ich.

»Das hilft, glaub mir.«

Ich nahm den Strohhalm und begann zu kauen. Es half tatsächlich ein wenig.

»Was würdest du an meiner Stelle anstreben?«, fragte Karl bei meinem dritten Strohhalm.

»Ein hungerfreies Germanien«, sagte ich prompt.

Karl lachte. »Vielleicht bist du einfach nur verwöhnt. Manch einer würde damit ein paar Tage über die Runden kommen.«

Was würde ich jetzt für einen Hamburger geben! Zum Beispiel mein langes Haar, an dem mir trotz dessen Widerspenstigkeit sehr viel lag. Oder ein paar Zehen. Wer brauchte schon Zehen? Sogar die wollene Unterwäsche würde ich gegen einen Big Mac eintauschen. Oder Lees aufgebackenes Ciabatta-Brot mit den Antipasti. Oliven, gebratene Zucchini, in Speck gerollte Pflaumen. Mmh. Der Strohhalm nutzte nichts mehr. Ich warf ihn weg. »Wohin bringen Sie uns?«, fragte ich, ohne tatsächlich eine Antwort zu erwarten.

»Nach Osten«, sagte Karl und legte sich neben mich. Erneut tastete er nach meinem Haar. Das hatte er in den vergangenen Stunden hin und wieder getan. Er streichelte es. »Du riechst nach Blumen. Freesien und Flieder. Wie alt bist du eigentlich?«

»Achtzehn. Und du?«

»Zehn.« Er spielte mit der Strähne, hielt sie sich wieder an die Nase und fasste nach einer anderen. »Ich könnte dich ja heiraten. Hast du irgendwelche Besitzungen?«

Ich entzog ihm meine Strähne und rückte von ihm weg.

»Ich bin erst achtzehn! Vergiss es.«

»Mein Bruder ist sechs und bereits versprochen«, entgegnete er ruhig. Dann betrachtete er mich stirnrunzelnd. »Wieso bist du eigentlich noch nicht verheiratet? Stimmt was nicht mit dir oder deiner Familie?«

So musste es wohl aussehen in einem Zeitalter, wo Sechsjährige verlobt und Zwölfjährige verheiratet wurden. »Wir sind selbstmordgefährdet«, antwortete ich ausweichend.

Er durchschaute die Lüge sofort. »Du bist in deinen Begleiter verliebt.«

»Bestimmt nicht«, entgegnete ich vehement. Ich sah sein nachsichtiges Grinsen. »Glaub's ruhig«, beteuerte ich. »Er ist der Schwarm sämtlicher Mädchen und erhört sie, wo er kann. Ich werde mich hüten und mich in der Schlange einreihen.«

Karl lächelte und schnupperte wieder an meinem Haar. Mir fiel auf, dass er auch sauber roch. Ich begann zu zittern. Hunger verursachte anscheinend nicht nur Kopfschmerzen, sondern auch Kälte. Karl rückte näher zu mir und ich wehrte mich nicht. Er war angenehm warm. Jede Wärmequelle war willkommen.

»Warum haben sie mich noch nicht umgebracht?«, flüsterte ich, meine Gedanken laut aussprechend.

Karl versteifte sich. Ich lehnte mich ein wenig zurück und sah ihn an. Er schien zu zögern. Wusste er etwas?

»Sag nur, du weißt, warum.«

Er biss sich auf die Unterlippe. »Ich glaube, die wollten sowieso nur dich.«

Ich starrte ihn an.

»Als du ohnmächtig warst, habe ich sie deinen Namen sagen hören. Mich haben sie wahrscheinlich nur mitgenommen, weil ich zur falschen Zeit am falschen Ort war.«

Ich konnte nicht sprechen. Ich konnte nicht richtig denken. Mich? Die hatten *mich* entführen wollen? Weshalb? Ich war fremd hier. Unbekannt. Nur Lee wusste Bescheid. Obwohl … »Man hatte uns verfolgt«, murmelte ich mehr zu mir selbst als zu Karl. »Wir hatten sie doch abgehängt. Wie haben sie uns gefunden?« Und dann kam mir ein weiterer schrecklicher Gedanke. »Haben sie Lee auch gefunden?«

»Das glaube ich nicht«, beruhigte mich Karl. »Sie sprachen allein von dir. Die Frage ist nur, wie konnten sie in Vaters Burg gelangen? Wir schließen abends die Tore. Entweder haben sie sich tagsüber eingeschlichen oder wir haben einen Verräter unter unseren Männern.« Er kniff die Augen zusammen und fügte entschlossen hinzu: »Das werde ich herausfinden und dann Gnade ihm Gott.«

Ich sah Karl in die Augen. »Was ist eigentlich genau geschehen an dem Abend?«

Karl wirkte mit einem Mal verlegen. »Mein Pferd hatte nachmittags ein wenig gehinkt und ich wollte noch einmal nach ihm sehen. Aber da waren drei Männer im Stall, die ich nicht kannte. Als ich laut um Hilfe rufen wollte, überwältigten sie mich. Dann standest du in der Tür und der lange, drahtige Bursche mit den kleinen Knopfaugen gab dir eins über den Schädel. Sie fesselten und knebelten mich und steckten mich in einen Sack. Ich bekam mit, dass wir über die Palisade gehoben wurden. Erst als wir eine Tagesreise hinter uns hatten, lösten sie meine Fesseln und den Knebel. Das ist jetzt zwei Tage her.«

Zwei Tage! War ich so lange ohne Bewusstsein gewesen?

»Ich habe manchmal schon gedacht, du wärst tot, weil du nicht zu dir gekommen bist«, erklärte Karl. Eine Weile hingen wir unseren Gedanken nach. Schließlich seufzte Karl. »Früher oder später werden sie sich mit meinem Vater in Verbindung setzen und dann kommen wir frei.«

»Du kommst frei«, korrigierte ich ihn. »Ich bezweifle allerdings, dass dein Vater Geld für eine unbekannte Britin ausgibt.«

»Du bist auch Vater aufgefallen.«

Ich war so in Gedanken versunken, dass ich einen Moment

brauchte, ehe mir aufging, was er gesagt hatte. »Wie meinst du das?«

»Ich sagte doch, dein Haar hat golden geschimmert.« Er nahm wieder eine Strähne. »Er hat sich nach dir erkundigt. Nach dir und deinem Begleiter Lee. Ihr beide seid ein auffallend schönes Paar.«

Lee ja. Ich definitiv nicht. Aber wir befanden uns im frühen Mittelalter und ich hatte gesehen, wie die meisten Frauen hier aussahen. Arm. Heruntergekommen. Ungepflegt. Die römischen Bäder lagen Jahrhunderte zurück. Vielleicht hatte man im Mittelalter eine andere Definition von Schönheit, zumindest in Bezug auf Sauberkeit, glänzendes Haar und weiße Zähne.

Karl gähnte und ich tat es ihm nach. Das gleichmäßige Schunkeln unseres Karrens und die Wärme des Jungen lullten mich zunehmend ein. Ich dachte, wenn ich schlief, hätte ich auch keinen Hunger mehr. Also schloss ich die Augen und versuchte mir den Moment auszumalen, in dem Lee uns einholte.

Etwas hatte mich geweckt. Bei Einbruch der Dunkelheit hatten wir wieder auf einer Lichtung angehalten. Ein Feuer war entzündet worden und wenig später hatte es etwas Trockenfleisch und Brot gegeben. Satt wurde ich nicht, aber es reichte. Dann hatten sich alle hingelegt. Karl hatte sich dicht zu mir gerobbt und wenige Minuten später waren wir eingeschlafen.

Aber jetzt war ich hellwach. Ich horchte, doch um mich herum war Stille. Kein Käuzchen rief, kein Wind wehte. Trotzdem war ich wach. Hatte Lee uns gefunden? Ich öffnete die Augen und sah mich um. Es waren wohl ein paar Stunden vergangen, der Himmel war mondlos schwarz und teilweise bedeckt. Nur hie und da drang das Licht eines Sterns durch die Wolkendecke. Alles schien ruhig. Aber dann sah ich im Glimmen der letzten Glut, was nicht stimmte. Es gab keinen Wächter. Und Karl war weg.

Ich erhob mich, so leise ich konnte. Dann hörte ich es wieder. Jemand stöhnte unterdrückt. Das Geräusch kam von dem Gebüsch ein paar Meter entfernt. Leise schlich ich darauf zu. Als meine Augen sich der Dunkelheit angepasst hatten, sah ich, dass ein Mann Karl festhielt. Der strampelte und wehrte sich heftig, aber gegen die Kräfte des Sachsen hatte er keine Chance.

Was sollte ich tun? Hilflos beobachtete ich, wie der Mann den Jungen brutal zu Boden schleuderte und sich über ihn kniete. Eine Waffe! Ich brauchte eine Waffe. Aber ich hatte keine, konnte auch kein Karate, ich hatte nicht einmal genug Spucke. Wer weiß, vielleicht hätte die ihn ansonsten geblendet. In meiner Hilflosigkeit tastete ich meinen Mantel ab und fühlte auf einmal etwas. Das war meine Chance.

»HIER SPRICHT DIE POLIZEI! LASSEN SIE DIE WAFFEN FALLEN UND KOMMEN SIE LANGSAM MIT ERHOBENEN HÄNDEN RAUS!«

Der ungewaschene Widerling sprang entsetzt zwei Meter von Karl weg. Dann herrschte einen kurzen Moment lang Totenstille auf der Lichtung. Alle starrten mich an. Ich eilte zu Karl und zog ihn hoch. Die Männer schienen mitten in ihren Bewegungen festgefroren.

»Komm mit«, raunte ich Karl zu und zog ihn in Richtung Wald. Jetzt rührte sich etwas. Karls Widersacher machte einen Schritt auf mich zu, seinen Blick auf meine linke Hand gerichtet. Schnell drückte ich die Wiederholungstaste meines Handys, um die Ansage erneut abzuspielen, vielleicht noch lauter.

»California Gurls are unforgettable …«, tönte Katy Perry. Verdammt. Mit meiner linken Hand war ich noch nie gut gewesen. Ich brauchte etwas, um ihn abzuwehren, und warf mein Handy in seine Richtung. Zu meiner großen Überraschung traf es den Mann am Kopf. Er sprang angriffsbereit auf. In diesem Moment schrie Karl laut. Der Sachse kam auf uns zu. Hinter mir bewegten sich die anderen Männer. Ich gab Karl einen Schubs und er rannte blindlings in den Wald. Ich wollte ihm folgen, aber im nächsten Augenblick wurde ich von hinten gepackt und festgehalten. Mein Kopf wurde wieder einmal an den Haaren zurückgezerrt, aber aus den Augenwinkeln konnte ich sehen, wie ein anderer Sachse Karl hinterherlief. Ich wehrte mich und urplötzlich bekam ich etwas zu fassen. Es war kalt und glatt. Ein Dolch. Ich zog ihn heraus und rammte ihn meinem Peiniger in den Arm.

Er schrie auf und lockerte seinen Griff. Sofort lief ich los. Ich kam keine zehn Meter weit, bis ich wie ein gefällter Baum zu Boden ging. Ich spürte etwas schmerzhaft in meinen Oberarm dringen. Ich wimmerte. Die Brosche, die meinen Umhang zusammenhielt, hatte sich in meinen Oberarm gebohrt – und die Nadel war abgebrochen. Der Klotz über mir erhob sich und zog mich mit. Ich zog die abgebrochene Nadel aus meinem Arm. Verdammt, tat das weh! Ein weiterer Sachse mit Fackel tauchte neben uns auf, ein dritter mit dem strampelnden Karl über der Schulter.

»Lasst ihn los!«, schrie ich. »Was wollt ihr mit dem Kind?«

Da mich keiner verstand, reagierten sie auch nicht. »Loslassen«, rief ich erneut. Diesmal schlug ich mit trommelnden Fäusten auf meinen Peiniger ein, ich bekam wieder den Griff von irgendetwas zu fassen. Ohne zu überlegen, stieß ich zu. Und traf.

Sofort war ich frei. Ich drehte mich um und hielt den Dolch herausfordernd vor mich. »Lasst den Jungen runter«, sagte ich ganz langsam und betonte jede einzelne Silbe. Dabei deutete ich mit der freien Hand auf den Sachsen, der Karl festhielt.

Er warf ihn mir kurzerhand vor die Füße. Karl schrie vor Schmerzen auf. Ohne nachzudenken, eilte ich zu ihm. Ein großer Fehler, denn augenblicklich waren wir umzingelt. Ich stellte mich vor den Jungen und hielt mir das Messer an die Kehle. Wenn Karl Recht hatte und sie tatsächlich hinter *mir* her waren, konnte ich sie nur dadurch davon abhalten, ihm etwas anzutun.

Zu meiner maßlosen Überraschung blieben die Männer wie angewurzelt stehen. Meine Geste war eindeutig, denn der, den ich für den Anführer hielt, hob begütigend seine Hände und sagte etwas.

»Ihr werdet ihn in Ruhe lassen oder … oder …« Mist, immer wenn es drauf ankam, fiel mir nicht das Richtige ein. Man könnte meinen, ich sei bei Mr Sinclair im Englischunterricht.

Anscheinend merkten sie mein Zögern und interpretierten es als Schwäche. Ich drückte den Dolch stärker gegen meinen Hals und fühlte zu meinem Leidwesen ein Brennen. Sogleich tröpfelte es warm auf der Haut. O Gott, o Gott, o Gott. Hoffentlich war das nicht zu fest gewesen. Das wäre eine grandiose Rettungsaktion, wenn ich in wenigen Augenblicken bewusstlos mit von mir selbst durchschnittener Kehle zu Boden sinken würde.

Der vermeintliche Anführer hielt noch immer beide Hände nach oben und machte ein paar Schritte zurück. Die anderen sechs folgten ihm.

Ich lockerte den Dolch und hoffte, dass jetzt keine Blutfontäne hervorschießen würde ... Nichts geschah. Karl rappelte sich auf und stellte sich dicht neben mich.

»Können wir jetzt gehen?«, fragte er mich.

Ich schüttelte den Kopf. Wohin hätten wir gehen sollen, allein im Winter, meilenweit von jeglicher Hilfe entfernt? Ich legte einen Arm um Karl. »Bitte, tut dem Jungen nichts«, sagte ich noch einmal.

Sie schienen zu verstehen. Der Sachse nickte knapp.

Ich ging zurück zum verglimmenden Feuer und legte mich in meine Decken. Karl kroch ganz eng zu mir und ich schlang meine Arme um ihn. Obwohl wir nicht sprachen, wussten wir beide, dass der andere nicht schlief. Ich lauerte, wartete, bangte. Und Karl tat mit Sicherheit das Gleiche.

Irgendwann fielen mir die Augen zu.

Ich träumte und der Traum war äußerst bizarr. Ich hatte mich in der Burg verlaufen und befand mich in einem Kerker, der voller Kleiderständer mit Klamotten von Chanel, Valentino und Joop war. Lee fand mich, als ich versuchte zwischen den Kleidern den Ausgang zu finden. Obwohl ein leuchtend grünes Exit-Schild an der feuchten Mauerwand prangte, landete ich immer wieder in einer Sackgasse aus Blazern, Röcken, Jeans und Tops. Ich sah Lees spöttisch grinsendes Gesicht über einer Stange mit Unterwäsche: »Ich wusste, du kannst ohne mich nicht mal aufs Klo gehen. Ein typisches Mädchen.«

Ich wollte unter dem Wäscheständer durch zu ihm krabbeln, aber zwei BHs stachen mir ins Auge. Ich nahm sie von der Stange. Als ich wieder aufsah, war Lee verschwunden und der Kerker hatte sich gewandelt. Ich ging zu der Kasse, die der bei Marks &

Spencer verdächtig ähnlich sah, die beiden BHs in der Hand. Jetzt sah ich, dass sie mir viel zu groß waren. Ich wollte sie verstecken, aber die beiden Verkäuferinnen schauten mich misstrauisch an. Dann hörte ich eine Stimme hinter mir: »Hallo, meine Schöne! Suchst du hier etwa nach passender Unterwäsche? Oder soll ich dir was Aufregenderes zeigen?«

Ich kannte diese Stimme. Am liebsten wäre ich im Erdboden versunken. Warum musste ausgerechnet Ciaran mich mit diesen Riesen-BHs sehen? Schnell schob ich meine Hand auf den Rücken. Sie stieß gegen hartes Holz. Die Bruchsteine der Kerkerwände verschwanden.

Ich war wieder in dem Karren und meine Hände schmerzten, weil ich sie gegen die Holzwand geschlagen hatte. Schade. Marks & Spencer wäre mir lieber gewesen.

CIARAN

»Na, Dornröschen? Erweckt? Zu schade, ich hätte dich gerne wach geküsst.«

Ich blinzelte und setzte mich ruckartig auf. Voller Wucht prallte ich mit dem Kopf gegen die niedrige Decke des Karrens.

»Autsch. Nicht so hektisch, Prinzessin.«

Ich erstarrte. Träumte ich noch immer? Aber mein Kopf tat zu weh. Die Schmerzen waren durchaus real. Und trotzdem konnte das unmöglich … »Ciaran?« Wenn Johnny Depp vor mir gestanden hätte, hätte ich nicht erstaunter sein können. »Ciaran? Bist du es wirklich?«

»Leibhaftig«, lachte er und zeigte alle seine weißen ebenen Zähne.

Flugs kletterte ich aus dem Wagen. Unsere Wächter lagen verstreut auf dem Boden. Jetzt verstand ich. Ciaran hatte uns gerettet. »O Gott, Ciaran!« Ich fiel ihm um den Hals und er presste mich an sich. Er war es tatsächlich. Ich roch Karl Lagerfelds Photo-Duft. Ich fühlte seinen Atem im Nacken, seine bebende Brust, als unterdrückte er ein Lachen, seine Hände, die meinen Rücken hinunterglitten und sich um meinen Po schlossen.

»Auch wenn ich dich nicht küssen konnte, das hier ist ebenfalls nicht schlecht«, murmelte er an meinem Hals.

Ich rückte entschieden von ihm ab, seine Bemerkung und

Geste ignorierend. »Was tust du hier? Wie hast du mich gefunden? Hast du die Männer etwa alleine überwältigt?«

Ciaran legte mir beide Hände auf die Schultern. »Sachte, Dornröschen, eins nach dem anderen. Ich habe ja mit vielem gerechnet, aber nicht mit dir. Geht es dir gut?«

Ich nickte abwesend. Ein anderer Gedanke verdrängte alles Weitere. »Was *tust* du hier?«, fragte ich, jetzt wieder ganz Herr meiner Sinne. »Bist du etwa auch ein …?« Ich stockte. Ich konnte das Wort nicht laut aussprechen. Es war zu albern. Zu unrealistisch. Und außerdem war Karl in der Nähe. Hoffte ich zumindest. »Wo ist Karl?«, fragte ich, als ich ihn nirgends zwischen den herumliegenden Männern sehen konnte. Ich befreite mich aus Ciarans Griff und sah mich hektisch um. Es war ihm doch hoffentlich nichts passiert?

»Hier bin ich«, hörte ich eine leise Stimme. Er saß noch immer im Karren. An die hinterste Wand gekauert sah er uns voller Misstrauen entgegen.

»Karl, komm her, ich möchte dir jemanden vorstellen«, sagte ich und streckte ihm aufmunternd eine Hand entgegen. Karl rührte sich nicht. Ich zog die Hand zurück. Immerhin war er schon zehn. »Das ist Ciaran, ein Freund aus … äh, Britannien. Sieh doch nur, er hat uns gerettet. Er bringt uns zurück!«

Zu meiner Überraschung brach Karl nicht in Jubelstürme aus. Sehr verhalten kroch er aus dem Wagen. Er blickte auf die auf dem Boden verstreut liegenden Männer und schwieg weiterhin. Sicherlich fragte er sich, wie ein Mann allein sieben kräftigere und größere Männer bewusstlos geschlagen hatte. Ich fragte mich das auch. Vor allem wie er das bewältigt hatte, ohne dass ich wach geworden war.

Ich sah ihn an.

»Ich erklär's dir später«, sagte er.

Damit war schon mal eine Frage beantwortet. Er konnte meine Gedanken lesen, sobald ich ihn ansah.

ERÖFFNUNGEN

Es war bitterkalt. Zumindest mir. Karl hatte sich ohne Murren ans Feuer gelegt und war nach ein paar Minuten eingeschlafen. Ciaran, dessen Körpertemperatur die elfenhaften fünfundzwanzig Grad Celsius hatte, lag friedlich ausgestreckt auf einer Felldecke und beobachtete die Sterne. Nur ich Großstadtpflanze bibberte. Zu meiner Entschuldigung muss ich sagen, ich habe noch nie draußen geschlafen und der Boden um uns war weiß von Schnee und Frost; und anstatt einem dieser McKinley-Schlafsäcke, die auch Antarktis-Forscher bei minus sechzig Grad warm halten, hatte ich drei Felle. Nicht die flauschige Flokati-Version, sondern eher die kurzhaarige Kaminvorleger-Variante.

Was für ein blödes Zeitalter. Wer hatte behauptet, das Mittelalter sei romantisch? Nicht einmal die Geschichte um König Artus ging gut aus. Die nimmt ein ebenso bitteres Ende wie *Romeo und Julia*: Artus stirbt und sein bester Freund haut mit seiner Frau ab. Was war daran romantisch?

Oder war ich einfach zu früh dran? Es gab noch keine schimmernden Rüstungen und ich bezweifelte, dass bei dem Dreck um uns herum die Frauen diese luftigen Gewänder trugen wie Lana Turner oder Joan Fontaine in den alten Hollywood-Schmökern. Hier war alles auf Praktisch und Überleben ausgerichtet. Ich sehnte mich schmerzlich nach unserer Heizung, einem Bad und einer Zahnbürste. Wenigstens hatte ich manierlich warme Unterwäsche. Das lenkte meine Gedanken zu dem Spender. Wo war Lee?

»Na, Prinzessin, ist dir kalt?«

Ciarans Gesicht tauchte über mir auf. Ich hatte gar nicht mitbekommen, dass er aufgestanden war.

»Soll ich dich ein wenig wärmen? Außerdem können wir jetzt reden.«

Fünfundzwanzig Grad Celsius waren besser als nichts, beschloss ich. »Wieso frierst du nicht?«, fragte ich, als er sich neben mich legte. Er trug nur Hosen.

Ciaran breitete seine Felle über uns beide. »Da meine Körpertemperatur niedriger ist, brauche ich nicht so viel Wärme.« Er wollte einen Arm um mich legen, aber das war doch zu viel des Guten.

Ich schob ihn weg. »Das reicht mir schon«, sagte ich bestimmt.

Ciaran stützte sich auf einen Ellbogen und sah mich an. Er hatte einen ähnlich gut gebauten Oberkörper wie Lee. Ein wenig breiter und muskulöser vielleicht. »So, jetzt erzähl mal: Wie kommst du hierher? Wenn ich dich richtig in Erinnerung habe, gehörst du ins einundzwanzigste Jahrhundert und nicht ins achte. *Und* du bist ein Mensch. Oder habe ich da was nicht mitbekommen?«

»Zumindest bin ich keine Elfe«, sagte ich und kniff in meine speckigen Wangen. Ciaran ignorierte den Scherz. Er sah mich erwartungsvoll an, also erklärte ich: »Ich weiß nicht, wie ich hierhergelangt bin. Es war Heiligabend, ich habe mich mit meiner Schwester überworfen und bin abgehauen. Im einen Moment stand ich noch in London und im nächsten war ich mitten im Wald. Hier.«

Ciaran sah mich durchdringend aus zusammengekniffenen Augen an. »Und woher weißt du von uns Elfen?«

Rasch schaute ich weg. Ich durfte Lee nicht verraten. Er hatte mich schwören lassen, seine Identität nicht preiszugeben. Aber anscheinend war ich nicht schnell genug gewesen.

»Verstehe«, sagte Ciaran. »Mein teurer Cousin Lee hat dich hergebracht. Ich muss ihn unbedingt fragen, wie er das anstellt.«

Cousin? Verblüfft hob ich den Kopf – und hätte ihn Ciaran beinahe gegen das Kinn gestoßen. Er zog es schnell genug zurück.

»Hat er dir das nicht verraten? Mein Vater und sein Vater waren Brüder.«

Ich schüttelte den Kopf. »Nein. Lee weiß nicht, dass wir uns kennen.«

Ciaran hob eine Augenbraue. »Na, so was. Du hast ihm unser Date verheimlicht?«

»Es kam ja noch nicht zu dem Date.«

»Das werden wir so bald wie möglich nachholen«, versicherte er zufrieden. »Du glaubst ja gar nicht, welche Möglichkeiten sich mit dem Zeitspringen auftun. Wir könnten unser Date an den Hof von Heinrich VIII. verlegen. Der wusste, wie man feiert. Obwohl – Lee wäre bestimmt eifersüchtig.«

Jetzt wurde mir warm. Zumindest im Gesicht.

Ciaran interpretierte das falsch. »Oder verabredest du dich öfter mit anderen Männern? Toleriert Lee das?«

»Nicht wirklich«, gestand ich. »Ich meine, es geht ihn ja nichts an. Ich bin schließlich nicht mit Lee zusammen.«

Funkte es da in Ciarans Augen? Ich war mir nicht sicher, auf jeden Fall verzog sich sein hübscher Mund zu einem süffisanten Lächeln. »So, so, ihr seid nicht zusammen.« Das klang, als wäre es ein guter Scherz.

Mir fehlte allerdings die Pointe, um ihn zu verstehen. »Nein. Er flirtet ständig mit Felicity Stratton und den anderen Mädchen aus dem Star Club. Da kann ich nicht mithalten.«

Ciaran grinste breit. Anscheinend fand er das äußerst amüsant. »Er flirtet mit anderen? Ich wette, er hat dich noch nicht einmal geküsst.«

Das ging jetzt aber wirklich zu weit. Was ging das ihn an? Und weshalb glaubte jeder, ich wäre so scharf aufs Küssen?

»Wo ist Lee jetzt?«, fragte Ciaran schließlich.

Gute Frage.

Ciaran sah es in meinen Augen. »Hm. Liegt ihm genug an dir, dass er nach dir sucht?«

Ich schluckte. Das hoffte ich doch arg. Auch wenn ich in London anders darüber gedacht hatte.

»Keine Sorge, Prinzessin. Jetzt bin ich ja da.« Das klang alles andere als beruhigend.

»Mein strahlender Held und Retter?«, fragte ich sarkastisch.

Er hob eine Augenbraue. »Immerhin ist dir nicht mehr kalt.«

Das stimmte. Es war jetzt ganz angenehm.

»Ich könnte es uns noch wärmer machen.« Er rückte näher und sein Arm wanderte wieder zu mir, während sein Kopf sich senkte.

»Lass mal gut sein, Robin Hood. Das hier reicht mir vollkommen.« Ich sah den Unmut in seinem Gesicht aufblitzen, als ich seinen Arm wegschob. Dabei berührte ich etwas Kaltes, Metallenes.

In diesem Augenblick geschah etwas. Ich sah eine dunkle

Höhle, aber Fels und Erde waren doch irgendwie unnatürlich, als wäre sie von Menschenhand gemacht. Und direkt auf dem Boden vor mir lag etwas. Ein Gegenstand. Es sah aus wie ein Helm. Aber ehe ich genauer hinsehen konnte, verschwand das Bild und Ciarans Gesicht tauchte über mir auf.

Seine Augen waren riesig, sein Mund stand offen. Er starrte mich an, als hätte ich mich vor seinen Augen in eine Schlange und wieder zurück verwandelt. Offensichtlich hatte er die Vision durch meine Augen gelesen.

»Was war das?«, fragte er. Seine Stimme war heiser, als fehlte ihm Spucke oder Luft. Oder beides.

»Ich weiß nicht«, sagte ich. Ich war nicht ganz so erschrocken. Ich hatte diese Art Visionen ja schon öfter gehabt. Zumindest war ich dieses Mal nicht wirklich in der Höhle gewesen. Das wusste ich bestimmt, denn ich lag noch in genau der gleichen Haltung *unter* den Felldecken wie vor der Vision. Wäre ich tatsächlich in der Höhle gewesen, läge oder stünde ich jetzt auf den Decken.

Ciaran zog seinen Arm langsam weg und wich ein wenig von mir zurück.

»Ich hatte so was schon mal«, sagte ich entschuldigend. »Aber anders. Nicht das gleiche Bild. Immer andere Bilder.«

»Kannst du es steuern?«

Ich schüttelte den Kopf.

»Weiß Lee davon?«

Ich nickte. Ciaran ließ sich zurückfallen und starrte in den Nachthimmel über uns. Ich legte mich auch auf den Rücken. Ich wollte keine Visionen mehr. Ich wollte nicht ständig aufpassen müssen, was ich dachte, damit keiner es las. Ich wollte nur noch schlafen. Also schloss ich die Augen und begann Schafe zu zählen.

Es war mir anscheinend geglückt einzuschlafen, denn als ich das nächste Mal die Augen öffnete, war es bereits hell. Ich hörte Stimmen und drehte den Kopf. Am prasselnden Lagerfeuer hockten Karl, Ciaran und … Lee. Ruckartig setzte ich mich auf.

Er hob den Kopf und lächelte. Ich schälte mich aus meinen Decken und fiel ihm so schwungvoll um den Hals, dass ich ihn umwarf. Wir kippten von dem Baumstamm, auf dem er gesessen hatte, und ich lag der Länge nach auf ihm. Ich fühlte, wie sich ein Kloß in meinem Hals löste. Jetzt würde alles gut werden. Jetzt *musste* alles gut werden.

»Wenn ich gewusst hätte, dass du mich so vermisst, hätte ich mich öfter rar gemacht«, hörte ich Lee sagen. Aber er hielt mich genauso fest umschlungen wie ich ihn. »Weinst du etwa?«

Ich schüttelte leicht den Kopf. »Nein«, schluchzte ich und meine erstickte Stimme verriet mich.

Lee drückte mich noch fester an sich und ich hörte ihn so dämliche Sachen murmeln wie: »Ist ja gut. Alles ist gut. Wir sind wieder zusammen.«

Ewigkeiten später hatte ich mich endlich wieder im Griff. Lee hatte schon vor ein paar Minuten gemerkt, dass ich ruhiger geworden war und sein Nacken nicht noch nasser wurde. Er fasste mit einer Hand in seine Tasche und reichte mir ein Taschentuch. Noch eines. Als ich aufsah, grinste Ciaran breit. Karl sah mich skeptisch an.

»Keine Sorge«, sagte Lee, hob mich von seinem Schoß und setzte mich auf einen Baumstumpf neben sich. »Sie ist wieder ansprechbar.«

Ich knuffte ihn in die Seite. Wer hätte gedacht, dass mir sein trockener Humor einmal fehlen würde? »Wo warst du? Wie hast du uns gefunden? Warum kommst du erst jetzt?«, sprudelte es aus mir heraus.

»Wo ist meine Zahnbürste?«, äffte er meine Stimme perfekt nach.

»Ja, genau, wo ist sie?«

Er griff in seine Tasche und zog eine Zahnbürste und eine Tube Zahnpasta hervor.

Ich starrte ihn ungläubig an. Ohne ein weiteres Wort schnappte ich mir beides und ging zum Waldrand. Hinter mir hörte ich Lee und Ciaran laut loslachen. Typisch. Aber es war mir egal. Sie waren Elfen. Sie brauchten wahrscheinlich keine Mundhygiene. Ich schon. Es war ein himmlisches Gefühl, den Pelz auf Zähnen und Zunge loszuwerden. Sogleich fühlte ich mich wesentlich besser. Auch die Kopfschmerzen waren auf ein Minimum reduziert. Als ich ans Feuer zurückkehrte, lächelte Karl mich schüchtern an.

»Möchtest du mal probieren?« Ich hielt ihm die Zahnpastatube hin.

Er drehte sie unbeholfen zwischen den Fingern. Ich nahm sie ihm wieder ab, schraubte auf und gab ihm ein Perlchen auf seine Hand. Er roch daran, dann leckte er vorsichtig. Seine Augen weiteten sich und er schleckte direkt alles ab.

»Ich will noch mehr haben«, befahl er und streckte mir wieder die Hand hin.

Ich gab ihm ein weiteres Perlchen. »Das reicht. Wenn du zu viel schluckst, bekommst du Bauchschmerzen«, log ich.

Lee nahm mir die Tube aus der Hand und steckte sie wieder ein. »Du auch«, grinste er. »Tut dein Kopf noch weh?«

»Ein bisschen«, gab ich zu. Er nahm mich in den Arm und hauchte mir einen Kuss auf die Stirn, ohne sie wirklich zu berühren. Ich roch wieder diesen typischen Lee-Duft: Moos, frisches Heu und das Blumige.

Zwei Atemzüge später waren meine Kopfschmerzen verschwunden.

Ich schaute auf und lächelte ihn dankbar an. »Ich kann dir gar nicht sagen, wie froh ich bin, dass du uns gefunden hast.«

»Du hättest mir sagen können, dass du Schmerzen hast«, murrte Ciaran neben uns.

Ich sah Lee neugierig an. *Kann jeder Elf heilen?*

Er nickte.

Tja, mein Pech. Aber irgendwo in mir drin, selbst wenn es albern klang, war ich froh, dass Lee es war, der mich angepustet, mir mit seinem Atem geholfen hatte. Ich würde mich ja auch nicht von jedem küssen lassen. Obwohl das natürlich auf einem ganz anderen Blatt stand. Ich entsprach ja überhaupt nicht Lees Typ. Aber wenn ... Gott, was dachte ich da? Ich würde mich nicht von Lee küssen lassen! Erstens würde er es nicht wollen, zweitens weigerte ich mich etwas zu berühren, auf das Felicity Stratton ihren Mund gedrückt hatte. Ich warf ihm einen schnellen Blick zu und blöderweise hatte er mich die ganze Zeit über beobachtet. Sein Mund verzog sich spöttisch.

»Können wir heim?«, fragte ich leise. Ich wusste, ich war knallrot, und ich würde mich hüten Lee jemals wieder ins Gesicht zu sehen.

»Fay ...«, hörte ich ihn sagen. Er stockte, dann sagte er nüchtern. »Wir bringen den Jungen zurück. Dann können wir bestimmt heim.«

Hoffentlich. Ich sehnte mich regelrecht nach meinem muffigen, düsteren Zimmer.

Und nach Alleinsein.

Der Tag zog sich endlos, aber die Nacht war noch schlimmer. Ich konnte nicht mehr einschlafen. Was mochte Lee jetzt von mir denken? Er war so von sich eingenommen, er glaubte jetzt bestimmt, ich wäre auch in ihn verliebt. Mist.

»Fay.«

Missmutig wandte ich mich zu ihm um. »Okay, FitzMor, lass es uns ein für alle Mal klären: Das war eine spontane Idee ohne ernsthafte Hintergedanken. Du bist ein netter Kerl, du hast mir geholfen und dafür bin ich dir dankbar. Mehr nicht. Sieh dich einfach als meinen Hausarzt, dem ich vertraue und der halt ein paar kleine Geheimnisse von mir kennt.«

Lee grinste breit. Er glaubte mir nicht, das war deutlich zu erkennen.

Und schlagartig wusste ich, dass ich ihn wirklich nicht küssen wollte. Stattdessen schlich sich Richards Gesicht in meine Gedanken.

Anscheinend war das das Richtige gewesen, um Lee zu ernüchtern. Sein Grinsen verpuffte. »Gut. Ich habe verstanden. Du warst einfach nur dankbar.«

Ich atmete erleichtert aus. »Genau. Dankbar.«

Sein Gesicht wirkte auf einmal verschlossen, so als müsse er *seine* Gedanken vor *mir* verbergen. Ein harter Zug bildete sich um seinen Mund.

Mist. Zum Dritten. »Hey, wir bleiben trotzdem Freunde«, sagte ich und fügte unsicher hinzu: »Oder nicht?«

Sein Lächeln wirkte gezwungen. »Klar.«

»Ach komm schon, FitzMor, du hast heißere Eisen im Feuer. Denk nur an all die Mädchen aus der Oberstufe, mit denen du nach Herzenslust flirten darfst, ohne eine eifersüchtige Megäre im Nacken zu haben«, zog ich ihn auf. »Oder Cheryl. Sie wird hingerissen sein, dass du weiterhin zu haben bist.«

»Ist gut, Fay«, stöhnte Lee und ich sah erleichtert, dass er lächelte.

»Mrs Haley-Wood könnte dir sogar einen glänzenden Abschluss verschaffen. Du musst nur weiterhin so nett zu ihr sein. Sobald du eine feste Freundin hättest, wären deine Chancen gleich null.«

»Hör auf, Fay«, zischte er. Aber ich hörte das unterdrückte Glucksen in seiner Stimme. »Ich habe schon verstanden. Ich bin dir nicht gut genug. Du brauchst mir gar nicht weiter Honig um den Bart zu schmieren. Ich bin nicht dein Typ.«

»Dafür bist du der Typ von Felicity Stratton, Ava Gartner, Cheryl McKenna und Phyllis Garraway. Mrs Haley-Wood hatte ich ja schon erwähnt, und wenn du noch einmal deinen Charme spielen lässt, auch von Cynthia. Aber dann wären da ja noch die Mädels aus der Kunstklasse, denen du Modell stehen sollst, die hübsche Mary aus dem Mathekurs, Gloria aus Biologie und – oh, wie konnte ich sie vergessen: Matilda aus der Kantine.«

Jetzt war Lees Gesicht wieder sauer. Ich hatte noch nie jemanden derart aufgezogen, aber es machte Spaß. Also grinste ich fröhlich und kuschelte mich wieder in meine Felldecke.

»Was ist mit Nicole? Oder Ruby?«

»Hm?«

»Nicole und Ruby? Sind die nicht in mich verliebt?«

Ich drehte mich um und konnte nicht verhindern, dass ich bei Nicoles Namen an Corey dachte.

»Ah. Nun ja. Das ist bedauerlich«, sagte Lee gedehnt und lehnte sich seinerseits wieder zurück.

»Wieso?«, fragte ich ehrlich erstaunt. »Wenn Corey nicht gerade den Macho rauskehrt, kann er ganz nett sein.«

»Tja, nur dass er dich vorzieht.«

Ich brauchte ein paar Sekunden, ehe ich begriff, was er da sagte. Ich stützte mich auf meinen Ellbogen und sah ihn an.

»Ach komm schon, Fay, du musst doch merken, wenn ein Junge in dich verschossen ist. Jack Roberts ist ja auch ganz hingerissen von dir.«

»*Jack Roberts*? Nie im Leben.«

»Aber sicher. Auch Jayden findet dich wesentlich interessanter, seit du die Zahnspange los bist. Und Richard hattest du vom ersten Moment an bezirzt.«

»Hör auf, FitzMor. Ich glaube dir kein Wort.«

Wieder einmal hatte er es geschafft, den Spieß umzudrehen.

»Glaub's ruhig, Morgan. Du bist eine wesentlich gefährlichere Sirene als Felicity Stratton. Bei Richard hast du ziemlich gute Karten. Die anderen trauen sich noch nicht so richtig.«

Richard Cosgrove, der Filmstar schlechthin, sollte sich für mich interessieren? Mein Herz pochte heftiger. Ich konnte an Lees breitem Grinsen sehen, dass auch er es spürte. Ich hörte ihn leise lachen, als ich mich wieder zurücklegte.

»Nicht einmal Ruby. Pffff.«

Darauf wollte ich nicht eingehen. »Warum?«, fragte ich ihn.

»Du kannst nicht erwarten, dass es mich nicht schmerzt, wenn ich Nicole, Ruby und dir gleichgültig bin.«

»Das meine ich nicht«, winkte ich ab. »Du weißt genau, dass Nicole auch Corey für dich sausenlassen würde. Nein, warum sind die Jungs in mich verliebt? Ich meine, sieh mich an! Und an meiner Mitgift kann es ja wohl auch kaum liegen.«

Er lachte wieder leise. »Dein Geruch. Du besitzt ein Pheromon, das die Männchen in deiner Nähe alles andere vergessen lässt.«

»Sei mal ernst«, fauchte ich und schämte mich wieder für all die Male, die ich morgens ohne Dusche aus dem Haus gegangen war.

»Du bist schlagfertig. Es wird nie langweilig mit dir.«

Jungs wollen unterhalten werden?, schoss es mir durch den Kopf.

»Na ja, nicht nur«, gab er zu und sein Grinsen wurde wieder breiter.

Mir schoss ein weiteres Bild durch den Kopf: Felicity Strattons üppige und stets gut sichtbare Oberweite.

Zu meinem großen Erstaunen starrte Lee mich sprachlos an.

»Genug Fragen, Morgan? Können wir jetzt schlafen? Bis wir den kleinen Karl abgeliefert haben, vergehen noch zwei Tage und die werden sicher anstrengend für dich.« Er legte sich zurück und damit war für ihn das Gespräch beendet.

Hatte ich seine Gedanken für einen flüchtigen Moment lesen können? Ich merkte, wie meine Augen schwer wurden. »Lee?«, murmelte ich, ehe ich wegdriftete.

»Hm?«

»Ich bin froh, dass du bei mir bist.«

Ob er was antwortete, konnte ich nicht mehr hören. Ich war eingeschlafen.

GESTÄNDNISSE

Seit unserer Abreise aus dem achten Jahrhundert war ich recht schweigsam. Natürlich hatte ich gebührend gestaunt, als wir, kaum dass Aachen hinter uns lag, in einem leer stehenden Lagerhaus in Southwark herauskamen. Lee hatte im frühen Mittelalter den Arm um meine Schultern gelegt und wir hatten einen kleinen Weidenhain ein paar Meter neben der Straße betreten. Eben befanden wir uns noch in einem friedlichen, schneebedeckten Hain, im nächsten Augenblick kreischte eine Sirene, Motorenlärm ertönte und wir standen in einem grauen, heruntergekommenen Lagerhaus in London. Als wir aus der Halle hinaustraten, dröhnte ein Flugzeug über unseren Köpfen und ich warf mich instinktiv zu Boden. Ciaran und Lee lachten lauthals und schlugen sich auf die Schenkel.

Die romantisch weiße Schneedecke des Frankenlandes war der typischen Londoner Dezembernässe gewichen. Ich rappelte mich auf und musste mich noch einmal am Kleiderfundus im Lagerhaus bedienen. Ich hörte Lee und Ciaran vor der Tür noch immer leise lachen, während ich mir, hinter der Wand versteckt, trockene Klamotten in meiner Größe raussuchte. Das verschaffte mir ein wenig Zeit, in Ruhe über meinen Abschied von Karl nachzudenken. Er war denkwürdig gewesen.

Karl hatte sich auf dem Rückweg nach Aachen sehr ruhig verhalten. Er hatte kaum gesprochen. Kurz bevor Lee, Ciaran und ich Aachen verlassen wollten, hatte er mich im Burggarten abgefangen. Vor dem Gemeinschaftsessen in der Großen Halle hatte ich mich gedrückt.

»Was magst du eigentlich nicht? Das Essen oder die ungehobelten Manieren der Gewöhnlichen?«, hatte Karl gefragt und mir zwei der weißen Brötchen hingehalten, die nur an der Königstafel serviert wurden.

Heißhungrig hatte ich sie verschlungen.

»Du hältst mich bestimmt für ziemlich verwöhnt«, sagte ich und leckte meine Finger ab. Die Brötchen waren mit Honig bestrichen gewesen.

Karl lächelte. Es war das erste aufrichtige Lächeln, das ich an ihm sah.

»Ein bisschen«, gab er zu. »Aber andererseits bist du die tapferste junge Frau, die mir je begegnet ist.«

Ich zog eine Grimasse. Von tapfer konnte kaum die Rede sein. Ich hatte mich in seiner Gegenwart übergeben, mir beinahe in die Hosen gepinkelt und war absolut hilflos gewesen in den Händen der Entführer. Obwohl, ich hatte sie davon abgehalten, Karl etwas anzutun. Wahrscheinlich meinte er das. Ganz bestimmt, denn er wurde ein wenig rot und sah verlegen zu Boden.

»Ihr wollt gleich los, sagte dein … sagte Lee. Ich wollte dir vorher das hier geben.« Er hielt mir seine offene Hand hin. Darin lag eine Brosche. Sie war aus glänzendem Gold, und wo die Nadel ansetzte, war ein großer, gelber Stein eingelassen. Ungeschliffen, aber poliert.

Ich starrte auf seine Handfläche.

»Das ist eine Fibel. Deine ist ja abgebrochen.« Karl klang, als müsste er sich für sein Geschenk entschuldigen.

»Sie ist zu wertvoll. Das kann ich nicht annehmen«, hauchte ich bewegt.

Jetzt lächelte er wieder. »Doch, kannst du. Immerhin ist deine wegen mir kaputtgegangen, ich meine, als du mich retten wolltest. Es ist nur gerecht, wenn ich dir eine neue gebe.« Er nahm den lose geknüpften Umhang und befestigte die Fibel daran.

Ich hielt still, aber als er fertig war und zurücktreten wollte, umarmte ich ihn. Er erwiderte die Umarmung und ich schluckte schwer. Ich wusste, wir würden uns wahrscheinlich nie wiedersehen. Wenn ich morgen zurück in London wäre, wäre er bereits seit über tausend Jahren tot.

»Er hat mit ihnen gesprochen«, flüsterte Karl an meinem Hals.

Ich erstarrte. »Was?« Ich sah ihn an.

Karl erwiderte meinen Blick ernst. »Ich habe euch beobachtet auf dem Rückweg. Der, der die Entführer beseitigte, Ciaran, er hat mit ihnen geredet, ehe er sie schlug. Ich weiß nicht, was dich mit ihnen verbindet. Aber du bist anders. Pass auf dich auf, ja?«

Ehe ich weiter fragen konnte, hatte Lee nach mir gerufen. Karl hatte mir noch ein letztes Mal eindringlich in die Augen gesehen, gelächelt und dann war er verschwunden.

»Einen Penny für deine Gedanken.«

Ich sah auf und begegnete Ciarans und Lees neugierigen Blicken. Beide versuchten mir in die Augen zu schauen. Für Uneingeweihte sah es bestimmt aus, als wetteiferten sie um meine Gunst. Ich wusste es besser. Sie wollten wissen, was in mir vorging. Schnell dachte ich an zu Hause. An Mum und an Anna.

»Wenn du möchtest, kannst du mit zu mir«, bot Lee mitfühlend an.

Ich schüttelte den Kopf. »Und was ist mit deinen Verehrerinnen? Ich kann nicht auf ewig bei dir einziehen. Du wirst mich auch bald leid sein. Spätestens beim nächsten Date.«

Ciaran schien das besonders lustig zu finden. Er lachte prustend los. Lees Blick war finster. Schon wieder eine Pointe, die mir entging. Ich wollte aufspringen, aber Lee hielt mich ungerührt fest. Wieder am Ärmel, damit es nicht funkte.

»Du wirst mich so schnell nicht mehr los«, erklärte er kategorisch. »Du glaubst doch nicht, dass mit diesem einen Sprung alles erledigt ist? Es hat gerade erst angefangen.« Er fasste mich auch am anderen Ärmel und zog mich ein paar Meter von Ciaran fort. Sanft diesmal, und auch sein Blick wurde sanfter. »Fay, es tut mir leid. Ciaran ist über zweitausend Jahre alt und er hat viele Menschen kommen und gehen sehen. Er wirft manchmal die Sitten und Manieren durcheinander. Aber du bist anders. Du bist der erste Mensch, der in der Zeit springen kann. Zudem bist du im Elfenreich nicht ganz unbekannt. Damit hat niemand gerechnet. Wir sind alle überrascht.«

Ich starrte zu ihm auf. »Was soll das heißen, ich bin im Elfenreich nicht ganz unbekannt?«

Er seufzte. »Mit Sicherheit hast du schon mal was von Hellsehen und Wahrsagen gehört. Also, bei uns gibt es ein Buch über die Zukunft.« Er sah meine großen Augen. »Es schreibt sich ständig neu, die Zukunft ist nie sicher. Vor allem endet das Buch im Jahre 2015. Wir wissen nicht, was dann geschieht.«

»Aber ich komme darin vor.«

»Du kommst darin vor«, bestätigte er.

Im Elfenreich kannte man mich. Wahrscheinlich schon seit Jahren. Dabei wusste ich erst seit ein paar Tagen von dessen Existenz. »Ciaran hat so seltsam gelacht. Steht da etwas über uns drin?«

Lee seufzte. »Fay, das möchte ich dir nicht erzählen. Noch nicht. Du wirst es früh genug erfahren. Bis dahin reicht doch, was du schon weißt. Du bekommst das ja kaum verdaut.«

Da hatte er nicht Unrecht. Je nachdem, was in diesem Buch stand, wollte ich es lieber nicht wissen. Vielleicht stand ja auch mein Tod darin!

Ciaran trat wieder zu uns und legte einen Arm um meine Schultern. Seine Finger streiften dabei meinen Hals. Bei ihm fühlte ich keinen Stromschlag. Er hielt mir etwas hin. Mein Handy!

»Da du vermutlich noch öfter in der Vergangenheit unterwegs sein wirst, sollte ich dir vielleicht sagen, dass Handys nicht erlaubt sind. Genauso wenig wie iPods, Notebooks und Armbanduhren.«

»Oh, gut, vielleicht sollte ich dich daran erinnern, dass wir mit unserem Sprung überrascht wurden«, entgegnete ich spitz und schaltete das Handy an. »Aber wenn du mich mal an den Hof von Heinrich VIII. mitnimmst, lasse ich meinen Camcorder zu Hause.«

»Du hast keinen Camcorder«, sagte Ciaran.

»Ciaran nimmt dich wohin mit?«, fragte Lee im selben Moment und blieb stehen.

»Ich habe sie eingeladen«, sagte Ciaran leichthin. »Sie ist die erste Frau, der ich nichts vorspielen muss. Das hat seinen Reiz.«

»Ich habe noch nicht zugesagt, dass ich überhaupt mit dir hingehen würde«, sagte ich schnippisch. Auf meinem Handy erschien eine SMS nach der anderen.

Ciaran grinste. »Aber wir haben noch ein Date offen.«

»Ach, ich hatte die Lagerfeuerromantik als solches angesehen«, murmelte ich abgelenkt. Weihnachtsgrüße von jedem meiner Freunde, fünf Verwünschungen von Anna und … eine SMS von Carl mit dem Befehl, ich sollte ihn anrufen.

»Du wärst beinahe erfroren. Von Romantik konnte keine Rede sein«, widersprach Ciaran.

Ich steckte mein Handy endgültig weg und sah ihm in die Augen. Ich dachte daran, wie nah er mir gerückt war. Ciaran grinste selbstzufrieden. »Das reicht vorerst für ein Date«, sagte ich mit fester Stimme. »Könnt ihr mir erklären, wie das Ganze überhaupt funktioniert? Wenn ich das wüsste, könnte ich meine Freunde mal zu einem Ausflug mitnehmen – oder Richard.«

»Richard Cosgrove?«, hakte Ciaran alarmiert nach.

Lee blieb locker. »Du kannst keine Menschen mit in die Vergangenheit nehmen.«

»Das sagst du«, antwortete ich.

»Ein Punkt für Felicity«, sagte Ciaran. »Wir wissen nicht, warum sie reisen kann. Vielleicht könnte sie sogar …«

Ich sah Lees strafenden Blick, der Ciaran verstummen ließ. »Vielleicht könnte ich *was*?«, fragte ich und wartete eine halbe Minute. »Wieso wundert es mich nicht, dass keiner von euch darauf antwortet? Trotzdem habe ich noch ein paar Fragen. Erstens: Was ist so ungewöhnlich an dem Jahr, in dem wir uns jetzt befinden? Zweitens: Was war jetzt der Auftrag und wie wurde er tatsächlich erledigt? Drittens: Wer bringt mich heim, damit ich endlich ein heißes Bad nehmen kann? Ich habe kein Ticket.«

Ciaran und Lee wechselten keinen Blick miteinander. Beide sahen mich an. Ich wusste genau, sie lasen meine Gedanken.

Also dachte ich nur an eines: Das nächste Mal reise ich ohne euch. Allein. Und ich werde das Gemälde in Lees Treppenhaus befragen. Der letzte Satz bewirkte endlich, was ich wollte. Beide sahen alarmiert aus.

»Was weißt du über das Gemälde?« Ciaran wartete meine Antwort nicht ab. Er funkelte Lee an. »Woher weiß sie von dem Gemälde?«

Lee sah geschockt aus.

»Ach kommt schon«, sagte ich ruhig und genoss meine Überlegenheit. »Spinnen, die *aus* einem Gemälde krabbeln, nicht darüber; Stimmen, die sich nachts darin unterhalten; das grüne Licht. Wie heißen die drei Elfen darauf?«

Beide Cousins sahen mich gleichermaßen sprachlos an.

»Ich kann sie ja beim nächsten Mal fragen. Sind sie immer nur von zwölf bis eins erreichbar? Oder könnte ich auch tagsüber mit ihnen sprechen?« Ich hatte sie eiskalt erwischt. All meine Spekulationen und Überlegungen waren richtig gewesen. Das Unmögliche war möglich. »Ist ein bisschen wie bei Harry Potter, oder?«, sagte ich im leichten Plauderton. »Sind alle auf Öl gebannten Elfen kommunikativ oder nur die drei?«

»Felicity, du weißt nicht, was du da sagst«, hauchte Lee.

»Nein, aber ich finde es schon noch heraus. Jetzt habe ich erstmal Lust auf einen Kaffee. Und ich finde, ihr schuldet mir einen.« Ich wandte mich zum Gehen.

»Ich glaube wirklich, du hast dir einen Kaffee verdient«, sagte Lee und hakte sich bei mir unter.

Da war es wieder. Ein leichter Stromschlag durchzuckte mich.

Lee auch. Ich sah es an seinem schnellen Blick. Demnach hatte sich nicht alles geändert.

Ich sah zu Lee. »Ich werde dich also nicht los?«

Sein Lächeln wirkte belustigt und schmerzlich zugleich. »Nein. Vorläufig nicht.«

Ich seufzte. »Na gut, FitzMor. Aber ein paar Fragen musst du mir noch beantworten. Ich komme morgen um zehn zu dir. Meinen Kaffee trinke ich mit viel Milch und Zucker.«

Lee grinste. »Ich habe sogar noch eine bessere Idee. Du willst ja eh nicht sofort nach Hause.«

»Seid ihr verrückt? Ich gehe doch nicht zu Harrods!«

Ich konnte noch so oft protestieren, Ciaran und Lee zerrten mich erbarmungslos durch das feudale Foyer, vorbei an Gucci, Chanel und Helena Rubinstein. Blöderweise bimmelte mein Handy seit einer Minute ununterbrochen. Alle Leute drehten sich nach meinem aktuellen Klingelton *»Heavy in your Arms«* um. Aber Ciaran und Lee waren links und rechts von mir eingehakt. Ich hatte keine Chance zu entkommen.

»Da oben an der Piccadilly Avenue ist ein Starbucks. Können wir nicht dahin?« Ich war absolut fehl am Platz in dem Nobelrestaurant von Harrods. Da gab es nicht mal Papierservietten!

»Bei Starbucks haben wir nicht die Ruhe, die wir hier haben«, erklärte Lee resolut.

»Du willst doch ein paar Fragen beantwortet bekommen«, fügte Ciaran listig hinzu.

Schon, aber ausgerechnet hier?

»Wir können auch zu deiner Mutter in den Pub gehen. Da sind wir bestimmt ungestört.« Ciaran lächelte zuckersüß.

Ich funkelte ihn an und gab meinen Widerstand auf. Er war gut informiert. Zu gut. »Kann man Elfen eigentlich auch an der für Männer empfindlichsten Stelle treffen?«, fragte ich Lee.

Er seufzte und überging meine Frage.

»Versuch's doch mal, Prinzessin«, flüsterte Ciaran süffisant.

Lieber nicht, dachte ich. Ich brauchte ihm nicht in die Augen zu sehen, um zu wissen, dass er meine Gedanken erkannt hatte. Mein Handy war endlich ruhig, nachdem es bestimmt siebenmal »schwer in deinen Armen« wurde.

Als wir das Restaurant in der vierten Etage erreichten, wäre ich am liebsten wieder geflüchtet, wenn ich nicht gewusst hätte, dass es aussichtslos war. An einem blank polierten Flügel saß ein Pianist und spielte Richard Clayderman, Kellner im schwarzen Smoking schwebten elegant von Tisch zu Tisch, Mädchen in schwarzen Röcken mit weißen Schürzchen servierten vornehme Häppchen auf Silbertellern.

»Ihr habt einen ganz großen Knall«, zischte ich zu Lee. »Ist das Geld überhaupt schon trocken, wenn Mildred es aus dem Wasser zieht?«

»Triefen wir etwa?« Ciaran wandte sich zu dem Platzanweiser. »Einen Tisch in einer besonders ruhigen Ecke. Am liebsten im VIP-Bereich.« Diskret hielt er ihm eine Fünfzig-Pfund-Note hin.

»Folgen Sie mir, Sir«, sagte der Concierge, ließ den Geldschein so schnell wie David Copperfield verschwinden und führte uns zu einem Tisch hinter ein paar Paravents. Es wurde ziemlich schnell klar, dass Ciaran noch wesentlich selbstbewusster war als Lee. Er bestellte, ohne zu fragen, Tee für alle, für Lee und sich Sandwiches und für mich Scones.

Ehe ich protestieren konnte, war die Bedienung weg. Ich wusste nicht, auf wen ich wütender sein sollte, auf Ciaran, weil er so überheblich war, oder Lee, weil er nicht widersprach. Das musste ich dann wohl übernehmen.

»Wenn du noch einmal über meinen Kopf hinweg etwas bestellst, werde ich auf der Stelle gehen. Haben wir uns verstanden?«

Ciaran riss die Augenbrauen hoch. »Entschuldige. Ich wusste nicht, dass du zu den Emanzipierten gehörst. Die meisten Frauen mögen es, wenn ich bestelle.«

»Begleitest du die auch aufs Klo und überprüfst, ob sie die Hände gewaschen haben?«, zischte ich. Ich war wirklich wütend. Zufrieden stellte ich fest, dass sich zwischen seinen Augen eine Falte bildete.

»Felicity, ich bin jemand, den man sich nicht zum Feind machen sollte«, sagte er ruhig.

»Und ich bin jemand, den man nicht einfach hin und her schieben kann«, patzte ich zurück. »Zur Erinnerung: Ich habe nicht um deine Gesellschaft gebeten. Mir ist schon klar, wenn Lee knurren kann wie ein wilder Tiger, kannst du das wahrscheinlich auch. Vielleicht noch mehr, immerhin bist du älter.« Ich sah auf seinen hellblonden Schopf und in seine strahlend blauen Augen.

Er wandte sich an Lee. »Wie viel weiß sie?«

Lee zuckte mit den Schultern.

»Weiß sie von der Prophezeiung?«, fragte Ciaran, diesmal eindringlicher.

Prophezeiung? Was für eine Prophezeiung?

»Nein.«

»Wieso weiß sie von dem Gemälde?«

Lee hob die Schultern. »Sie hat ein paar Tage bei mir gewohnt. Da muss Fay etwas mitbekommen haben.«

»Fay ist immer noch anwesend«, mischte ich mich in das Gespräch ein. »Und außerdem wüsste sie gern, was es mit diesem Gemälde auf sich hat. Oder mit der Zeitspringerei und warum Fay es kann. Oder warum sie von Männern im achten Jahrhundert verfolgt wurde.«

Lee und Ciaran tauschten einen langen Blick. Schließlich zuckte Ciaran kurz die Achseln, als wollte er sagen: Erklär du es ihr und halt mich da raus.

»Ciaran und ich springen seit jeher in der Zeit. Wir können allerdings nur bis zum Datum unserer Geburt zurückspringen. Du dagegen ... nun ja, ich war noch nie im achten Jahrhundert und wäre ohne dich nie dorthin gekommen.«

Ich starrte ihn an. *Ich* sollte das möglich gemacht haben?

»Ja, Fay, es lag definitiv an dir. Ich weiß, dass du mich im Tower belogen hast. Ich habe die Wachen auch gesehen. Ihrer Kleidung nach zu urteilen Mitte des sechzehnten Jahrhunderts.«

Ciaran pfiff anerkennend durch die Zähne.

In dem Moment wurde der Tee samt Sandwiches und Scones serviert. Ich begann ziemlich kompliziert im Tee zu rühren. Tausend Dinge schossen mir auf einmal durch den Kopf. Ich konnte in der Zeit springen – unbegrenzt. Und Lee konnte nicht so weit zurückspringen. Ciaran war ein Elf und er konnte das achte Jahrhundert erreichen. Karl war in Sicherheit. Es gab Nymphen namens Mildred, die in jedem Wasser auftauchen konnten. Bilder sprachen, Tiere krabbelten aus ihnen heraus. War es vielleicht auch möglich hineinzugehen? Ich sah Lee an und wiederholte meinen Gedanken.

Er hatte gerade an seiner Tasse trinken wollen. Seine Hand hielt auf halbem Wege inne.

Also war es möglich!

»Nein«, sagte Lee laut und stellte seine Tasse ab, ohne getrunken zu haben. »Nein, das ist nicht möglich.«

Ciaran beobachtete uns neugierig. Er sah zu Lee und las in seinen Augen, was ich gedacht hatte. Dann lehnte er sich in seinem Sessel zurück und sah mich durchdringend an. »Das ist so nicht ganz richtig«, korrigierte er Lees Aussage. »Iss deine Scones, ehe sie ganz kalt sind.«

Ich warf ihm einen vernichtenden Blick zu.

»Das ist keine Bevormundung, nur ein Rat. Die Scones bei Harrods sind göttlich.« Er klang keineswegs eingeschüchtert.

Ich dachte: Gemälde!

»Oh. Ach ja. Also theoretisch kann man schon in das Gemälde.« Ciaran steckte sich ein ganzes Sandwich in den Mund und kaute nervenaufreibend lange.

Ich wartete geduldig und schmierte Clotted Cream auf mein Gebäck.

»Praktisch«, sagte er und trank einen weiteren Schluck, »können nur Elfen hinein. Lee und ich sind leider außen vor.«

Ich war verwirrt. »Aber ihr *seid* doch Elfen.«

Auf einmal waren beide verlegen.

Ich sah von einem zum anderen. »Okay. Was stimmt mit euch nicht?«

Keiner antwortete. So langsam war ich wirklich wütend. Nicht nur neugierig, sondern richtig sauer. Ich schlitterte in eine Geschichte hinein, mir wurden Bruchstücke offenbart, aber keiner klärte mich vollends über die Hintergründe auf. So war ich noch nie behandelt worden. Nicht von Mum, auf keinen Fall von meinem Großvater, nicht einmal als kleines Kind. Niemals. Ich stand auf. So verführerisch die Scones auch rochen, mir war der Appetit vergangen.

»Fay, bitte …« Lee machte eine Handbewegung, als wollte er mich am Arm festhalten. Ich sah ihn an. Er blickte in meine Augen und in meine Gedanken. Und ließ los.

Ich ging.

»Sei nicht zickig«, rief mir Ciaran nach. »Du führst dich auf wie ein richtiges Mädchen.«

Ich ignorierte ihn und verließ das piekfeine Restaurant. Hinter mir hörte ich, wie der Pianist Ronan Keating anstimmte. *»You say it best, when you say nothing at all …«*

Wie passend.

Ich hatte mein Handy ausgeschaltet. Die ständigen SMS von Lee und Ciaran, die seit gestern versuchten mich zu erreichen, nervten.

Um mich zu vergewissern, dass alles kein Traum gewesen war, zog ich beinahe stündlich die Fibel hervor, die Karl mir geschenkt hatte, und betrachtete sie. Ich hatte sie abgenommen, noch bevor ich zu Lee und Ciaran zurückgekehrt war, und vorsichtshalber in meiner Unterwäsche versteckt. Nicht nur aus Angst, sie zu verlieren, sondern hauptsächlich, weil Ciaran bestimmt behauptet hätte, man dürfe aus der Vergangenheit nichts mitnehmen.

Meine Heimkehr war sehr unspektakulär gewesen. Mum hatte wie immer alles ignoriert. Sie hatte nur erzählt, wie enttäuscht Anna gewesen war, weil ich gegangen war. Das war typisch Mum. Sie beschönigte die Angelegenheit. Anna war mit

Sicherheit fuchsteufelswild gewesen. Ihre SMS hatte ich ungelesen gelöscht.

»Vielleicht solltest du mal mit diesem Carl ausgehen«, hatte Mum schließlich gesagt. Sie saß bei einer Tasse Kaffee vor ihrem Kreuzworträtsel. »Er scheint sich mit deinen Geschwistern recht gut zu verstehen.«

Nur über meine Leiche, dachte ich.

»Weißt du, Felicity, auch wenn du dich hin und wieder mit Richard Cosgrove triffst, er ist doch nichts für jemanden wie dich. Bleib bei den Menschen, die deiner Herkunft entsprechen«, fuhr sie fort.

»Einem arbeitslosen Hehler mit Hang zu Alkohol und Drogen?«, hakte ich nach.

»Carl ist nicht arbeitslos. Er arbeitet mit Philip zusammen.«

Philip war keinesfalls der Traum jeder Schwiegermutter, auch wenn Mum das geflissentlich übersah. Allerdings beschränkte sich Mums Kenntnis von Männern auf drei Alkoholiker in desolaten Familienverhältnissen.

»Was ist denn eine Melusine mit drei Buchstaben?«, überlegte sie laut. »Was ist überhaupt eine Melusine? Oder heißt es *ein* Melusine?«

Ich knallte den letzten Teller fester als beabsichtigt auf die drei übrigen. »Fee«, sagte ich leise. »Eine Melusine ist eine Fee aus dem französischen Märchen.«

»Oh, prima. Das passt!« Mum trug die drei Buchstaben ein. »Überleg es dir mit Carl. Richard Cosgrove ist einfach unerreichbar. Obwohl er wirklich sehr attraktiv ist.« Und dann fügte sie leise hinzu, als würde sie mit sich selbst sprechen: »Allerdings ist dein Schulkamerad Lee noch attraktiver.«

Ein Klopfen an der Haustür rettete mich vor einer Antwort. Ich öffnete in der Erwartung, Mrs Collins vorzufinden, die oft zu dieser Tageszeit auf einen Kaffee vorbeischaute. Aber es war nicht Mrs Collins. Es war Lee.

»Bitte lass mich rein, Fay.«

Ich wollte ihm die Tür ins Gesicht schlagen. Als hätte er – nein, er *hatte* wohl – meine Absicht erkannt, hielt er schnell einen riesengroßen Blumenstrauß in die Höhe. Lilien, Nelken, Rosen und ein paar Sorten, die ich nicht mit Namen kannte, wunderschön arrangiert mit Schleierkraut und grünen Gräsern. Die Blumen verströmten einen betörenden Duft.

»Ich werde dir beantworten, so viel ich kann. Vor Ciaran konnte ich nicht offen sprechen. Bitte, Fay.«

Ich war noch immer unschlüssig. Ich war echt wütend, aber das hier war wirklich … »Mir hat noch nie jemand Blumen geschenkt.«

Lee hatte wieder dieses überhebliche Grinsen, bei dem er einen Mundwinkel höher zog als den anderen. Er sah aus wie jemand, der sich seines Charmes absolut sicher war.

Natürlich war er das.

»Felicity? Wer ist da?«

Mum schaute neugierig um die Ecke. Ich hatte sie einen Moment lang komplett vergessen, sonst hätte ich Lee bestimmt in den Flur geschubst und vor meiner Mutter versteckt. So sah ich ihr überraschtes Gesicht und die leuchtenden Augen, die von Lee zu den Blumen und wieder zurück zu Lee wanderten.

»Oh, hallo Lee. Möchtest du nicht reinkommen? Felicity, es ist sehr unhöflich, Gäste in der Tür stehenzulassen.«

»Eigentlich wollte ich Felicity ausführen, Mrs Morgan.« Lee

setzte noch einen drauf und lächelte meine Mutter einschmeichelnd an.

Wie erwartet schmolz sie dahin. Ich wusste, wenn ich jetzt mit Lee durchbrannte, würde sie nichts dagegen sagen und uns viel Glück wünschen.

»Ich bringe Felicity um zehn Uhr nach Hause. Das verspreche ich Ihnen.«

»Kein Problem, Lee. Ihr könnt auch bis elf bleiben. Heute Abend komme ich ohne sie im Pub aus.« Sie kam näher und nahm mir die Blumen ab. »Die stelle ich in eine Vase und dann in dein Zimmer. Geh nur. Viel Spaß, ihr beiden.«

Lee winkte ihr ein letztes Mal lächelnd zu und zog mich hinaus.

»Waren die Blumen für mich oder ein Bestechungsgeschenk für meine Mutter?«, fragte ich, als die Tür hinter uns zugefallen war.

Er hob eine Augenbraue. »Die waren für dich, ungläubiger Thomas. Komm mit, wir müssen ein Stück fahren.«

Wir fuhren in seinem supereleganten Mercedes nach Westminster und er parkte in einer kleinen Seitenstraße hinter der Abbey. Inmitten der Diplomatenbüros und schwarzen Limousinen.

»Was tun wir hier?«, fragte ich neugierig, als er mich zwischen diesen altehrwürdigen Häusern hindurchführte. Dieses Eck von Westminster hatte ich noch nicht oft besucht.

»Ich werde dir jetzt ein paar Verhaltensregeln beibringen, also wie man sich verhält, wenn man Verehrer hat«, sagte Lee und warf mir einen spöttischen Blick von oben zu. »Nein, ernsthaft. Ich werde dir jetzt einen Ort zeigen, der zu jeder Zeit ein wenig Magie in sich hatte.«

»Westminster Abbey?«, fragte ich überrascht, als wir um die Ecke bogen und Lee sich zu den unzähligen Touristen gesellte, um für uns beide das horrende Eintrittsgeld zu zahlen. »Lee, wenn wir hier inmitten der Menschen verschwinden, wird das Aufsehen erregen«, zischte ich.

»Ich weiß. Komm mit.«

Er packte meinen Ellbogen und sogleich durchfuhr uns der übliche leichte Stromschlag. Da ich darauf vorbereitet war, fand ich es nicht mehr ganz so schlimm. Lee lenkte uns um den Bekennerschrein herum, am Kreuzgang vorbei in Richtung Abteigarten.

Hier war kaum etwas los. Die Touristen klapperten lieber die Dan-Brown-Sehenswürdigkeiten ab und blieben spätestens im Kapitelraum hängen. Dadurch waren wir beide ganz allein in dem kleinen Garten mit dem Brunnen in der Mitte. Durch ein Seitengitter konnten wir auf den Nachbarhof schauen, wo die Schüler der Westminster School gerade Pause hatten und in ihren exklusiven Schuluniformen Fußball spielten.

Lee nahm meine Hand und zog mich in die uneinsichtigste Ecke des Gartens. »Okay. Das hier ist einer der ältesten Teile von ganz Westminster. Fühl in dich hinein.«

Er scherzte nicht. Sein Gesicht war ganz ernst. Also schloss ich die Augen und versuchte irgendetwas zu fühlen. Ich fühlte eigentlich nur Lees Hand in der meinen. Die üblichen elfenhaften fünfundzwanzig Grad und ein leichtes Pulsieren. Ein Lufthauch ging und ich öffnete die Augen, weil mir eine Haarsträhne in der Nase kitzelte. Augenblicklich war es still. Die Fußballspieler waren verstummt. Erschrocken machte ich einen Schritt zurück.

Der Garten von Westminster Abbey war verschwunden.

EIN AUSFLUG NACH WESTMINSTER

Wir standen in einem kleinen Hain neben einer Quelle und in der Ferne hörte ich Wasser rauschen.

»Okay«, sagte ich vorsichtig. »Und wie haben wir das jetzt gemacht?«

Lee zuckte die Schultern. »Ehrlich gesagt weiß ich selber nicht genau, wie *du* das machst. Woran hast du gedacht?«

Woran hatte ich gedacht? »An nichts«, sagte ich und strich endlich meine Haare aus dem Gesicht.

»Das kann nicht sein. Du musst an irgendetwas gedacht haben, sonst wären wir nicht hier.«

»Also gibt es doch kontrollierte Sprünge?«, fragte ich und sah neugierig ins Wasser. Ob Mildred gleich auftauchte?

»Man muss sie rufen.«

Erschrocken drehte ich mich um.

»Was ist?«, fragte Lee.

»Woher weißt du, was ich gedacht habe, obwohl du mir nicht in die Augen sehen konntest?«

Lees Augen weiteten sich ungläubig. »Ich ... ich habe nur erahnt, was du gedacht hast. Außerdem habe ich es nicht laut gesagt.«

Wir starrten uns an.

»Das hast du schon einmal gemacht«, erinnerte ich mich

schließlich. »Damals bei der Französischarbeit. Du hast mich korrigiert.«

Lee schluckte. »Ich hatte es nur *gedacht*. Heißt das, du kannst meine Gedanken lesen?«

Ich schüttelte schnell den Kopf. »Nein. Meistens nicht.«

»Was denke ich?«, fragte er.

Ich schloss die Augen und spontan fiel mir Felicity Stratton ein und ihrer beider Kuss unter der Treppe am ersten Tag im College. Aber das war Unsinn. Ich verband Lee *immer* mit Felicity.

Bilder schwirrten mir durch den Kopf, aber es war nicht eines dabei, das ich nicht kannte. »Es funktioniert nicht.« Ich öffnete die Augen und begegnete Lees durchdringendem Blick.

»Sagen wir einfach, mein neues T-Shirt bringt dich so durcheinander, dass du dich nicht konzentrieren kannst.«

Ich rollte die Augen. »Hat dir mal jemand gesagt, dass du ganz schön eingebildet bist?«

Er grinste. »Und gut aussehend. Komm mit, wir sehen uns ein wenig um und versuchen herauszufinden, wo und wann wir gelandet sind.«

Die Sonne schien, es war warm und das Gras stand kniehoch. Zum ersten Mal in acht Jahren konnte ich Schmetterlinge und Grashüpfer beobachten! Ich zog meine Strickweste aus und knotete sie um die Taille. Ich streckte mein Gesicht der warmen Sonne entgegen und wusste, ich hatte ein dümmliches Grinsen darauf. Aber mir war egal, was Lee dachte. Das hier war paradiesisch. Ich musste nur noch lernen es zu kontrollieren.

»Wie springst du in der Zeit?«, fragte ich und pflückte eine kleine, blaue Blume.

Lee zuckte die Achseln. »Ich muss mich auf etwas Bestimmtes

aus dieser Zeit konzentrieren. Sagen wir, ich soll Jack the Ripper stoppen ...«

»Du könntest tatsächlich Jack the Ripper ausfindig machen?«, unterbrach ich ihn ungläubig.

»Nun ja ... ich denke schon, wenn es verlangt würde.« Lee lächelte bescheiden. »Ich würde mich ein wenig über das Jahr informieren, über Architektur und Kleidung – was natürlich auch vom Land abhängig ist – und dann würde ich mich auf eines der Bauwerke konzentrieren. In der Regel komme ich in dem nächstgelegenen Wald, an einem dieser magischen Haine heraus, so wie eben. Aber das früheste Jahr ist halt nun mal 1692.«

Ich sah ihn an. »Jetzt will ich die Antwort wissen, ob sie mir gefällt oder nicht. Warum 1692?«

»Das ist mein Geburtsjahr.«

Ich blieb stehen und starrte ihn an. Er sah keinen Tag älter aus als zwanzig. Er konnte auch – wie er es momentan vorgab – als Achtzehnjähriger durchgehen. Aber keinesfalls dreihundertundwieviel?

»Dreihundertzwanzig«, sagte er schnell. »Genau genommen habe ich am vierundzwanzigsten Dezember Geburtstag. Bin ich nicht ein goldiges Christkind?« Als ich nicht reagierte, fuhr er schnell fort. »Äh ja, Jack the Ripper. Er mordete in Holborn. Ich würde mir zum Beispiel St. Paul's Cathedral vorstellen und die Jahreszahl, und wenn ich mich lange genug darauf konzentriere, bin ich da.«

»Einfach so?« Das erschien mir in etwa so schwierig wie auf einer Landkarte genau York zu treffen. Man musste sich einfach nur konzentrieren und schon konnte man springen, wohin man wollte?

»Ich musste schon ein wenig üben, bis es so gut funktionierte. Anfangs habe ich mich oft um ein oder zwei Jahre vertan. Das war dann ziemlich lästig. Vor allem wenn man so ein blödes Jahr erwischt. Zum Beispiel, wenn Napoleon Krieg führt. Es ist absolut nichts Romantisches an dem europäischen Festland, wenn kurz zuvor die französische Armee durchgezogen ist.« Sein Gesicht verdüsterte sich.

»Aber du musst doch wohl keinen Hunger leiden, oder?«, fragte ich bang und sah mich schon als Knochengestell an einer Krücke über ein Schlachtfeld hinken.

Lee lachte. »Nein. Ich bin zur Hälfte Elf. Ich habe immer genug Geld, um mir Essen und anständige Unterkünfte leisten zu können. Uns Elfen und den Zeitagenten stehen zum Glück alle Bodenschätze der Welt zur Verfügung. Apropos Schätze, ich habe was vorbereitet.« Er fasste meinen Ellbogen und augenblicklich fühlte ich den leichten Stromschlag.

»Warum zuckt es immer, wenn wir uns berühren?«, wollte ich wissen und rieb mir die Stelle. »Bei Ciaran fühle ich das nicht.«

»Das ist nur, wenn sich unsere Haut berührt. Ciaran hatte den Arm um deine bedeckten Schultern.«

»Nein. Nicht nur.«

Lee horchte auf und sein schelmisches Grinsen verschwand. »Wo hat er dich denn berührt?«

»Er hat versucht mich zu wärmen, in der Nacht, ehe du wieder zu uns gestoßen bist.« Das schien ihm nicht zu gefallen, denn er öffnete schon den Mund, um etwas zu entgegnen, aber ich fuhr schnell fort; ich hatte zu viele Fragen. »Woher bekommst du eigentlich deine Aufträge? Haben Elfen eine Art Kommandozentrale wie der MI6?«

»Im Grunde schon. Nur ist unsere Anzahl kleiner. Wir sind ein Königreich. Ähnlich gegliedert wie England unter Heinrich II.«

Jetzt wurde ich richtig neugierig. »Wer sitzt auf dem Thron? Und welche Position hast du in dieser Hierarchie?«

»Unser König heißt Oberon und ich bin ein Agent seines Hofes.«

»Wenn du für ein paar Tage die Schule schwänzt, arbeitest du also für …«

»Den FISS«, nickte Lee. »Den Fairy Intelligence Secret Service.«

FISS. Fairy Intelligence Secret Service. Meine Güte. Das musste ich mir regelrecht auf der Zunge zergehen lassen. Mein Banknachbar war ein Agent. Und James Bond war beinahe langweilig gegen ihn. »Ich gehe davon aus, dein Vater ist Elf, arbeitet ebenfalls für den König und ist deswegen nie zu Hause.«

»Genau. Mein Vater ist die rechte Hand von Oberon. Er verlässt das Elfenreich so gut wie nie. Du brauchst keine Angst zu haben, von ihm bei mir überrascht zu werden.«

Ich knuffte ihn in die Seite. »Das ist mir egal. Ich heiße ja nicht Felicity.«

Lee sah mich mit hochgezogenen Brauen an und lachte amüsiert.

»Äh, ich meine Stratton. Ich heiße nicht Stratton. Aber da du schon ein Weilchen achtzehn bist, wird dein Vater inzwischen abgehärtet sein.« Darauf sagte Lee nichts.

»Was genau war der Auftrag im achten Jahrhundert in Germanien?«

Lee zuckte die Schultern. »Ich denke mal, die Entführung des künftigen Karls des Großen zu verhindern. Ab und an erhalte ich keine Nachricht, sondern werde direkt zu meinem Auftrag katapultiert. Das ist mir zwar erst zweimal passiert, ist aber nicht ungewöhnlich. Zumindest nicht, wenn es drängt.«

»Und Ciaran? Was wollte er da?«

Lees Augen verengten sich und er sah mich nicht an. »Das ist eine gute Frage. Darauf habe ich tatsächlich keine wirkliche Antwort. Angeblich wurde er auch dorthin berufen.«

»Ist das ungewöhnlich?«, wollte ich wissen.

»Es kommt vor, dass wir zu zweit einen Fall bearbeiten. Allerdings musste ich das in den letzten Jahren nicht mehr.« Lee sah mich jetzt wieder direkt an. »Ciaran ist mein Cousin und wir sind zusammen aufgewachsen. Ich konnte ihm immer vorbehaltlos vertrauen. Wenn er da war, hatte das schon seinen Grund.«

Damit war das Gespräch um Ciaran beendet. Lee hielt auf einen kleinen Hügel zu, auf dessen Kuppe eine einsame Eiche stand. »Von dort sollten wir eine gute Aussicht haben.«

Direkt vor uns war ein kleiner Weiher mit blühenden Seerosen und in dem klaren Wasser konnte man nicht nur jeden Kiesel, sondern auch ein paar kleine Fische erkennen. Lee setzte sich, zog Schuhe und Strümpfe aus und watete ein paar Meter ins Wasser. Dann sah er mich an.

»Also: Nymphen müssen gerufen werden. Da sie zu jeder Zeit und in beinahe jedem Gewässer zu Hause sind, wäre es mehr als ungewöhnlich, eine von ihnen zufällig anzutreffen.«

Er patschte mit der flachen Hand auf die Wasseroberfläche und rief Mildreds Namen.

»Und wieso kann sie dich in jedem Gewässer hören? Vielleicht ist sie ja gerade im Indischen Ozean unterwegs«, mutmaßte ich.

»Dafür gibt es keine wissenschaftlichen Erklärungen«, sagte

Lee. »Das liegt in ihrer Magie. Mildred, wo steckst du? Flirtest du wieder mit irgendwelchen Anglern?«

Das Wasser war noch immer glasklar, aber auf einmal sah ich einen flinken Schatten huschen und im nächsten Moment wurden Lees Beine weggezogen und er fiel mit einem lauten Platschen der Länge nach rückwärts ins Wasser. Ein perlendes Lachen ertönte und Mildreds perfekte Föhnwelle tauchte zwischen den Seerosen auf. Lee kletterte klatschnass aus dem Teich. Das T-Shirt klebte wie eine zweite Haut an seinem Oberkörper und die Haare lagen dicht an, so dass seine Ohrspitzen ein wenig herausragten.

»Was soll der Mist?«, fragte er verärgert und schüttelte seine blonde Mähne.

Wassertropfen spritzten mir ins Gesicht. Lee zog sein Shirt aus und warf es achtlos neben seine Schuhe. Ich sah Mildreds leuchtende Augen. Jetzt verstand ich, was sie damit bezweckt hatte.

»Dein Pech, Mildred, jetzt musst du mir auch noch trockene Sachen bringen.«

»Hier ist deine Bestellung.« Mildred kam ebenfalls aus dem Wasser – mit einem Picknickkorb in der Hand. Heute trug sie passend zum Leopardenbikinioberteil eine schwarze Lederhose und kniehohe Stiefel mit Fünfzehn-Zentimeter-Absätzen. Sie hätte besser auf jede Harley gepasst als in einen Teich. Sie stellte den Korb neben mir ab und reckte sich verschwörerisch zu mir hoch. Trotz der High Heels war sie nicht größer als Ruby und damit mindestens einen halben Kopf kleiner als ich. »Unser romantischer Halbelf hat einen kleinen Lunch für euch vorbereitet. Aber ich warne dich: Das hat er schon mit sämtlichen Nymphen in jedem beliebigen Zeitalter gemacht, seit er erwachsen ist.«

Lee warf ihr einen warnenden Blick zu, stieg aus seinen triefenden Hosen und stand ungeniert in Boxershorts neben uns. Halbelf? Das würde er mir gleich näher erklären müssen.

»Ich habe nichts anderes von ihm erwartet«, sagte ich zu Mildred. »Leiste uns doch Gesellschaft. Es ist so schön warm heute, Lees Sachen können in der Sonne trocknen.«

Lees Augen weiteten sich einen Moment erschrocken, Mildreds erstaunt. Aber dann lächelte sie mich aufrichtig an: »Du bist absolut nicht das, was wir erwartet haben. Danke für dein Angebot, aber ich fürchte, unser Casanova hier hätte was gegen meine Anwesenheit.«

»Ach, bitte! Ich habe mir Nymphen immer ganz anders vorgestellt«, sagte ich. »Nein, eigentlich habe ich sie mir überhaupt nicht vorgestellt. Ich bin neugierig auf dich.« Ich knuffte Lee meinen Ellbogen in seinen Sixpack und sah ihn an. *Sag was!*

»Uh«, machte er, sah von Mildred zu mir und wieder zu Mildred. »Äh, klar, warum nicht? Du bist herzlich eingeladen.«

Mildred ließ noch einmal ihren Blick genüsslich über Lees fast nackten Körper wandern, ehe sie sich umwandte und zurück zum Wasser stapfte.

»Ein andermal, Felicity. Heute wird Lee dir ein paar Sachen beibringen wollen. Ich würde nur stören.«

Das hörte sich ziemlich anzüglich an. »Wie viele Nymphen hat Lee genau verführt?«, erkundigte ich mich.

Lees Augen funkelten.

»Es gibt nur vier, und ehe du weiterfragst: Nein, wir sind nicht allein für Lee da. Wir helfen allen Agenten und Mitgliedern des Kronrates, die unsere Hilfe benötigen.« Mildred winkte ein letztes Mal und stand schon hüfttief im Wasser.

»Verrätst du uns noch, wo und in welchem Jahr wir uns befinden?«, rief ich ihr nach, ehe sie zwischen den Seerosen verschwand.

»Westminster. 550 vor Christus.« Es machte leise *Plitsch* und weg war sie.

Ich starrte Lee an.

Er sah genauso perplex aus, fing sich aber als Erster und atmete tief ein. »Prima, Fay, dann brauchen wir wenigstens keine Angst vor Sachsenüberfällen zu haben. Oder Ciarans unerwartetem Auftauchen.«

Ich kicherte und folgte ihm unter die Eiche. Eine Decke wurde ausgebreitet, Sandwiches, Muffins, Donats, Obst, eine Thermoskanne und eine Flasche Sekt mit zwei Sektflöten ausgepackt. Lee ließ mit geübten Griffen den Korken knallen, schenkte ein und streckte sich dann entspannt – und halb nackt – auf der Decke aus. Ganz das Bild eines vom Erfolg verwöhnten Gigolos.

»Du bist schamlos, weißt du das?«

Er prostete mir zu. »Und du bist viel zu brav. Bist du überhaupt schon mal geküsst worden?«

Ich lachte und streckte ebenfalls meine Beine aus. Der Tag war so schön, ich war aus London raus – zumindest aus dem Moloch der Großstadt – und die Zukunft versprach mehr solcher Ausflüge. Zudem versprühte Lee heute so viel Lebensfreude. »Komm wieder runter, FitzMor. Mildred hat dich gerade einen Halbelf genannt. Was meinte sie damit?«

Lees Lächeln verblasste ein wenig. »Mein Vater ist Elf. Aber meine Mutter war ein Mensch. Das ist der Grund, warum ich nicht ins Elfenreich kann. Nur echte Elfen dürfen dort hinein. Na ja – und ein paar Ausnahmen. Aber bitte frag mich nicht, warum.

Es gibt ein paar Druiden, die dazu in der Lage sind. Sie erkennen uns auch sofort. Und ein paar Menschen wie diese Hebamme im Frankenland spüren es ebenfalls.«

»Die hat auch deinen Stromschlag gespürt«, fiel mir wieder ein. »Wieso verteilt Ciaran keine elektrischen Impulse?«

Lee seufzte. »Du gibst nicht auf, was? Ciaran ist ein Halbelf wie ich. Auch eine menschliche Mutter. Bei dem einen oder anderen sind die Fähigkeiten etwas anders verteilt.«

»Also würde mich dein Vater umhauen, wenn er mir die Hand gäbe?«, schlussfolgerte ich.

»Äh ...«

Ich sah sofort, dass er nach einer Ausrede suchte. »Was ist?«, fragte ich ungehalten.

Lee sah mich flehend an. »Weißt du, Fay, es gibt ein paar Dinge aus dem Buch der Prophezeiung, die willst du jetzt wirklich noch nicht hören. Die hauen dich auf alle Fälle um. Und das ist eines davon. Du könntest meinem Vater die Hand geben und würdest wahrscheinlich weniger spüren als bei mir. Das mit uns beiden ist ... besonders.«

Uns beiden?, wiederholte ich in Gedanken und dachte sofort, dass er Recht hatte. Ich musste wirklich nicht *alles* wissen. »Du wolltest mir gerade von deinem Vater erzählen«, sagte ich stattdessen.

»Wollte ich?« Lee trank von seinem Sekt. »Außerhalb der Ratsversammlungen oder der Auftragserteilung sehe ich ihn so gut wie nie. Ich kann nicht ins Elfenreich und er hat kaum Zeit, es zu verlassen.«

»Hört sich nicht an, als hättet ihr Erinnerungen an gemeinsame Angelausflüge oder Zoobesuche«, stellte ich nüchtern fest.

Wenigstens hatte ich Erinnerungen an die sonntäglichen Frühstücke mit meiner Mutter oder Wanderungen mit meinen Großvater durch Cornwall und an die Küste.

»Als ich ein Kind war, hat Vater mit mir gemeinsam meine Mutter besucht«, sagte Lee und ich hörte die Wehmut in seiner Stimme. Er hatte seine Mutter geliebt, das spürte ich ganz deutlich.

»Kannst du sie nicht immer wieder besuchen?«, fragte ich verwirrt. Immerhin konnte er doch durch die Zeit reisen.

Lee sah mich an. »Man kann immer nur einmal zu jedem Datum reisen. Ich habe zwar noch nicht alle Tage aufgebraucht von den sechs Jahren, die sie nach meiner Geburt lebte, aber ich bin sparsam.«

In meinem Kopf begann es wieder zu rotieren. Man konnte jeden Tag nur einmal erleben? Ein neuer Aspekt der Zeitreisegeschichte. Aber dann fiel mir etwas anderes ein und ich lächelte ihn breit an. »Ein Glück, dass du mich hast, FitzMor. Mit mir kannst du sie auch vor deiner Geburt besuchen.«

Lees Augen weiteten sich überrascht und dann kehrte das hübsche Lächeln wieder auf sein Gesicht zurück. »Du hast Recht. Gut, dass ich dich habe.«

Ich trank mein Glas Sekt mit einem Zug leer. War der lecker! Seit Phyllis' Geburtstag hatte ich keinen mehr getrunken. Bei Mum gab es immer Bier. Ebenso bei Anna.

»Vorsicht, Herzchen, der steigt dir zu Kopf, wenn du ihn so runterkippst.« Lee nahm mir das Glas ab und drückte mir stattdessen einen Donat in die Hand. »Keine Fragen mehr?«

»Tausende«, gestand ich. »Ciarans Vater ist ein Bruder deines Vaters? Gibt es noch mehr Cousins oder Cousinen?«

»Noch einen Cousin, Eamon. Er ist ein richtiger Elf und im Königsrat. Deswegen sehe ich ihn auch nur noch selten. Als Kinder waren wir drei allerdings wie Brüder. Wir wurden gemeinsam unterrichtet und spielten zusammen.«

Drei blondlockige Kerlchen geisterten durch mein Gehirn, die spielend im Wald mit Pfeil und Bogen übten. Könnte allerdings auch ein kitschiges Bild von Joshua Reynolds sein. »Was glaubst du, was ich bin? Könnte vielleicht mein Vater auch ein Elf sein? Oder vielleicht war Edmund Morgan ein Halbelf wie du«, mutmaßte ich. So wie meine Mutter Lee anhimmelte, konnte ich mir gut vorstellen, dass sie einen anderen Elfen geliebt hatte.

Lee musterte mein Gesicht. »Nein. Und das ist das Seltsame an der ganzen Geschichte. Elfenväter stehen zu ihren Kindern. Immer. Wir wachsen in einer Art Zwischenwelt auf. Das ist so ein magischer Ort wie ein Hain. Auf Avalon gibt es eine Schule und einen Wohntrakt extra für die Halbelfen. Die Insel befindet sich also in einer Art Zwischenzone. Dort finden dann auch die Versammlungen und Treffen mit dem Kronrat und dem König statt, bei denen wir Halbelfen-Agenten und -Diplomaten anwesend sein müssen.«

»Avalon?«, rief ich überrascht. »Avalon existiert?«

Lee schnaubte belustigt. »Klar. Das kann ich dir übrigens mal zeigen. Für Menschen ist die Insel bei starkem Nebel zugänglich sowie immer in der Nacht von Halloween und vom dreißigsten April auf den ersten Mai.«

Ich sah ihn fragend an.

»Na, Beltane, Sommeranfang«, erklärte er schmunzelnd. »Wenn es dir hier gefällt, wirst du Avalon lieben. Viele Apfelbäume, die traumhaft blühen im Frühjahr, ein Hügel, von dem aus man die ganze Insel überblicken kann, ein See, Wiesen und eine Menge Haine und Quellen.« Er seufzte, legte die Arme hinter den Kopf und schloss einen Moment die Augen.

Ich dachte schon, er sei eingeschlafen, und begann rings um mich herum ein paar Blumen zu pflücken und sie zu einem Kranz zu winden. Eine Fertigkeit aus meiner Kindheit, die ich schon geglaubt hatte verlernt zu haben. Hier war es so friedlich. So still. Man hörte nichts außer singenden Vögeln und zirpenden Insekten.

Aber Lee schlief nicht. »Was hast du von dem Gemälde im Flur mitbekommen? Mal abgesehen von der Spinne.«

Ich lächelte in Erinnerung an Ciarans und Lees entsetzte Gesichter, als ich das Gemälde erwähnt hatte. »Ich bin nachts wach geworden, weil ich Stimmen gehört hatte. Erst dachte ich an Einbrecher, bis ich das grüne Licht sah. Und dann war da die Spinne. Erzählst du mir, was es mit dem Gemälde auf sich hat, oder ist das auch zu viel für mich?«

»Nein. Das kannst du ruhig wissen. Die drei darauf sind Boten. Sie übermitteln mir meine Aufträge. Das Gemälde ist eine direkte Verbindung ins Elfenreich.«

»Ein Zugang?«

»Da ich Halbelf bin, ist mir der Zugang verwehrt. Aber mein Vater kam schon zweimal hindurch, um mit mir zu sprechen.«

»Und warum kam die Spinne hindurch?«

Er zuckte die Achseln. »Tieren – sofern sie keine Säuger sind – steht der Zugang mitunter offen. Ich hatte mal einen Eisvogel im Haus!«

»Gibt es auch andere Wege ins Elfenreich?«, fragte ich neugierig.

»Labyrinthe. Du weißt schon. Diese Steinschlingen aus der Keltenzeit, die man häufig in der Bretagne, in Irland und hier in England findet. Wenn man sie korrekt abgeht, gelangt man auch ins Elfenreich. Aber ich nicht. Nur Elfen.«

Hier öffnete sich mir ein völlig neues Universum. All diese alten Kultstätten waren keine heidnischen Heiligtümer, sie waren echte Verbindungen, Wege und Pforten. Jetzt, wo Lee angefangen hatte ehrlich zu sein, war ich wesentlich entspannter in seiner Gegenwart als das ganze letzte halbe Jahr in der Schule. Ich fasste Mut, die entscheidende Frage zu stellen: »Was steht in der Prophezeiung über mich? Warum werde ich erwähnt?«

Lee schlug die Augen wieder auf. Mit einer geschmeidigen Bewegung setzte er sich in den Schneidersitz und sah mich an. Ein Windhauch kam auf und wehte mir seinen Duft herüber. Moos, Heu und etwas Blumiges. Sehr passend zu dem heutigen Tag und zu einem Elfen, fand ich.

»An dem Tag, an dem du geboren wurdest, verschwanden die Insignien Pans, die heiligen Gegenstände des Elfenreichs. Laut einer uralten Überlieferung entscheiden sie über Bestehen und Untergang des Elfenreiches. Du kannst dir vorstellen, warum die Aufregung so groß war.«

Er sah meine unausgesprochene Frage und erläuterte: »Sie sind das Vermächtnis unseres ersten Elfenkönigs Pan, Oberons Vater. Er hat mit diesen Insignien unsere Erzfeinde in die Flucht geschlagen, ist allerdings in dieser Schlacht gefallen.«

»Und diese Insignien haben was mit meiner Geburt zu tun?« Ich konnte mir schwerlich vorstellen, dass ich für deren Verschwinden verantwortlich sein sollte. Immerhin war ich ein neugeborenes Baby.

»Dazu komme ich jetzt«, sagte Lee. »Zeitgleich tauchte in dem Buch der Prophezeiung ein neues Kapitel auf: Der Elfenkrieg. Du wirst als Auslöserin genannt.«

Ich fühlte, wie mir das Blut aus dem Gesicht wich. Ich? Die dicke Stadt vom Horton College? Auslöser für einen Krieg zwischen den Welten?

Lees Gesicht verfinsterte sich. »Du bist nicht mehr die Stadt und du bist nicht dick. Zudem kannst du nicht ändern, was dort steht.«

»Aber du hast doch gesagt, die Zukunft sei nicht aus Stein gemeißelt«, widersprach ich heiser.

»Nun ja, ein paar dachten tatsächlich daran, dich umzubringen, ehe du diesen Krieg auslösen kannst, aber damit wäre Pans Vermächtnis auf ewig verloren. Das stand, direkt nachdem der Vorschlag gemacht wurde, in der Prophezeiung. Und deren endgültiger Verlust bedeutet den Untergang des Elfenreichs.«

Mein Gehirn ratterte. Krieg? Es war doch so friedlich! Und wer sollte dem Elfenkönig sein Reich streitig machen? Einer aus dem Kronrat?

»Das ist ebenfalls eine gute Frage, auf die das Buch der Prophezeiung keine Antwort gibt. Ansonsten könnte man ja Vorkehrungen treffen. Aber die Elfen haben eigentlich keine Feinde. Zumindest heute nicht mehr. Früher gab es die Drachen, mit denen wir uns nicht vertragen haben. Aber sie sind komplett ausgestorben. Oberon hat den letzten eigenhändig vernichtet.«

Drachen?

»Magst du den Donat nicht? Er hat diese Apfel-Zimt-Mischung, die du sonst so gerne isst. Die Sandwiches sind mit Eiercreme. Probier mal.« Lee nahm sich ein Sandwich und biss ab.

»Lee, würdest du mir bitte die Sache mit den Drachen erklären und die Sandwiches noch für einen Moment vergessen?«

Er zuckte unbeteiligt die Schultern. »Ich sagte doch, sie sind seit rund viertausend Jahren ausgestorben. Es sind nicht alles Dinosaurierknochen, die im Natural History Museum liegen.«

Ich schluckte. »Bist du sicher?«

»Natürlich bin ich sicher. Die Oberschenkelknochen des angeblichen T-Rex sind vielleicht so *alt*, wie es danebensteht, aber keinesfalls so lange tot.«

Ich nahm mir eines der Sandwiches und biss hinein, während meine Gedanken wieder abdrifteten. Drachen. Es hatte tatsächlich Drachen gegeben. Ich hatte sie immer für ein Märchen gehalten, weil man im Mittelalter irgendwelche Dinosaurierknochen gefunden hatte, mit denen ein Ritter dann angeben konnte. Ob es in der British Library dazu Unterlagen gab? Apropos British Library ...

»Die Bischöfe«, rief ich und schlug mir an die Stirn.

»Hast du zu lange in der Sonne gesessen?«, fragte Lee und runzelte seine perfekte Stirn. Er wollte schon meine Stirn fühlen, aber ich wich zurück, ehe mich der Stromschlag durchzuckte.

»Unser Referat. Die Bischöfe. Ich hatte gelesen, sie wurden hingerichtet, und du hast behauptet, sie wären begnadigt worden.«

Ich sah in seinen Augen, dass er verstand. »Oh. Ja, die Bischöfe von Jakob II. Das war ein Auftrag, den ich geradegebogen habe.« Er kniff ein wenig die Augen zusammen und lächelte schief. »Du bist ganz schön hartnäckig, wenn du was im Sinn hast.«

»Ha!«, rief ich triumphierend. »Ich hatte schon angefangen an meinem Verstand zu zweifeln. Erzählst du mir, was du genau gemacht hast?«

Er atmete tief ein. »Ich weiß selber nicht genau, wie diese Hinrichtung auf einmal erfolgen konnte. Ich wurde aber gründlich genug geschult, um zu wissen, dass eine solche Disziplinarmaßnahme verheerende Folgen für die Zukunft haben kann. Zumindest, wenn man den *richtigen* Verlauf der Geschichte kennt. Außerdem könnte es sein, dass dieser beschriebene Bernstein ein Teil von Pans Vermächtnis war. Also musste ich zurück ins siebzehnte Jahrhundert. Der Stein war allerdings nicht da. Aber den Rest konnte ich geradebiegen. Das ist mir gelungen. Was mir nicht gelungen ist, ist dich davon zu überzeugen, dass du dich verschrieben hattest.«

Zufrieden nicht völlig versagt zu haben legte ich mich zurück auf die Decke und zupfte an meinem Blumenkranz.

»Bist du fertig? Ich glaube, meine Klamotten sind trocken.« Lee sprang auf und zog sich an, während ich begann den Korb zu packen.

Es war so schön gewesen und ich bedauerte, dass der Nachmittag schon vorbei sein sollte. Lee hatte mir eine Art Kurzurlaub verschafft. Ich richtete mich auf und lächelte ihn warm an. »Lee, ehe ich es vergesse: Danke. Das war eine gute Idee. Wegen mir können wir das öfter machen.«

Lee lächelte verführerisch. »Und ich fand es großartig, einmal nicht von meinem gut aussehenden Cousin gestört zu werden.«

Ich rollte die Augen. »Du versuchst wieder Komplimente zu angeln.«

»Ich versuche dir schon seit geraumer Zeit einen Kuss zu stehlen, aber irgendwie bringst du es fertig, mir immer auszuweichen.«

Ich war gerade dabei gewesen, die Decke zu falten, und hielt mitten in der Bewegung inne. »Ich glaube, wir lassen das mit den künftigen Picknicken lieber.«

Lee schien wirklich verblüfft. »Warum?«

Warum musste er den Nachmittag verderben? Was ich ihm jetzt sagen würde, würde er nicht gerne hören; und vorbei wäre es mit der Lockerheit und freundschaftlichen Kabbelei. »Du hast Felicity Stratton geküsst«, sagte ich, sah ihn an und dachte an den Anblick unter der Treppe an seinem ersten Schultag.

Er zuckte die Schultern, als hätte ich gesagt, er hätte blonde Haare. »Na und?«

»Und du hast Mildred geküsst. Guck nicht so. Das merkt man, wenn man euch zusammen sieht. Außerdem hast du diese Art Picknick mit wer weiß wie vielen Nymphen auch schon gemacht. Du flirtest mit jedem weiblichen Wesen, das dir begegnet und dir einigermaßen gefällt. Du flirtest sogar mit Matilda!«

Auf Lees Gesicht machte sich ein Grinsen breit. Ein sehr überhebliches, wissendes Grinsen. »Du bist eifersüchtig.«

»Nein«, sagte ich ruhig und meinte es auch so. »Mir ist egal, wie viele Mädchen du küsst und auch in Zukunft zum Picknicken einlädst. Aber ich werde nicht zu den Unzähligen gehören, die dir nachlaufen. Ich sehe, wie du mit Felicity umgehst. Anfangs konntest du sie nicht schnell genug rumkriegen, jetzt ist sie dir lästig.«

Lee rollte die Augen. »Meine Güte, Fay, ich rede nur von einem Kuss. Was ist so schlimm daran? Küssen macht Spaß und muss nicht direkt einen Heiratsantrag bedeuten.«

Ich legte die Decke in den Korb, dann lächelte ich ihn müde an. »Ach, Lee, das ist deine Sicht auf einen Kuss. Meine ist da etwas anders.«

Er runzelte die Stirn und ich sah, dass er nicht verstand, was ich meinte. »Du könntest wirklich etwas lockerer werden, weißt du. Richard küsst auch ständig Frauen und du siehst ihm sogar dabei zu, wenn du dir seine Filme anschaust.«

»Ich werde dich nicht küssen. Basta.«

Lees Gesicht umwölkte sich. »Aber Ciaran. Was hat er, was ich nicht habe?«

Ich sah ihn erstaunt an. »Ich habe Ciaran nicht geküsst.«

»Aber er ...« Lee stockte und sagte dann langsam: »Ich habe mich auch schon gewundert.«

»Das solltest du auch. Ich verspreche dir was.« Jovial tätschelte ich ihm den Arm und bereute es sofort. Ich hatte den Stromschlag vergessen. »Bevor ich Ciaran küsse, küsse ich dich.«

Sofort erhellte sich seine Miene.

»Freu dich nicht zu früh, FitzMor«, bremste ich seine Begeisterung. »Da kannst du trotzdem ewig drauf warten.«

Er grinste. »Hey, ich bin dreihundertzwanzig Jahre alt. Ich habe Geduld.«

Wie er es Mum versprochen hatte, brachte Lee mich pünktlich um zehn nach Hause. Aber Mum war im Pub und bekam gar nichts mit. Ein wenig verlegen standen wir vor der Wohnungstür.

Ich biss auf meiner Unterlippe herum, weil ich nicht recht wusste, wie ich mich jetzt verabschieden sollte. »Danke, Lee. Das war ein wunderschöner Tag und ich bin wirklich froh, dass du so ehrlich zu mir warst.« Lee stand so dicht vor mir, dass ich meinen Kopf in den Nacken legen musste, um ihm in die Augen schauen zu können. Ich wusste genau, was er damit bezweckte, und dachte schnell an Richard. An seinen zuckenden Wangen erkannte ich, dass er es gesehen und verstanden hatte.

»Du hast also keine Angst mehr?«

Ich wippte leicht. »Na ja, sagen wir mal, es erklärt vieles. Aber geheuer bist du mir deswegen noch lange nicht. Zeitagent. Puh.«

Lees Mundwinkel wanderten spitzbübisch nach oben und zwischen seinen Augen bildete sich wieder die niedliche Falte. »Willkommen im Klub, Miss Bond.«

»Kann ich nicht lieber Moneypenny sein? Die ist immer so cool und mondän.«

»Außerdem flirtet sie immer mit James Bond. Ich kenne auch ein paar Filme, in denen sie ihm erliegt.« Lee sah mein überraschtes Gesicht. »Was denn? Ich sehe mir gern Bond-Filme an. Tolle Autos.« Seine Finger berührten eine Strähne meines Haars. »Du hast hier noch eine Blüte ...«

Er zupfte daran und ich erkannte die kleine, blaue Blume zwischen seinen Fingern. Aber statt sie fallen zu lassen, strich er mit der Blüte sanft über meine Wange. Mein Atem stockte und mein Mund wurde trocken. Ich sah das siegessichere Funkeln in seinen Augen, als er sich langsam zu mir herabbeugte. *So* weit war ich dann doch noch nicht! Ich stellte mich schnell auf die Zehenspitzen und hauchte ihm einen flüchtigen Kuss auf die Wange. Sofort fühlte ich seinen Arm um meine Taille wandern und er drückte mich fest an seinen Körper. Ich legte beide Hände auf seine Brust und atmete tief den unverwechselbaren Duft nach Heu und Moos ein. Ich schloss die Augen ... und öffnete sie wieder.

An meiner Hüfte begann es zu vibrieren.

Lee kniff Augen und Mund zusammen, als müsse er abwägen, ob er das Vibrieren ignorieren sollte. Dann atmete er tief aus. Er ließ mich zögernd los und sah mich wieder mit diesem seltsam musternden Blick an, während er gleichzeitig in seine Hosentasche griff und einen kleinen funkelnden Gegenstand hervorzog. Es war ein Goldreif, zu klein für ein Armband, zu groß für einen Ring.

Neugierig sah ich näher hin. Der Goldreif war mit bunten Edelsteinen eingefasst und in der Mitte befand sich ein großer weißer Kristall. Und der blinkte. Genau wie der Kohinoor damals im Tower. »Ist das ein Diamant?«, fragte ich fassungslos. Er hatte beinahe den gleichen Umfang wie der Große Stern von Afrika.

Lee sah mich an. »Nimm ihn.«

»Was ist das?«, fragte ich und nahm das filigran gearbeitete Schmuckstück in die Hand. Es war schwerer, als es aussah. Obwohl es höchstens fünf Zentimeter Durchmesser hatte, wog es so viel wie eine Tafel Schokolade.

»Das ist ein Telemedium. Aber wir nennen es Karfunkel, wegen seines kostbaren Edelsteins«, sagte Lee nach einem kurzen Zögern.

»Wie trägt man es?«

»In der Hosentasche.« Die Antwort war ziemlich trocken und klang amüsiert.

»Aber dann sieht man es nicht«, widersprach ich immer noch verwundert über die Schönheit des Gegenstandes.

Lee holte tief Luft. »Das ist so was wie mein Handy, Fay. Es vibriert und blinkt, wenn neue Nachrichten kommen. Wenn ich nicht zu Hause bin und mit den drei Boten auf dem Gemälde sprechen kann, kann man mich hierüber erreichen.«

Ich bewegte meine flache Hand mit dem Schmuckstück darauf. Tatsächlich! Es blinkte. Außerdem fühlte ich das leichte Vibrieren und es wurde warm auf meiner Haut. »Sieht aus wie ein Teil der Kronjuwelen«, überlegte ich laut.

Lee seufzte. »Es ist ein Stück des Cullinan-Diamanten, also Teil der Kronjuwelen. Eigentlich ist es noch ein wenig größer als der Große Stern von Afrika. Deswegen hat der auch geblinkt, als wir vorbeigegangen sind – das ist eine Eigenschaft von Diamanten, wenn sie Elfen in der Nähe spüren. Fühlst du die Wärme? Bei mir wird es dann regelrecht heiß, damit ich es auch wirklich spüre, wenn Anweisungen kommen. Kannst du nichts im Schliff erkennen?«

Ich konzentrierte mich wieder auf die Brillantfläche. Sie funkelte in allen Farben des Regenbogens, selbst in unserem düsteren Hausflur. Aber weil Lee fragte, ging ich davon aus, dass er nicht das meinte. Trotz meiner Bemühung konnte ich nichts erkennen. Ich schüttelte den Kopf.

Lee nahm mir das Stück aus der Hand und betrachtete es. »Ich erkenne darin meinen nächsten Auftrag.« Sein Ausdruck war mit einem Mal besorgt und sein Mund hatte die spitzbübischen Winkel verloren. »Ich sehe, dass ein Wachmann meines Onkels tot im Bodwin Moor liegt. Ich soll der Sache nachgehen.«

»Welches Jahrhundert?«, fragte ich atemlos.

»Sie haben ihn heute gefunden, aber er war seit drei Tagen vermisst.« Rund um den Diamanten herum blitzten die Edelsteine hie und da auf. Lee hielt seinen Blick darauf konzentriert. Er *las* die Blinkzeichen. »Er sollte eigentlich seinen Dienst im Palast bei Stonehenge antreten, stattdessen liegt er zerfleischt im Moor.« Er sah auf das letzte Aufleuchten der bunten Edelsteine und dann sah er mich an. Sein Blick war besorgt, seine Augen riesengroß.

»Was?«, fragte ich beunruhigt.

»Sie behaupten, du bist die Mörderin.«